금수(禽獸)의 세월(歲月)

금수의 세월

발   행 | 2020년 09월 14일
저   자 | 신승민
펴낸이 | 한건희
펴낸곳 | 주식회사 부크크
출판사등록 | 2014.07.15.(제2014-16호)
주   소 | 서울특별시 금천구 가산디지털1로 119 SK트윈타워 A동 305호
전   화 | 1670-8316
이메일 | info@bookk.co.kr

ISBN | 979-11-372-1797-3

www.bookk.co.kr

금수禽獸의

세월歲月

申承旼 中短篇小說集

목 차

作家의 말

때로 인간은 지나간 일에서 삶의 교훈을 얻는다. 과거의 사례를 참고하여 현재의 문제를 해결한다. 참신한 발상도 옛 것에서 비롯되는 경우가 많다. 역사는 그래서 지금, 여기를 비추는 거울이다. 후인(後人)은 역사의 거울 속 선대(先代)의 인물, 사건, 시대를 읽고 다시 그 거울에 비친 우리네 풍경을 본다. 느낀 바가 있다면 해답도 나오기 마련이다. 그렇게 개인, 사회, 국가, 세계는 각기 다른 '역사'라는 엄정한 사실(史實)이자 정신사상적 토대 위에서 존립하고 발전해나간다. 인간, 특히 한 공동체의 구성원들이 예민한 역사의식을 가져야 하는 이유다.

대학에서 문학을 전공한 필자가 현대소설 못지않게 역사 장르물에 심취하게 된 이유도 마찬가지다. 독서와 자료 수집을 통해 역사를 심층 탐구하고, 창작을 통해 역사에서 발견한 인간사(人間史)의 '진실과 교훈과 미덕'을 효과적으로 세상에 알릴 수 있기 때문이었다. 필자에게 효과적인 것이란 곧 극적(劇的)임을 뜻한다. 서사, 즉 논리적 개연성과 합리성을 갖춘 이야기가 역사적 사건의 맥락과 당시 시대상을 적절히 담아낼 수 있다고 본 것이다.

물론 이 책에 실린 중단편의 역사소설들은 단순 역사 홍보나 교육을 하고자 만든 공적 자료들이 아니기 때문에 당연히 허구적 인물, 관계, 사건이 등장한다. 실제 사건의 배경보다 이 허구적 요소들이 이야기의 중심 흐름을 끌고 나가는 경우도 있다. 실록 등 각종 사료(史料)를 토대로 한 이야기도 있지만, 기존의 사실과 배치되는 시각이나 전혀 다른 입장에서 창작된 작품도 있다. 사료와 기존 작품들은 물론, 역사를 소재로 한 문화 콘텐츠까지 풍부하게 참고해 색다른 이야기를 쓰고자 했다. 삼국, 후삼국, 고려, 조선에 이르기까지 소설의 시대적 배경이 다양한 이유이기도 하다.

필자는 '현실을 더 현실답게 보여주는' 허구의 미학을 지닌 소설 장르를 통해 역사 속 시대와 사건 그리고 인물을 재해석하고, 그 과정에서 인간사의 교훈과 함께 떠오르는 고뇌와 쟁점들을 독자에게 전하고자 하였다. 흔히 고루한 것이라 무시받기 쉬운 전통과 근본, 충효와 인의, 신뢰와 보은 같은 덕목들에 대한 것이다. 서로 다른 입장에서 갈등하고 대립하는 과거 군상들의 쟁투(爭鬪)와 논전(論戰)을, 지금 여기의 우리들은 과연 어떻게 해석해야 할 것인가. 비평과 판단은 한 시대를 살아가는 독자들의 몫이리라.

天寶山 자락에서
作家 申承旼

저자 소개

신승민(申承旼)

1992년 서울에서 태어나 대학에서 문학을 전공했다. 어릴 적부터 글쓰기를 좋아했다. 시·시조·수필·소설·평론 같은 문학작품을 써서 여러 문학상을 받았다. 시사월간지 기자와 테크니컬라이터로 일했다.

2015년 시 전문 문예지 『심상(心象)』『미네르바』 신인상에 당선돼 문단에 나왔다. 『현대시학』『시인수첩』『시와반시』 등 문예지에 시를 발표했다. 「이문열론」으로 2016년 종합문예지 『문예바다』 신인평론상을 받았다. 2017~2018년 『문예바다』『동리목월』에 계간 비평을 연재했다. 기획 비평, 시집 해설, 신춘문예 분석 등을 썼다.

평론가로 등단한 해, 역사소설로 『문예연구』 신인상과 한국예술문화단체총연합회(예총) 기관지 『예술세계』 신인상을 받았다. 소설 『금수의 세월』과 시집 『죽은 시계를 차는 밤』『사랑도 때론 혈흔을 남긴다』『슬픈 기도의 모닥불』을 펴냈다.

금 수 의 세 월

申承旼 小說集

제1편

사 직 의

장 자

사직(社稷)의 장자(長子)

"비로소 개화개혁(開化改革)의 법안이 제정되었사옵니다. 대군주 폐하."

"면밀히 살피어 시행토록 하라."

대군주(大君主) 폐하. 지난 몇 년 동안 일인(日人)들은 한사코 임금의 칭호를 국왕(國王) 전하에서 대군주 폐하로 격상시켜야 한다며 촉구하고 있었다. 이젠 더 이상 조선이 중국의 속국이 아니고 자주국으로서의 지위를 확립하였으니 새로운 임금의 칭호를 제정해야 한다는 개화 친일(親日)적 주장이었다. 이에 임금은 갑오년에 이르러 수락하였고 만조백관(滿朝百官)들이 임금을 높여 부르기 시작했다.

한편 왜국 공사 규개는 더 나아가 임금에게 대군주 폐하가 아닌 황제 폐하라 더욱 격상하여 칭할 것과 연호를 정하며 머리를 깎고 양복을 입을 것도 주청하였다. 그러나 조야(朝野)의 상하 모두가 격렬히 반대하였으므로 규개의 개화 친일적 지배 시도는 무위로 돌아갔다. 다만 의복 제도의 간소화나 단발(斷髮)과 양복을 입는 것 같은 복식과 외양의 문제는 차후에 시행하기로 하였다. 이때가 서력으로 1894년(고종 31년), 조선에 갑오경장(甲午更張)의 돌풍이 세차게 몰아치던 시기였다.

"지금부터 여우사냥을 시작한다. 낭인(浪人) 모두는 잘 벼린 검극(劍戟)으로 무장하고 총병(銃兵)들은 사력을 다해 조준하라. 적당(敵黨)을 제거하고 대궐을 점령하면 지체 없이 민비를 참살해야 할 것이다."

일인들의 수작은 세월이 지날수록 거침이 없었다. 왜국 공사 미우라 고로(三浦梧樓)는 조선 조정에 친일 내각을 세워 지배 이념을 공고히 하고자 야음을 틈타 대담하게 대궐에 침입하여 눈엣가시

11

같았던 황후 민씨를 시해하기에 이른 것이었다. 을미년 음력 8월 20일(고종 32년, 1895년)을 기하여 조선의 정궁 경복궁에는 잔인 무도한 피바람이 불었고 궁내부대신 이경직과 대대장 홍계훈이 일인 역당(逆黨)들에게 항전하다가 전사하였다. 그 천인공노(天人共怒)할 시역(弑逆)은 마침내 황후를 천참만륙(千斬萬戮)하기에 이르고, 전각(殿閣)에 도열한 일인의 횃불들은 온 궁궐을 시산혈해(屍山血海)의 쑥밭으로 만들어버리기까지 하였다.

그날은 북악산 올빼미도 구슬픈 피울음을 토하던 야만의 밤이었다.

불과 3개월여 만이었다. 이 땅의 국모(國母)가 일인의 손에 난자(亂刺)된 지 불과 3개월여 만이었다. 그 3개월여 만에 일인들은 다시 끔찍한 수작을 펼치기 시작했다. 그들의 마수(魔手)는 또 다른 개혁이라는 미명 아래 일사천리로 진행되었다.

"대군주 주상(主上) 폐하의 조칙이다. 오는 17일을 기하여 양력으로 역법을 변경하고 동시에 단발로써 의관을 새로이 가다듬는 개화진보의 개혁을 단행할 것이다."

바야흐로 단발령이 선포된 것이었다. 이때가 을미년 음력 11월 15일이었다. 국모의 원한 맺힌 혼백이 아직도 이 땅에 애통하게 서려 있던 비극의 날이었다.

11월 15일. 임금과 태자는 당일로 단발을 몸소 시행하였고 김홍집(金弘集)을 위시한 개화 내각은 내부대신(內部大臣) 유길준을 앞세워 내부고시(內部告示)를 통해 임금의 칙령을 전국에 반포하였다. 다음날인 16일 아침에는 각부의 문무백관에게 먼저 단발을 단행하였고 17일에 이르러 전국 백성들에게 단발실시령(斷髮實施令)이 내려졌다. 명목은 청결과 위생이 편리하고 머리 감기가 용이하다는 것이었다.

"모름지기 단발이란 청결과 건강에 좋은 것이며 외양의 문제에 있어서도 단정하고 가지런한 인상을 줄 것이오. 조선 땅 만백성이 단발을 통하여 단정한 품위를 지킨다면 그것은 개인의 격조가 상승되는 것은 물론 이 반도 전체가 세련된 멋을 지니게 되어 장차 나라의 이득이 될 것이오. 그리하여 이 단발이야말로 이번 을미개화의 중점이라 할 것이오. 전날부터 먼저 각료들이 단발을 다 했으니 이젠 일반 평민 백성들이 상투를 잘라야 할 것이오. 내부대신은 지체 없이 시행토록 하오."

내각의 수장 총리대신 김홍집의 근엄한 말이었다. 유길준은 조심스레 받았다.

"허나 백성들의 반발이 만만치 않을 것이옵니다. 전국에 단발령이 포고된 지 불과 몇 시진 만에 한성(漢城)의 유림들이 벌떼처럼 일어났다 하옵니다."

김홍집은 유길준의 뜻밖의 말에 결기가 어린 노성(怒聲)으로 과감히 쳐냈다.

"도대체 그게 무슨 소리요? 주상 폐하와 태자마마께서 모범을 보이시고 고하의 조정 문무신료 모두가 단발을 거행하였건만 어찌 감히 일개 백성과 유림 선비들이 무도하게 반발할 수 있단 말이오? 그대는 정녕 유림과 백성들은 범처럼 두려워하면서 내각의 대신으로서 왕실과 조정은 안중에도 없단 말인가!"

"천부당만부당하신 말씀이시옵니다. 어찌 신하된 자가 이 나라 종사(宗社)의 중추이시자 근본이신 왕실과 조정을 업신여기겠나이까. 다만 일을 시행하실 때의 완급은 조절해야 하지 않겠사옵니까. 민심의 이반이 초래될 수도 있사옵니다."

"거 갈수록 답답한 소리만 하는구려. 그대도 대군주 주상 폐하께 단발을 주청 올린 장본인이 아니오? 이제 와서 무슨 소린가 도대체."

실제로 유길준은 김홍집 못지않게 왕실의 삭발과 조선 땅 모두의 단발을 임금에게 주청 올린 개화파 내각의 주요한 인물이었다.

그랬던 그가 막상 단발령을 전국에 시행하니 다소 주춤하는 기색을 보이고 있는 것이었다.

유길준은 김홍집의 말에 잠시 머뭇거리면서도 꿋꿋이 대답했다.

"이렇게 민심이 불같을 줄은 몰랐사옵니다. 내일쯤이면 민간의 상소가 조정에 빗발칠 것이 자명하옵니다. 하여 순차적으로 행하심이 어떠실는지…"

"허어, 겁을 먹었어. 천하의 유길준이가 일개 백성들에게 잔뜩 겁을 먹었다 이 말이오. 쯧쯧, 그댄 정녕 청사에 빛나는 이 나라 조선의 개화 진보를 거역하겠단 말이오? 민심의 돌팔매가 두려워 일신의 안위를 돌보고자 이 나라 종사의 백년대계인 개화에 배신하겠다 이 말이오? 그토록 입만 열면 조당과 대전을 가리지 않고 개화의 중요성을 언급하던 그대가 말이야."

"그런 뜻이 아니오라…"

"다 이 나라 종묘사직을 위한 길이오. 고루한 폐습은 마땅히 혁파해야 하오."

유길준의 말처럼 민심은 하늘로 치솟는 불길과도 같았다. 마치 논둑에 놓은 쥐불처럼 민심의 노기(怒氣)는 걷잡을 수 없이 타올랐다. 국모가 일인의 손에 목숨을 잃고 일인의 지배 이념이 투사된 개화 내각이 조정을 장악한 마당에 백성들이 을미개혁을 반갑게 여길 리가 만무했다. 더욱이 단발이라. 머리털 한 줌도 조상과 부모에게 물려받은 귀한 것이거늘 이발을 통해 잘라내라니. 나아가 준절한 의관 정돈의 핵심이자 올곧은 강상(綱常)과 기율(紀律)의 근본인 상투를 절단하라니.

청천벽력(靑天霹靂)이라는 말은 가히 이를 두고 이름이라, 그것은 조선 전통의 뿌리를 발본색원(拔本塞源)하고 동양정기(東洋精氣)의 절개(節槪)를 끊어 사정없이 토막 내려는 일인들의 음험한 지배 수작이나 다름이 없었다.

그러나 단발의 개혁은 조정의 강요와 압제 속에서 꾸역꾸역 시행되어갔고 왕실과 조정의 권위를 내세운 내각의 엄명 아래 한성과 지방 전체에 체두관(剃頭官)이 파견되어 감독하기에 이르렀다. 왜국 공사 규개의 단발을 통한 조선 지배 계략이 무위로 돌아간 지 불과 1년만이었다.

북풍한설(北風寒雪)이 몰아치는 정월이었다. 체두관들은 어김없이 한성의 사성문(四城門)을 지키고 서서 오가는 사람들을 강제로 붙잡고 상투를 바싹 잘라냈다. 벽지(僻地)에서 영문도 모른 채 상경한 사람은 때 아닌 봉변에 하늘이 무너지는 듯 통곡했고 부끄러워 좀체 낯을 들질 못했다. 이미 상투가 잘린 한성의 백성들은 돌아가신 부모의 기일(忌日)이 되어도 위패에 절할 수 없었고 살아 계신 부모에겐 조석(朝夕) 문안조차 제대로 할 수 없었다. 그러니 자연스레 바깥사람들과의 접촉이나 교류는 단절되기 마련이었고 각자 모두가 외부로의 발길을 끊고 칩거하여 비통한 심정에 시름할 뿐이었다. 더욱이 정식 이발이 아닌 상투만을 냅다 잘라 버리니 그 산발한 몰골이 추레하고 가히 목불인견(目不忍見)이라 오히려 한성 전체 백성들의 용모는 목에 칼 찬 중죄인처럼 해괴하기 짝이 없게 되었다.

"상투를 틀어 올리는 것은 마땅한 폐풍(弊風)이다. 모름지기 시화연풍(時和年豊)의 태평치세를 이룩하기 위해서는 죄당만사(罪當萬死)한 인습을 철폐해야 함이 우선이라 할 것이다. 불결하기 그지없고 교만한 우월의식의 조장에만 일조하는 상투야말로 절단해야 하는 것이 바른 순리다. 상투를 지키고자 대항하여 진보하는 역사의 개화를 거역한다면 그것이야말로 스스로를 고루한 인습에 물든 고인(古人)으로 만드는 것일뿐더러 장차 다가올 미래의 발전을 내치는 폐인(廢人)으로 만드는 것일 뿐이다. 지금 많은 백성들이 개화의 참뜻을 따라서 단발에 동참하곤 있으나 아직도 사리에 어두운 우

15

활한 자들만이 암약하며 불순한 준동을 획책하니 이를 엄단해야 하는 것도 이 나라 종사를 지키는 왕실과 조정의 본분이라 할 것이다. 하여 이 나라 조선의 종묘사직과 올바른 국풍(國風)과 기율을 위하여 이제부터 왕명과 조칙을 위반하고 단발에 저항하는 자가 있다면 관군의 즉결처분에 따라 그 지위의 고하와 신분의 귀천을 막론하고 한 구덩이에 묻어 엄히 치죄(治罪)할 것이니라."

단발의 가속화를 위해 조정은 어느덧 군사들을 동원하기에 이른 것이었다.

내부대신 유길준이 이끄는 내각의 친위군(親衛軍)은 창검으로 무장한 보기(步騎)가 대다수로, 단발에 저항하여 각지에서 일어난 의병들을 토벌하는 데 동원되는 병력이었다. 물론 일반 백성들의 염려와 원통 역시 동지(動地)할 정도였다. 이는 당시 단발령에 성난 민심의 수준이 과연 어느 정도였는가를 짐작해 볼 수 있는 대목이라 하겠다. 구한말 지사(志士)인 황현의「매천야록」을 살펴보면 다음과 같다.

'삭발령이 이미 내려지자 곡성이 하늘을 진동시켰으며 사람들은 분노하여 목숨을 끊으려 하였다. 형세가 격변하려고 하자 왜놈들이 군대를 무장시켜 대기했으며, 경무사 허진이 순검들을 이끌고 칼을 가지고 길을 막으며 만나는 이마다 삭발하였다. (중략) 머리를 깎인 자는 깨끗이 깎지 않고 상투만 자른 채 머리털을 남겨 놓았으므로 마치 장발승(長髮僧) 같았다. (중략) 공주관찰사 이종원이 금강을 막고 지나가던 사람들의 머리를 억지로 깎았으므로, 길이 거의 막혔다. 이때부터 온 나라가 솥처럼 들끓었으며, 의병이 사방에서 일어났다. (중략) 강원도에서 서상열, 경기도에서 류인석, 주용규는 충청도에서 일어났다. 권세연이 안동에서 일어나고, 노응규와 정한용이 진주에서 일어났다. (후략) - 매천야록 2권'

"무서운 일이올시다. 만고(萬古)에도 이런 망유기극(罔有紀極)한 일은 드물었을 것이외다. 임금님도 조정 대신들도 모두가 상투를 자르고 이젠 아예 군사들까지 풀어 우리 평민들까지 치도곤을 내니 좀체 얼굴을 들고 다닐 수가 없어요."

"왜 아니겠소이까. 이 봉두난발(蓬頭亂髮)로 어찌 조상께 절을 올리며 어찌 양친께 문안을 드리겠소? 차라리 죽음으로써 이 치욕에서 벗어나고 싶소이다."

"욕됨이에요. 욕됨입니다. 이처럼 욕스런 세상이 또 있을까요?"

"이젠 아예 궁성을 지켜야 하는 군관들조차 나서서 왜놈들의 주구(走狗)가 되어 양민을 탄압하고 있으니 큰일입니다. 아, 물론 군관들뿐이 아니지요. 요새 고을마다 이웃의 앞잡이들이 넘치고 있어요. 아직 단발을 하지 않은 이들을 체포하여 압송하거나 그 자리에서 자른 상투를 가지고 오면 포상을 준다는 말에 다들 혈안이 되어 서로를 고발하고 난투극을 벌이기까지 한답니다."

"금수의 세월입니다. 짐승의 세월 말이에요."

어쩔 수 없이 상투를 잘린 산발자(散髮者)들은 때때로 삼삼오오 모여 작금의 시국을 개탄하고 잔혹한 시대를 원망하였다. 상투는 그들에게 있어서 단순한 외양이나 복식의 문제가 아니었다. 상투가 잘린다는 것은 용모와 청결의 문제로 매듭지을 수 있을만한 수준이 아니었다. 그것은 그들에게 그대로 죽음을 넘어선 의미로 작용했다. 신체발부 수지부모 불감훼상 효지시야(身體髮膚 受之父母 不敢毀傷 孝之始也)라, 충효(忠孝)를 근본으로 하는 유학의 도리로 미루어보건대 신체의 훼손은 부모에게 짓는 악업이자 대죄였다. 그러므로 머리를 틀어 올리는 상투는 단순한 남성 권위의 상징이라고 치부할 수 없을 만큼 유도(儒道)의 숭엄(崇嚴)하고 지고(至高)한 이치가 담겨져 있는 동양정신(東洋精神)의 육화(肉化)였다. 인륜(人倫)과 도덕(道德)을 지키는 근원이자 인간 본분의 총화(總和)였다.

그런 상투가 난데없이 잘려나간 그들의 슬픔이란 단순한 치욕을 넘어선 능욕의 절정이었다. 육체적 폄훼를 넘어선 총체적 희롱(戲

17

弄)이자 정신적 겁간(劫姦)이었다. 그래서 상투가 잘린 사람은 부모에게 대죄를 지어 윤리를 무너뜨리고 나라의 근본 도리인 유학을 능멸한 난신적자(亂臣賊子)가 되어 버렸다. 단발령은 온 조선 백성을 난신적자로 만들어 그들 중 특히 유림(儒林) 선비들의 정신적 파산을 유도해 이 땅의 민족정기(民族正氣)와 불굴혼(不屈魂)의 의지를 퇴색시키려는 일인들의 사술(邪術)이었다. 조선을 지탱하는 정신적 대들보인 유학 이념, 그토록 존엄한 나라의 기풍을 '청결과 위생을 위하고 고루한 폐습을 혁파한다'는 미명 아래 효과적으로 찍어 내는 교묘한 술책이자 교활한 책략이 바로 단발령이었다.

그와 같은 단발령을 두고 조정 내각에서는 편리와 실용을 위한 진보된 개화라 갖은 수식으로 치장을 했다. 역사는 진보하는 것이니, 개화개혁을 통해 국풍을 일신하고 새로이 진전되는 미래를 받아들이자는 그야말로 '넉넉한' 수용을 주장했다.

이에 반발한 의병의 수는 점차 늘어났고 민심은 한없이 타올랐지만 그것은 지방의 일이었고 결국 왕궁과 조정이 있는 도읍 한성은 금권과 철권의 양동작전을 미묘하게 번갈아 쓰는 일인들과 조정 내각의 술수에 점차 그 민심의 기세를 잃어가고 있었다.

"영감, 제발 고집부리지 마시오. 우리가 오지(奧地)에 사는 것도 아니고 사대문 안 도성에 버젓이 사는 마당에 어쩌자고 혹화(酷禍)를 자초하는 게요. 이러다가 영감 가문은 물론 우리 친정까지 어육(魚肉)이 나게 생겼소. 우리 두 늙은이 목숨은 그렇다 쳐도 자식새끼들은 무슨 죄겠소? 제사를 이을 씨는 남겨야 하지 않소?"

"아버님. 부디 자중자애(自重自愛)하소서. 결기를 부리신다고 될 일이 아니십니다. 근방의 모든 가문은 단발에 동참을 했다고 합니다. 물론 그분들이 다 어떤 분들이신데 반색하며 환영했겠습니까. 다들 명문가(名文家) 양반의 집안이니 어르신들은 불같이 화를 내셨겠지만 가문 전체가 초죽음이 되어가는 판이라 어쩔 수 없이 혁

18

를 깨무는 심정으로 머리털을 내어준 것이지요. 이토록 욕스런 세상이 지나가기만을 기다리기 위해 잠시 몸을 낮춘 것이지요. 일종의 처세입니다. 아버님, 부디…"

"형님. 형님 말씀처럼 우리 문중에도 단발에 저항하여 창의(倡義)를 부르짖는 의병들이 계십니다. 허나 그분들 모두가 삼남(三南) 고을의 땅 끝이나 관동(關東)의 벽지(僻地), 척박한 북변(北邊)에 터를 잡고 계십니다. 그 누구도 저희처럼 한성 도읍 복판인 북촌에 기와를 세우진 않았습니다. 형님, 하다못해 잠시라도 순응하시어 형세가 안정된 뒤에 후일을 도모하시지요. 머리털이야 다시 자라지 않겠습니까. 일단 머리를 내어주신 뒤에 망건을 몰래 챙기시어 보존하시고 도성을 빠져나가신 뒤에 의병들과 합류하여도 늦지 않습니다. 그때쯤이면 다시 상투를 올릴 수 있으실 겁니다. 잠시 뿐입니다. 잠시 말이에요."

가족들이 한사코 만류하여도 강 영감은 좀체 말을 듣지 않았다. 뒤뜰에는 꼿꼿한 기풍이 어리는 대숲이 자리하고 있었고, 햇빛을 받아 미끄러지는 기와의 곡선은 서슬 퍼런 칼날처럼 준엄했으니 그가 거처하는 고택(古宅) 만을 살펴봐도 집주인의 성정과 인품을 대강 알만했다. 평생 요령을 모르고 살아왔던 강 영감은 단발에 대하여 말을 들을 사람이 아니었다. 세상사 풍파에 맞서 원칙과 소신, 그리고 매죽(梅竹)의 절개로써 선비의 의지를 지켰던 강 영감은 처음 단발이라는 말에 펄쩍 뛰며 문우(文友)들에게 자결의 뜻을 보일 정도였다. 강 영감은 서로가 부부의 백년가약 인연을 맺은 부인과도, 항상 믿고 의지하던 아들 내외와도, 막역한 일심동체의 벗과 같았던 아우와도 단발에 대해서만큼은 석벽처럼 완고했다.

"머리털이 다시 자란다 해도 이미 잘린 머리털은 어찌하겠느냐. 잘릴 때의 욕됨과 허망, 그리고 말로는 다 표현할 수 없는 그 한 없는 부끄러움은 어찌하겠느냐. 선비에게 시간이 지나면 머리털은 다시 자라니 이번만은 머리를 내주어라 말할 수 있다면, 순결한 규

19

수에게 시간이 지나면 다 잊혀 질 것이니 이번만은 정조(貞操)를 바치라 말할 수 있겠느냐? 선비의 절개와 여인의 정조는 단순히 육신의 문제가 아니다. 그것은 정신(精神)의 문제다. 단발과 겁간으로 말미암아 실제로 능욕을 당하는 것은 육신이겠지만 굴욕(屈辱)과 내상(內傷)은 정신에 박힌다. 그때의 모멸(侮蔑)은 사유(思惟)와 혼백(魂魄)에 깊게 사무친다. 그런데 어찌 약간의 숨통을 트이고자 그 같은 모멸을 감내하라 하는 것이냐. 너희는 내가 짐승이 되길 원하느냐?"

자식보다도 더 끔찍이 사랑했던 손주들이 재차 청해 올려도 강 영감은 말을 듣지 않았다. 이대로 가다간 강 영감의 일가는 물론 가문 전체가 멸문지화(滅門之禍)를 면치 못할 것이었다. 조선의 도읍인 한성에서 거의 유일하게 단발에 버티고 있는 것이 바로 강 영감이었고 그 후손들이었다. 강 영감의 엄명에 그 집안 대부분의 사람들이 단발을 하지 못했고 심지어는 식솔은 물론 노복(奴僕)들조차 감히 머리털 한 가닥 건들지 못했다. 양반 선비가 아닌 노비에게까지 머리털의 중요성을 강조했던 강 영감은 그런 점에서 유학의 근본을 통찰하고 있는 명유(名儒)라 할 만 했다.

극히 단순하게도 유학의 윤리 강상을 지체 높은 아관박대(峨冠博帶)의 사대부나 덕망이 높은 사림(士林)에게만 적용하여 소위 그들만의 이상(理想)과 도덕을 건설하였던 일부 폐쇄적인 유림은 유학을 정쟁(政爭)과 당파 싸움의 수단으로 격하시켰고 공리공론(空理空論)의 허상(虛想)으로 만들어버렸다. 그것은 인간이 유학의 길을 악용한 것으로, 유학의 갖은 폐단과 악업을 초래한 원흉(元兇)이었다.

그러나 인간이 '사람의 길'을 말하고 있는 유학을 신분의 고하나 귀천에 관계없이 모두에게 올곧게 적용하고, 특수한 신분끼리의 공허한 변설이 아닌 모두가 지켜야 할 윤리와 본분으로 이치를 확장하는 것은 오히려 유학의 강점과 본래의 참뜻을 바람직하게 이어받는 것이라 할 수 있다. 실제로 유학의 도리는 선비 사대부의 특권이나 경직된 언행만을 강조하는 것이 아니라 민중(民衆) 전체에게 인간의 덕목을 설파하고 있기 때문이다. 그리하여 그 유학의 진의(眞義)를 꿰뚫어 본 강 영감은 지금 단순히 유학 경전의 구절이나 성인의 말씀에 얽매여 불통의 고집을 부리고 있는 것이라기보다는 유학이 전하고 있는 인간정신(人間精神)의 극치를 구현하고 있다고 볼 수 있는 것이었다.

그러나 강 영감도 사람이었다. 명문(名門)의 반열에 든 가문을 이어 받은 장본인으로서, 또 집안을 지탱하는 웃어른으로서 현실적인 고민을 전혀 하지 않은 것은 아니었다. 조정의 겁박과 일인들의 억압으로 말미암아 집안이 멸족(滅族)되면 그것은 고스란히 단발에 저항한 자신의 책임이었다. 다 늙은 몸으로서 자기 한 목숨 바치는 것이야 무슨 크게 어려울 일이 있겠냐마는 생떼 같은 자식들과 자신이 외직에 있을 때마다 집안을 잘 보살펴주어 항상 고마웠던 부인, 그리고 뜻을 같이했던 문우들과 제자들에게까지 피를 튀긴다는 것이 강 영감으로서는 몹시 괴로웠던 것이었다. 단발에 항거하여 선비의 지조와 유림의 절개를 지키려면 멸문과 다른 이들의 피탈까지 불러 결국 가정(家庭)의 어른 노릇을 못하게 될 것이었고, 단발에 순응하여 가정의 어른 노릇을 지키려면 평생 유학의 인간정신을 본받으며 정충대절(貞忠大節)의 기치(旗幟)를 지켜왔던 자신의 삶에 '조선 백성으로서 일인에 협조하고 유림 선비로서 유학을 저버렸다는' 먹칠을 하게 될 것이었다. 진퇴양난이었다.

"나리, 병조(兵曹)에서 친위군이 왔습니다."

구종(驅從)이 헐레벌떡 흉보(凶報)를 전해 왔다. 우람한 금군(禁軍) 나졸들이 치도곤 방망이 하나씩을 들고 걷어 차낸 대문께로 쏟아졌고 뒤이어 철릭과 갑주(甲冑)로 무장한 군대까지 들어왔다. 모두 이발을 마친 상태였다. 별다른 항전 한 번 못해본 문짝은 이리저리 삐걱대며 비극의 서곡을 연주하고 있었다.

나졸의 우두머리로 보이는 자가 박력 있는 목소리로 소리쳤다.

"개화개혁의 단발에 항거한 반동(反動), 강신후(姜信厚)는 오라를 받으라!"

나졸들의 거친 손에 하릴없이 묶여 나온 식솔 모두는 마당 흙바닥에 꿇어앉았고 강 영감만이 백의도포(白衣道袍)와 정자관(程子冠)을 고쳐 입고 유유히 대청으로 나와 군사들의 면목을 준절하게 살펴보곤 토하듯 대갈일성(大喝一聲)을 퍼부었다.

"어느 안전이라고 감히 사대부 가문의 안채를 들쑤시는 것이냐. 병조의 체포문(逮捕文)은 어디 있느냐. 역적죄인(逆賊罪人)을 다스릴 때도 이리 무엄하진 못할 것이야. 썩 병장기를 내려놓지 못할까!"

의외로 고강한 기세를 보이는 강 영감의 벽력(霹靂) 같은 호령에 장졸 모두가 어리둥절할 뿐이었다. 군사들이 주춤거리자 보다 못한 우두머리가 무리의 뒤편으로 귓속말을 전했고 이어서 병조 소속으로 보이는 한 관리가 앞으로 나와 체포문을 건성으로 읽어냈다. 그제야 강 영감은 두 눈을 지그시 감고 무저갱(無低坑)과도 같은 탄식을 토했다. 비통함에 아랫입술을 깨문 상처 사이론 한줄기 피가 흐르고 있었다.

"추국장으로 끌고 가라. 거기서 감히 조정의 법안에 항거한 죗값을 받을 것이다."

오래 전의 일이지만 그래도 조정에서 당하관(堂下官)까지 지낸 대부(大夫)가 양손이 결박된 채 추국장(推鞫場)으로 압송되는 모욕이란 참으로 지독한 것이었다. 더욱이 단발에 저항한 위인으로는 도성 안에서 거의 유일하다시피 하여 조정의 관심과 세간의 이목이 집중되었으니 집안과 자신의 삶이 송두리째 파헤쳐진 욕됨이란 이루 표현하기가 어려울 지경이었다.

그런데 아무리 강 영감이 당하관까지 지낸 위인이자 덕망과 명성이 높은 유림 선비였다 할지라도 현직에 있는 세가(世家)가 역모를 일으킨 정도가 아니라면 이렇게 많은 군사들이 들이닥칠 수 없

22

었다. 더욱이 내각에서 조정의 친위대까지 보내 역적 토벌에 가까운 연출을 통해 고작 단발에 항거한 유자(儒者) 하나를 체포해 함거까지 대령하여 코앞인 궁궐로 압송한다는 것이 여간 해괴한 일이 아닐 수 없었다. 분명 이와 같은 과도한 연출에는 조정의 은밀한 복심(腹心)이 작용하고 있을 것이었다. 강 영감은 함거에 실려가면서 조정의 심중을 추측해가며 파악하고 있었다.

"이 나라 조선의 종사와 왕실, 조정이 있는 곳에서 단발에 항거하는 자가 있었다니. 이 얼마나 천지개벽할 일인가 말이야. 전국에 이미 지위고하에 관계없이 한성의 모든 사람들은 단발에 한뜻으로 찬동했다고 선포를 해 놓았건만! 이제 와서 손바닥 같은 이 한성 내부에서도 단발에 대한 분열의 조짐이 있었다는 소식이 지방에 퍼지면 과연 어떤 일이 벌어지겠는가. 지금도 죽솥 같이 들끓어 오르는 봉기군(蜂起軍)에게 항전의 명분만을 쥐어줄 뿐이지 않는가 이 말이야!"

총리대신 김홍집의 노기는 하늘을 사를 듯 충천했다. 치밀어 오르는 분기를 이기지 못해 몇 번이고 조당(朝堂)의 탁상을 내리치는 소리가 경복궁 전각을 울렸다.

"지당하신 말씀입니다."

"괘씸한 늙은이지요. 당장 참수해 저잣거리에 효수토록 하십시오!"

"압송할 때 대역죄인의 수준으로 다루도록 명하였습니다. 지금쯤 추국장에 당도했을 것입니다. 단발에 항거한 대죄(大罪)를 엄히 물으소서."

김홍집은 조당 뒤편 추국장을 향해 걸음을 옮기면서 다짐하듯 말했다.

"암 그렇게 할 것이야. 그렇게 할 것이고말고. 다른 이도 아니고 조정에서 당하관까지 지낸 늙은이가 감히 조정의 뜻을 거역하다니.

듣자하니 그 늙은이 문중에서 단발에 항거한 군민(軍民)이 나왔다 하니 그것을 물어 역적죄로 처단해야 함이 옳을 것이야. 항상 그 반동이 문제란 말이야. 그 반동 말이야. 개화에 반발하는 그 고루하고 한심한 작자들, 그들이 문제야 문제! 진보로서의 역사를 무시하는 그들!"

김홍집이 추국장에 도착하자 내부대신 유길준이 시립하여 정중히 그를 맞이했고 형리(刑吏)들이 국문(鞫問)의 준비를 다 끝내놓고 하명만을 기다리고 있었다. 형틀 가운데 묶여있던 강 영감은 김홍집과 유길준을 비롯한 내각의 요인들을 보자 크지도 않은 체구를 부르르 떨며 가슴에 치솟는 노기(怒氣)를 간신히 참고 있었다.

'면면(面面)이 다 왜색(倭色)이로다. 일인(日人)의 꼭두각시 노릇을 하는 조정이라더니 참으로 한심하기 짝이 없구나. 앞으로 이 나라 종사가 어찌될는지…'

한기(寒氣)가 온몸으로 스며드는 국청(鞫廳)이었다. 형틀 양 옆으로 이글거리는 화로에서 달궈진 인두가 열을 내고 있었다. 생각만으로도 속살을 태우는 열기였다.

"역적 강신후는 들어라. 어찌하여 네놈은 단발에 항거하여 민심을 선동하고 역모를 획책하였느냐. 네놈은 감히 단발에 저항한 후 한성 내부에서 폭동을 일으켜서 환란을 조장하고 바깥의 적인(敵人)들과 호응하여 종사를 무너뜨리려 했으렷다!"

김홍집의 기막힌 추궁에 강 영감은 허허롭게 웃으며 결기 어린 음성으로 답했다.

"참으로 답답하시오. 집단으로 상소를 올려 현 시국을 개탄해하는 유생들도 아니고 일개 선비가 무슨 힘으로 민심을 한데 모아 조정에 대항할 수 있겠소이까. 더욱이 대신께서 말하시는 그 폭동은 한성 밖의 여러 고을에서 이미 벌어지고 있지 않소이까? 사람노릇을 못하게 하는 그놈의 단발에 항거하여 거병한 이들만 해도 수를 헤아리기 어렵다 하지요. 헌데 그토록 무서운 민심의 열화(烈

24

火)를 조정은 어찌 감당하려 하시오. 조정이 왜인의 수작에 놀아나 마침내 백성들로 하여금 잘린 상투에 피눈물을 쏟게 한 그 죄악을 어찌 감당하려 하는가!"

거칠 것이 없는 강 영감의 말에 김홍집은 이를 갈며 분통해했다. 유길준은 형리에게 강 영감의 등허리에 인두질을 하라 명했다. 형리는 강 영감의 도포자락 위에 그대로 인두불을 놓았다. 속절없이 타들어가는 불길은 척추의 골수를 녹이는 듯 고통스러웠다. 그러나 강 영감은 꿋꿋이 조정 내각의 요인들을 노려봤다. 그 눈빛이란 흡사 모가지가 붙잡혀 독이 바짝 오른 뱀과도 같았다. 백관들은 간담이 서늘했다.

김홍집은 인두질이 끝나자 노여움과 설득이 기묘히 얽힌 호통으로 입을 열었다.

"단발은 민심의 분노를 야기하기 위한 것도 아니고, 왜인의 수작에 놀아난 것도 아니다. 백성들로 하여금 사람노릇을 못하게 하여 피눈물을 흘리게 하는 것도 아니다. 그것은 개화(開化)다! 역사의 진보다. 더럽기 짝이 없는 상투를 자르면 머리 감기가 수월해 청결해지고 복식과 외양이 단정해져 개인의 품위가 올라가는 것은 물론이요, 조선의 온 백성이 다 단발을 하고 있으면 여러 나라의 신뢰를 얻어 외국과의 교류에 있어서도 국격(國格)의 상승을 가져오는 것이다. 더럽고 추레한 모습을 지닌 백성들의 나라와 어느 외국이 교류와 협력을 할 수 있겠느냐?

그런데도 네놈이 개화된 역사의 진보를 거역하고 다시 폐단을 답습하고자 단발에 항거하여 민심을 선동한 것은 장차 왕실과 조정을 붕괴시켜 역모를 획책하고자 함이 아니냐! 고루한 폐습으로의 제도적 복벽을 통해 역적모의를 한 것이 아니더냐!"

그러나 강 영감에겐 개화의 미명으로 단발을 시행한 조정 내각의 음흉한 술책이 종사를 해치는 난적이었다. 그의 눈에는 종묘의 계승과 사직의 보전을 위해 사력을 다 바쳐야 할 그들이 일인의 손아귀에 놀아나 사람의 도리를 망각하려 하는 것처럼 보였다. 지난번엔 잠시 인간으로서 현실적인 고민을 하였지만 단발은 아무리 생각해봐도 도저히 있을 수 없는 일이었다. 그것은 청결과 품격의 상승이라는 그럴듯한 꾸밈으로 유학의 근본정신인 충효를 말살하여 이 땅 조선 선비들의 정신적 도륙을 내려는 일인과 친일 내각의 협잡에 지나지 않는 것이었다.

"조선 종사의 반석과 기틀은 유학의 도리이고 조선 백성의 정신적 근본은 유학의 인륜이오. 이 몸의 머리털은 조상과 부모가 내려주신 것이기에 상투를 자른다면 그것은 인간의 도리를 저버린 패륜(悖倫)이자 사직을 기만한 악업이 될 뿐이오. 아무리 좋은 문명의 개화와 진보라도 왜인의 뒷수작으로 점철되고 사람의 길을 저버린다면 야만인 것이오. 나는 죽어서 목 없는 귀신이 될지언정 살아서 머리 없는 사람이 되진 않겠소. 합리와 실용이라는 미명에 홀려 전통과 조상을 버리진 않겠소!"

물론 유학의 도리가 효(孝) 뿐만 아니라 충(忠)도 있을진대 선비된 자로서 임금의 칙령이자 왕명을 무작정 어길 수는 없을 것이었다. 그러나 그 명을 따르는 것은 너무도 비참했다. 임금과 태자가 머리를 깎아 상투를 자르고 중신(重臣)들이 그것을 두고 신식 개화라 자축하는 모습은 조상과 부모의 은덕(恩德)을 저버리는 난봉꾼들의 분방한 수작질이나 다름이 없었다. 더군다나 맹목(盲目)의 충은 선비의 절개가 아니었고 유학의 도리가 아니었다. 가정에서도 아비가 잘못된 길로 가면 그 자식들이 바로 잡아드려 살피듯이 임금과 조정이 그릇된 결정을 하면 결사(決死)하여 상소와 주청을 올리는 것이 신하와 선비와 백성의 도리였다.

단발, 그것에 맹종하는 것은 일인의 지배 이념적 술책에 동조하여 조선 500년 종사를 망치는 망국(亡國)의 첩경(捷徑)이었다. 강영감은 비록 형틀에서 불충(不忠)의 죄로 죽을지언정 단발을 용인해 적자(賊子)의 길을 걸으며 이승의 목숨을 부지하고 부모와 조종

(祖宗)께 씻을 수 없는 대죄를 지을 수는 없었다. 그럴 순 없었다.

아니나 다를까, 김홍집은 강 영감이 과거 당하관을 지냈다는 이력을 이용하여 충의 문제를 들먹이며 강 영감을 설복하려 했다. 김홍집은 개화 논리와 충의 도리로 강 영감을 굴복시킨 뒤에 죽여야 단발과 개화개혁의 진의가 만천하에 공고해질 것이라 믿는 모양이었다. 냉소를 띤 김홍집은 초죽음이 되어가는 강 영감에게 말했다.

"네놈은 선비이자 과거엔 관료였다. 그런데 임금과 종사에 대한 충성을 덕목으로 하는 유학을 새긴 네놈이 단발이라는 임금의 조칙을 거역한 것은 죄가 아니더냐? 대개 효와 유학의 정신을 논하며 단발에 거부한 자들의 모순은 바로 여기에 있을 것이다. 충은 효의 확장이요, 유학의 중추이다. 효와 나라를 위해 단발을 하지 않는다면 임금이 삭발을 하였거늘 그 단발의 명을 거역하고 방자하게 구는 것은 어떤 논리냐? 가문의 효를 위해 나라의 충에 항거하는 것이 진정한 유학의 도리이더냐?"

김홍집의 말에 강 영감은 자신의 최후를 직감하고 있었다. 논전이 끝난 후 몇 번에 이어지는 고문은 분명 자신의 숨통을 끊어놓을 것이었다. 그러나 역적으로 몰려 죽기 전에 강 영감은 말해야했다. 단발의 부당(不當)과 친일개화의 근시(近視)를.

"똑똑히 듣거라! 작금의 왕실과 조정은 왜색 천지다. 개화의 뒷배에는 일인의 그림자가 드리워져 있는 것이 오늘날 조선의 현실이다. 단발은 유학의 인간정신을 무너뜨려 이 나라 백성의 정기를 빼앗는 개화로, 일인의 조선 지배를 위한 간섭이다. 그것에 동조하는 것은 이 나라 종사를 매국하는 짓이다! 물론 나는 유학의 덕목을 중히 여기는 선비이자 과거 관료 된 자였다. 그러나 선비와 관료 뿐 만 아니라 이 땅의 모든 민중은 그릇된 길을 걷는 왕실과 조정을 바로 잡아야 한다. 죽음을 각오하여 윗사람의 이적(利敵)과 폐단을 고발하고 그것에 대항하는 것 역시 유학의 도리다. 맹목적인 충성은 이치에 어긋나는 법, 그리하여 단발을 강요하는 작금의

27

임금과 조정은 사직(社稷)의 장자(長子)라 볼 수 없다! 일인의 수작에 말려 단발의 합리라는 그럴듯한 허명(虛名)의 꼭두각시놀음을 하고 있는 오늘의 왕실과 조정을 어찌 나라의 바른 법도와 굳건한 안위를 위해 분골쇄신(粉骨碎身) 견마지로(犬馬之勞)를 다하는 조선의 자손이라 할 수 있겠느냐! 차라리 작금의 왕실과 조정은 패륜(悖倫)의 적자(賊子)라 함이 옳을 것이다. 오로지, 오로지 조선의 종사를 지키기 위해 목숨을 걸고 불의(不義)한 단발에 저항한 선비와 민중이야말로 진정한 사직의 장자라 할 것이다…"

이어진 논전에서도 강직한 강 영감의 기세는 청죽처럼 곧았다. 끝내 도수부(刀手夫)의 칼에 목이 떨어질 때까지도 그의 머리에는 상투가 가지런히 틀어져 있었다.

〈끝〉

제2편

난적지도

난적지도(亂賊之道)

재 너머 고을 뒷산 기슭의 협로에선 서슬 퍼런 총포소리가 콩볶듯이 이어졌고 장정들의 장대한 몸뚱이가 베어진 짚단처럼 계곡에 나뒹굴기 일쑤였다. 토호가(土豪家)의 힘깨나 쓴다는 머슴들이 모조리 산까마귀 밥이 된 것이었다. 최후의 저지선이 뚫리자 쏜살같이 준령을 넘어서 마을로 하산하는 적들의 수는 자그마치 수백에 달했다. 하나같이 무장을 하고 있었는데 선두에는 예도(銳刀)를 든 보병이, 중간에는 화승총(火繩銃) 부대가, 그리고 전체의 7할에 달하는 농민들이 뒤를 잇고 있었다. 그들의 하산 이후 얼마 지나지 않아 산 아래 고래 등 같은 기와집에선 괭이와 쇠스랑이 솟을대문을 찍고 악다구니 함성이 광풍처럼 몰아치기 시작했다. 하릴없이 열린 대문으론 온몸에 피칠갑을 한 농군들이 벌떼처럼 들이닥쳤다.

"무위도식(無爲徒食)의 탕건쟁이들을 척결하라!"

앞선 농군 하나가 선창하자 낫을 든 무리들이 이어서 규탄하기 시작했다.

"그들이 천하대본(天下大本)의 막중한 업(業)을 어찌 알리오. 땀흘려 일구는 노동의 가치를 어찌 알리오. 허황된 사변에 도취하여 세 치 혓바닥으로 백성을 미혹하고 해괴한 요설로 양민을 유린한 흑립(黑笠)의 도당(徒黨)을 당장 처단하자!"

"흑립의 도당을 죽이자!"

"탕건쟁이들과 흑립의 도당은 공리공론(空理空論)으로 백성과 민중을 도탄에 빠지게 한 죄를 받아라! 모두 끌어내 죽이고 문갑의 서책들을 모조리 불태워라!"

진천동지(振天動地)하는 고함소리와 낭자한 비명소리는 여러 곳에 달하는 고을 유지들의 저택에서 흘러나와 하나로 어울려 피의 화음을 이루었다. 관아와 동헌(東軒)엔 불길이 치솟았고 사대부 집의 기와는 가루가 됐다. 애초부터 진압을 포기한 수령방백(守令方

30

伯)들이 벌써 도망친 지 오래였으니 갓과 도포로 의관을 정제한 선비들은 물론 정자관을 쓴 토호들은 말할 것도 없이 농군의 죽창에 어육으로 남게 되었다. 어느덧 해가 서산에 걸리고 이슥한 밤이 되었지만 살육의 향연은 그칠 줄 몰랐다. 단말마의 절규는 한없이 드높아져만 갔다.

고을 전체가 초토열화(焦土熱火)의 생지옥으로 변하던 그 시각, 다행히도 구사일생한 몇몇의 선비들과 유지들은 남쪽 개천 인근의 폐가에 모여들기 시작했다.

"유림(儒林)과 부호(富豪)들의 씨를 말리려는 농투성이들의 수작이오."

"우리 고을 자락에 뿌리를 박은 토호들과 유지들은 이미 모두가 낮에 천참만륙(千斬萬戮)을 당했소이다. 역겨운 피비린내가 온 고을에 진동하고 있어요. 이거, 명백한 농군들의 반란 봉기가 아니겠소이까?"

"관군도 도망친 마당에 봉기인들 어찌 하겠소? 그래도 재물과 세도가 좀 있다 싶은 실력자들은 음으로 양으로 힘을 써 대개 목숨은 건져서 도망쳤소이다. 문제는 유림의 형편이에요. 모두가 다 꼼짝없이 배 꿰인 고기 신세가 되지 않았소이까?"

"우리 고을 뿐 만이 아니랍니다. 경도(京都) 인근에까지 선비들이 죽는답니다."

농민 봉기의 기운은 바람 부는 벌판의 불길처럼 위세를 더해갔다. 도읍과 요충지를 제외한 삼남(三南)의 모든 고을에선 관군도 토벌이 불가할 정도로 걷잡을 수 없이 기세가 커졌고 심지어는 북변(北邊)과 도서(島嶼) 지역에서도 자발적으로 반란을 일으킨 농군들이 관아를 점령하고 농성하기에 이른 것이었다.

기실 그동안 중앙 조정과 지방 관부들의 추렴과 횡포는 참으로 심한 것이었다. 양민 중에서도 농민에게 가하는 세금은 형언할 수

없이 혹독했고 가렴주구(苛斂誅求)에 가까운 징발과 부역 역시 그
들의 원망을 키우는데 한몫을 단단히 했었다. 지방 고을마다 고리
대를 비롯하여 온갖 부정(不正)으로 축재한 부호들은 부패한 관부
와 결탁하여 비리 은폐를 일삼고 있었고 중앙 조정은 아랑곳없이
수수관망(袖手觀望)만 할 뿐이었다. 조정 관부에겐 오로지 백성에게
무언가 앗을 생각만 있었다.

그렇게 적도(賊徒)나 다를 것 없는 무리들이 세도를 남용하고 학
정을 일삼아 도탄에 빠진 백성들의 원성은 나날이 높아져 갔지만
세상의 누구도 그들의 사정을 살펴주지 못했다. 그들의 눈에는 민
초들의 고혈로 호의호식을 하는 구중궁궐의 왕실 속 임금은 비열
해 보이기만 했고 백성의 세금으로 녹봉을 받는 고관대작(高官大
爵)들은 역겨워 보일 뿐이었다. 그리하여 하나같이 부정비리와 부
패로 칠갑한 수령방백들이 빈농(貧農)의 초가에까지 나타나 오른손
으론 우악스런 오랏줄과 방망이를 쥐고 왼손으론 과한 세곡을 받
아내기 위해 빈 손바닥을 보여주는, 그런 일련의 폭정과 압제를 비
로소 농군들은 좌시할 수 없게 되었다. 살기 위해서 일어난 것이었
다.

농민들이 먼저 들고 일어서자 뒤이어 공상(工商)에 종사하는 이
들도 나름의 불만을 내세우며 가세했다. 나중에는 노비들까지 합세
했으나 여전히 봉기의 중심은 대다수의 농군들이었다. 천노(賤奴)
못지않게 이 땅 이 나라에서 힘겨운 삶을 지탱하고 있는 것은 바
로 농민이기 때문이었다. 말로는 사농공상(士農工商)이라 하여 지위
를 정하였지만 실제론 중간층의 신분이라 나라 안팎의 가혹한 부
담을 가장 많이 져야 했기에 없는 것이 더 나은 껍질 뿐 인 신분
제인 것이었다.

더욱이 입으로만 천하지대본(天下之大本)이라 일컬으며 농업과
농민의 삶을 치켜세워주면서 뒤로는 궁핍한 민초들에 대한 가학을

방관하는 중앙 조정의 양반 사대부들과 지방 사림(士林)의 이중성도 마침내 들고 일어선 농민들의 들끓는 노염(怒炎)에 불쏘시개가 되었다. 진실로 농민들에게 있어서 진정한 척결대상은 양반을 비롯한 유자(儒者)들인지도 몰랐다. 입조하여 권세를 잡은 사대부는 물론이거니와 사림의 선비들 모두가 유학의 사서삼경(四書三經)을 내세우며 백성과 농본(農本)의 중요성을 강조한 금과옥조(金科玉條)의 격언들을 쏟아내고 있었지만 실질의 의미로서는 한없이 미약했고 형편없었기 때문이었다.

매번 선비들은 유학에 정통하여 도저한 충직(忠直)과 간언(諫言)으로 임금과 백성에게 정치의 도리와 인간의 본분을 설파했지만 왕실과 조정의 기강을 다잡고 도탄에 빠진 민생을 구제하는 데는 뚜렷한 효과가 없었다. 유도(儒道)의 충심(忠心)도 직접적인 현실의 개선이나 부패의 일소에는 그저 공리공론으로밖에 작용하지 못했다. 실천은 요원했으며 뜬구름 잡는 소리만 조정과 서원에 울려 퍼질 뿐이었다.

오히려 인의(仁義)의 덕목을 강론하고 민심이 천명(天命)이라는 도리를 설파하면 할수록 느는 것은 조정의 붕당(朋黨)과 이전투구(泥田鬪狗)의 권력 다툼 뿐이었다. 조정의 대신(大臣)들은 겉으로는 경전 구절 또는 글자의 해석이나 예법의 유래와 시행을 놓고 이견(異見)으로써 정적과 맞섰지만 실은 정계에서의 세도를 잡기 위한 포석에 지나지 않았다. 유학은 사람의 길을 말했지만 사람은 유학의 길을 악용했다.

바른 정치를 염원했던 공맹(孔孟)의 학설에서부터 신비한 인간의 심성(心性)과 심오한 우주의 원리를 논한 성리학(性理學)과 한때 사문난적(斯文亂賊)의 논란이 있었던 심학(心學—陽明學)으로 이어지기까지 유학은 수많은 세월 중원의 대국들과 더불어 이 땅 반도의 국가들에게 학문의 근본이 되었고 신묘한 이치가 되었다. 그러나 폐단이 극심한 작금의 세태와 실정에 이르기까지 유도(儒道)가 실

33

현되어 국리민복(國利民福)과 태평치세(太平治世)를 이뤘던 때는 손으로 꼽기도 민망할 정도로 극소(極小)했다. 그저 사대부들은 권세 다툼과 국정을 농단하는 수단으로, 선비 유림들은 실질의 땀방울을 흘리지 않고 명망과 재물을 얻어 무위도식하는 공허한 변설의 기반으로 삼을 뿐이었다. 현실이 그러한데 왕도덕치(王道德治)가 존재할 리 만무했다.

농군들은 참을 수 없었다. 그들의 노여움과 울분은 하늘도 사를 만큼 깊고 강했다. 그들에게 있어서 유학은 유서 깊게 이어진 오랜 세월만큼이나 쓸모가 없었다. 농민과 장사꾼, 장인(匠人)들은 폭염과 혹한을 마다않고 뼈를 깎는 노동을 지속하는데 비해 선비들은 오로지 방구석에 앉아 편히 말과 글로 먹고 사는 자들이었다. 더군다나 세상은 그런 선비 사대부들을 존경해마지 않았고 농공상의 민초들은 불학무식(不學無識)한 어리석은 중생으로 치부하기 일쑤였다. 피땀 흘려 땅을 일군 농민들에게 돌아오는 것은 세곡을 독촉하는 관부, 고혈을 추렴하는 부호, 자못 위엄 어린 설교를 늘어놓는 선비, 백안시하는 세상, 고역 같은 삶일 따름이었다. 뭔가 잘못되어도 크게 잘못된 것이었다. 농군들은 논밭에 엎어져 망연자실의 눈물을 흘릴 뿐이었다.

그리하여 너무도 억울하고 원통했던 농군들은 마침내 머리띠와 칼을 집을 수밖에 없었고 하다못해 흙먼지 뒤집어쓴 농구(農具)라도 들고 일어날 수밖에 없었던 것이었다. 지난날의 삐뚤어지고 구부러진 세상의 이치를 바로 잡기 위해서였다.

"장군(將軍), 자고로 혁명의 대업과 일대거사(一大擧事)에는 운용할 자금이 필요하기 마련이옵니다. 별 것 아니지만 대업에 뜻을 같이하는 것이라 여기시어 쾌히 받아주시옵소서. 이것을 이 노구(老軀)의 늙은이가 백성의 세상과 농민의 시대를 여는 이번 혁명에 동

34

참하는 징표라 여기시옵소서. 부탁이옵니다. 받아주시옵소서."

"허어. 장군이라니요, 또 이것이 다 무엇입니까. 이런…"

"바야흐로 장군께서 농민의 세상을 여시는 것이옵니다. 바깥에 시립한 농군들 다수가 장군의 혁명 대의(大義)에 감복하여 이번 거사에 동참한 것이옵니다. 비록 이 늙은이가 한 때 공허하고 요사스러운 유도에만 치중하여 농업의 진면목과 피땀 흘려 일하는 참된 노동의 정신을 받잡지 못했사오나, 지금부터라도 정진하여 천하대본의 혁명에 여생을 바칠까 하옵니다. 부디 허락해주시옵소서."

부복한 최 영감의 수염이 파르르 떨렸다. 서슬 퍼런 농민군의 수장 앞이었다. 그가 비록 경북(慶北) 일대의 최대 부호라지만 어느 안전이라고 감히 위세를 떨 수 있겠는가. 바닥에 잔뜩 엎드린 최 영감의 등에선 식은땀이 한줄기 흐르고 있었다.

"허어. 아니 되는 것이건만, 허어 글쎄…"

농군 수장의 얕은 탄식소리와 재물의 정도를 살피는 간교한 눈초리가 이 모두가 그렇고 그런 의례(儀禮)임을 말해주고 있었다. 수장은 마지못해하는 듯 투박하게 서탁(書卓)에 놓인 자개 보석함을 집어 품속으로 넣었다. 몇 달 전까지만 하더라도 황소 등을 두드리며 쟁기로 밭을 갈던 거친 손이 나름 호사를 하는 것이었다. 보석함을 집어 드는 소리에 최 영감이 살포시 고개를 들어 바라보니 수장의 얼굴엔 난처한 기색이 역력히 있었지만 그 속에 화색이 깃드는 낌새가 분명히 엿보였다. 최 영감은 속으로 쾌재를 불렀다. 품을 크게 써서 마련한 재물이었지만 앞으로 닥칠 환란에 대비하는 용도로서는 결코 아까운 정도가 아니었다. 과연 수장의 이어지는 음성은 한 귀로 듣기에도 부드러워져 있었다. 눈도 앞서 경계했던 그것이 아니었다.

"듣자하니 최 영감께선 평소 핍박받는 농민들의 고충을 정성껏 들어주시고 힘껏 돌봐주셨다지요? 잘 하셨습니다. 영감께서 하신 일이 진실로 우리 혁명의 밑거름이 된 것입니다. 하여 농민과 동고 동락(同苦同樂)하신 영감의 뜻이 워낙 깊고 갸륵하니 어쩔 수 없이 받아두겠습니다. 장차 이 재물은 백성이 사람대접을 받는 세상, 농업의 역행(力行)이 존중받는 시대를 열기 위한 자본이 될 것입니다. 영감께선 우리의 혁명에 참으로 중요한 일을 하신 겁니다."

이번엔 최 영감의 얼굴에 화색이 돌았다. 노회하고 교활한 웃음은 만면에 가득했다.

"아니옵니다. 이 미천한 늙은이가 무엇으로 농군들의 위대한 노력에 조력할 수 있었겠사옵니까. 장군, 부디 백성이 주인이 되는 세상과 농민이 우뚝 서는 그날을 위해 끊임없이 힘써 주시옵소서. 그때까지 이 늙은이는 물심양면으로 장군과 농군들의 혁명을 돕겠사옵니다. 그동안 못 다한 충력(忠力)을 다하겠습니다. 그럼 이만 이 늙은이는 물러가보겠사옵니다."

"잠깐, 잠깐. 영감 이리 와보십시오."

부정과 비리를 경멸하는 농군의 우두머리에게도 재물이 통했다는 기쁜 마음에 자리를 털고 바삐 걸어 나가는 최 영감의 뒷덜미에 수장의 목소리가 화살처럼 박힌 것은 금방이었다. 최 영감은 가던 발길을 멈추고 황급히 뒤돌아 부복하며 받잡았다.

"하명하십시오."

수장은 가늘게 고리눈을 한 채 최 영감의 귓가에 대고 나지막이 속삭였다.

"영감께서 거처하며 세력을 쌓은 경북도(慶北道)에 아직도 농군의 혁명에 항거하는 자가 있다고 들었소이다만. 그것이 정녕 사실입니까?"

겉으론 진위를 물어보는 투였으나 실상은 당장 끌고 오라는 소리나 다름이 없었다. 대뜸 서늘해진 방 안 기운에 철렁하며 최 영감은 사시나무 벌벌 떨듯 답했다.

"천부당만부당한 말씀이시옵니다. 어찌 감히 하늘같은 백성의 뜻을 받잡고 농업을 근본으로 세우는 거룩한 혁명에 반항하는 자가 있겠사옵니까?"

수장은 단호히 고개를 가로저었다. 무언가 확실히 들은 바가 있다는 뜻이었다. 수장이 의심하는 눈초리로 입을 다물고 한참을 기다리자 돌연한 침묵에 모골이 송연해진 최 영감은 모든 것을 알고 있는 사실대로 토로하기 시작했다.

"실은 안동(安東)에서 퇴계(退溪)를 사숙(私淑)한 유자 하나가 아직 있사옵니다만 그저 정통의 학맥을 이은 것은 아니고 보통의 유림과 마찬가지로 유학에 뜻을 두어 쓸모없이 허황된 경전과 학설에만 조예가 깊은 보잘 것 없는 선비일 뿐이옵니다. 이 늙은이가 앞서 말씀을 드리지 않은 이유는 공사가 다망하신 장군께서 굳이 신경 쓰실 일이 아닌 것 같아서 그리한 것이옵니다. 그저 벌레 보시듯 무시하시옵소서."

최 영감이 알아듣기 쉽게 차근차근히 말했음에도 수장의 눈에는 금세라도 타오를 듯 노기(怒氣)의 불꽃이 어리고 있었다. 수장은 주먹으로 서탁을 내리치며 분기탱천(憤氣撑天)하여 소리쳤다. 사대부와 고을 유지들의 집을 들쑤실 때의 고함과 같았다.

"당치 않은 소리 집어치우시구려. 영감께선 그걸 지금 말씀이라고 하는 게요? 설마하니 나에게 고작해야 푼돈을 쥐어주면서 그런 역적의 분자(分子)를 애써 감추려 하신 것이오? 유자의 발본색원도 우리 농군 혁명의 목적임을 잊으셨소이까?"

"아니옵니다. 이 늙은이가 무엇 때문에 그런 작자를 숨기려 하겠사옵니까. 단연코 그런 일은 없사옵니다. 이 늙은인 그저 장군의 심기를 어지럽히는 일이라…"

"나의 심기를 어지럽힐 정도의 일이라면 당연히 보고를 했어야 옳았소이다! 영감께선 어찌 이번 사안의 중대함을 모르시오. 단 하나의 반동분자(反動分子)라도 그의 사상에 동조하여 부화뇌동하는 이들이 있다면 그것이 바로 혁명의 걸림돌로 작용하는 법. 더군다나 범용한 삶과 참된 노동의 가치를 모르고 오로지 현학적인 경전

37

에만 매달려 불순한 언동으로 요행을 바라는 유자의 족속이라면 당장 색출하여 엄단해야하는 것이 순리요. 영감도 백성이 주인 되는 세상을 여는 농군의 혁명에 뜻을 같이 하겠다고 했으면서 뒤로는 살아남은 유자를 감싸고돈다면 우리의 거사를 지지하는 그 진정성에 흠집이 날지 모르는 일이외다. 설마하니 과거처럼 아직도 유학에 미련을 두고 있는 것은 아니겠지요?"

이젠 아예 강압에 가까운 추궁조였다. 수장의 대노에 황황망조(遑遑罔措)해진 최 영감은 몸을 세워 무릎을 꿇고 간곡히 빌기까지 했다. 수장의 말 한마디면 간신히 지킨 재산과 세력이 송두리째 뿌리 뽑히는 것은 물론이요 당장 목이 잘려 저잣거리에 내걸릴 판이었으니 통사정을 다하는 것이었다. 최 영감은 세차게 도리질을 치며 강하게 부인(否認)의 뜻을 밝혔고 간절히 애원하기에 이르렀다.

"결단코 아니옵니다. 이 늙은 몸이 비록 한때 유도에 뜻을 두고 과거(科擧)를 준비했던 적이 있었으나 그것은 바로 오래전 약관(弱冠) 때 청운(靑雲)의 꿈일 뿐이었습니다. 또한 경전공부를 한 적이 있고 유자들과 어울린 적이 있다하나 이것은 모두가 축재(蓄財)의 수단으로 삼은 것이옵니다. 사림과 같이 학맥을 이었다든지 또는 명유(名儒)의 길에 들어선 적도 없사옵니다. 신의 이력은 경북 일대의 모든 이들이 증명할 수 있사옵니다. 죄가 있다면 이재(理財)에만 눈이 밝아 농민의 어려움과 백성의 고단함을 깊게 살피지 못한 것일 뿐이옵니다. 그 죄를 씻기 위해 오늘 비로소 장군의 혁명에 자금을 대고 동참하려 한 것이옵니다. 부디 살펴보아 주시옵소서."

그제야 수장의 노기는 잠시 주춤하며 풀어지기 시작했다. 하지만 경북에 아직 유자가 남았다는 사실은 최 영감의 통절한 읍소에도 결코 그냥 두고 볼 일만은 아니었다. 수장은 최 영감과 같이 근거지로 삼고 있는 고택(古宅) 안채를 나서 내아(內衙)의 군영으로 걸음을 옮기기 시작했다. 수장은 의구(疑懼) 섞인 음성으로 말했다.

"우리들의 대대적인 봉기로 말미암아 삼남의 사림이 모조리 어육이 난 마당에 어찌 또 숨은 선비가 있을 수 있었단 말인가. 산천을 넘어 모두 죽이고 가두었건만 무위도식의 유자가 또다시 나타나다니 이는 참으로 지독한 일이 아닌가. 더군다나 안동을 비롯하여 대다수의 향교와 서원은 아군들의 점령으로 철폐한지 오래건만 어디서 학문을 연마한단 말인가."

최 영감이 수장의 눈치를 살피며 답했다. 아니 이제는 자기가 답하지 않는다면 그 유자와 함께 같은 족속으로 몰려 멸문의 화를 당할지 몰랐기에 어쩔 수 없었다.

"실은 그자가 안동 외곽에 거처하며 유도에 뜻을 두었는데 본래 이 늙은이와 안면이 있던 자였사옵니다. 막역한 사이는 아니었사오나 간간히 서찰을 주고받으며 안부를 묻곤 하였는데 그자가 얼마 전 농민 혁명군이 경북으로 진격하기 전에 피신하여 변방 험지의 초가에 의탁하고 있다는 소식을 인편으로 전해 들었사옵니다. 이 늙은이가 향도가 되어 그곳으로 장군을 뫼시겠사옵니다."

그러자 수장의 안광은 금세 노기등등해지며 한껏 요기를 뿜는 듯 했다. 자신이 미리 손을 써서 정탐을 하지 않았더라면 뻔뻔스럽게 그대로 자신이 알고 있던 유자 하나를 영원히 감추어버렸을 영감이었다. 수장은 이런 작자가 자신에게 재물을 써서 달라붙었다는 것이 내심 괘씸했지만 어차피 그 죄목을 들어 최 영감을 내칠 수도 없었다. 그만큼이나 최 영감의 재물과 위세는 그의 말대로 장차 농민의 세상을 만드는 천지개벽의 대업에 요긴하게 쓰일 터이기 때문이었다.

"좋소, 영감께서 안내하시오. 이번에야말로 사대부 양반과 선비를 도려내겠소."

수장과 최 영감이 노린 유자의 초가삼간은 경북 영덕, 그것도 태백산맥의 등줄기에 해당하는 서쪽의 경계 중 험준한 독경산(讀經

山) 자락에 위치하고 있었다.

"고루한 봉건(封建)을 지지하고 사변에 도취한 반동분자를 색출하라!"

수장의 명과 함께 일지군마(一枝軍馬)를 거느린 총병(銃兵)들이 화승총을 꼬나들고 거칠게 초가를 뒤졌지만 대청부터 정주까지 유자는 온데간데없었다. 마상(馬上)에서 황건(黃巾)을 질끈 두른 수장이 빈손으로 돌아오는 농병(農兵)들의 보고를 받았다.

"없사옵니다. 허나 쓰던 식기와 뒤적이던 서책이 그대로 있는 것으로 보아 아마 어디로 출타를 한 것 같사옵니다."

행적이 묘연한 유자를 찾기는 그리 어렵지 않았다. 독경산 자락 일대를 수색하다보니 그는 초가와 그리 멀리 떨어져 있지 않은 외딴 암자(庵子)에 홀로이 머물고 있던 것이었다. 수장은 농민군이 경상도 일대를 점령한 지 오래인 지금까지 아직도 유학에 심취한 이가 있다는 것이 불쾌했지만 이제야말로 반동의 싹을 자르고 경북에서 유림의 잔존을 뿌리 뽑을 수 있다는 생각에 내심 흡족해했다.

고적한 산사(山寺)에 수장의 명으로 농군들이 들이닥친 것은 바로 그때였다.

"그대의 사변을 탐닉한 죄가 극심하여 하늘과 백성을 노하게 하였다. 오늘 하늘과 백성을 대신해 나 농군의 수장이 무위도식하는 반동분자를 척결하노라."

스님들과 몇몇 불자들이 혼비백산하여 도망친 가운데 암자엔 청아한 독경소리가 태연히 울려 퍼지고 있었다. 홀로 정좌(正坐)한 유자는 결곡한 얼굴로 오로지 경전에만 몰두할 뿐 농군 수장의 살기등등한 엄포는 아랑곳하지 않았다. 마치 청송(靑松)에 둥지를 튼 고아한 백로의 모습과도 같았다. 수장은 발끈하여 소리쳤다.

"독경산의 독경소리라. 태평세월(太平歲月)이 좋다하여도 홀로이 읊는 청풍명월(淸風明月)이 무슨 소용이 있으랴. 이웃 백성들은 탐욕스러운 관부의 학정과 드센 토호들의 핍박에 오늘 내일하며 신음하고 죽어가는 마당에 공맹의 사상과 정주의 학설이 다 무슨 소용이냐. 사변에 몰입한들 오늘의 백성 하나 구제할 수 없거늘."

그러자 순간 독경소리가 멈추고 유자는 서책에 고정된 눈을 들어 허리에 찬 검을 매만지는 수장을 준절히 바라보았다. 수장은 안광을 번뜩여 응대하였다. 두 사람의 눈빛이 허공으로 얽혀 들어갔다. 유자는 입을 다문 채 수장을 쳐다보더니 해사한 음성으로 말했다.

"그대는 참으로 우활하도다. 어찌 궤격한 억설로 민초들을 현혹하는가?"

평소 같아서는 당장에라도 저 세치 혓바닥의 입만 산 선비놈을 단칼에 쳐 죽이고 싶었지만 어찌 된 일인지 수장은 오히려 몸을 우뚝 세우며 앙천대소를 터뜨렸다. 여러 갈래로 찢어 죽여도 시원찮았지만 이참에 농민혁명의 대의가 어디에 있는지 하는 일 없이 백성의 피땀을 먹고 사는 유학자들에게 똑똑히 가르쳐주고 그들의 만사무석(萬死無惜)한 대죄가 무엇인지 분명히 밝혀주기 위하여 본격적으로 입을 연 것이었다. 한참을 허허롭게 웃은 수장은 화살 맞은 범처럼 격노하여 소리쳤다.

"우활하다? 또 억설이라 했는가? 그 말인즉 백성이 사람대접을 받는 세상을 열기 위해 고군분투하는 우리 농군의 혁명이 사리에 맞지 않다 이 말인가? 그렇다면 언동이 항상 사리에 맞고 도덕과 윤리에 한 치의 어긋남이 없는 그대 유자들의 실정은 어떠한가? 그대들은 하는 일도 없으면서 농업을 비롯하여 공상(工商)에 땀 흘려 일생을 바치며 종사하는 이 땅의 모든 민초들이 일궈내는 곡식과 산물(産物)로 연명하지 않는가? 사시사철 품과 정성이 쉴 새 없이 들어가는 농사의 고됨을 모르고, 하나의 물품을 만들기 위해 등촉(燈燭)으로 밤을 밝혀 어둠 속에서 눈을 비비는 공업의 노력을 모르고, 한 푼의 이문을 남기기 위해 발 벗고 종횡천하(縱橫天下)하는 상업의 수고를 모르는 그대들이 서책의 몇 구절을 읊으며 입으로만 바른 정치와 인간의 도리를 떠들어댄다 하여 그것이 얼마나 진정한 의미를 담고 있겠으며 얼마나 현재의 실천으로 이어질 수 있겠는가?

말로만 공맹을 논하며 왕도덕치를 주장하는 그대들에게 고관을 제수하고 권세를 실어주는 왕실과 조정은 부정과 비리로 썩어 문드러진 지가 오래되었고 그에 따라 아첨과 비굴로 일관하는 먹물쟁이들의 적폐는 심히 말로 다하기 어렵도다. 도탄에 빠진 민생 속에서 백성은 당장 관부와 토호의 횡포에 갈가리 찢겨 죽어나가는 마당인데 허황된 변설과 공허한 탁론으로 나라의 앞길과 민초들을 위한 정치 따위를 읊는다고 해서 달라지는 것이 도대체 무엇인가. 그렇게 본다면 농공상(農工商)이 일군 것은 하나의 유용한 실질이고 그대와 같은 사림(士林) 선비들이 평생을 바쳐 고매하게 외친 것은 결국 무용한 허상에 불과한 것이 아닌가.

더욱이 오늘날 가까스로 경세제민(經世濟民)하는 실천 역행의 학문(實學)이 도래하기까지 얼마나 쓸모없는 공맹의 학설과 정주(程朱)와 양명(陽明)의 사상이 조정과 민간에 판을 치고 혹세무민하였던가. 공론의 분열과 권세 다툼을 일삼았던 붕당정치의 수단이 되고, 민초들을 유린하고 억압하는 경직된 신분제의 폐단을 낳는 원인이 될 뿐 유학(儒學)이 우리의 반도 땅과 이 나라에 가져온 덕목이란 사상누각의 허무한 말장난에 불과할 따름이었다. 그러한 적폐의 원흉을 감싸고도는 그대 유자들의 언동이야말로 간독(奸毒)한 요설이자 도리에 어긋난 준동(蠢動)이 아니던가. 그러고도 유자들이 우리 농군의 혁명 대의를 궤언과 억설이라 치부할 수 있는가."

청산유수(靑山流水)와 같은 수장의 일장연설에 시립해 있던 모든 농군의 장졸들은 숙연한 얼굴이 되어 수긍하며 고개를 끄덕이고 있었다. 그들의 눈에는 하나같이 물기가 어려 있었다. 모두가 원통했던 마음 한 구석이 시원히 뚫어지는 것 같은 느낌을 받아 감격해 마지않은 것이었다. 그러나 어찌된 일인지 좌정한 유자의 얼굴에는 일말의 동요하는 기색이나 일순의 불안한 낯빛조차도 찾을 수 없었다. 오히려 평정을 찾아 옥호빙심(玉壺氷心)을 다스리는 듯 차분하고 담담한 모습이었다. 유자는 눈을 허공으로 하여 나직한 탄식을 내뱉더니 아예 작심한 듯 절도 있는 음성으로 입을 열기 시작했다.

"조정의 고관을 차지하면서 변설로는 시화연풍(時和年豊)을 읊고 문장으론 보국안민(輔國安民)을 외치며 시위소찬(尸位素餐)하는 사대부 정승들의 씻지 못할 죄는 유학을 받드는 선비들이 통절히 느껴야 할 부끄러움이다. 실제로 하는 일 없이 얼마나 많은 유자들이 백성을 추렴하는 관부의 압제를 방관하고 있었던가. 그런 관망 속에서 간간이 떨어지는 떡고물을 주워 먹고자 곡학아세(曲學阿世)하는 유림들이 늘어나는 가운데 어느새 고명한 유학의 이치는 땅에 떨어졌다.

부단히 호학역행(好學力行)하지만 정작 실천궁행(實踐躬行)하지 않는 거짓 유자들이 늘어남에 따라 무너진 유학의 도리는 점차 동양의 인간세(人間世)에서 실력자들과 세도가들의 기득권을 옹호하기 위한 수단으로 악용되어갔다. 세상의 모든 바른 이치를 담고 있던 경전들은 그대와 같은 농군들이 지탄하는 것처럼 그야말로 무위도식하는 사변(思辨)을 담은 범박한 처세서로 격하되었고 백성을 위한 왕도덕치와 인간 본분의 효제충신(孝悌忠信)과 인의예지(仁義禮智)를 외치던 유자들은 권력 앞에 복종하였다. 결백한 유자들과 곧은 선비들이 자기 수양과 바른 정치의 근본으로 삼았던 동양정신(東洋精神)의 성화(聖化)인 유학이 썩은 시류에 처박힌 것이었다.

그런 점에서 작금의 민초들이 받고 있는 신음 어린 고통과 지옥도(地獄道) 같은 하루하루에 유도를 받드는 선비들과 유학에 따라 집정하는 위정자들의 잘못은 분명히 존재한다. 그것은 어떠한 미명

43

과 치장으로도 덮을 수 없는 명백한 잘못이다. 악취가 풍기는 폐해의 상존(尙存)이다. 물론 나 역시도 한평생 유도에 뜻을 두고 살았으나 그 실천과 현실의 개혁에 전심(專心)하여 앞장서지 못했으니 그러한 잘못의 축에 한 부분을 담당한다고 할 수 있을 것이다. 그렇다. 나 역시 초가의 문약한 선비로서 이웃의 백성들이 겪는 고초와 피땀으로 땅을 일구는 농민들의 아픔을 위로하기는커녕 책상물림으로만 일관했던 방관자일 따름이다. 그저 면목이 없다."

그때였다. 유자가 하릴없이 일부 선비들의 잘못과 그동안 유학을 악용한 폐단을 토로하여 말을 그친 것으로 안 농군들이 기세가 충천해져 창검을 들고 대청마루로 사납게 오른 것이었다. 그러나 유자의 말은 이제부터가 시작이었다. 일정 부분의 잘못을 인정한 유자의 본심(本心)이 담긴 말은 지금부터 장황히 시작되고 있었다. 그의 음성은 자못 어린아이를 엄히 타이르듯 장중한 음색에 준열하기까지 했다.

"그러나 그러한 일부 유자들의 잘못이 있다하여 학문 자체를 매도하는 것은 옳지 않다. 동의(同意)의 여하에 상관없이 유학은 문성(文聖)이신 공맹(孔孟)으로부터 발원하였고 정주(程朱)와 양명(陽明)에게서 변모·발전하면서 자그마치 2천 년을 흘러 중원과 이 땅의 여러 왕조들 그리고 그 속의 인간들에게 학문의 근본으로 영향을 끼쳤다. 수신제가(修身齊家)의 덕목과 백성을 하늘같이 여기는 학문의 성격으로 말미암아 임금의 통치에 있어서 근본이 되었고 각자의 본분을 다하는 바른 정치와 백성을 도덕으로 교화하는 어진 정치를 주장함에 따라 조정의 다스림에 지침이 되었다. 또한 고명한 유학의 이치는 바야흐로 삼강오륜(三綱五倫)과 충효의리(忠孝義理), 인의도덕(仁義道德)을 설파하여 인간 세상의 풍속과 관계를 바로 잡는 데까지 쓰이게 되었고 나라 전체의 기율과 강상을 곧게 하는 데 큰 역할을 해냈다.

나아가 우주 만물의 원리와 인간 심성의 본질을 꿰뚫는 성리학

44

의 격물치지(格物致知)와 거경궁리(居敬窮理)는 실질의 문물을 발달시키는 과학의 발전을 이룩하였고 왕양명(王陽明)의 심학(心學)은 인간 본성의 지고지순(至高至純)함과 천의무봉(天衣無縫)함을 세상 사람들에게 일깨워줘 그들로 하여금 자긍심을 가지게 한 동시에 나태를 경계하는 수양과 지켜야 할 도리를 가르쳐주었다. 그대들이 그나마 학문 중에서 실질적인 것이라 높게 여기는 경세치용(經世致用)의 실학(實學)도 거슬러 올라가다보면 모두가 유학에 뿌리를 두고 있다. 유학이라는 학문 자체는 심오한 사변과 더불어 그에 못지 않게 현실의 개선과 실질의 실천을 중시하기 때문에 작금의 실학으로 발전할 수 있었다. 유학은 백성을 진실로 사랑하며 민심을 중히 여기는 임금, 충언(忠言)과 직간(直諫)으로 군주를 보필하고 덕치로 바른 정치를 실천하는 신하, 그리고 자신에게 주어진 의무와 도리를 지키고 마땅한 권리와 사람다운 삶을 주장할 줄 아는 계몽된 선민(善民)을 우선으로 여겼다. 만약 그러한 유학의 본질을 당금 우리의 눈에 보이는 도저한 해악의 근원이자 악원(惡原)으로 여긴다면 그것이야말로 언어도단(言語道斷)이자 견강부회(牽强附會)에 지나지 않을 것이다…

오랫동안 부당한 대접과 가혹한 핍박으로 지쳐 마침내 복수의 칼날과 반격의 열화를 품에 안은 그대 농민들이여. 부디 절제와 경계의 눈으로 사리를 분별하길 바라오. 학문은 죄가 없소이다. 그리고 그 학문을 정성껏 제대로 받드는 유자(儒者)들에게도 죄가 없소이다. 죄는 그 학문을 현실의 도탄을 조장하는 데 악용하고 부정한 권력의 유지에 수단으로 삼는 일부 간악한 무리들에게 있소이다. 그들을 명명백백히 안율치죄(按律治罪)하는 일이 마땅한 것이지 그저 유학의 신봉자라 하여 척결하고, 단순히 유도라는 학문과 사상 자체에 적의(敵意)를 두고 무참한 살육을 일삼는다면 그대들이 과연 유학의 도리를 어긋나게 악용한 난신적자(亂臣賊子)의 무리들과 무엇이 다르겠소이까? 더군다나 유학의 깊은 이치를 받들어 실천궁행하는 곧은 선비들과 청렴한 관리들에게 죄가 있을 리 만무하지 않소이까?

그런데 어찌하여 앞뒤 없는 칼부림과 맹목(盲目)의 광기(狂氣)에 젖어 도륙의 심판을 자행하는 것이오? 부디 마음을 고쳐 잡고 생각의 여유를 잠시 가지시오. 분별 있는 엄벌만이 백성들의 뜻을 받들 수 있고 신상필벌(信賞必罰)하는 바른 다스림만이 공명정대한 치세를 이룩할 수 있소. 정녕 그대들이 백성을 신음하게 만든 탐욕스럽고도 비정한 권력자들의 흉내를 내는 것이오? 진정 민심을 팔아서 우리 동양정신(東洋精神)과 문물발전(文物發展)의 권화(權化)인 유학을 불살라 조상을 죽이는 무도한 적자(賊子)의 길을 가고자 하는 것이오?"

유자의 말이 끝나기가 무섭게 서탁을 냅다 걷어찬 농군 한 명이 다짜고짜 그의 멱살을 잡아 뒤틀기 시작했다. 유자는 숨이 턱 막혀 금세 얼굴이 시뻘게졌다.

"그저 입만 살았지. 네놈이 한번이라도 서책을 덮고 나와서 고된 농사를 제대로 지어보기라도 하였느냐. 피땀 흘린 노동으로 밥벌이를 해봤느냐 이 말이다! 안락한 방구석에 묻혀 유림의 서책만을 후벼 파서 나라가 어떻고 백성이 어떻고를 연발하는 네놈이 한번만이라도 이웃 백성들이 힘겨워하는 진정한 육체노동의 고단함과 가치를 생각이나 해봤느냐! 네놈같이 요사스런 혓바닥만 놀려대는 선비놈들은 아예 산 채로 태워야 할 것이야. 불을 질러라!"

암자의 불길은 이내 맹렬하게 타올랐다. 치솟는 화염을 유유히 바라보는 농군 수장의 눈동자에 언뜻 사념(思念)에 잠긴 유자의 비통한 낯빛이 비쳤다. 이어 살이 타는 고약한 냄새와 함께 결가부좌를 튼 유자는 서책을 두 손에 말아 쥐며 꼿꼿이 앉은 채 도무지 그 끝이 보이질 않는 불속으로 사라졌다.

〈끝〉

제3편

용마의

혼

용마(龍馬)의 혼(魂)

등창은 노기(怒氣)가 더해 갈수록 악화일로(惡化一路)였다. 노골적으로 퍼지는 피고름의 악취는 다름 아닌 저승의 냄새였다. 급보를 받고 산송장이 누워있는 침상 아래 모여든 별감과 장수들은 목 놓아 애통하게 울었다. 그러나 정작 당사자는 아무렇지도 않았다. 비록 부황(浮黃)한 살색은 창백했으나 낯빛만은 장중했다. 숨이 넘어가는 단말마(斷末魔)의 순간에도 그는 결연히 입을 열었다.

"지난날 난 권세에 눈이 멀어 주인을 배신했다. 그분이 틀렸고 나는 옳았다고 생각했으며 왕실의 사주(使嗾)도 울분의 한이 맺힌 정당한 보복과 응징이라 생각했다. 그러나 아니었다. 내가 틀렸고, 그분이 옳았으며, 왕실의 결정은 그릇된 것이었다. 아, 참으로 후회막급이로다……"

숙연한 그의 음성에 모여든 장수 별감들은 울음을 그치고 다들 비장한 기색이 되어 그의 마지막 분부를 기다렸다. 그는 아랫입술을 깨물며 힘없는 숨소리를 냈다.

"지금 왕가(王家)는 그릇된 길로 가고 있다. 왕가의 결정이 결코 실현되어서는 안 될 것이다. 죽음으로 결의하여 대의로써 끝까지 지켜야 한다. 모두 명심하라. 이제 나는 황천으로 가서 옛 주인께 죗값을 받아야겠다……"

"주군! 주군!"

"대감! 이렇게 가시면 아니 되옵니다!"

제장(諸將)들의 비통한 애원과 구슬픈 만류에도 그의 눈꺼풀은 스르르 갈 길을 갔고 그는 그렇게 영원의 잠을 청했다. 이때가 원종 11년(1270)이었다.

"드디어 교정별감(敎定別監) 임연이 죽었습니다. 비록 그가 지난번 왕실과 조정을 우롱한 권신(權臣) 김준을 척살(刺殺)하는데 큰

공을 세우기는 하였습니다만 정작 주상께는 더할 나위 없는 역신 (逆臣) 노릇을 하다가 비명(非命)에 죽었으니 참으로 통쾌한 일입니다. 감히 주상의 폐립(廢立)을 운운했던 역적 놈이니 대원(大元) 황제 폐하의 진노에 기가 꺾여 죽은 것이 분명합니다."

"옳은 말이오. 그런 역적 놈은 부관참시(剖棺斬屍)도 시원찮소이다."

"하늘이 우리 왕실과 조정을 굽어 살피시는 것이지요. 천벌을 내려 역적을 엄단하셨으니 머지않아 우리 고려 땅에도 화평(和平)의 치세가 펼쳐질 것입니다."

개경 조당(朝堂)에 모인 조정의 대소신료들은 무신(武臣)들의 우두머리였던 교정별감 임연의 죽음을 두고 크게 희희낙락하며 기뻐했다. 수십 년 세월 동안 왕실과 조정을 움켜쥐고 권세를 농단하던 무신정권(武臣政權)의 몰락이 목전에 있었으니 다들 흥분과 감격의 회오리에 빠져들었던 것이었다. 현 주상의 정책이 친원(親元)이라 하여 임금 폐립의 공론을 일으키고 반원강경(反元强硬)의 일변도로 무지막지한 정치를 해나가던 무신들이 주인을 잃게 되었으니 왕가와 문신관료들이 어찌 아니 좋을 수 있었겠는가. 그토록 주상의 눈엣가시였던 임연이 더군다나 화병(火病)이 주된 원인인 등창으로 죽었으니 고려 조정으로서는 비로소 숙원이 해결되어 쾌재를 부를 만한 일이 아닐 수 없었다. 이리하여 왕정복고(王政復古)와 친원정책(親元政策)의 실현이 그야말로 코앞인 것이었다.

그러나 이후 모든 일이 왕실과 조정의 뜻대로만 돌아가지는 않았다. 임연의 죽음 이후 현재 명목상이나마 원종을 대신해 왕위를 지키던 순안공 왕종이 임연의 차남 임유무를 공석이던 교정별감의 자리에 임명했고, 어명을 받든 임유무는 임연의 유지를 이어 반원 정치의 시작을 고했기 때문이었다. 한편 임연의 죽음과 임유무의 교정별감 계승 소식을 들은 원종은 급히 원나라에서 나와 임연의 아들 임유간을 체포하여 귀국 준비를 하고 있었다. 그리하여 원종은 무신들의 실질 권부(權府)인 강화도에 가지 않고 개경으로의 환도(還都)를 시도하고 있던 것이었다.

"주상이 개경으로 환도를 하고 있다?"

소식은 화살처럼 임유무의 귀로 들어갔다. 대노한 임유무는 언성을 높였다.

"분명 개경 환도는 몽고 황실의 뜻일 것이다. 아마 우리 임금이 개경으로 돌아가고 조정과 왕실이 강화에서 육지(陸地)로 옮겨지면 사직을 보존케 해주겠다고 약조(約條)를 한 모양이지! 비천한 오랑캐 따위가 감히 이 땅의 옥토(沃土)와 민초(民草)들을 유린하고도 모자라 종묘와 사직을 능멸하다니, 좌시할 수 없는 일이다!"

임유무는 그길로 원종의 개경 환도를 무마시키고자 야별초(夜別抄)를 동원해 경상도의 백성들을 섬과 산성(山城)으로 이주시키려 하였다. 그러나 뜻밖의 복병이 그의 앞에 나타났다. 임유무의 분부가 떨어지기도 전에 원종의 밀명을 받은 안찰사(按察使) 최간과 동경부유수 주열, 판관(判官) 엄수안 등이 경상도에 주둔한 야별초를 체포해버린 것이었다.

그 소식을 접한 임유무의 노기는 하늘을 사를 듯 치솟았다.

"개경으로 들어오는 어가(御駕)를 막아라. 주상과 담판을 지어야겠다."

임유무는 드디어 강화를 나와 철기보병(鐵騎步兵)을 이끌어 매섭게 개경으로 쳐들어갔다. 그러나 이미 개경에는 한발 앞서 도착한 원종이 어가에서 내려 의기양양하게 궁문(宮門)으로 들어서고 있었다. 지난날 몽고 기마군의 말발굽에 짓밟히고 불타버려 잿더미로 남은 궁궐이었지만 근래 몇 년간 원종의 친원정책이 원나라의 환심을 사서 급히 재건된 새 왕옥(王屋)에 원종은 발걸음을 하고 있는 것이었다.

"주상께선 걸음을 멈추십시오."

임유무는 한참이나 어가의 뒤를 쫓다가 궁으로 들어서는 원종을 보고 치렁거리는 갑주(甲冑)를 바르게 하여 왕의 앞으로 나가 정중히 숙배(肅拜)하였다. 원종은 앞길을 막는 임유무의 언동(言動)에 내심 불쾌했으나 만조백관이 바라보는 와중에 대놓고 물리칠 수는 없어 곱게 대답하였다.

"교정별감께서 개경까진 무슨 일로 급히 오셨소이까?"

"전하를 뵙기 위하여 필마로 달려왔사옵니다. 긴히 드릴 말씀이 있사옵니다."

임유무가 굳이 말하지 않아도 원종은 불 보듯 그의 속내를 읽고 있었다.

"무슨 일이오?"

임유무는 낯빛을 엄숙하게 하고 무릎을 곧게 하여 그대로 땅바닥에 털썩 꿇었다.

"개경 환도는 불가하옵니다. 전하께서 원나라 황제의 명에 따라 강화를 나서서 개경으로 환도하시는 것은 우리 고려가 몽고의 신하국(臣下國)이 되는 것이나 마찬가지이옵니다. 부디 심사숙고하여 주시옵소서."

임유무의 주청(奏請)을 들은 원종의 이마에는 핏발이 곤두서고 금세라도 노성(怒聲) 일갈이 터질 듯 입술은 분기(憤氣)로 인해 파르르 떨리고 있었다. 원종은 아직도 무모하게 몽고에 맞서 창검으로 대항하자는 광기 어린 주전(主戰)을 펼치고 있는 무신의 우두머리를 용납하기가 어려웠다. 원종은 꿇어앉은 임유무를 향해 대갈일성(大喝一聲)을 퍼부었다.

"그놈의 맞서 싸운다는 소리! 이제는 좀 지겹지 않소이까? 언제까지 우리 고려가 저 대국(大國)에 맞서 싸워야만 한단 말이오! 언제까지 피를 더 흘려서 이 땅을 적셔야만 한단 말이오! 이제는 저들을 밀어낼 것이 아니라 서로 같이 살아가는 방법을 터득해야 할 시기외다. 더 이상 무모한 희생으로 이 땅의 천하강산을 피로 물들이지 마시오. 그대의 광기 서린 토벌론(討伐論)과 포악한 주전론(主

51

戰論)은 삼십 년이 넘도록 무신들에게 줄곧 들어왔소이다. 이제는 멈추시오! 멈추란 말이오!"

그렇게 말하고선 원종은 임유무를 비켜서 궁문을 돌아 들어갔다. 그러나 뒤이어 들려오는 임유무의 노기충천한 목소리가 원종의 용포 자락을 끈질기게 잡았다.

"주상께선 정녕 오랑캐의 주구(走狗) 노릇을 하고 싶으시옵니까? 이 나라 강산이 영원히 오랑캐의 학정(虐政)에 뒤집혀지고 백성들이 창검으로 피를 흘리진 않되 노역과 핍박으로 눈물을 흘리는 노예의 삶을 살길 바라시옵니까? 몽고의 비호 아래 껍데기는 있으되 알맹이는 없는 종묘사직의 제사를 지내면서 평생을 중원에 공납과 조공만을 바치다 이 나라 고려가 오랑캐의 속국으로 전락하길 바라시옵니까? 태조대왕 이래 삼백 년 왕업을 송두리째 들어 바치시고자 하시옵니까? 주상께선 정녕 어느 나라의 대왕이십니까! 고려 왕실과 조정의 늠름하고 어지신 임금이시옵니까 아니면 몽고 황제의 통치를 받드는 충성스런 속주(屬州)의 제후이시옵니까?"

원종은 흡사 뒤통수를 가격당하는 느낌이었다. 임유무의 진언(進言)은 가뜩이나 그의 등장으로 착잡한 원종의 심기에 불을 지른 격이었다. 원종은 불같이 격노했다.

"네 감히 누구보고 주구라 하였느냐! 네놈 애비가 나를 억압하고 국정을 농단한 난신적자(亂臣賊子)였음을 네 정녕 몰랐단 말이냐! 피를 속일 순 없구나, 네놈 역시 대역무도한 역신에 불과했도다. 죽어라! 내 너의 낯짝을 다시는 보고 싶지 않다. 대전별감(大殿別監)들은 당장 과인을 능멸한 저 역도의 목을 베라!"

그때였다. 원종의 명을 받아 궁을 지키던 별감들이 날을 세워 검을 뽑아들기도 전에 순간 번쩍하는 섬광이 임유무의 등을 스치고 이미 임유무는 한줄기 피를 토하며 앞으로 고꾸라지고 있었다. 임유무의 뒤편에 서있던 신하 홍문계와 송송례가 대세가 이미 원종에게로 기울어졌음을 판단하고 그를 처단한 것이었다. 그렇게 임

유무는 비명에 죽어 자기의 부친인 임연이 죽은 그 해에 아버지를
뒤따른 것이었다.

"아니 대감! 이럴 수가!"

"이보시오들, 도대체 이게 무슨 짓이요!"

임유무가 쓰러지는 찰나에 창검을 든 별초군(別抄軍)들이 동요하
기 시작했다. 그를 따르던 장졸들은 너나 할 것 없이 분기탱천하여
당장이라도 조신들과 원종을 도륙 낼 기세로 우악스럽게 달려들었
다. 원종은 흥분한 군사들에게 준엄히 소리쳤다.

"역도의 수족노릇을 하던 잔당들이다. 사정을 봐줄 것이 없다!"

홍문계와 송송례는 원종의 명을 받들어 칼날을 곧추세웠고 왕궁
인근을 수비하던 군대와 더불어 언제 당도했는지 모를 수많은 몽
고 복식의 사수(射手)들까지 사방에서 튀어나와 별초군에게 쇠뇌를
겨누고 각기 전투의 태세를 갖추기 시작했다.

"잔말이 필요 없다. 모조리 참살하라! 다 죽여라! 역적을 발본색
원하라!"

살기 어린 원종의 음성이 기세등등했다. 몽고의 후원까지 받아
수적으로 우세한 원종의 군사들은 거대한 함성소리와 함께 별초군
을 들이쳤다. 별초군도 자신들의 주인이 눈앞에서 도륙 난 것을 보
고 나름 기염을 토하며 분전(奮戰)했지만 중과부적이었다. 워낙 많
은 군병들이 왕궁 곳곳마다 자리를 지키며 포위공세를 펼치니 제
아무리 국사무쌍(國士無雙)의 용맹을 자랑하는 별초군도 속수무책이
었다.

"퇴각하라, 이대로 무너져서는 아니 된다! 퇴로를 열어 강화로
길을 터야 한다!"

장수들은 제각기 말을 몰아 퇴로를 찾아 창검을 휘두르며 길을
열었다. 그러나 대다수의 별초군 사졸(士卒)들은 날아오는 화살에
고슴도치가 되기 일쑤였다. 원종의 군사들은 기세 좋게 별초군을
물리치며 각기 호탕하게 웃었다. 한동안 억하는 신음소리와 피울음

의 비명소리가 개경 왕궁을 메우며 그치질 않았고 그 일대는 시체로 산을 이루고 피가 내를 이루어 흡사 대몽 항쟁 접전의 전쟁터를 연상케 했다.

임연과 임유무의 연이은 죽음으로 무신정권의 존립기반은 위태로워졌고 반면 왕실의 위엄은 나날이 높아갔다. 원종은 이참에 무신정권의 잔존(殘存)까지도 모조리 쓸어버리고자 대대적인 무신 토벌 작전에 나섰다. 의종 24년(1170) 8월 29일 보현원에서 거병한 무신정변(武臣政變) 이후 이의방, 정중부, 경대승, 이의민을 거쳐 최충헌 및 그 일족의 최씨 독재정권과 임연 일족으로 한 세기 동안 지리멸렬하게 이어지던 고려의 무신정권이 비로소 종말을 고한 역사적인 순간이었다.

원종은 무신정권을 뿌리 채 뽑아내기 위해선 그들의 군사조직인 삼별초(三別抄)를 제거하는 것이 급선무라 생각하였다. 그러나 삼별초는 이미 군사적인 위용과 정치적 영향력 등 모든 면에서 함부로 궤멸시키기 어려울 정도의 세도와 위엄을 지니고 있었다. 그러나 원종은 이 기회에 삼별초를 위시한 무신의 잔여 세력들을 끝까지 토멸하지 못한다면 왕실과 조정의 권위를 되찾는 것은 또다시 요원한 일이 되리라 생각하였다. 어찌 되었건 원종의 입장으로서는 탄력을 받은 왕권(王權)을 내세워 남김없이 잘라내야만 했다.

"오늘 부로 삼별초의 명부(名簿)는 왕실에 귀속될 것이다. 지존(至尊)을 능멸하여 반역을 꾀하려던 역적이 도모되었으니 더 이상 그대들은 경거망동 하지 말고 속히 개경으로 상륙하여 정규군에 편입하도록 하라."

격문이나 다름없는 원종의 권고문(勸告文)이 강화에 날아들자 야별초를 이끌던 노영희는 뒷골이 서늘했다. 신하된 자로서 임금의 어명에 아니 따를 수 없었으나 삼별초의 수장인 임유무가 주상의 칼 아래 죽었으니 삼별초의 명부가 왕실에 귀속되는 순간 임씨 가

(家)의 멸문(滅門)처럼 지휘의 고하를 막론하고 그들 모두 왕실의 의도대로 숙청당할 것이 자명했다. 신하된 도리로 어명에 따라 죽을 길로 들어설 것인가 아니면 장수된 본분으로 항명하여 휘하 장졸들을 지킬 것인가. 노영희는 강화 궁성 조당(朝堂)에 서서 고심참담(故心慘憺)한 심경으로 유월 하늘의 떠가는 구름을 바라보았다. 창밖으론 바야흐로 녹음(綠陰)도 청명한 초여름이었지만 영내(營內)만은 서리 맞아 시들한 한겨울이나 다름이 없었다. 군사들은 하나같이 암담했다.

'어찌할 것인가. 왕명에 따를 것인가? 항명할 것인가?'

물론 왕실이 권위를 되찾고 조정의 위엄이 바로 선다는 점에서 무소불위(無所不爲) 세도를 지니던 무신정권의 몰락은 사필귀정(事必歸正)의 필연적인 것이었으나 현재 고려는 친원 정책으로 인해 몽고 원나라에 의하여 복속될 중대한 위기에 놓여 있는 실정이었다. 이 상황에서 왕실에게 무신들의 권세를 송두리째 넘겨준다면 30년 동안 대몽 항쟁을 펼쳤던 장졸들, 민중들의 희생과 분골쇄신(粉骨碎身)했던 진충보국(盡忠保國)은 물거품으로 사라질 것이 명약관화(明若觀火)했다. 있을 수 없는 일이었다. 그렇게 노영희가 피맺힌 탄식을 하며 고심고뇌(苦心苦惱)하고 있을 때 삼별초의 장군(將軍) 배중손이 거침없이 조당의 문을 박차고 들어섰다. 쾅하는 소리에 노영희가 창밖의 시선을 급히 거두어 뒤편을 살피니 배중손의 모습은 영락없는 전쟁터의 무부(武夫), 그대로였다.

"그댄 지금 무얼 고민하고 있는 것이오?"

그의 왼손에 들린 목이 피를 낭자하게 흘려 조당 바닥을 흠뻑 적시고 있었다. 왕명을 전달한 사자(使者)의 머리가 분명했다. 노영희는 결연한 배중손의 음성에 설핏 귀기(鬼氣)가 느껴지는 듯 몸서리를 쳤다. 노영희는 떨리는 목소리로 답했다.

"하, 항명을 하자는 말이오?"

배중손의 대답은 단호하면서도 간명했다.

"그렇소. 작금의 왕가(王家)는 고려 왕조의 주권을 버렸소. 무얼 고민하시오?"

원종 11년 6월 초여름의 일이었다. 강화의 반란은 들판의 불길처럼 퍼져나갔다.

승화후 왕온(承化候 王溫)이 무신정권의 국왕(國王)으로 추대됨에 따라 강화의 반란은 걷잡을 수 없을 정도로 그 기세를 더해갔고 안으로는 민초들의 큰 호응을 얻었다. 배중손을 위시한 삼별초 무리들은 강화에서 개경의 고려 정권에 대대적인 선전포고를 하고 반몽반원(反蒙反元)의 세력을 규합하는데 심혈을 기울였다. 그 결과 삼별초에는 수많은 군세가 더해져 흔천동지(焮天動地)의 위세를 지니게 되었다.

"출륙환도(出陸還都)는 원나라의 개가 되자는 수작이다. 강화에서 관민(官民)이 합심한 수십 년 항쟁의 대의를 짓밟는 언어도단(言語道斷)이다. 민초들이 피 흘려 지킨 조국의 주권을 거짓 평화의 모략으로 대적(大敵)에게 팔아넘긴 매국(賣國)의 화신 왕식(王植)을 우린 임금으로 인정할 수 없다. 그리하여 우리 삼별초 일동은 개경정부의 이적행위(利敵行爲)와 왕실 조정의 노예근성(奴隷根性)을 엄단하고자 분연히 칼을 뽑아 들었다. 이 땅의 '진정한' 왕실과 조정을 위해, 나라의 주인 된 지위와 사직을 지키기 위해 모인 충신들의 추상열일(秋霜烈日) 같은 칼날 아래 몽고와 결탁한 흑암(黑暗)의 세력은 가을바람의 잎새처럼 흩어지리라. 비록 우리가 청사에 난정대부(亂政大夫)로 먹칠된 이름을 남길지라도 의기탱천(義氣撑天)한 삼별초의 기개 어린 무혼(武魂)과 정충대절(貞忠大節)은 결코 더렵혀질 수 없을 것이다."

삼별초의 위세가 날이 갈수록 태산반석(泰山盤石)이 되어가고 수많은 군대가 진도로까지 거점을 옮겨 개경정부와 원나라에 대해 항전의지를 펼치자 고려 조정으로서도 단순 반란으로 여기며 두

손 놓고 수수관망(袖手觀望)을 할 처지가 되질 못했다. 반란의 소식을 접한 원종의 가슴은 불덩이가 떨어진 듯 황황망조(遑遑罔措)했고 얼굴에는 다급하다 못해 불안하고 초조한 기색이 역력했다. 안타깝게도 개경의 조정과 왕실은 막대한 군사력과 태산 같은 기반을 보유한 삼별초의 봉기를 쉽게 진압할만한 힘이 없었다. 고려 왕실과 조정은 가면 갈수록 그 질량(質量)과 규모(規模)가 터무니없이 늘어나고 횟수도 잦아진 원나라의 상납 요청에 맞춰 응대하기에도 바빴다. 그렇다고 작금의 형국에서 원의 손을 뿌리칠 수도 없었다.

'하는 수 없다. 빌어야 한다.'

원종은 이미 겪은 굴욕이라 그런지 거침없이 지필묵(紙筆墨)을 가까이 했다. 이왕 엎드리고 자빠질 판이라면 더한 읍소(泣訴)와 부복(俯伏)이, 역겨운 교언영색(巧言令色)과 저열한 감언이설(甘言利說)이 필요했다. 그렇게 한 나라의 임금 된 자가 준절하게 써내려가는 일필휘지(一筆揮之)는 외양과 골격만 보면 얼핏 청산유수(靑山流水)와 같아보였으나 실속은 주인을 위한 충견(忠犬)의 짖음이나 진배없는 것이었다.

대국(大國)은 역시 대국이었다. 그해 9월이 되자 몽고의 원수(元帥) 아해는 무려 수만에 달하는 군사를 거느리고 개경정부를 찾아와 전라도추토사(全羅道追討使) 김방경의 고려군과 합세하여 삼별초 토벌에 나섰다. 김방경이 거느린 고려군과 아해의 몽고군이 합세한 여몽연합군(麗蒙聯合軍)의 남해(南海) 평정은 쉽지 않았다. 삼별초는 결코 그렇게 호락호락한 반군이 아니었다. 몽고의 강군(强軍)은 살기등등했지만 삼별초는 고려의 정규 관군을 능가할만한 전투력과 기반이 있었기에 여몽연합군의 토벌 작전은 여의치 못했다. 연전연승을 거두는 쪽은 매번 삼별초였다. 그해 12월 연합군은 재차 진도를 공격했지만 소득이 없었고, 다음해 4월에는 몽고의 장수 흔도가 이끄는 대군(大軍)이 수많은 희생과 피탈을 감수하고 5월에 가까스로 진도에 상륙하게 되었다. 기세충천하던 대제국 몽고의 군사들과 고려 정예 관군들의 대대적인 탄압작전의 명색(名色)에는 한끝도 미치지 못하는 비참한 승전이었다.

"잡아라, 저놈이 배중손이다! 꼭두각시 왕 노릇을 하는 승화후도 잡아들여라!"

포악일색(暴惡一色)의 몽고 기마대가 진도 벽파진에 상륙하여 간단(間斷)없이 삼별초 군을 몰아쳤다. 한번 육지에 발을 디딘 몽고군에겐 삼별초의 대담무쌍한 기백도 소용없었다. 어느덧 수장(首將) 배중손도 쫓기는 처지가 되었고 노영희와 장수 김통정 역시 진퇴를 거듭하며 악전고투(惡戰苦鬪) 중이었다. 기암괴석들을 진지로 삼던 해안의 1차 저지선이 무너지자 밀물처럼 쏟아지는 몽고군의 비호같은 몸놀림과 오랑캐에 부역(附逆)하는 고려군의 앞잡이 노릇도 참으로 볼만한 지경이었다. 노영희의 얼굴에는 실기(失機)의 기색이 역력했다. 입에선 씁쓸한 참패의 맛이 느껴졌다.

"다 틀렸소. 남쪽 바위틈에 꽤 큰 탈출용 선박이 있으니 날랜 장졸들은 많이 탈 수 있을 것이오. 부디 다들 목숨을 귀히 여겨 보중하시오. 후일을 기약합시다."

간신히 여몽연합군의 추격대를 따돌린 배중손이 인근 산야의 풀숲으로 들어서며 미리 숨어 다음 계획을 논의하던 측근 장수들에게 말한 것이었다. 그러나 노영희와 김통정을 비롯한 대다수의 장졸들은 이를 악물고 결사항전을 주장했다.

"옥쇄불사(玉碎不辭)올시다. 여기서 한 놈이라도 더 황천길 동무로 삼겠소."

"옳소. 나도 야별초지유(夜別抄指諭)의 뜻에 동의하오. 불사항전이오."

하지만 배중손의 이어진 음성은 뜻밖에도 상관의 준엄한 명령이었다.

"제주에는 그 옛날 서초패왕 항우의 오추마(烏騅馬)와 여포의 적토마(赤免馬)에 버금가는 날랜 용마(龍馬)가 많고 거대한 석굴(石窟)과 험준한 산악(山岳)이 널려있어 항전의 근거지로서는 참으로 천혜의 요새이올시다. 비록 남해의 제해권(制海權)을 확보하고자 이곳 진도에서 분투하였지만 이후에는 제주에서 새로운 반전(反轉)을 꾀해야 할 것이오. 이것은 결코 사사로운 부탁이 아니라는 점을 명심하시오. 장수의 엄명이자 이 고려 땅의, 진정한 주권 국가로서의 종묘사직을 지키기 위한 멸사봉공(滅私奉公)의 거국적인 전언(傳言)이오. 자, 다들 떠나시오. 난 여기 남을 것이오."

다수의 장졸들이 충의(忠義)어린 항명을 하기는커녕 반발의 기색까지도 드러낼 수 없을 만큼 단호하면서도 장중한 음성이었다. 피범벅의 칼로써 양손을 지탱하는 장수의 면목(面目)은 찔리고 베여 지치고 고단한 낯빛 그 자체였다. 그러나 가슴 속에 서린 일편단심(一片丹心)과 당장이라도 불사를 듯 타오르는 정기 어린 눈동자의 충혼(忠魂)만은 육신(肉身)에서 뿜어져 나오는 무절(武節)의 혈기와 더불어 명장의 넋에 형언할 수 없는 비장함으로 아로새겨졌다. 그 누구도 감당 못할 묵직함과 비통한 숙연함에 장졸들은 하는 수 없이 그렇게 하나 둘 그의 곁을 떠나갔고 몇몇 극소수의 사졸들이 작심한 듯 떠나는 걸음을 멈추어 배중손 몰래 근방에 숨어 있었다.

"저기 있다. 저놈이 바로 역적 배중손이다! 난신적자를 참살하라!"

"난신적자를 죽여라!"

배중손의 위치를 파악한 고려군이 창검을 꼬나들고 풀숲을 헤치며 그에게 달려들었다. 배중손은 과감하게 수 명의 고려군과 무합(武合)을 겨루다 퇴로를 확보, 날다람쥐처럼 재빠르게 길을 열어 줄행랑을 쳤다. 그 뒤를 몽고의 기마대가 맹렬히 추격했고 배중손은 가까스로 근방에 매어두고 온 준마(駿馬)의 등에 올라 현란한 기마술(騎馬術)로 그들을 따돌릴 수 있었다. 하지만 기치창검(旗幟

槍劍)과 도창검극(刀槍劍戟)으로 무장한 적들은 너무나 많았고 삽시간에 산야의 들판은 개미떼 같은 여몽연합군의 등장으로 마치 그들의 진영 주둔지를 연상케 했다.

배중손은 갈 곳이 없었다. 사방팔방으로 포위된 지금, 올가미를 조여 오는 적들의 말발굽 소리는 진천동지(振天動地)를 이루고 있었다. 죽음을 목도하는 지경이었다. 배중손은 마상에서 칼날을 세워 빙그르르 허공을 휘젓더니 적들을 향해 겨누었다. 그러자 한 보졸(步卒)이 기세 좋게 창을 휘두르며 배중손의 말 앞으로 다가왔다.

"하앗!"

기합소리는 좋았지만 단칼에 목이 떨어진 시체는 두 동강이 나 들판을 뒹굴었다. 궁지에 몰린 쥐는 고양이를 문다 했던가, 수세에 몰린 배중손의 살기는 매서웠다.

"역적이 살아남아 무엇을 도모하겠는가. 그저 곱게 죽으시오."

연합군의 수장 홍다구의 말이었다. 홍다구는 분전하는 배중손의 필마단기(匹馬單騎)를 비웃기라도 하는 듯 목소리가 나긋했다. 그의 부친은 몽고 침략의 향도(嚮導)를 자처하던 전왕(前王) 고종 시절의 대표적인 매국노 홍복원(洪福源)이었고 그는 다름 아닌 원나라에 귀화하여 적극 친원 정책을 펼친 고려 사람이었다.

"역적! 역적이라 하였는가, 지금!"

홍다구를 알아본 배중손은 머리끝까지 화가 치밀었다. 평소 그는 몽고에 굴복하는 것을 넘어 대놓고 주적(主敵)의 수족노릇을 하던 홍씨 일가(一家)의 비열함에 치를 떨고 있었다. 그런데 그런 일가의 적자(嫡子)가 대몽 항쟁에 불사하는 배중손을 지탄하며 적극 비아냥거린 것이었다. 억장이 무너져 배중손은 결코 참을 수 없었다.

"내가 역적이라 이 말이냐! 나 배중손이가 역적이라!"

"그렇지, 그대가 바로 역적이지. 임금을 해하고 아비를 죽이는 난신적자이자 권세로 국정을 농단하고 왕실을 기망(欺罔)한 대역죄인이 아니던가?"

역겨운 요설(饒舌)과 참언(讒言)은 득의만만한 얼굴빛에서 나오고 있었다. 배중손은 한줄기 피를 토하는 심정으로 격노하여 일갈했다.

"고려는 용마(龍馬)의 나라다. 용장(龍將)과 용마의 나라다. 저돌맹진(猪突猛進)하는 철기(鐵騎)의 위용은 태조대왕의 삼한일통 대업으로 이어졌고 수성(守成)의 치세(治世)는 보국안민(輔國安民)과 태평건곤(太平乾坤)으로 만개했다. 그런 용마(龍馬)의 혼(魂)이 서려있는 이 땅을 짓밟고 민초들을 살육한 오랑캐의 만행은 지금 형제국(兄弟國) 관계의 대의(大義)에 있어서 예의를 지키라는 미명 아래 온갖 공출과 상납 요구로 이어지고 있다. 이것은 나라 멸망의 징조이자 종묘사직의 파국이다.

헌데 이젠 임금까지 직접 나서서 잔뜩 굽히고 있다. 스스로 국방(國防)과 수비(守備)의 창검을 거두고 녹여서 술잔과 향로를 만들어 퍼주고 있다. 전쟁이 휩쓸고 간 황무지에서 다시 백성의 고혈을 추렴하여 주적에게 바쳐 올리고 있다. 민초들과 무장들은 대를 이어 수십 년을 싸웠는데 왕실은 가까스로 지킨 나라를 고스란히 들어 바치고 있다. 범부들은 조국의 주권을 지키기 위해 군병이 되어 적의 창검 아래 장렬히 산화(散花)하였는데 임금이라는 자는 전쟁 없는 시대를 만들겠답시고 언제 뒤바뀔지 모르는 화친과 끝없는 상납의 연속인 거짓 평화를 운운하고 있다……

이 아귀지옥 같은 시대현실을 바로잡고자 반란을 일으킨 내가, 과연 나 배중손이와 삼별초가 역적인가? 난신적자인가? 진정한 역적은 주권을 상납하는 왕실에 복종하고 오랑캐 외적의 손발을 자처하여 나를 토멸하려는 그대들이 아닌가!"

홍다구가 거침없는 배중손의 노염(怒炎) 어린 갈파(喝破)에 말문이 막히자 고려 관군을 이끄는 김방경이 대신 말을 몰고 앞으로 나와 예리한 논설로써 답하였다.

"그대는 언제까지 피의 전쟁을 주장할 것인가. 이 고려 땅의 백성들이 모조리 주검으로 남고 삼백 년 종묘사직이 송두리째 가루가 되어야만 주전(主戰)을 그칠 것인가? 그대도 지난 백여 년간 농단과 전횡, 사치와 향락으로 줄기차게 이어졌던 무신 독재의 정권을 되살려 그 영화(榮華)에 편승해보고자 괜한 선동과 모략을 하는 것이 아닌가? 언제까지 우리 민초들이 전쟁 속에서 살아야 하는가. 주상께선 고려의 앞날과 무고한 백성들을 위해 참담하지만 유일한 최선책을 선택하신 것이다!"

김방경의 말이 끝나기가 무섭게 연합군 궁수들의 화살은 배중손의 몸을 꿰뚫었고 배중손은 그대로 낙마하여 초야에 곤두박질쳤다. 놀란 준마는 해안으로 사라졌다.

"조국의 주권을 내주어 오랑캐 황제의 속국과 제후를 자처할 것이라면 도대체 사직은 무에 필요할 것이며 국경(國境)의 정함은 어떤 소용이 있겠느냐. 관민(官民) 할 것 없이 평생을 차별의 핍박과 탄압의 박대 속에서 썩은 밥덩이를 얻어먹으며 굴곡진 노예의 삶을 영속(永續)할 것이 자명하거늘 백성의 아버지라는 용상의 임금은 그것마저도 모르고 있었단 말이냐, 몰라서 매국과 이적을 자행했단 말이냐…"

진도에 이어 제주에서까지 김통정이 이끄는 삼별초의 대몽 항쟁은 3년간 계속됐다. 이후 난을 평정한 고려 왕실은 원종 사후 임금의 존호 앞에 충(忠)을 붙여 몽고에 대한 충정을 드러냈고 풍속은 자생력을 상실한 호색(胡色)이 되어갔다.

〈끝〉

62

제4편

잠 룡 의

피

잠룡潛龍의 피

　바람이 채찍처럼 도는 세밑이었다. 저물녘부터 성내(城內)엔 찬 서리가 골고루 내리고 있었다. 덕분에 대도(大道)건 협로(狹路)건 할 것 없이 고엽(枯葉)과 나목(裸木)이 즐비했다. 말 그대로 낙목한 천(落木寒天)의 시절인 셈이었다. 추운 날씨 탓인지 상인들은 일찍 시전(市廛)을 접었고, 주막과 기루만 흥청대며 장사를 치고 있었다. 그 시각, 평소보다 늦게 퇴청한 이조판서 남곤은 피로한 몸을 남여에 욱여넣으며 별배(別陪)들과 같이 자신의 집으로 향하고 있었다. 흔들리는 남여 위에서 그는 생각에 잠긴 듯 지그시 눈을 감았다. 그렇게 얼마간의 시간이 흐르고, 이내 남곤은 눈을 뜨며 양 옆의 남여꾼들에게 손짓으로 영을 내렸다.

　"남여(藍輿)를 내려라, 혼자 걷겠다."

　앞서 길을 잡던 구종(驅從) 하나가 염려되는 듯 남여에서 내리는 남곤에게 다가갔다.

　"아직 청류(淸流)의 일이 마무리되지 않았는데, 어찌 길을 홀로 가려하시나이까?"

　"내 홀로 볼일이 있으니 아무도 뒤따르지 마라. 안채에도 내 조금 늦는다고 전하여라."

　이후 남곤은 홀로 어둑한 돌다리를 지나 인적 드문 골목으로 빠져갔다. 무거운 발길처럼 그의 심경은 복잡하였다. 비록 남곤이 훈구 공신, 비빈 후궁들과 결탁하여 주초위왕(走肖爲王)의 변(變)을 술계(術計)했다고는 하나 일찍이 그도 신진 사림의 일파였다. 아무리 노선을 달리한다 하여도, 한때 뜻을 같이하던 청류들을 자기 손으로 싸잡아 찍어냈으니 마음이 편할 리 없었다. 특히 오늘 내려진 조정암(趙靜庵)의 처분이 마음에 걸렸다. 사사(賜死)라니. 수많은 사림을 척결하고 정암까지 직접 결판낸 남곤이었으나 안타까운 마음에 저도 모르게 혀를 차고 만 것이었다. 그래서 그는 한사코 정암

64

의 절도(絶島) 안치(安置)를 주청하였으나 임금인 중종(中宗)의 결단은 생각보다 단호했다. 오로지 사사를 내리는 것이 임금의 확고한 뜻이었다. 남곤은 더 중종의 심기를 건드릴 수 없어 이토록 하릴없이 물러나온 것이었다.

이때의 일(조광조와 기묘사화(己卯士禍))에 관해 당시의 실록은 다음과 같이 전하고 있다.

《임금이 이르기를, "조광조 등 4인은 사사(賜死)하고, 윤자임(尹自任) 등 4인은 절도(絶島)에 안치(安置)하되, 오늘 안으로 낭관(郎官)을 보내라."

남곤이 아뢰기를, "그 율문대로 다 해서 결단해서는 안 됩니다. 조광조 등 4인은 절도에 안치하고 그 아래 4인은 먼 곳에 유배하는 것이 옳겠습니다."

임금이 이르기를, "형벌을 사의로 행할 수 없으니, 왕법을 밝혀 인심을 안정시켜야 한다."

남곤이 아뢰기를, "미물일지라도 죽음을 두려워하지 않는 것이 없으며, 사람의 생사는 중대하니 살펴서 해야 합니다."》- 중종실록 37권, 중종 14년(1519년) 12월 16일 병자 中

사실 남곤에게 있어서 정암 조광조는 숙적이나 다름이 없었다. 물론 그들은 멀리로는 사림의 거두 김종직(金宗直) 문하의 사람이요, 가까이로는 한 임금을 섬기는 신하이자 동료였으나 그 뜻이 각기 달랐다. 그래서 조당에서 만나기만 하면 서로 학문, 치도, 왕업에 관하여 격론과 정쟁을 벌였으니 사이가 좋을 리 없었다. 더욱이 조광조는 자신의 개혁을 반대하는 남곤을 훈구의 무리와 엮어 소인이라 배척하였으니, 남곤의 입장으로 보면 조광조는 반드시 꺾어야 하는 정적인 셈이었다. 그래서 남곤은 훈구와 더불어 사화를 일으키고 조광조를 벼랑으로 내몰았으나, 막상 그 아래로 밀치기까지는 마음이 가지 않았다. 끝내 죽여야만 하는가. 남곤은 터벅터벅 목적지도 없는 길을 걸으며 능주에 유배당한 정암의 모습을 떠올렸다.

'내 이번 치란(治亂)으로 주상의 왕기(王氣)를 누르는 잠룡(潛龍)의 도당(徒黨)을 쳐냈다 여겼거늘 어찌 이리도 마음이 심란하단 말이냐, 어찌.......'

한편, 기묘사화로 파탄을 맞아 사림(士林)이 무너지고 대역죄인(大逆罪人)이 되어 능주에서 유배생활을 하고 있던 조광조는 밤늦도록 정좌하여 경전을 읽고 있었다. 서책을 넘기며 집중하는 그의 모습은 놋등잔에 서서히 그림자로 어리다 이내 문간 창호지에 비치고 있었다. 비록 출중한 경세가(輕世家)에서 귀양을 간 죄인으로 신분은 전락하였으나, 그 절륜한 기상과 고고한 풍모는 아직도 그대로인 것이었다. 조광조는 책 속의 활자를 보며 생각했다.

'여전히 성현의 도(道)는 멀고 어렵다. 그러나 이 경전의 가르침처럼 이 나라 사직과 강역(疆域)에 정명(正名)과 도학(道學)의 정치를 펴나간다면 어찌 태평성대가 오지 않겠는가? 주상께서 한시라도 바삐 이 경서(經書)의 말씀과 같은 지치(至治)를 이루셔야 하시거늘, 어찌 간적과 후궁의 세 치 혀에 놀아나시어 청류를 버리시고 눈과 귀를 닫으셨단 말인가......'

죽을 날이 언젠지도 모르는 유배죄인의 몸으로 조광조는 지금껏 계속 정치의 앞날과 종묘사직을 걱정하고 있었다. 그가 생각하기로 국력을 키우고 백성을 위한 정치를 펴고자 한다면, 임금부터 요순의 마음으로 유교 도학을 숭상하고 젊은 현자를 가려 뽑아야 했다. 그래야만이 혼탁한 국정을 바로 잡고 민생을 편케 할 수 있었다. 이처럼 조광조가 개혁을 통해 이루고자 한 것은 바로 이 땅에 도학의 사문(斯文)을 바로 세워 조선의 정치를 지치로 흥기(興起)시키는 일이었다. 물론 그것은 임금과 조신(朝臣)이 먼저 수기(修己)하여 공도(公道)에 입각한 바른 정치를 수행할 때 가능한 것이었다. 그래서 조광조는 장차 나라의 대계(大計)를 고쳐 잡는 일의 토대로 경연(經筵)을 중시했고 그것으로 고금치란(古今治亂)의 기미를 위정

66

자들에게 가르치고자 했던 것이었다. 조광조는 마저 책을 덮으며 가슴 속으로 외쳤다.

'내 일찍이 향약(鄕約)을 실시하여 백성을 교화하고, 현량과(賢良科)를 도입하여 인재를 등용한 것 모두 임금의 치세에 왕도(王道)를 구현하기 위함이었다. 삼사(三司)를 크게 펴서 언로(言路)를 넓게 열고 훈삭(勳削)을 결행하여 공신(功臣)을 바르게 하려고 한 것 역시 덕치(德治)를 실현하기 위함이었다. 내 비록 구신(舊臣)의 모함과 주상의 환멸을 샀기로서니, 스스로 돌이켜보건대 내 가는 길에 결코 한 치의 부끄러움도 없음이라. 중니(仲尼)와 아성(亞聖)을 사숙하여 그 도리로 나라를 곧게 다스리려고 한 것이 어찌 죄가 된단 말이냐......'

비록 중종과 훈구파의 미움을 사 그 일파가 분쇄되고 끝내 파직 유배를 당한 조광조였으나 그렇다고 그가 오로지 두문불출하며 탄식의 세월만 보낸 것은 아니었다. 주야를 가릴 것 없이 독서로 소일을 할 때가 대부분이었으나, 누옥에 찾아오는 이들과 더불어 담론을 나눈 적도 많았다. 특히 기묘사화를 함께 맞아 삭직된 학포(學圃) 양팽손(梁彭孫)이 자주 조광조의 집을 찾았다. 능주가 고향인 양팽손은 벼슬을 박탈당한 후 경론을 탐구하며 지냈는데, 마침 조광조가 그곳으로 귀양을 가게 되어 서로 의지를 하며 생활하였던 것이었다. 무엇보다 외딴 곳에서 홀로 적적한 유배생활을 하게 된 조광조에겐 양팽손과의 교류는 큰 위로였다.

"벌써 한낮이거늘 어찌 걸음이 늦었던가. 혹 주상께서 상경하라는 명을 내리시던가?"

조광조의 농담처럼 연배와 입신의 시기도 비슷한 그들은 서로 허물없이 지냈던 것이었다.

"허허, 별 희한한 농담을 하시는구려. 그것이 아니라 내 오늘은 선생의 가르침을 받기 위해 모인 분들을 인솔해오고자 평소보다

늦게 도착한 것이외다. 자, 다들 들어오시구려."

양팽손의 말에 사람들은 조광조의 삼간(三間) 누옥 구석구석까지 들어차 각자 자리를 차지하기 시작했다. 이에 조광조는 흠칫 놀라며 혼자 사는 데는 크게 불편할 것이 없는 삼간초가가 이렇게 사람들로 채워지는 것을 경이롭게 쳐다보고 있었다. 대부분의 사람들이 각기 통성명을 하며 얼추 자리들을 잡게 되자 양팽손은 만족스러운 표정으로 입을 열었다.

"정암 선생, 이렇듯 능주의 백성들께서 그대의 고담준론(高談峻論)을 듣고자 왔소이다."

그러자 조광조는 감격스러운 마음에 이내 가부좌를 털고 일어나 굴신(屈身)하며 말했다.

"여러분, 참으로 고맙소이다. 내 신하된 자로서 임금을 제대로 보필하지 못하여 권신의 탄핵을 받아 이리 보잘 것 없는 신세가 되어 유배를 왔건만, 여러분들께서는 이 몸을 버리지 않고 이렇듯 직접 찾아와주셨구려. 내 오늘 누추한 말이나마 품은 뜻을 그대들께 남김없이 전해드리고자 하오. 나라를 바로 잡고자 하는 선비의 강개(慷慨)로 여겨주시면 고맙겠소."

십여 명 이내로 모인 사람들 중 대다수가 유자(儒者)들이었다. 미처 들어가지 못한 몇몇은 쪽문을 열고 마루에 앉아 조광조의 말을 경청하고자 했다. 개중에는 농군들도 종종 있었다. 그들은 하나같이 중앙과 지방의 정치 난맥을 꼬집으며 조광조의 명론탁설을 듣고자 했다.

"내 언제 죽을지 모르는 유배죄인이나, 여러분과 함께 바른 정치의 뜻을 교감할 것이오."

어느덧 능주 누옥에서의 한 시진이 촌음처럼 흐르고, 조광조와 백성들 간의 담론은 서서히 열기를 더해갔다. 조광조와 양팽손이 느끼기에 조당에서 임금을 모시고 진행하는 경연보다도 이 누옥에서의 담론은 더욱 그 심도와 맥락이 깊은 것이었다. 그곳에 모인 백성들 모두 배움에 대한 열정이 많은 것은 물론이요, 바른 정치에 대한 갈망이 컸으니 당연한 일이었다. 유자와 농군 모두 같은 백성의 신분으로 낮고 외진 바닥민심을 경험하며 살아온 것이기에, 그들에게 있어서 바른 정치에 대한 절박함은 이루 말할 수 없을 것이었다. 그런 그들의 절실함을 어찌 배부른 중앙 관료들의 뜻과 비교할 수 있겠는가. 조광조가 경서와 학문, 정치와 민생을 언급하게 되자 사람들의 질문과 주장도 조금씩 많아져갔다. 그렇게 강론의 시간이 길어질수록 그들 간의 생산적인 토론도 활기를 얻었다. 어떤 유자는 대담히 외쳤다.

"선생께서 염원하신 지치(至治)로서의 바른 정치란 혹 이상이 아닐는지요? 예컨대 출세를 목표로 입신하는 사경(私徑)의 폐단을 지적하셨는데, 그것은 학도(學徒) 본연의 욕망일 것이 아니겠소? 공도를 숭상해야 함은 옳은 도리나, 어찌 그들 모두의 개인적인 출세욕을 오로지 선하게만 교화할 수 있겠소? 이 몸은 신료의 사욕 일체를 완전히 근절할 순 없다고 보오."

조광조는 일견 고개를 끄덕거리더니 이내 차분하게 음성을 가다듬은 후 이에 대답했다.

"그대의 말이 일리 있소. 일찍이 성현께서 가로되 지덕(至德)을 타고난 선비일지라도 인욕(人慾)에 휘둘리면 적자(賊子)가 되고, 바르고 고명한 지사(志士)일지라도 당략(黨略)에 치우치면 난신(亂臣)이 된다 하였소. 그만큼 사람 본연의 사욕, 출세욕은 끈질기고 강력하오. 어쩌면 그런 강한 욕망을 단번에 잘라내기는 무리일 수도 있소. 허나 그것이 아무리 이상적이고 힘든 일일지라도 단호히 결행하지 않고선 구태의 청산은 불가능하오. 우국충정(憂國衷情)보다 먼저 출세가도를 염두에 두는 관리들이 어찌 천하강산을 바르게 다스릴 수 있겠소? 멸사봉공(滅私奉公)보다 사리사욕을 챙기는 벼슬아치들이 어찌 부패와 탐락을 벌주고 바로잡을 수 있겠소? 사경

(私徑)을 통렬하게 막지 않으면 임금의 선치(善治)는 빛을 잃을 것이고 그 폐해는 고스란히 이 조선 땅의 백성들이 겪게 될 것이오. 그래서 중니(仲尼)께서는 자신의 직분에 맞게 살아가고 그 도리를 다하는 정명(正名)의 가르침을 내리시어 봉직(奉職)을 강조하신 것이오. 신료들이 사욕을 오롯이 비워내야 정치와 민생의 풍토가 밝아질 수 있소."

조광조의 공론(公論)에 많은 이들이 고개를 끄덕였다. 이어 늙은 농군이 의문을 던졌다.

"선생과 사대부들은 정치와 민생의 회복을 위해 성현의 말씀을 들어야 한다며 줄곧 경서와 도학을 거론하셨소. 허나 우리 배운 것 없는 농투성이들이 보기엔 이학(理學)이라는 게 다 허망한 것 같소이다. 서책과 학설로만 논변하는 책상물림이 어찌 진정한 다스림이겠소?"

조광조나 양팽손은 물론 다른 유생들이 듣기에도 난감한 질문이 아닐 수 없었다. 이는 어찌 보면 조선 정치의 성리학이 가진 약점이자 단점을 정확히 지적하는 것이기도 했다. 특히 중앙정계에서 관료로서 정치개혁을 주도했던 조광조로선 입씨름만 하는 정치를 배격하는 민심이 더욱 날카롭게 느껴졌다. 조광조는 소탈한 웃음으로 공감을 표하며 농군에게 말했다.

"노인장의 말씀, 참으로 옳은 지적이시오. 이 나라 정치는 물론이거니와 전조(前朝)인 고려 역시 귀족들의 공리공론에 가장 많은 피해를 입은 것은 그대들과 같은 백성들이었소. 직접 마주한 현실과 이 땅의 귀한 민생을 알지 못한 채 논변만 일삼는 도학이라면 그것은 말장난에 지나지 않을 것이오. 허나, 나라와 민심을 다스리는 데 있어서 제일 중요한 것은 국풍(國風)이오. 이 세상 천지에 이념과 철학이 없는 정치가 어디 있겠소? 방향과 목표가 없는 다스림이 어디 있겠소? 밝은 다스림은 결코 바람에 나부끼는 들풀 같은 것이 아니외다. 인생과 정치에 교훈이 될 만한 학문과 경서로

70

써 소신과 원칙을 먼저 확립해야만 정치도 바로 서는 것이오. 예컨 대, 조정에서 신료들이 결정하는 작은 조치에도 그 나라의 국맥(國 脈)이 서려 있소. 그런 국맥은 나라의 이념과 철학에서 나오고, 우 리 국맥의 토대는 도학이오.

더욱이 사서오경의 서책엔 편벽하고 고루한 논변만 있는 것이 아니외다. 인간과 나라의 길잡이가 되는 성현의 가르침은 물론 그 것을 행하는 방법론까지 있소. 하지만 우리 임금과 신료들은 그런 방법을 보고 읽으면서도 정작 실행하지 못하오. 몸소 성현의 도를 실천하지 못하오. 노인장의 지적은 바로 이런 곳을 향해야 하오. 문제는 유학이 아니오. 도학은 결코 표적이 될 수 없소. 실정(失政) 은 오직 그런 왕도덕치(王道德治)를 수행하지 못하는 통치자, 위정 자의 문제요. 존천리거인욕(尊天理去人欲)과 천리불리인사(天理不離 人事)의 대의를 곧고 바르게 실천하여 정치에 직접 실현할 수만 있 다면 어찌 유학이 허망하다는 소리를 듣겠소?

내 과격하고 이상적이라는 폄훼를 사면서까지 도학정치를 주장 한 것은 그것이 옳고 바른 길이기 때문이오. 우리가 도학을 실천한 다면 요순정치는 이루어질 수 있소. 설령 난관이 많다하여도 개혁 을 추구해나간다면 못할 것이 없소. 임금과 관리들이 먼저 청렴결 백하게 솔선수범하면 어진 정치의 빛은 널리 퍼지게 되어 있소. 그 런데도 실천 못하는 우리 위정자들의 책임이 크오. 물론 그런 점에 서 본인 역시 그 죄를 피하지 못하니 참으로 면목이 없소……"

막힘없이 흐르기만 할 것 같던 조광조의 강론도 이내 물기를 머 금고 말았다. 조광조는 말을 끝내 마치지 못하고 돌아서 이내 장탄 식을 쏟아냈다. 말하는 도중에 착잡한 정치현실과 난망한 지치(至 治) 구현을 떠올리다가 격동하여 먹먹한 심경이 된 것이었다. 의문 을 구하던 늙은 농군은 물론 양팽손과 유자들 역시 잠시 숙연한 마음이 되어 아무런 말이 없었다. 그렇게 시간은 화살처럼 흘러가 핏빛 노을이 조광조의 삼간 너머로 저녁때를 알리고 있었다.

71

남쪽 지방으로선 유난히 추운 날이었다. 일찍부터 한양 도성엔 강풍과 눈발이 몰아치는 맹추위가 엄습하고 있었으나, 아직 능주를 비롯한 전남지역은 그런대로 지낼만했던 것이었다. 그런데도 그날 만큼은 웬일인지 아침부터 능주 전역에 싸라기눈들이 내리기 시작하더니, 이내 조광조의 초가 주위에 소복소복 쌓이는 것이었다. 더욱 기막힌 일은 따로 있었다. 입자가 굵은 함박눈이 아님에도, 새벽녘부터 나목의 가는 가지 몇몇이 뚝뚝하며 부러지는 것이었다. 눈발이 거셌다고는 하나 나뭇가지가 꺾일 정도로 설해가 심한 것은 아니었기에 인근의 백성들은 예사롭지 않은 징조라며 수군거렸다. 조광조 역시 무언가 심상치 않음을 느끼며 일찍부터 비장한 각오로 일어나 낡은 문갑(文匣)의 서책들을 정리하고 다듬기 시작했다.

"대역죄인 조정암은 즉시 나와 지엄하신 주상전하(主上殿下)의 어명(御命)을 받들라."

아나나 다를까. 조광조가 문갑을 정리하고 의관을 정제하자마자 냉엄한 목소리가 문 밖에서 들려왔다. 다름 아닌 어명을 하달하는 금부도사(禁府都事)의 삼엄한 음성임에 틀림없었다. 조광조는 작심한 듯 입술을 물고 한 치의 흐트러짐도 없는 자세로 방문을 열고 나섰다.

"하하하, 그래. 결국엔 이런 것이었구나. 정녕 주상께서 이렇게 분부를 내리셨구나......."

밖을 나선 조광조는 문득 모든 것을 직감한 듯 혼잣말로 허탈하게 웃으며 중얼거렸다. 금부도사를 필두로 사졸들이 시립한 가운데 앞쪽으로 멍석이 길게 펴져있었기 때문이었다. 그 옆에는 궁중에서 탕제(湯劑)를 담당하는 시종 몇몇이 탁상으로 사발그릇을 받치고 있었다.

"난신적자(亂臣賊子) 조정암은 어찌 어명에 예를 표하지 않는가.

어서 무릎을 꿇으시오."

조광조는 심부(心府)가 찢긴 괴롬에 젖어 하릴없이 내려와 멍석 위로 무릎을 꿇었다.

"상(上)께서 가로되, 조정암은 성총의 은혜를 배반한 채 조정 내 간적(奸賊)을 부추겨 당여(黨與)를 조직했고 나라의 정치를 제 손아귀에서 좌지우지(左之右之)하였노라. 또한 군신(君臣)의 도리를 어기고 방약무인(傍若無人)하며 국정을 농단하고 전횡을 일삼았으니 이 어찌 지록위마(指鹿爲馬)의 대죄(大罪)가 아니랴. 더욱이 왕권을 지속적으로 억압한 것은 장차 자신이 대권(大權)을 취하려는 역심을 품고 잠룡(潛龍)의 야망을 키우고 있었음이라. 이에 그 죄를 엄히 물으니, 죄인 조정암을 사사(賜死)한다. 의금부는 영을 받들어 시행토록 하라."

금부도사가 중종의 교문(敎文) 읽기를 끝마치자, 시종 둘이 신속히 사약을 들고 와 조광조의 무릎 앞에 상을 차렸다. 곧 조광조는 통한(痛恨)의 눈물을 흘리며 피를 토하듯 외쳤다.

"주상 전하! 전하께서 미천한 신을 중용하시어 나라의 정치를 바르게 하라 명하셨음에도, 그 크신 뜻에 보답치 못한 죄로 오늘 신의 몸은 이렇게 죽나이다. 허나 잠룡이라니요! 전하, 신이 어찌 잠룡의 야심을 품고 정치를 했단 말씀이시나이까. 신이 전하를 염려하고 조정을 걱정한 것은 이 나라 조선을 위했음이요, 간신(奸臣)을 배척하고 훈척(勳戚)을 경계한 것은 다 왕실을 위한 것이었사옵니다. 헌데 잠룡이라니요....... 어느 간흉계독의 도당(徒黨)에게 현혹되셨나이까. 신 지금 잠룡이라는 모함이 너무도 억울하고 참담하여 혹심(酷甚)한 심신을 가누기 어려우나, 신하된 자로서 어찌 존귀한 왕명을 거스르겠나이까? 그저 백골난망(白骨難忘)한 성은을 받들어 이제 신은 죽겠나이다! 전하, 전하! 부디....... 부디 성군이 되소서!"

이때 조광조의 주위에는 양팽손이 있었다. 그는 안타까운 마음에 사사의 집행을 어떻게든 늦춰보려 의금부 사졸들을 밀어대며 몸부림을 쳤으나 모든 것이 부질없는 일이었다. 조광조는 비분한 듯 통탄한 가슴을 쥐어뜯으며 사약이 담긴 사발그릇을 두 손으로 고이 받들었다.

"그 왕명(王命), 잠시 멈추라!"

그때였다. 저 멀리 단출한 복식을 한 채 소리치며 양팽손과 같이 누옥 마당 안으로 사졸의 경계를 뚫고 들어오는 사람이 있었다. 무인다운 보무(步武)는 아니었으나, 그 걸음에 거침이 없었으니 꽤나 직책이 높아 보이는 사람이었다. 그는 삿갓을 벗으며 금부도사에게 정중히 시간을 청했고, 양팽손은 바삐 달려와 무릎을 꿇고 있던 조광조를 부축해 일으켰다. 금부도사는 그 사람을 빤히 쳐다보다 이내 멈칫거리며 공손한 말투가 되어 굳은 입을 열었다.

"아니, 이판(吏判) 대감께서 어찌 이곳에 다 걸음을 하셨나이까?"

"내 잠시 시간을 좀 청하세. 죄인과 따로 할 말이 있으니."

"하지만 이판께서도 사사의 집행을 막으실 수는 없사옵니다. 신은 왕명을 받았나이다."

"내 그 왕명을 잘 알고 있지. 허나 돌이킬 수 없는 왕명이라도 이는 죄인의 마지막 가는 길이 아닌가? 내 집행을 막겠다는 뜻이 아니라, 그저 죄인과 최후의 대화를 하고자 함이네."

"알겠나이다. 딱 반 시진을 드리겠나이다. 그 이후엔 죄인을 더는 살려둘 수 없나이다."

의금부의 군사들이 잠시 물러간 누옥 삼간엔 오직 남곤과 조광조만이 앉아 있었다. 조광조는 등을, 남곤은 고개를 돌리고 있었다. 차가운 정적이 스멀스멀 똬리를 틀고 있었다.

"몰염치도 유분수라, 내 더 이상 그대의 얼굴을 보고 싶지 않도다. 썩 물러가라!"

이렇게 능주로 길을 잡을 때부터 남곤은 조광조의 냉대를 예상하고 있었다. 그러나 적잖이 성이 난 건 남곤도 마찬가지였다. 그는 돌린 고개를 바로하며 대뜸 조광조를 쏘아붙였다.

"이제 그 오만한 고집 좀 그만 부리게! 일이 이렇게까지 커지고 결국 자신의 목을 조른 것도 다 자네의 그 과격한 성품 때문이야. 스스로 판 무덤이라 이 말일세! 그토록 지리멸렬한 경연을 강제하겠다, 멀쩡한 공훈을 깎겠다, 소격서(昭格署)를 혁파하겠다하며 아침부터 해 질 때까지 그대는 주야장천 고집만 부리지 않았던가. 반대 여론은 배격하고 자기만 옳다고 강압하니 주상께서도 그대를 미워하고, 구신들도 증오하고, 나까지도 그대를 죽이려 들지 않았던가? 지금이라도 뉘우치고 돈수백배하여 주상께 사죄하게. 이미 내린 왕명일지라도 모르는 법일세. 그렇게도 고집불통인 자네가 뜻을 꺾었다면 조정이 놀라고 왕실이 놀랄지도."

남곤의 말이 가소로운 듯 조광조는 코웃음을 치더니 문득 몸을 틀어 준열한 목소리로 일갈했다. 마치 달도한 노승(老僧)이 미몽에 빠진 중생을 깨우치듯 그대로 엄중한 음성이었다.

"백성의 고혈을 짜서 배를 채우는 구신들과 야합하여 수많은 청류의 선비들을 몰살시킨 네가 내 뜻까지 죽이려 드는구나! 거짓 훈작으로 부귀를 누린 공신들과 결탁하여 그들이 던져주는 떡고물로 연명하는 네가 내 혼까지 죽이려 드는구나! 도학정치로의 개혁과 쇄신을 억압한 사문난적(斯文亂賊)이자 주상의 총기를 오염시킨 간신 모리배가, 한 줌의 권세를 누리고자 난신들과 담합하여 참신한 인재들의 조정 출사를 막은 네가, 기어이 내 대의(大義)까지 죽이려 드는구나! 성현이 이르기를 천인무간(天人無間)이라, 하늘의 밝은 뜻과 사람의 도리는 그 근본이 하나라 하였거늘. 네 어찌 천도(天道)를 어그러뜨리고 이리 타락하였느냐!"

조광조의 들불 같은 성미에 잠시 남곤은 주춤댔다. 그러나 이것으로 대화를 파하여 물러난다면 그로서는 최후의 설득을 위해 이리 능주까지 온 보람이 없었다. 머지않아 의금부 사졸들은 다시 들이닥칠 것이고 사사의 영은 엄히 집행될 것이었다. 설득이 어렵다면 설복(說伏)이라도 해야 할 판이라, 남곤은 말이 나온 김에 조광조와의 담론(談論)을 내처 이어갔다.

"정암, 나도 성현의 도를 배운 유자로서 자네에게 확실히 충고하지. 일찍이 자사(子思)께서 이르되, 집양용중(執兩用中)이라 중(中)이란 하늘과 땅의 근본이요, 화(和)란 하늘과 땅의 공도라 하였네. 정암 자네는 목숨이 끊겨가는 지금까지도 중화(中和)의 덕을 모르고 있음이야! 그 급하고 날뛰는 성미 때문에 중용, 중화의 묘를 알지 못하고 천지의 자리를 편케 하는 법과 만물의 왕성한 생육을 돕는 법도 여전히 모르고 있다 이 말일세! 정치쇄신도 조정개혁도 모두가 사람이 하는 일이고 사람에 적용되는 일일세. 그렇다면 응당 위로는 임금의 뜻과 아래로는 백성의 뜻, 곁으로는 동료 신하들의 뜻을 얻어야 하는 게 순서일세. 헌데 자네는 오로지 자네 자신의 뜻만 얻었을 뿐, 또 다른 어느 누구의 지지도 받지 못했네. 자네가 꿈꾸는 왕도정치의 대의명분도 모든 이들의 공통된 지지를 얻지 못하고 타협과 절충을 통한 조정 내의 공론이 없다면, 권세가의 독선이자 아집이 될 뿐이네! 내 말이 과연 틀렸는가?"

남곤의 말을 들은 조광조는 일순 대답이 없었다. 방금 전까지만 해도 타오르던 적의와 분개의 눈빛은 이내 사그라지고, 어느새 조광조의 눈동자에는 자그마한 연민의 빛이 돌고 있었다. 흡사 안타까운 지경에 이른 동지(同志)를 측은하게 바라보는 쓸쓸한 동정의 시선이었다. 그만큼 조광조에게 있어서 남곤은 구제받지 못할 정도로 뒤틀린 인간의 표상이었다. 조광조는 착잡하다는 듯, 안타깝다는 듯 다시금 격식의 어투로 나지막이 입을 열기 시작했다.

"이보게, 지정(止亭). 내 그대의 궤격한 억설을 들으니 분기탱천한 이 심부가 또다시 갈가리 찢어질 것만 같이 몹시도 속이 쓰라리네. 이 어리석은 사람아, 아둔한 사람아. 지금 내가 중용을 모른다 하였는가? 원체 과격하고 성미가 급하여 사람의 뜻을 얻지 못하고 일체의 정치혁신을 그르쳤다 하였는가? 그래, 내 성급한 사유와 행동이 있었다는 점은 족히 인정하네. 허나 주상께서 이 미욱한 나를 중용하시어 사헌부(司憲府)의 수장으로까지 올리신 까닭은, 이 몸과 청류가 주축이 되어 흑암(黑暗)의 정치를 바로 잡고 밝은 치도(治道)를 펴나가라는 뜻이셨네. 국가의 강상(綱常)과 조정의 기율을 세우고 사생취의(捨生取義)의 마음가짐으로 민본정치(民本政治)를 설계하라는 뜻이셨네. 이런 막중대임을 맡게 된 내가 어찌 구신들의 탐욕스런 협상과 비루한 담합을 순순히 받아들일 수 있었겠는가? 어찌 지상낙원(地上樂園)의 첩경처럼 한 가지의 불평도 없는 방도만 추구하여, 유명무실(有名無實)한 개혁을 추진할 수 있었겠는가? 안타깝게도 그런 평화로운 개혁, 만장일치의 혁신은 그저 공상(空想)에 불과할 뿐이네. 쇄신이란, 반드시 누군가는 피를 봐야하고, 살을 잘라야 하는 것일세. 특히 정치개혁이라는 것은 군신(君臣) 모두가 변하지 않고선 불가능한 꿈이네. 물론 넓게 보면 백성들도 마찬가지겠지. 사람이 변하지 않고 어떻게 제도와 정치가 변할 수 있단 말인가? 임금과 신하, 백성 모두가 군자처럼 도덕을 수양하고 조정 내의 거짓 공신들과 같은 썩은 무리를 징치(懲治)하여 적폐(積弊)를 청산해야만이 비로소 왕도지치(王道至治)를 이룩할 수 있는 것일세. 현인의 경서(經書)를 엄정히 받들어 군신 백성 모두 개인적으로는 극기복례(克己復禮)를 이루고, 사회적으로는 중의경리(重義輕利)를 지향하며, 국가적으로는 살신성인(殺身成仁)의 자세로 충성해야 하는 것일세. 이는 이학(理學)의 본의(本意)를 현실에 실천하는 것일세.

내가 꿈꾸고 백성이 꿈꾸고 임금이 뜻하시었던 왕도덕치. 이는 시의(時宜)에 달려있는 법이네. 도학(道學)의 가르침을 숭상하고 인심(人心)을 바르게 하며, 성현(聖賢)의 말씀을 법도로 삼고 지치(至治)를 흥기코자 하는 것은 결코 시간을 끌어 늘어지게 할 수 없는 일일세. 정당한 정책이 마련되었으면 그것을 속결하여 실행하고,

고관대작(高官大爵)들이 직접 모범을 보여 사해(四海)의 귀감으로 만방에 전해야 하는 것일세. 만일 우리 관료들이 입으로만 정치쇄신을 떠들고 정작 자신들은 호학역행(好學力行)하지 않고 시위소찬(尸位素餐)한다면 어찌 만백성이 그 정책과 개혁을 따를 수 있겠는가? 어찌 곧고 바른 민심이 주상전하께 돌아갈 수 있단 말인가? 모두가 움직이지 않고, 신속히 결행하지 않고, 애꿎은 시절(時節)만 잡아 지리멸렬(支離滅裂)한다면 개혁정치는 이루어질 수 없네. 변하는 건 아무것도 없네.

성현이 이르기를 도불원인(道不遠人)이니 지성무식(至誠無息)이요 지성감천(至誠感天)이라. 인간에게 있어서 바른 가르침은 결코 멀지 않으니 쉼이 없는 정성을 지극히 추구한다면 반드시 하늘을 감동시킬 수 있다 하였네. 지도(知道)와 감천(感天)을 이룩할 수 있다는 뜻일세. 또한 천명지위성(天命之謂性)이요, 솔성지위도(率性之謂道)요, 수도지위교(修道之謂敎)라 하였으니, 하늘에게 본성을 내려 받은 인간의 수기(修己)와 격물(格物)이 어찌 천명(天命)과 천도(天道)에 어긋날 수 있겠는가? 본디 마음이 일신(一身)의 기질(器質)과 형구(形軀)를 주재하고 일체(一體)의 사단(四端)과 칠정(七情)을 거느린다하였으니 이는 심통성정(心統性情)이라. 성(性)은 심(心)의 체(體)요, 정(情)은 심(心)의 용(用)이라. 인간세상(人間世上)의 모든 일은 인간 스스로의 마음먹기에 달린 것일세. 내 마음에 사욕의 기치(旗幟)를 내걸면 흉악무도한 거문대족(巨門大族)의 꿈을 꾸는 것이요, 공도(公道)의 대의(大義)를 명심(銘心)하면 광활한 호연지기(浩然之氣)를 만천하에 떨쳐 일어날 수 있는 법이네. 허니 각자 마음에 도학의 가르침을 새긴다면 장차 나아가 천하에 이치가 서고 만물이 가지런해지며 정치가 제대로 이루어질 수 있지 않겠는가? 인간부터 지극에 이르렀으니, 어느 말단이건 변하지 않겠는가?

내 아직도 이렇게 못다 한 꿈을 품고 있으나 이제는 순리에 따라 명운을 받들어 깨끗이 죽을 것일세. 위로는 상(上)을 기만하고,

아래로는 백성을 혹세무민(惑世誣民)하며, 스스로는 절의(節義)를 꺾어 사사로이 목숨을 보전하는 짓은 결코 하지 않을 것이네. 허니, 이만 물러가게. 그리고 지정(止亭). 부디 이후라도 마음을 고쳐먹게나, 부디 스스로를 돌아보게나…….”

조광조의 단심(丹心) 어린 일장연설에 남곤은 하릴없이 뜻을 꺾고 물러났다. 남곤은 조광조의 주장에 구태여 조롱이나 반박을 하고 싶지 않았다. 이제와 강고한 그의 뜻을 고치려고 계속 강압하는 것도 마지막 길을 가야하는 이에 대한 예의가 아닌 것 같아서였다. 그때 뜻을 거두고 방을 나가는 남곤의 가슴엔 알지 못할 물결이 잔잔하게 일고 있었다. 여운도 아니고 동요도 아닌 이 내 감정이 과연 무엇일까. 남곤은 문간 밖을 나서며 천근 바위의 누름보다는 여러 조약돌들이 가슴 속으로 천천히 가라앉는 것 같은 심경이 되어 잠시 생각했다.

‘정암의 말이, 그 돌미륵 같은 대의명분이 이 나를 더욱 가차 없이 외롭게 만드는구나…….’

한편, 남곤이 방을 나서기가 무섭게 멀리서 금부도사가 금군 나졸들을 이끌고 달려와 다시 조광조의 누옥 안으로 진입하고 있었다. 마당에 있던 양팽손이 발을 구르며 탄식에 탄식을 거듭했지만 일은 이미 돌이킬 수 없게 된 것이었다. 남곤이 누옥 밖으로 걸음을 돌리자, 방을 나온 조광조도 마루에서 내려와 멍석에 무릎을 꿇은 채 중종의 정전(正殿) 쪽을 향해 정중히 북향삼배(北向三拜)하였다. 사사의 영조차도 임금의 분부이기에 조광조는 그 성은에 감읍한다는 뜻으로 절을 하는 것이었다. 조광조는 삼배를 마친 뒤 끝내 마지막 말을 남겼다.

“그 옛날, 자로(子路)가 공문(孔門)에 나아가 임금을 섬기는 방법에 대하여 묻자 중니께서 가로되 ‘진실을 속여서는 아니 된다. 임금의 안색이 변한다 하여도 오로지 곧고 바른 말을 직간(直諫)하여야 한다'고 하였느니. 내 오늘 비록 뜻을 다 펼치지 못하고 죽으나, 의(義)로써 길을 삼고 예(禮)로써 문을 삼아 조정 안팎을 사심 없이 드나들며 왕도를 구현하고자 애썼으니 큰 후회는 없노라. 다만 주상전하의 눈과 귀를 가리고 대역무도하게도 이 나를 괴이한 잠룡으로 모함한 흉신간적(凶臣奸賊)들에게 엄중히 경고하노니. 후대의 절개 있는 유자(儒者)들이여, 부탁하노라. 일생토록 지조를 품고 임금께 바로 직언하라. 권세와 시류에 영합하여 복락(福樂)을 꾀하는 난신적자들을 치죄(治罪)하라. 일찍이 자하(子夏)가 말하길 소인이 과실을 저지르면 반드시 꾸미는 법(小人之過也必文)이라 하였느니. 교언영색(巧言令色)하는 소인을 벌주되, 자신부터 먼저 성현의 도를 받들어 과즉물탄개(過則勿憚改)의 수신치도(修身治道)를 체화하라. 스스로의 마음을 곧고 바르게 하는 것이 지치의 시말일 것이다.......”

마침내 사약이 담긴 사발그릇은 깨끗이 비워졌고, 조광조는 한 말의 피를 쏟으며 쓰러졌다. 양팽손이 그의 식어가는 시신을 황급히 부축하며 방성대곡(放聲大哭)하였으나 금부도사와 나졸들의 표정은 일체의 변화가 없었다. 그저 비로소 오늘의 직무를 다 끝낸 사람들처럼 무덤덤하게 자리를 치우고, 아무 일도 없었다는 듯 자연스레 물러나는 것이었다. 그렇게 금군 나졸들이 썰물처럼 빠져나간 써늘한 조광조의 누옥엔 인근 백성들이 서서히 모여들고 있었다. 눈을 감은 채 소리 없이 숨을 거둔 조광조의 시신을 본 남녀노소 모두 명신(名臣)이자 군자(君子)였던 그의 죽음을 애통해하였다. 한 차례 울음바다가 지나간 뒤, 양팽손과 유자들, 백성들 간엔 조금씩 장사(葬事)의 논의가 오고가기 시작했다. 남곤은 누옥의 울타리 밖에 우두커니 선 채로 이 모든 광경을 망연히 바라보고 있었다. 그의 시선은 한동안 조광조의 시신에 꽂혀 있다 이내 한 줄기 피가 묵죽(墨竹)처럼 뿌려진 마당 앞뜰의 눈밭으로 향했다.

‘조정암. 과연 그대, 잠룡이었도다. 내 비록 그대의 덕본재말(德

本才末)과 도본문말(道本文末)의 주장에 결코 찬동하지 못하고, 성마른 정치개혁의 급진노선을 저주하였으나 그대의 잠룡 됨은 참으로 인정하지 않을 수 없구나. 이는 결코 천하권세의 화신으로 잠룡을 일컫는 것이 아니요, 주상의 내성외왕(內聖外王)을 인도한 성현으로서의 잠룡을 일컫는 것이다. 비록 그대는 너무도 강직하여 훈척(勳戚)과 왕기(王氣)를 상하게 하였으되, 이 나라 조선을 깨우쳐 바로 잡으려했던 잠룡이요, 치도와 민심의 근본을 바로 읽은 잠룡이 아니었던가…….'

이후 사사당한 조광조의 시신은 양팽손이 수습하여 가매장되었다가 경기도 용인 상현리에 매장되었다. 양팽손은 그의 시신을 거두어 쌍봉사 골짜기에 장사지냈고, 서운태 마을에 모옥을 지어 조광조의 문인, 제자들과 함께 봄과 가을마다 제향(祭享)하였다. 한편, 조광조가 죽기 전 남겼다는 절명시(絶命詩)는 많은 이들의 가슴에 먹먹하고 잔잔한 울림으로 다가온다.

임금 사랑하기를 어버이 사랑하듯 하였고(愛君如愛父)
나라를 근심하길 내 집 걱정처럼 하였도다(憂國如憂家)
밝은 해가 이 세상을 굽어보고 있으니(白日臨下土)
충성된 내 마음을 환히 비춰주리라(昭昭照丹衷)

조선 중기 사림(士林)의 거목(巨木)이자 실천유학(實踐儒學)과 개혁정치(改革政治)에 앞장섰던 정암 조광조는 유교 도학(道學)을 중심으로 한 지치주의(至治主義)를 개창하여 공직사회와 민간부문 전반의 대대적인 쇄신을 추구했다. 이러한 조광조의 도본주의(道本主義)와 급진개혁노선(急進改革路線)에 끝내 이견을 보이며 한사코 반대하던 같은 사림 계열의 남곤은 기어이 정암을 결판내고자 훈구세력과 결탁하게 된다. 마침 조광조의 급진정책에 염증을 느끼던 임금 중종의 심기를 파악한 남곤은 심정, 홍경주, 후궁 비빈 등과 더불어 주초위왕의 모계를 획책하고 신무문 고변(神武門 告變)으로 정암과 사림 일파를 모조리 척결하게 된다. 이를 일러 사가(史家)들은 기묘년의 사화라 하여 기묘사화(己卯士禍)라 일컫게 되었고, 같은 사림파로서 동지들을 쳐낸 남곤에겐 이후 역적과 배신자라는 역사의 불도장이 찍히게 된다.

그러나 이렇듯 한 말의 피를 뿌리고 떠나간 조광조의 굳은 대의와 푸른 절개를 느끼며, 남곤은 크게 깨닫게 되고 이후 많은 회의와 번민으로 고심하게 된다. 전해오는 말에 따르면, 남곤은 조광조와 김정 같은 사림의 주축들이 사사된 직후 누군가 자신에게 '소인이 군자를 해쳤다 논하여도 상관하지 않겠노라'며 다소 후회하는 모습을 보였다고 한다. 또한 기묘사화의 공신들에게 서훈(敍勳)을 내릴 때 자신의 공신 책봉을 거절하며 자책하였다고 전해진다.

물론 이는 오명을 독박쓰기 싫어하는 변절자의 뒤늦은 변명이요, 후세의 손가락질이 두려워 짐짓 뉘우치는 척을 하는 간신배의 생존 전략으로 비쳐질 수도 있다. 어찌 되었든지, 조광조와 사림 개혁파들을 주살시킨 장본인은 바로 남곤 자신이었기 때문이다. 허나 말년에는 평생의 사고(私稿)를 불태우며 반성하기도 하고 죽기 전 자신의 잘못을 책망하는 유언을 여럿 남겼다하니, 최소한 그가 '부끄러움'을 아는 정치가임에는 분명하다고 할 수 있지 않을까.

'그 옛날 정자(程子)께서 가로되, 굶어 죽는 일은 지극히 작은 일에 불과하나 절개를 잃는 일은 지극히 큰일이라 하셨으니. 내 비록 정암의 정견(政見)과 노정(路程)을 미워하고 증오하나, 시운(時運)을 다하지 못하고 비명(非命)에 간 그대의 기상(氣像)과 절조(節操)만큼은 참으로 한스럽도다. 정암, 오늘 자네가 뿌린 그 잠룡의 피는 바른 다스림에 봉직(奉職)하던 현상(賢相)의 선혈(鮮血)일 것이요, 비록 승천하진 못했으되 어지러운 나라를 깊게 밝히는 한 조각 위국(爲國)의 충심(忠心)으로 남을 것이외다....... 예기(禮記)에 이르길 옥은 다듬지 않으면 그릇이 되지 못하고, 사람은 배우지 못하면 의

리(義理)를 모른다 하였으니. 내 오늘 정암의 비통한 최후를 보고
과연 무엇을 배웠던가, 새겼던가, 번민했던가, 뉘우쳤던가.......'

멀리 홀로 말을 탄 남곤의 뒷모습이 어스름 속으로 서서히 멀어
지고 있었다. 여전히 바람이 세게 불고 눈이 내리던 겨울이요, 정
월이 얼마 남지 않은 기묘년의 마지막 시절이었다.

〈끝〉

제5편

가 신

가신(家臣)

때는 천하강산의 삼라만상이 영롱히도 꽃피어나는 춘삼월. 노을의 잔광이 도방(都房)의 추녀 끝에 머무르다 서녘으로 서서히 물러가는 저물녘이었다. 석양의 광채가 더없이도 평온할 무렵, 사청(射廳)의 바닥을 바쁘게 울리는 소리가 있었으니 그것은 다름 아닌 어느 여인의 거친 호흡이었다. 워낙 초미지급(焦眉之急)의 황급함으로 뛰어오는지라 버선 신세인 그녀의 발은 흙모래에 마구 더럽혀진 채였다. 그러나 그녀는 그런 것쯤은 아랑곳도 않는지 오로지 황황망조한 눈빛으로만 달려갈 뿐이었다.

"지금 그 말이 정녕 참이오? 소식의 진위에 대해 목숨을 거실 수 있겠소이까?"

"여부가 있겠소이까. 내 부인이 목숨을 걸고 버선발로 뛰어와 전한 급보이거늘 어찌 거짓이 있을 수 있겠소이까. 김 별장(別將), 일이 아주 급하게 되었소이다. 사달이 나도 아주 크게 난 셈이외다. 오늘밤 영공(令公)이 우리의 일을 알고 야별초 지유 한종궤(韓宗軌) 등에게 이르기를, 내일 아침 반역도당(反逆徒黨)을 모조리 척결하라며 대노(大怒)했다 하외다. 아무래도 거사(擧事)일을 앞당겨야 하겠소이다."

김대재의 말이 끝나자마자, 도방의 별장(別將) 김준(金俊-金仁俊)의 낯빛이 급격히 어두워지고 있었다. 김준은 노기충천한 음성을 내뱉으며 사청 탁상을 내리쳤다.

"틀림없이 밀고가 있었으렸다. 어느 놈이 배신을 하였는지 대강은 짚이는 데가 있어 내 마음 같아선 당장에라도 일어나 일벌백계로 징치하고 싶도다. 허나 사안이 중대하고 사태가 위급하니 일단 온 군사들부터 불러들여야겠다. 지금 즉시 낭장(郎將) 임연과 박희실, 대정(隊正) 서정(徐挺)과 이제(李悌)는 신의군(神義軍)을 이끌고 한종궤의 수급을 베어라. 나머지 장수들은 사전에 장악한 도방 내의 사졸을 동원하여 나를 따라 나서라. 오늘, 야음을 틈타 최씨 일가의 철혈독재를 종식시킬 것이다."

한편, 군사혁명을 일으키는 사청보다도 더욱 경계와 군율이 삼엄한 곳이 있었으니 그곳이 바로 고려조(高麗朝)의 왕실과 조정을 틀어 쥔 최씨 가문의 사저(私邸)였다. 그 사저의 주인으로 있는 자가 최씨 일가의 마지막 후계자요 애송이의 나이로 군부 요직인 차장군(借將軍)의 반열에 오른 최의(崔竩)였다. 『고려사 열전』에 따르면 최의는 나이가 어린데다 머리가 우매하여 학식 높은 선비를 예우하지 않았다고 한다. 또 그가 믿고 아끼는 사람들이라고는 모두 포악하고 용렬하며 천박한 자들이었다고 하니, 말기에 이른 최씨 독재의 작폐가 얼마나 심했는지는 말할 나위가 없을 것이었다. 그런 최의의 횡포를 자신의 부귀영달을 위하여 더욱 부추기고 이용하는 자가 척신(戚臣) 거성원발(巨成元拔)이었다. 이처럼 아첨과 모략에 능한 소인배들이 당시의 정권을 잡고 나라를 좌지우지했으나 그 권세가 두려워 누구도 나서지 못하였다.

"영공(令公), 큰일이옵니다! 반역의 무리가 창검을 앞세워 이리로 오고 있나이다!"

"뭐라, 허면 정녕 김준 도당이 군사를 일으켜 오늘 밤에 날 죽이려 한단 말이오!"

"아무래도 영공의 분부가 누설되어 역당(逆黨)이 미리 칼을 빼든 듯싶사옵니다!"

거성원발이 급히 전한 비보(悲報)에 최의는 사시나무처럼 몸을 부르르 떨고 있었다. 최의와 같이 내실에 좌정한 자들 역시 사색이 되어 어찌할 바를 몰라했다. 모두가 다반사로 패악을 저지르고 무소불위 권력을 휘두르던 도방의 실세들이었으나, 서슬 퍼런 김준의 칼끝을 한가지로 두려워하고 있었다. 그만큼 그들은 부패와 탐락에는 물불을 가리지 않았으나 정작 도방 내의 실권 장악엔 능숙하지 못했다. 그들에게는 최씨 정권 초기의 최충헌이나 최우처럼 주도면밀한 권모술수나 정치적 감각이 전무(全無)했고, 군사조직을 통솔할 만한 식견과 경륜이 모자랐다. 이렇듯 김준이나 임연 같은 일개 별장과 낭장들이 벌인 변란에도 혼비백산하였으니, 어찌 그들이 나라의 막중대사를 감당할 수 있었겠는가. 더욱이 주군(主君)에 대한 충성을 목숨처럼 아끼는 가신(家臣)들이 돌변했다는 사실. 그리하여 최씨 정권의 파국을 안으로부터 주도했다는 사실은, 막바지에 다다른 최씨독재정권(崔氏獨裁政權)이 당대의 민심(民心)과 대의(大義)를 얼마나 많이 잃었는지를 잘 말해주고 있다고 하겠다.

유난히도 안개가 자욱한 밤중이었다. 달빛 한 점 내리지 않는 강화의 도성 내엔 도방 군대의 말발굽과 군홧발 소리만 조금씩 커지면서 지축을 울리고 있었다. 혁명군의 실권자 김준 군대의 대열이 진두에서 앞서 나가면, 그 뒤로 운무를 걷고 가병들의 횃불이 화룡처럼 줄을 이어 진군해나가는 것이었다. 마침내 김준을 위시(爲始)한 유정, 박송비, 이공주 등이 삼별초를 이끌고 최의의 사저 인근에 당도하자 거성원발이 필마단기로 길을 막고 서있었다. 그 옆에는 최가의 충장, 최양백이 창을 꼬나들고 김준 일파를 살기 어린 눈빛으로 노려보고 있었다. 군세로 보아 전황은 김준 쪽이 우세하였으나 거성원발이나 최양백 모두 고려 제일의 장사였으니 쉽게 사저 안으로 진입하기가 어려웠다. 최양백은 허공에 분기 어린 창질을 하며 외쳤다.

"김준, 네 미천한 출신으로 우봉최씨(牛峰崔氏) 가문의 하해 같은 은혜(恩惠)와 크고 높은 신망(信望)을 얻었거늘, 어찌 지금에 와서 배은망덕(背恩忘德)하느냐!"

김준은 우악스럽게 달려들려는 장수들을 저지하며 가소로운 듯 크게 맞받아쳤다.

"최양백이, 듣자하니 너의 사위가 우리의 뜻을 전하여 너도 혁명 거사를 돕겠다고 하였다던데, 그것이 정녕 빈말이었더냐! 일언을 중천금보다 아끼는 대장부가 제 한 목숨이 아까워 그리도 용렬하게 뒤통수를 쳤더란 말이더냐! 한심하구나, 양백아!"

"듣기 싫다! 정세를 곁눈질하여 일신의 영달을 저울질하고 끝내 주군께 등을 돌리는 너 같은 배신자에게 나 최양백이가 어찌 한심하다는 소리를 들을 수 있겠느냐!"

김준은 자신의 일갈에도 오히려 최양백이 떳떳하게 나서자 비로소 군사혁명의 대의명분(大義名分)을 주창(主唱)하기 시작했다. 잘못하면 저들의 세치 혓바닥 같은 농간에 말려들어 잘 다잡은 병사들의 군기(軍紀)가 흐트러질 수도 있기 때문이었다.

"무엇이 배신이란 말이더냐! 오늘날 최씨 가문의 철혈독재와 무소불위의 권세 놀음이 하늘과 땅을 노하게 하고, 도방의 간적(奸賊)들이 왕실과 조정을 떡 주무르듯 좌지우지하고 있으니 마땅히 그것들을 쳐내야 하지 않겠느냐. 또한 너희 역시 어린 주군을 제대로 보필하지 못하고, 오히려 그의 무지와 천박을 악용하여 당여(黨與)를 짓고 파벌(派閥)을 세워 나라의 정치와 여염의 민생을 도탄에 빠뜨렸으니 결코 천인공노(天人共怒)할 대죄(大罪)를 피하지는 못하리라. 최가(崔家)가 정권을 잡은 이후로 현재까지 철없는 영공을 비롯하여 호가호위(狐假虎威)하는 난신적자(亂臣賊子)들이 조정을 독판치고 성상(聖上)의 총기를 가려 막중한 나라의 일들을 마구잡이로 들쑤셨노라. 하여 당금의 국사(國事)는 아무런 진척이 없고 백성들의 참담한 통곡소리만 천하에 들끓고 있다. 고려 태조께서 분열된 삼한 반도를 일통하여 나라를 창업하시고 새 하늘을 열어 왕조를 세우신지 어언 삼백년이 흐른 중에 너희 최씨 일가가 한 일이 도대체 무엇이란 말이냐? 고작해야 정중부나 이의민 같은 전대(前代)의 무신권력자들을 제거하고 권좌에 앉아 철옹성 같은 권세의 아방궁을 쌓거나, 한 줌도 안 되는 권력을 후대까지 물려주고자 갖은 살육으로 아등바등하지 않았느냐! 가뜩이나 무너져가는 국가와 왕실의 권위를 아예 짓밟고, 도처에 굶어죽는 민초들은 외면한 채 끝없는 학정과 야멸찬 폭압으로만 종횡무진(縱橫無盡)하지 않았느냐! 양백아, 내게 주군에 대한 배신을 운운하기 전에 네가 모신 영공과 그 도당들의 참혹한 가렴주구(苛斂誅求)부터 되씹어 보거라. 또한 여태껏 아무런 비판이나 견제도 없이 맹목적으로 최가를 떠받든 너의 처신 역시 네 스스로 반성해야 할 것이다!"

이러한 김준의 청산유수와 같은 일장연설에 삼별초와 혁명군의 사기는 충천하였고 최양백은 잠시 말문이 막힌 듯 머뭇거리고 있었다. 그러자 더 이상 봐줄 수가 없는지 거성원발이 직접 나서서 칼을 빼들며 소향무전(所向無前)으로 달려들었다.

"배신자의 주둥이가 참으로 가볍구나. 모름지기 도방의 무인(武人)은 단번의 칼질로 일백의 언사(言辭)를 대신하는 법! 모두 일어나 저 오만한 역도들을 참살하라!"

거성원발의 발호(跋扈)에 금세 양쪽의 보기(步騎)와 정병(精兵)들이 창칼을 부딪치는 사생결단의 백병전이 일어나기 시작했다. 김준 일파 역시 말을 몰아 선두로 나가 쉴 새 없이 대도와 장검을 휘둘렀고 거성원발이나 최양백 역시 배수진을 치는 마음으로 각기 무용(武勇)을 뽐냈다. 허나 뚜렷한 대의명분이 있고 수적으로 우세한 김준 쪽으로 서서히 전세가 기우는 것은 그야말로 시간문제였다. 사방으로 피가 튀고 살점과 머리가 잘려나가는 살육의 시간이 얼마나 지속됐을까. 병장기와 장졸들이 서로 혼연일체가 되어 한참이나 싸우는 동안, 점점 사태가 불리해지고 있음을 직감한 거성원발이 급히 말을 버리고 사저의 대문 안으로 뛰어 들어갔다. 그러자 홀로 남은 최양백은 이를 악문 채 김준 일당과 동귀어진(同歸於盡)하겠다는 옥쇄불사(玉碎不死)의 각오를 다지며 피로 물든 창을 다잡았다. 그는 살아남은 결사대 몇 명과 그야말로 중과부적(衆寡不敵)의 악전고투(惡戰苦鬪)를 벌이다 적들의 창검 여럿에 물고기처럼 배가 꿰뚫려 비장하게도 불귀(不歸)의 객(客)이 되고 말았다.

"영공, 이제 다 끝났사옵니다. 어서 나오십시오! 한 지붕 아래 밥을 나눠먹던 도방의 식솔들끼리 얼마나 더 피를 흘려야 하겠습니까! 그만 항복하시고 나오십시오!"

섭낭장 이연소의 외침이 사저의 관내를 울린 때는 짙푸르던 새벽안개가 조금씩 걷히고 동이 틀 무렵이었다. 마치 궁성과도 같은 최의의 저택으로 진입 중인 혁명군 발끝에 치이는 것은 적들의 주검이요, 꺾이고 동강난 병장기들이 전부였다. 사저를 수비하던 최의의 군사들 대부분이 죽거나 투항했기 때문이었다. 선두에 선 김준이 바라보는 곳엔 텅텅 비어버린 최의의 집무실이 있었다. 최의와 그 일당은 어디로 도주하였는지 종적이 묘연했고 동쪽으로부터 빛나는 여명의 서광만이 빈 조당(朝堂)의 내부에 깃들고 있었다. 김준은 모든 장졸들에게 명령을 내리기 시작했다.

"영공은 물론이고 주군의 죄악을 지근거리에서 조장한 거성원발이나 유능, 선인열 같은 난신적자(亂臣賊子)들은 반드시 찾아 없애야 한다. 그들은 시위소찬(尸位素餐)하고 탐화호색(貪貨好色)하는 간적 모리배들일 뿐만 아니라, 양봉음위(陽奉陰違)와 구밀복검(口蜜腹劍)으로 임금과 중신들의 눈과 귀를 가려 나라를 망친 역적들이다."

한편 사저 뒷길의 수로로 간신히 몸을 피한 최의의 일파는 주변 민가의 말을 빼앗아 타고 강을 낀 채 여전히 삼십육계 줄행랑으로 도주 중이었다. 그러다 앞서 가던 유능이 좋은 생각이라도 났는지 말머리를 급히 돌려 최의에게 다가가 말했다.

"주군, 금상폐하께서 김준의 반역을 알게 되신다면 마땅히 도움을 주실 것입니다. 그분은 최가의 실질적 종주(宗主)이신 전(前) 문하시중(門下侍中) 최충헌(崔忠獻) 어른께서 옹립하신 임금이 아니옵니까? 필시 폐하께선 사람 된 도리로써 결초보은할 것입니다. 왕성

90

의 대궐(大闕)로 발걸음을 돌리시지요. 반전을 꾀하는 것입니다."

낭패한 최의가 맥 빠진 목소리로 유능의 소견을 승낙하려는 그때, 그들 앞을 가로막은 것은 다름 아닌 추밀사(樞密使) 최온(崔昷)과 응양군 상장군(鷹揚軍上將軍) 박성재(朴成梓)의 군대였다. 최온과 박성재는 미리 김준과 모의하여 사저의 뒷길을 방비, 퇴로를 막고 있던 것이었다. 그런데 어찌된 영문인지 최의가 반색하며 나섰다.

"안 그래도 우리 모두 대전(大殿)으로 가 폐하를 알현코자 하였거늘, 이렇게 조정과 군부의 중신들께서 먼저 와 계시었으니 참으로 다행이외다. 본관(本官)과 우리 신하들을 좀 살려주시구려. 김준과 휘하 별장들이 난을 벌여 지금 피신 중이외다."

최의가 생각하기로, 최온이나 박성재 모두 나라와 조정을 보위하는 문무의 신료들이었으니 마땅히 집정대신(執政大臣)인 자신을 도와줄 것이라 판단한 것이었다. 또한 어차피 반역을 도모한 건 별장과 낭장 같은 천출(賤出)의 미관말직(微官末職)들이니, 설마하니 고관 반열인 최온과 박성재가 다른 마음을 먹었으리라고는 생각지 못한 것이었다. 그러나 오래전부터 고려 천하의 권세가 집중되는 도방의 진정한 실력자는 김준과 그 무리였고 조정 신료들 역시 대체로 그들을 따르고 있었다. 말인즉, 망유기극(罔有紀極)한 탐락으로 민심을 잃고 쓰러져가는 최의와 그 일파들은 권세의 향방을 잘 탐지하는 조정에서조차 은밀히 내쳐진 찬밥 신세였던 것이었다.

"최 영공, 더 이상의 저항은 부질없는 짓이오. 김 별장이 곧 그대를 징치하기 위해 이곳에 올 것이오. 더는 폐하께서도 그대의 대죄(大罪)를 용서치 않을 것이오!"

그나마 최온이 점잖게 꾸짖은 편이었으나 이미 그 말을 곱게 들을 작자들이 아니었다. 최의는 아득한 청천벽력을 맞은 듯 아연해했고, 거성원발과 유능은 붉으락푸르락하는 얼굴로 창검을 휘두르며 혈로(血路)를 열기 위해 동분서주(東奔西走)했다.

"네놈들까지 천노들의 반역에 가담한 것이더냐! 네놈들까지 날

능멸하였느냐!"

예상대로 항전은 그리 오래가지 못했다. 옛날 말에 궁지에 몰린 쥐가 고양이를 무는 법이라 했지만, 그것도 어디까지나 힘 있고 젊은 쥐에나 가능할 법한 말이었다. 창검 하나 제대로 다룰 줄 모르는 최의를 비롯하여 기개만 믿고 날뛰는 패잔의 무리가 만용을 부려본들 이미 뒤집힌 판세를 어찌하진 못한 것이었다. 점차 포위망이 좁혀오자 결국 무장을 해제하고 항복한 최의의 일파는 끝내 목숨을 구걸하기에 이르렀다. 특히 잠깐이나마 고려의 모든 권세를 한 손에 쥐었던 도방의 집정 최의의 경우가 더욱 심했다. 속절없이 붙잡힌 그는 사저 안의 조당으로 끌려가고서도 김준의 발아래 무릎을 꿇고 통사정을 해대는 것이었다. 따지고 보면 자기는 물론 지금껏 부친, 조부, 증조부를 섬겨온 일개 노비이자 가신 따위에게 빌고 있는 것이었다.

"이보시게, 김 별장. 나는 물론이거니와 우리 아버지, 할아버지께서도 자네에게 적잖은 은총을 베풀어주셨거늘 어찌 나를 죽이려 한단 말인가! 부디 목숨만은 살려주시게. 내 모든 죗값은 다 치루겠네. 살려주게, 살려주게 김준! 부탁이네, 제발…"

그러나 김준의 노성은 단호하기 이를 데 없었다. 한때 주인으로 섬겼던 자를 참형하고 효수토록 명한 것이었다. 김준의 싸늘한 명령이 떨어지자마자 사졸들은 일사불란(一絲不亂)하게 움직여 최의의 목을 베고 그 수급을 장대에 꽂아 저잣거리에 세워두었다. 물론 간적 유능 역시 마찬가지로 처형의 대상이 되었다. 그동안 최의와 도방의 폭정에 시달린 백성들은 그 광경을 지켜보며 하나 같이 욕을 퍼부었고 내심 통쾌해했다. 한편, 최의가 그렇게 처참하게 죽는 꼴을 보면서도 거성원발은 미동조차 하지 않았다. 오히려 솟아오르는 억하심정과 분기를 간신히 누르고 있는 듯 낯빛이 매서웠다. 이를 본 김준이 아랑곳없이 참수를 명하자 그때서야 그는 소리쳤다.

"김준, 네놈은 최가의 문중에서 태어나 애비를 이어 대대로 주군을 모시고 도방을 살핀 천노(賤奴)이거늘 어찌 지금 가신의 도리를 저버리고 반역을 하였단 말이냐? 어제까지만 해도 충성맹세를 운운하며 굽실거리다가 오늘에야 대의명분을 들먹이며 야심(野心)을 채우는 네놈의 모습이 역겹고도 가엽도다. 면종복배(面從腹背)하여 주인을 토막 쳐 죽이고 권세를 얻은 가신(家臣)이 동가식서가숙(東家食西家宿)하는 노류장화(路柳墻花)인 창기(娼妓)와 도대체 무엇이 다르단 말이냐? 모시던 주군의 뒤통수를 치고 등 뒤에 비수를 꽂는 것이 정녕 가신의 본분이더냐? 그것이 네가 그렇게도 부르짖는 도방 혁파의 명분이요, 가신의 대의(大義)이더냐? 그런 것이었더냐!"

날카로운 거성원발의 외침을 짐짓 듣고 있던 김준은 다시 참형을 일관되게 명하려다 이내 고개를 살며시 저으며 좌중을 물렸다. 임연과 박성재가 만류하였으나 김준은 손발이 봉쇄된 거성원발이 다른 마음을 먹지는 못할 것이라며 고집을 부렸다.

"네 진정 우리 혁명군이 주창한 도방 혁파의 대의명분을 듣고 싶은 것이더냐? 왜 가신이 주군과 그 측근들을 모조리 죽여야 했는지 이유를 듣고 싶은 것이더냐?"

"그렇다. 네 정녕 가신의 직책으로 찬역(簒逆)을 도모한 것이 떳떳하단 말이냐?"

김준은 지긋하게 고개를 들어 더없이 푸른 삼월의 하늘을 바라보았다. 어느덧 시각은 아침도 훌쩍 지나 주검들로 낭자한 조당 바닥에 봄빛이 하염없이 떨어지는 정오였다. 시신들의 얼굴과 핏물 위로 내리쬐는 햇볕에 서글프고도 암담한 색이 어리고 있었다. 김준은 잠시 그렇게 있다가 이내 준엄한 목소리가 되어 입을 열었다.

"네가 말한 것처럼 나는 이 고려 땅에서 보잘 것 없는 천노였다. 애비가 종이었기에 절대 벗어날 수 없는 천출의 신분을 가진 나는 전 문하시중 최충헌 어른과 최우 대감을 뫼시며 이 도방 안에서

자랐다. 도방의 미천한 장수들이 대개 그렇듯, 나 역시 남들 못지 않게 공훈을 세워 무인의 정도를 걷고자 불철주야(不撤晝夜)로 노력했다. 그렇게 나는 이 도방의 울타리 속에서 성장해왔다. 소임을 다하여 포상을 받고 승차를 하는 영광의 시절도 있었거니와, 혈기 방장(血氣方壯)한 용맹만 믿고 날뛰다 사고를 치던 오욕의 시절도 있었다. 그때마다 주인어른들께선 엄단의 충고와 훈계로써, 때론 진심 어린 덕담과 격려로써 살펴주시었다. 나 김준이 가노에서 출발하여 군부의 척추자리인 별장에 오르기까지, 그렇게 도방에서 살아온 지 수십 년이다…"

"헌데 네 어찌 이리도 패악무도(悖惡無道)하게 역적질을 할 수 있단 말이더냐!"

김준의 말이 거기까지 이르자 거성원발이 맹분(猛憤)을 떨치듯 득달 같이 소리친 것이었다. 그러자 김준은 어조를 가다듬은 후 비로소 격한 혼음(焜音)을 토해냈다.

"그러나 언제부턴가 나라를 이끄시는 주인어른들의 고견과 경륜은 시들어갔다… 그들은 집정대신으로서 바른 정치를 수행하는 모범과 사표가 되기는커녕 포악과 독선을 율법으로 삼아 잦은 혹화와 변란만 일으켰다. 위로는 권세를 남용하여 임금과 중신을 능멸했고, 아래로는 민초와 양민을 짓밟아 그 고혈을 짜서 기화(奇貨)를 축재(蓄財)했다. 매관매직(賣官賣職)으로 부정부패(不正腐敗)를 일삼았고, 청탁뇌물(請託賂物)로 정경유착(政經癒着)을 초래했다. 집권자가 그 지경이었으니 당연히 도방과 궁성에선 지리멸렬한 이전투구의 권세 놀음만 지속되었다. 뿐인가, 극단적인 파벌정치로 인해 조정의 법도와 왕실의 기강은 풍비박산이 났다. 그로 인해 썩을 대로 썩어 문드러져버린 우리 가련한 백성들의 살림은 다시 말해 무엇 하겠느냐?

가뜩이나 몽고 오랑캐의 재침과 유린으로 인해 고려의 산하와 강역이 오랫동안 시산혈해로 물들어갔건만, 어찌된 일인지 도방의 집권자는 갈수록 정사를 더더욱 놓고 있었다. 도대체 고려를 부국강병(富國强兵)한 강성대국(强性大國)으로 만들겠다던 그런 무인들의 대의와 포부는 다 어디로 갔느냐? 곧고 바른 무인정신은 다 어디 가고, 이렇게 나약하고 치졸한 소인배의 꼴불견인 작태만 남았느냐 이 말이다! 이런 망국(亡國)의 회오리 속에서 정녕 가신이 가야할 길이 뭐였겠느냐? 네놈처럼 나라를 망치는 주군을 위해 입 속의 혀가 되어야겠느냐? 아니면 육참골단(肉斬骨斷)의 정신과 환골탈태(換骨奪胎)의 기백으로 쇄신과 개혁을 시도해야 하겠느냐?

진정한 가신은 주인 한 사람을 위해서만 충성하지 않는 법이다....... 주인을 넘어 가문(家門)의 앞날을 생각해야 하고, 가문을 넘어 나라와 세상을 고려해야 하는 법이다. 그렇기 때문에 가문을 버리고 나라와 세상을 망치는 주인에겐 진정한 가신은 충성하지 않는다. 간악한 주인을 척결하고 가문에 무량(無量)하게 쌓인 해악과 폐단을 일소하는 것이 가신의 올바른 도리다. 거성원발, 이제 되었느냐? 내가 영공과 너 같은 간적들을 죽이고 부패한 도방을 혁파하려는 대의명분을 이제야 알겠느냐......."

이리하여 김준 일파는 군권을 장악하고 조정 명신들을 옹립한 덕분에 거사에 성공하게 되었다. 그들은 집정 최의를 비롯하여 거성원발, 유능 등과 같은 도방의 난신들을 완벽히 제거하고 마침내 최씨 일가의 무소불위 철혈독재를 종식시켰다. 그것도 집안의 천노, 가신이었던 김준이 최가의 60년 무신정권을 무너뜨린 것이었다. 사가(史家)들은 이 날의 사건을 두고 무오정변(戊午政變)이라 일컬었으며, 이후부터의 무신정권을 이른바 제1의 형성기, 제2의 심화기에 이은 '제3의 해체기'라 하였다.

도방 혁파의 거병(擧兵)에 성공한 김준은 휘하의 장졸들에게 뒷수습을 명한 뒤 찾아온 문무신료들과 함께 고려 왕궁의 태정문(泰定門)으로 걸음을 향했다. 지난밤과 오늘에 걸쳐 일어난 정변의 전말을 주상(主上) 폐하께 고하고, 이후의 국태민안을 도모하고자 쇄신책을 강구하기 위함이었다. 이때가 바야흐로 고종 45년 무오년 (1258) 3월 26일. 여느 날과 다름없이 춘풍과 개화(開花)로 쾌청한 날이었다.

조선 전기의 사서(史書) 『동국통감(東國通鑑)』에 따르면, 당시의 고려 왕실이 김준의 도방 혁파를 어떻게 받아들였는지에 대해 아래와 같이 상술(詳述)하고 있다.

《도방 혁파를 주도한 김준, 최온, 유경 등이 편전에 들어가 성상을 알현하니 고려 임금 고종은 그들의 대공대훈(大功大勳)을 높게 치하하였다. 김준은 피 묻은 갑주를 입은 채 고종의 용상(龍床) 앞에 엎드려 비장한 말투로 자신의 소견을 올렸다.

"성상 폐하, 간적 최의는 민초의 곤궁함을 수수방관(袖手傍觀) 오불관언(吾不關焉)하였나이다. 하여 자신의 창고 속 썩어나는 곡식을 내어 그들을 구제한 바 없었고 오로지 폭압과 학정만을 일삼았으니, 신 등이 나아가 대의를 바로잡고자 거사하여 죽였나이다. 바라옵건대 최씨 독재가 무너져 종묘사직이 바로 세워졌사오니, 폐하께옵서 강도(江都)의 백성들을 친히 진휼(賑恤)하시어 태평치세를 드높이시옵소서."

"경(卿)들이 사직과 왕실을 위하여 비상한 공을 세웠느니. 과인은 그대들의 품계와 작위를 높여 대훈을 치하할 것이노라. 이부(吏部)에선 속히 시행토록 하라."

이날 고종은 유경을 추밀원 우부승선(樞密院右副承宣)으로 삼았고, 박송비를 대장군으로 임명하였다. 또한 도방 혁파의 주동자 김준을 장군(將軍)의 반열에 올렸으며, 나머지 장졸들에게도 차등을 매겨 공에 걸맞은 관작(官爵)을 내려 주었다.》

이처럼 하늘 높은 줄 모르고 날뛰던 최씨 정권이 무너졌으니, 고려 왕실은 도방 혁파를 당연히 환영하고 있었다. 또한 대대로 유약한 왕실을 억압하고 임금을 넘어서 자신들이 직접 집정 노릇을 해댔던 최씨 정권의 몰락은, 고려 왕실에겐 친정(親政)의 재기(再起)를 뜻하는 사건이기도 했다. 말인즉, 모처럼 찾아온 최가의 패망을 천재일우(千載一遇)의 기회로 삼아 왕정복고(王政復古)를 꾀할 수도 있는 것이었다.

그러나 문신들 중에서 유난히 김준의 도방 혁파를 불편하게 보고 있는 사람이 있었으니, 그가 바로 추밀원부사(樞密院副使) 겸 정당문학(政堂文學)인 이장용(李藏用)이었다. 평소 정대고명(正大高明)한 왕정복고를 염원하던 문신 이장용이 생각하기로, 김준의 도방 혁파는 또 다른 무신정권의 등장이나 다름이 없었다. 다시 말해 집정대신의 자리가 최의에서 김준으로 바뀌었을 뿐이니, 도방 혁파가 왕실과 조정에게는 그다지 도움이 될 일이 아니라는 것이었다. 더구나 잔악무도한 최가를 삽시간에 무너뜨린 자는 다름 아닌 최씨 정권의 충직한 가신 김준이었다. 결국 도방 혁파는 김준이라는 자가 얼마나 무섭고도 주도면밀한 자인지를 말해주는 사건이기도 했다. 이장용은 그런 철두철미한 작자가 작금 권세를 얻었으니, 반드시 최가의 무신정권을 이어 자기만의 철혈통치(鐵血統治)를 하려들 것이 자명(自明)하다고 생각했다.

따라서 이장용의 생각에는, 도방 혁파 그것은 곧 김준이라는 새로운 무신권력자의 화려한 등장이요 또 다른 무신정권의 탄생과도 같았다. 그렇기 때문에, 왕실과 조정을 누를 수도 있는 김준의 권력이 더 커지기 전에 싹을 잘라낼 필요가 있었다. 김준의 무신정권과 철혈통치의 부활, 이장용은 그것이 두려웠다. 완벽한 왕정복고와 고종의 친정을 위해서라도 이장용은 반드시 무신권력자 김준을 제거해야만 했다.

도방 혁파의 주동자들에게 위사공신(衛社功臣)이 내려진지 채 십일도 안 되어 이장용은 고종을 알현하여 독대를 청했다. 고종은 뜻밖의 얼굴로 그 까닭을 물었다.

"그대는 어찌 어전회의가 아니라 단독으로 과인을 보고자 독대를 청하였는가?"

"성상 폐하, 신 추밀원부사 이장용 삼가 아뢰나이다. 신이 지금부터 아뢸 뜻은 나라의 중차대한 막중대사이기에, 혹 기밀이 누설될까 싶어 독대를 청하였나이다. 폐하, 장군 김준은 성정이 잔인하고 포악하여 그 주인을 죽이고 공을 탐하였으니 결코 동량지재(棟梁之材)의 그릇이 아니옵니다. 청컨대, 가신의 도리를 저버리고 주인을 배반하여 왕실과 조정을 기망한 천출 김준과 그 도당을 엄히 다스리시옵소서."

"허나 김준과 그 일파는 최가를 멸문시켜 왕정복고의 길을 연 충신이로다. 하여 모두 공신의 반열에 올랐거늘 어찌 하루아침에 다시 그들을 내칠 수 있단 말인가?"

"폐하, 그들이 도방과 최가를 멸한 것은 자신들의 새로운 무신정권을 세우기 위한 수작에 지나지 않사옵니다. 자신들의 잇속을 채우기 위해 도방을 혁파한 걸 두고서 어찌 왕정복고의 길을 열었다 할 수 있겠나이까? 그들은 왕정을 회복시킬 의지도 대의도 없는 자들이옵니다. 그저 자신들의 철혈독재를 이루기 위해 최씨 가문을 척결한 것이옵니다! 그러한 그들의 권세가 더 강고해진다면 마침내 우리 고려의 종사(宗社)는 또다시 풍전등화(風前燈火)의 위급지경(危急地境)에 놓이게 될 것이옵니다! 하오니 김준의 도당을 쳐내시어 양호유환(養虎遺患)의 싹을 잘라 버리시옵소서!"

그러나 천하의 권세는 이미 김준을 위시한 도방 혁파의 주동자들에게로 돌아가고 있었다. 당연히 김준과 그 일파는 멀리서도 지밀한 궁중 어전의 일들을 소상히 꿰고 있는 것이었다. 이장용의 탄핵상소가 김준의 귀에 들어가는 것은 시간문제였다.

"일개 문반 따위인 이장용이가 정녕 우리 도방 혁파의 대의에 맞서려는 것인가!"

김준은 대노하여 그 길로 어전을 향해 걸음을 옮겼다. 이장용도 홀로 고종을 만나 자신의 탄핵을 주청하였으니, 김준 자신도 단신

(單身)으로 가서 임금과 조정 문신들에게 억울함과 분기를 토로하고자 한 것이었다. 그런데 김준이 왕궁 편전에 들어서자마자 이장용과 그의 뜻을 따르는 중신(重臣)들이 갑자기 몰려들어 고종이 머무르는 대전(大殿)의 길목을 막아서는 게 아닌가. 김준은 영문을 몰라 큰소리로 물었다.

"어찌 조정 문관 분들께서 도방 혁파를 주도한 위사공신의 길을 가로막소이까?"

그러자 조신(朝臣) 몇 명이 이장용보다도 앞으로 나가 김준을 맹렬히 지탄하였다.

"천출 가노(家奴) 따위가 주인을 죽이고 공작을 얻었다하여 함부로 대궐 출입을 할 수 있단 말이더냐! 이 나라의 법도와 기강이 어찌 이리도 문란해졌는가, 허어!"

"병장기를 드리워 권세와 대위(大位)를 찬탈한 네 역시 최가와 다를 바가 무엇이냐 말이냐! 하기야 워낙 근본이 없으니 주인의 수급을 베고도 그 공을 탐하였겠지!"

"네놈과 네 도당들이 도방을 혁파하고 최가를 멸한 게 모두 새로운 철혈독재를 다지기 위한 요식행위(要式行爲)인 것을 알고 있느니! 난신적자는 썩 물러가거라!"

김준은 잠시 머리가 아득하였다. 아무리 자신이 천출이라고는 하나 최가의 독재를 무너뜨리고 도방을 혁파한 공으로 임금께 작위를 받았거늘, 이리도 문신들이 자신을 욕할 줄은 몰랐던 것이었다. 특히 방약무인하게 모욕을 주는 조신들 뒤로 희미하게 냉소(冷笑)를 짓고 있는 이장용의 낯빛이 김준에게는 더더욱 역겹기만 했다.

"이보시오들, 어찌 이토록 장군의 품계를 받은 나의 앞길을 막고 막말을 지껄이며 지엄한 왕궁에서 패악(悖惡)질을 할 수 있단 말이오? 이는 내게 작위를 내려주신 성상의 은혜를 무시하고 왕실의 권위를 짓밟는 짓이오. 또 아무리 품계가 높기로서니 어찌 신분과 출신으로 사람을 무시하고, 저잣거리의 악소패들처럼 반말과 욕설을 일삼는단 말이오! 그러고도 정녕 그대들이 조당에서 국사를 다루는 조정 문신이라 할 수 있겠소이까? 그렇소, 난 크게 배우지도 못하고 근본도 없는 칼잡이외다. 그렇다면 그대들은 도대체 얼마나 많이 배우고 그 뿌리가 깊기에 이따위로 막무가내의 방종과 폭언을 싸질러놓는단 말이오? 더더군다나, 우리 혁명군들이 거사한 도방 혁파의 대의명분을 이리 무참히 훼손하고도 정녕 무사길 바란단 말이오! 불과 며칠 전만해도 도방의 권세가 두려워 최씨의 발 아래 몸을 사리던 주제에 지금 누가 누구에게 배신자라고 손가락질을 한단 말이냐! 너희는 정녕 욕을 할 주제가 되느냐! 만일 최가의 문중이 살았을 때 이런 꼴불견 작태를 보였다면 네놈들은 삼별초의 도창검극(刀槍劍戟)에 천참만륙(千斬萬戮)이 나서 모조리 고기떡이 되었을 것이다!"

벽력같은 김준의 서슬에 눌려 조신들이 잠시 멈칫거리자 비로소 이장용이 직접 나서서 준열한 음성으로 대적하였다. 그의 목소리는 마치 죄인을 다루는 듯하였다.

"한 줌도 안 되는 권세를 탐하여 거병한 것을 어찌 의거(義擧)라 한단 말이더냐!"

"네 정녕 계속하여 세치 혓바닥으로 나와 우리 혁명군의 대의명분을 폄훼하려 들 것이냐! 그렇다면 더는 가만히 있지 않겠노라. 내 성상께 하사받은 보검이 있나니!"

김준이 짐짓 장검을 빼어 허공에 몇 번 휘두르자 문신들은 아연실색(啞然失色)하기 시작했다. 이장용 뒤에 간신히 모여 있던 조신들 모두 혼비백산하여 줄행랑을 치기 일쑤인 것이었다. 그저 이장용만이 청죽(靑竹)처럼 꼿꼿이 버티고 남아있자 김준은 들쥐처럼 도망가기 바쁜 조정 중신들을 보며 크게 앙천대소(仰天大笑)하였다.

"하하하! 나라가 몽고와 도방의 폭압으로 도탄지경에 빠질 때에도 편안히 호의호식하며 자리보전에만 급급하던 것들이, 이 칼질 한 번에 죄다 혼백이 나가는구나!"

"김준, 어찌 네놈이 저들을 야유할 수 있단 말이냐! 불과 며칠 전까지만 해도 네놈이 수족노릇을 자처하던 그 도방의 철퇴가 충직한 문신들을 도륙내고 죽였거늘!"

이장용의 격음(激音)에 김준은 다소 어이가 없었다. 자신이 그런 잔악한 도방의 독재를 무너뜨리고 최가를 멸하였거늘 이제와 자기를 비판하는 이장용의 태도가 가만히 보면 적반하장인 셈이었다. 또 따지고 본다면, 김준과 그 일파가 최가를 척결하여 크게 이익을 본 것은 결과적으로 왕실과 조정이었다. 특히 손 하나 까딱 안 하고 어부지리로 정권을 얻은 문신들이 입은 혜택은 더욱 컸다. 그러나 그런 김준의 공로를 일부로라도 제외하고서 말하는 이장용의 공박(攻駁)에는 분명한 뼈가 있었다. 그것은 여전히 김준의 발목을 잡아끄는 '가신'의 도리나 본분과 같은 낡아빠진 가문의 기강 혹은 법도였다. 이장용은 지금 그런 법도와 기강을 공세의 기반으로 삼아 김준의 혁명거사와 도방 혁파의 대의를 난타하고 질시(疾視)하는 것이었다.

이렇게 되고 보면, 가신이라는 출신 배경은 김준의 대의와 앞날을 가로막는 최대의 약점일 수도 있었다. 하지만 김준은 자신이 가신 출신으로 혁명을 일으킨 게 결코 적들에게 공세의 틈을 내어주는 약점이라고 생각한 적이 없었다. 오히려 가신이었기 때문에 스스로 최가의 부패를 명백하게 볼 수 있었고, 또 가신이었기 때문에 치밀하고 철저하게 거사를 준비하여 독재정권을 무너뜨릴 수 있었기 때문이었다. 그러므로 김준은 자신이 최씨의 가신으로서 최가를 척결한 일에 대하여 적극적으로 자신감과 자부심을 가질 수 있었던 것이었다. 최가의 가노로서 최씨 독재를 절멸하고 거사를 성사시킨 김준에게 가신이라는 출신성분은 외려 자랑스러운 배경이었다.

그리하여 김준은 자신의 검을 이장용에게 오히려 쥐어주듯이 밀어붙이며 그의 공세에 대해 피를 토하듯 논박하기 시작했다. 그것은 고관과 문반에게 오랫동안 멸시받고 천대받은 가신(家臣)과 무반(武班)만이 가질 수 있는 울분과 격노의 토로였다.

"그렇다면 그렇게 썩어 빠진 도방이 사직과 왕실을 함부로 주무를 동안, 잘난 문신들은 도대체 무얼 하였단 말이냐? 몽고 오랑캐들에게 빼앗긴 나라의 주권(主權)을 되찾기 위해 과연 동분서주한 적이 있느냐? 뿌리 뽑힌 백성들의 민생을 보살핀 적이 있느냐? 아니면 이 칼이라도 잘 휘둘러서 적군을 막거나 간적들을 베어본 적이 있느냐? 위론 도방의 눈치를 살피고 아래론 백성들의 기름을 짜기 바쁜 너희 고관대작들이 어디 가난한 민초들과 노비들을 사람으로 대접이나 하였느냐? 그런 한심한 작자들이 도대체 누구보고 난신적자라 욕을 하며 누구보고 도리를 저버린 가신이라 꾸짖는단 말이냐! 오랑캐 수령과 도방의 집정에겐 머리를 조아리고, 왕실의 문약함을 자신들의 향락에만 악용하여 임금을 제대로 보필하지 못한 너희 문신들아! 그 대죄를 어찌 감당 하려느냐! 출신과 순혈을 신봉하며 반상(班常)의 법도를 창검처럼 휘두르는 것들아. 가신이 혁명을 일으키고 나라를 바로 잡은 게 그렇게 아니꼽다면 가신도 아니고 천노도 아닌 너희가 직접 거병을 일으켜 보거라. 정녕 사직과 백성을 위해 목숨을 바칠 각오와 자신이 있다면 임전무퇴의 무장들처럼 일편단심의 애국충정과 멸사봉공의 진충보국을 적극 나서서 실현해 보란 말이다!…"

김준의 울화 섞인 일갈에 이장용은 한발 물러설 수밖에 없었다. 그러자 김준은 검을 편전 바닥에 꽂으며 못다 풀어낸 원통함을 통곡 같은 대성(大聲)으로 떨쳐냈다.

"폐하! 신 김준 입조(入朝)하나이다! 최가를 멸한 가신(家臣) 곧 들어가옵니다!…"

〈끝〉

제6편

금 수 의

세 월

금수의 세월

달도 잠든 밤이었다. 검푸른 적막 사이로 타박거리는 남여(藍輿)꾼의 발걸음이 제법 바빴다. 대궐에는 수문(守門) 병사 몇몇이 밀려드는 졸음에 고개로 연신 방아를 찧고 있었다. 구종(驅從) 하인 서넛이 기별을 고하니 끄윽 하는 소리와 함께 궐문이 열리고 정수리에 두서없이 흰서리가 앉은 대신(大臣)이 안으로 들어섰다.

걸음을 옮기던 대신은 문득 고개를 들어 하늘가로 시선을 향했다. 흑암의 하늘에선 한 톨씩 눈발이 내려 점차 그 수를 헤아리기 힘들 만큼 잦아지고 있었다.

"어느덧 겨울이로구나."

시립해 선 별배(別陪) 하나가 대신의 무미한 말을 받았다.

"동지가 코앞이라 하옵니다."

수창궁 대전(大殿) 가에는 눈을 머금은 밤바람에 청동화로가 대결이라도 하듯 더없이 이글거리고 있었다. 우뚝 경계를 지키는 별감(別監)들의 낯빛이 비장했다.

"날도 추운데 수고가 많네 그려. 폐하께선 안에 계신가."

"예."

별감들은 대체로 말이 없었다. 일인지하 만인지상의 정승과 대전 별감이 밤중에 무슨 다정한 말을 나누겠느냐마는 유난히 오늘따라 그들은 침묵하고 있었다. 늦도록 왕성(王城)을 지켜야 하는 그들 직책의 특성에서 비롯되었다고 하기엔 분명 여느 날과 차이가 있었다. 대궐에는 자주 왕궁 출입을 하는 대신과 친분을 쌓아 대신의 수족을 자처하며 왕실과 조정의 지밀한 소식을 전달해주는 자들도 있었기 때문이었다. 그러나 오늘만은 그들 모두가 하나로 작심한 듯 필요한 말이 아니면 대개가 조심스러웠다. 대신은 의아했으나 개의치 않고 대전 안으로 발을 옮겼다. 텅 빈 조당과 빈청을 지나 마침내 대전의 내당(內堂)으로 들자 미리 시립해 있던 중관(中官)들이 정중히 읍하며 대신을 맞이했다. 늙은 내시가 직접 안으로 그를 모셨다.

"폐하께서 기다리신지 오래십니다."

평소 카랑카랑했던 내시의 목소리도 오늘밤엔 장중한 빛을 짙게 담고 있었다. 대신은 머쓱한 듯 가볍게 웃으며 답했다.

"신하된 자로서 임금을 기다리시게 하였으니 참으로 불충이로다. 지금 폐하께선 어디에 계신가? 내당에도 계시지 않으신 것 같은데 대전 밖으로 행차하셨는가?"

"내실에 계십니다."

순간 내시의 안광은 번뜩하며 요기(妖氣)를 뿜는 듯 했다. 내시의 답을 들은 대신은 괴괴한 그의 눈빛에 모골이 송연해 희미하게나마 몸서리가 쳐지는 듯 했다. 대신은 영문도 모른 채 어명을 받아 야밤에 주상을 배알한다는 것에서 비롯된 기분 탓이겠거니 하며 가볍게 떨쳐버리려 하였지만 내시의 불길 같은 눈동자는 여전했다. 대신은 묵연히 늙은 내시의 시중을 받으며 내실 쪽으로 무겁게 걸음을 향했다.

"무사들과 구종 별배는 대전 밖에 따로 마련된 연회장으로 가주시길 바라오. 거기엔 상마다 수파련(水波蓮)이 꽂힌 수륙진찬(水陸珍饌)과 폐하께서 내리신 어주(御酒)가 준비되어 있소이다. 가서 마음껏들 드시고 마십시오."

대신의 하인과 가솔들은 마음속으로 쾌재를 불렀다. 주인을 잘 만나 진수성찬에 임금이 내리는 술까지 맛보게 되었으니 평생의 호강이 따로 없는 듯 했다. 내관들은 대전 밖으로 그들을 이끌어 궐내의 뒤쪽으로 향하게 하였다.

그때 연회장으로 이동하는 일행 중 앞서 대신과 동행한 노영의란 자가 있었는데, 그는 대신의 심복이었다. 노영의는 과연 왕궁에서 흐드러지게 벌어지는 향연이란 어떤 것인가 하여 부푼 기대를 품고 가솔 무리들과 섞여 가고 있었다. 그러다가 그는 문득 걸음을 느리게 하여 곰곰이 생각을 더듬어보았다.

그가 생각하기로 당금의 상황을 가만 보면 참으로 희한한 일이 아닐 수 없었다. 고관과 그 가솔들을 위한 궁중 연회란 것이 크게 특이한 일은 아니었으나 이처럼 왕이 직접 어명을 내려 한밤에 궁궐로 모두를 초대한 것은 드문 일이었다. 더욱이 주인이 되는 대신은 대전의 지밀한 곳으로 들어가고 시종들은 따로 분리되어 대전 밖의 뒷전으로 물러나 나누어 연회를 즐긴다는 것이 아무래도 심상치 않았다. 또 궁중에서 하는 일이라지만 허공을 메우며 내리는 눈발과 삭풍이 치는 가운데 너른 궐내의 뒷마당에서 무슨 연회를 한다는 것인지도 깊게 짚어보면 참으로 이상한 일이 아닐 수 없었다.

"과연 일국의 지존이신 폐하이십니다. 연상(宴床)이 참으로 볼만합니다."

"이것이 바로 어사주인 모양입니다. 대관들도 받기 어렵다는 그 술 말입니다."

눈발을 막고 치우느라 연회장 가에는 천막과 간이 목사(木舍)가 준비되어 있었고 내시들은 청소를 위해 바삐 움직이고 있었다. 밤은 늦고 날은 궂어 먹고 마시다 눈사람으로 동사하지나 않을까하는 몇몇의 우려에도 불구하고 연회상은 화려찬란한 빛을 뽐내고 있었다. 역시 왕실은 왕실이었다. 고관대작이 누리는 영화(榮華)를 증명하듯 상마다 진수성찬과 산해진미가 울긋불긋하게 만개하고 있었다. 질그릇에 소박하게 담긴 고기전과 나물무침을 비롯하여 진귀한 요리들이 꽃접시에 앉아 엄동설한의 눈서리에도 불구하고 고운 자태를 드러내고 있었다. 따르고 부어지는 술병에는 금방이라도 도취될 것 같은 향기가 퍼지는 듯했고 좌중에선 금세 와자하게 먹고 마시는 잔치 분위기가 났다.

"살객(殺客)이다!"

아쉽게도 주흥(酒興)이 돋아나는 향연은 거기서 끝이었다. 내시들의 돌연한 변신에 하인과 가솔들은 어느새 어육(魚肉)이 됐고 연상은 낭자한 피로 붉게 물들었다. 연회장 인근에는 매복한 자객들의 칼이 춤을 추고 있었고 무사들의 경우 반격은커녕 별다른 저항 한번 못한 채 비명에 숨을 거두고 있었다. 연회장에 당도한 지 반시진도 되지 않아 대신의 구종 별배들은 내시와 검객들의 창칼에 모조리 도륙이 난 것이었다. 유일하게 몸을 피한 노영의만이 어둠 속으로 줄행랑을 치고 있었다.

내실은 출입문이 겹겹으로 굳게 닫혀 있었다. 대전 안쪽의 그곳에는 두 개의 화등(火燈)과 네 개의 와룡등촉(臥龍燈燭)만이 왕궁의 지밀한 곳임을 말해주고 있었을 뿐 과객의 조촐한 술상조차도 마련되어 있지 않았다. 모든 것이 그저 지나치게 고요하기만 했다. 대신은 불길한 예감에 관자놀이의 혈관이 저릿저릿하게 아파왔다. 대신은 흠칫 고개를 돌려 자신을 안으로 이끈 늙은 내시의 면목을 노려봤다. 늙은 내시는 이제 요기 충천한 안광이 아니라 만면에 득의의 웃음을 보이고 있었다.

모든 것이 알만한 일이었다. 대신은 이런 일을 결코 한두 번 겪지 않았었다. 조정에 몸을 담고 있으면서부터 숱하게 존재했던, 치밀한 계획과 숙의(熟議)에 의한 모살(謀殺)의 형국에 대신은 항상 표적으로 놓여 있었다. 대신은 늙은 내시에게 무어라 더 물어 볼 것이, 추궁하고 노염을 토할 것이 없었다. 지금까지의 상황과 일련의 낌새들은 바야흐로 명백해진 것이었다. 다만 종국의 최후를 이렇게 맞아들일 줄, 대신은 꿈에도 모르고 있었다. 알았다면, 굳이 왕궁으로 밤중에 걸음을 하진 않았을 것이었다. 결코 왕은, 임금은 아닐 것이라 대신은 생각했던 것이었다. 대신의 도저한 탄식은 밤 구름 밖으로 흐르듯 퍼지고 있었다.

"이제 다 끝났소이다."

늙은 내시의 음성이 예리한 비수처럼 대신의 가슴을 헤집기 시작했다. 어느새 그의 손에는 진짜 비수가 들려 있었다. 이어 노회한 내시의 웃음이 스치듯 지나갔다.

"오늘 폐하의 어명과 백성의 여망을 받들어 역신(逆臣)을 처단한다."

늙은 내시는 의외로 무예가 고강했다. 더욱이 잘 벼린 칼까지 들고 있었다. 대신은 그 위맹한 칼부림을 피하기에도 바빴다. 비록 그의 출신과 이력이 당대를 평정한 무인(武人)이라고는 하지만 그것도 젊었을 적의 일이었다. 그가 문관인 정승으로 입조하면서부터 정사와 책무에 바빠 무예 단련을 소홀히 한 탓도 있었다. 그러나 바야흐로 이순을 넘어 종심(從心)을 바라보는 마당에 팔팔한 장정들처럼 맨손으로 일당백을 해내는 장사의 기운이 있을 리 만무했다. 물론 상대의 무예가 궁중 무사에 버금가는 고수라지만 만만한 쇠붙이라도 있다면 어찌되었든 일합이라도 겨뤄볼 만했으나 형국이 결코 여의치 못했다. 대신은 간신히 늙은 내시의 칼을 뿌리치며 애타는 심정으로 굳게 닫힌 내실의 문을 힘껏 두드렸다.

"폐하, 살려주시옵소서. 폐하! 문을 열어 주시옵소서!"

한껏 격앙된 음성이었지만 문은 그대로였다. 문은 석벽처럼 굳건히 우뚝 서서 그의 최후를 비장하게 바라보는 듯 했다. 대신의 속은 뒤집힐 듯 거세게 요동쳤다.

그때였다. 일순 차가운 바람에 스친 것 같아 왼팔을 바라보니 조복(朝服)의 베어진 틈 사이로 입을 쩍 벌린 자상(刺傷)에서 선혈이 낭자하게 흐르고 있었다. 그때서야 대신은 늙은 내시의 칼이 자신의 살을 갈랐다는 사실에 밀물처럼 고통이 느껴졌다. 내시는 대신에게 성큼 다가와 나직하게 말했다.

"합하(閤下), 바깥의 소리를 들어보시오. 그대의 수족들이 잘려나가는 소리요."

내시의 음성은 어느덧 차분해져 있었다. 그의 말대로 바깥은 아비규환의 비명 천지였다.

"야밤에 왕궁으로 불러 일대의 살육을 벌이다니. 이것이 폐하의 뜻인가."

대신은 준엄한 목소리로 일갈하며 내시의 면모를 살폈다. 깊게 패인 주름마다 살아온 세월의 흔적이 역력히 묻어나는 얼굴이었다. 과연 오랫동안 왕실에서 여럿의 임금을 모시며 온갖 만고풍상을 다 겪은 중관의 수장인 듯 했다. 결코 만만한 상대가 아니었다. 대신은 여차에 죽더라도 이 괘씸한 늙은 내시와 작당한 임금의 교활한 용안을 보고 싶었다. 이왕 죽을 몸이라면 호쾌하게 상대의 진의를 읽고 가는 것이 그나마 덜 답답할 것 같았다.

내실의 겹문이 열린 것은 그때였다. 침전에서 유유히 걸어 나와 대전 용상(龍床)에 앉는 모습이 영락없는 일국의 제왕이었다. 위풍당당한 젊은 임금은 나지막하게 입을 열어 늙은 내시를 물러서게 했다.

"그렇소. 이것이 과인의 뜻이오."

용상에 앉은 왕의 음성은 단호하고도 근엄했다. 대신은 피칠갑한 복식으로 숙배(肅拜)도 없이 단도직입으로 소리쳤다.

"정녕 이것이 폐하의 뜻입니까? 긴급하고도 중대한 어명을 빙자하여 측근 내시들과 더불어 중상과 술책으로 조정 중신을 모해하는 것이 임금께서 하실 일이시옵니까. 그것이 일국의 지존께서 하실 일입니까."

대신은 격노하여 입술이 파르르 떨리고 있었다. 왕은 멀리 격자창 바깥의 흐릿한 눈발을 응시하며 비감한 음성으로 말하기 시작했다.

"그렇소. 이렇게라도 그대를 꼭 죽이고 싶었소이다. 난 비록 만승천자(萬乘天子)인 왕의 자리에 올랐으나 전대의 선왕들처럼 그대의 꼭두각시 노릇을 한 지 오래요. 그동안의 적폐로 인하여 왕실과 조정은 무신들의 중방과 교정도감에 밀려 유명무실의 껍데기로 전락하였소. 또한 막중한 국가 대사의 나랏일은 모조리 그대의 집정(執政) 아래 독단으로 처결되어 수많은 환란을 낳았소이다. 그대는 세도를 손에 쥐어 국정을 농단하고 전횡을 일삼은 권세의 화신이외다. 자신의 입맛에 따라 임금을 갈아 치우는 역신이자 간언을 올리는 충신과 선비들을 정적으로 겨눠 참륙하는 난신적자(亂臣賊子)이외다."

왕은 어느새 고개를 돌려 대신의 망연한 눈빛을 맹렬하게 노려보며 대갈일성을 퍼부었다. 왕의 대노(大怒)는 충천하여 하늘도 사를 만한 위세를 지니고 있었다.

"그대에게 무엇을 더 말해야 하오? 그대의 죄상은 하늘과 땅을 뒤덮고도 남을 만큼이라 위로는 왕실과 조정으로부터 밑으로는 백성과 천노(賤奴)들까지 모르는 이가 없을 정도외다. 그런데 그대는 정녕 그대의 죄당만사(罪當萬死)함을 모르고 있단 말이오? 망유기극(罔有紀極)하고 포학무도(暴虐無道)한 그대의 대죄를 모르고 있단 말이오? 몰라서 죽기가 억울한 것이요 아니면 자기 손으로 옹립한 왕이 자신을 죽이는 처사에 괘씸하여 들끓고 있는 것이오? 입이 있다면 말을 해보시구려!"

대신은 노호처럼 밀려드는 왕의 엄정한 꾸짖음에도 자못 의연했다. 왕이 말하는 자신의 죄목과 준엄한 호령의 모든 것을 예상하기라도 한 듯 태연자약한 모습이었다. 대신은 무심코 허공으로 향했던 눈길을 왕궁 바닥에 내리깔고 깊게 들이쉰 한숨을 토해냈다. 그러고는 아득한 듯 살포시 고개를 저었다.

"주상. 자고로 좋은 새는 나무를 골라서 깃들고 현명한 신하는 주인을 가려 섬긴다 했소이다. 내 비록 현신은 아니라 해도 주상 스스로가 정녕 나와 신하들이 가려 섬길 만한 걸출한 주인이라 생각하시오? 아니, 이 고려 땅에 정녕 충심으로 섬길 만한 왕족이 있다고 보시오? 도탄에 빠진 백성들을 구제하고 풍전등화의 나라를 구할 만한 지도자가 과연 있을 것이라 예견하시오? 내가 보기엔 결코 없소이다. 민생을 보살피고 나라의 안위를 걱정하는 자가 없소이다.

아시다시피 이 고려라는 나라는 무인들의 강개 어린 기백과 문신들의 현묘한 지모의 균형 잡힌 조화로 이루어진 일대 통일 제국이외다. 그리하여 우리 고려는 삼한의 일통을 이루신 태조대왕의 위업 이래로 외교의 찬란함과 내치의 발전을 이룩했소. 그러나 이후 북쪽의 남하로 비롯되는 숱한 외적의 침입과 핍박을 받아왔소이다. 그때부터 무신들은 국력이 중요하다는 것을 알고 창검과 갑주로 무장해 목숨을 걸어 조국의 국방과 안위를 지켰소이다."

말을 잇는 순간마다 대신의 음성은 차츰 비통해지며 짐승 울음에 가까워졌다. 왕은 자신이 그의 괜한 푸념에 말려들고 있다는 것을 인지하면서도 이어지는 말을 속절없이 들을 수밖에 없었다.

"그런데 언제부턴가 왕실은 국가의 안위와 통일의 평화를 지키기 위한 굳건한 국방과 바른 정치를 외면하며 무능하고 게을러졌소이다. 거기에 발맞추어 문신들은 탐욕과 권세놀음으로 깨춤을 췄고 그런 부패하고 한심한 왕실과 조정의 향연을 위해 국방을 위한 혈세가 소진되었소이다. 또한 백성의 고혈이 가렴주구(苛斂誅求)로 남김없이 뿌리 뽑혔소이다. 그리하여 지금껏 이 땅에 내성외왕(內聖外王)의 군주가 요원한 가운데, 지난 40년 전 무신들은 일대의 거병으로 일어나 천지신명과 백성들에게 대죄를 저지르던 무리들을 처단했소이다. 그것을 주상이나 왕가의 일족들은 하나같이 왕실의 존엄을 짓밟고 조정의 권위를 유린한 일대의 반란으로 생각한다고 들었소. 왕을 폐위하고 또 죽이고 문신들을 도륙한 대역(大逆)의 정변으로 여긴다고 들었소. 또한 이후 우리 무신들이 나라의 국방을 위해 군사력을 증강하려는 것을 왕실은 싸움꾼들의 이전투

111

구(泥田闕狗)로 본다고 들었소이다. 정녕 무신의 시대가 그렇소이까?"

왕은 대신의 물음에 자신이 있었다. 도둑이 몽둥이를 든다는 말은 과연 저 늙은 여우를 가리키는 것이리라. 철혈재상으로 무소불위(無所不爲) 독재를 펼치던 난신적자가 고작 한다는 변명이 무신이 집정했던 시대가 어땠느냐고 묻는 것이라니. 왕이 생각하기로 지난날 선대 임금들을 시해, 폐위하고 세도의 남용으로 조정을 쥐락펴락한 무신들의 거병과 집정은 참으로 볼만한 점입가경이었다. 국경 지역에서 흔히 일어나는 적국의 소침(小侵)이나 조그마한 피탈 같은 것에도 무신들의 무모한 발호와 광기 어린 주전론(主戰論)은 해일처럼 종횡무진하기 일쑤였다. 그것은 필부지용(匹夫之勇)의 결기에 불과할 따름이었다. 불학무식(不學無識)한 그들의 시대가 살육이 난무하는 아귀지옥에 다름 아니고 무엇이었겠는가.

그리고 나라의 안위를 들먹거리며 열화와 같이 성을 내는 무신들의 집정기에도 간신이 판을 치고 임금이 무능했던 선대(先代) 못지않게 적폐가 극심했다. 특히 지금 저 대신이 본격적으로 권력을 휘두르기 시작할 무렵부터 오늘날까지 저자가 저지른 것이라곤 패악일색(悖惡一色)일 뿐이었다.

"실로 금수(禽獸)의 세월이었소. 짐승의 세월 말이오. 무신들의 집권기란 짐승들이 판을 치는 참혹함의 연속이었소. 그들이 제아무리 선대의 폐단을 개혁하고 조정 기관들의 문란을 혁파하고자 일대의 거병을 일으켰다하나 그것은 처참한 학살이나 진배없는 일이었소. 이후 문신들을 핍박하고 왕실을 억압해 그들만의 절대 권력을 새로이 옹립한 시대가 바로 그대와 같은 무신들의 세월이었소. 궁사극치(窮奢極侈)한 향락과 질탕한 사치에서 비롯되는 권욕(權慾)과 물욕, 그리고 독선. 고작 그것이 그 무지막지했던 세월이 빚어낸 성과이자 폐해이며 전부였소……"

왕은 말을 마치자마자 대신의 노기등등한 얼굴을 바라보았다. 왕은 금세라도 그가 갖은 구멍에서 피를 뿜어내고 죽는 것을 예상했다. 그만큼 대신이 자기 딴에는 분할 것이니 한없는 절규라도 하리라 왕은 생각한 것이었다. 그러나 대신의 면목은 의외로 은은하게 평정심을 찾아가고 있는 듯 했다. 마치 지금 육신은 갈가리 찢겨 난자를 당할지언정 꼿꼿한 노신(老臣)의 위풍만은 더럽혀질 수 없다고 외치는 듯이 그의 전신에선 의연한 기운이 역력히 뿜어져 나왔다.

"그렇소. 주상의 말이 맞소이다. 금수지요. 암요. 금수의 세월이었소."

뜻밖의 수긍이었다. 왕은 순간적으로 미간이 찌푸려졌다. 이 자가 지금 나를 놀리는 것인가. 한세월 권력의 맛을 보더니 죽음을 목전에 둔 이 상황에서도 임금의 면전으로 막무가내의 조롱과 자만을 늘어놓고 있는 것이란 말인가.

"허나 그래도 금수는 본능과 목적에 충실하오이다. 짐승은 외길을 볼지언정 앞에서 간을 보거나 뒤편으로 허무맹랑한 짓거리를 벌이지는 않소이다. 흔히 금수를 두고 욕망의 조절이 미약하여 혈기만 믿고 천방지축으로 설친다고 하지만 그것을 달리 본다면 용맹한 충실과 정진의 전념으로도 여길 수 있지 않겠소이까. 그러한 금수가 두 길 보기를 하며 면종복배와 중상모략을 일삼는 조신들보다, 아늑한 일난풍화(日暖風和)의 왕궁에 묻혀서 청풍명월을 읊고 노니는 왕족들보다 낫지 않겠소이까. 나라의 안위와 백성의 삶은 안중에도 없는 문신들과 허약한 왕실보다 낫지 않겠소이까. 어쩌면 그런 금수가 집정한 세월이 한번쯤은 살아 볼만한 세월일 수도 있지 않겠소이까?"

역시 권신은 순순히 잘못을 인정하지 않는구나, 요언으로 말장난만 하는구나. 왕은 죽을 때가 머지않은 대신이 아직도 미몽에서 깨어나지 못한 것 같아 한심하기 짝이 없었다. 왕은 그에게 회심의 일격을 날리는 심정으로 질타했다.

"민심을 거스르고 반란으로 집정하여 무참한 살육과 더러운 권력 투쟁으로 일관한 무신들의 집정을 말장난으로 미화하지 마시오. 금수와 견주어 다를 것이 없는 무신들의 패역무도함을, 아니 왕을 업신여기며 독단을 휘두르는 문하시중이자 벽상공신(璧上功臣)인 그대의 패악을 먼저 되돌아보시오. 그렇게도 우리 고려의 왕실과 조정에 폐단과 잘못이 있었다 할지언정 그대들 집정의 방법과 수단 그리고 이후의 정치가 정녕 옳았소이까? 선대의 업적을 짓뭉갤 만큼 무신독재(武臣獨裁)가 대단했소이까? 그대 철혈재상의 독재정치가 옳은 것이냐 이 말이외다!"

그때였다. 서서히 불타오르기 시작했던 대신의 안광이 이제는 걷잡을 수 없을 정도로 가득히 노기를 뿜어내며 마치 대전 내실을 움켜쥐기라도 하듯 기세를 더해갔다. 대신은 바야흐로 철혈 무상(無上)의 독재 재상이 되어 한층 엄숙하고 장대한 음성으로 왕의 면전에 직지를 드리우는 것이었다.

"본장을 비롯한 여러 무신들이 창검을 들고 일어나 문약(文弱)한 신료들을 갈아치우고 무른 임금을 끌어낸 것이 만고의 역적죄라면 동서의 고금을 막론하고 일대의 혁명은 없었을 것이다. 하의 걸과 은의 주를 친 탕무의 혁명 또한 반란이나 역모에 지나지 않을 것이고 태조대왕께서 궁예왕을 몰아내고 민심을 얻으시어 고려를 창건하신 것도 야심 있는 신하의 기걸 찬 살육이나 다름없을 것이다."

그러나 왕 역시 지지 않았다.

"고래(古來)로 그러한 실례(實例)는 학정을 주도한 폭군에 한한 것이다. 경세제민한 대의의 혁명을 주워 담아 얽어서 그대와 같은 무반들의 변란을 미명으로 치장하지 말라. 혁명과 반란은 다른 법이다."

그들의 대화는 최소한의 경어도 사라지며 열기를 더해갔다. 왕과

114

신하의, 허수아비 임금과 권력자 재상의 신분을 떠난 치열하고도 위맹한 논쟁이었다.

"군사혁명(軍事革命)의 거병에 있어서 대의명분이라는 것은 그때의 나라와 백성이 처한 사세의 형국이 어떠하였는지에 달려 있다. 40년 전 선대 임금이신 의종 폐하의 보현원 거동 당시 문신들에 비해 무신들의 처우는 어떠하였는가. 그것이 과연 인간으로 대접받던 것이었던가. 비천한 하급무반에서부터 고관의 장수까지도 방탕한 연회에 나선 임금과 문신들의 노리갯감이 되어야 했던 시절. 왕궁 조정 모두 위아래 할 것 없이 아귀처럼 재물과 세도를 탐내던 시절. 그러한 시절에 무반의 일대 개혁이 과연 혁명이 아니었던가? 그때가 과연 삐뚤어져 가는 나라를 바로잡겠다고 목숨을 걸고 나선 무반들의 군사혁명을 대역모의의 반란으로 치부할 만큼 강구연월의 태평세월이었으며 고복격양의 태평치세였던가. 그대가 진정으로 제대로 된 임금의 노릇을 하고 싶다면 독재 운운하지 말고 시대를 바로 봐야 할 것이다.

무신독재 이전의 지난 시대는 국방과 민생의 기율을 준엄히 다스려야 할 조정이 작심하여 둔감했던 비정의 세월이었다. 그런데 기울어져 가는 나라를 바로 잡겠다고 피를 흘리며 나섰던 무신들의 호국을 어느 눈으로 폄하고 비난할 수 있단 말인가. 그대를 비롯한 역대의 임금이 감히 힐난할 수 있을 것인가. 무신의 집권기를 금수의 세월이라 조롱하고 독재의 시대라 지탄하기 전에 태조대왕 이래 무신 집정 이전, 당시 고려 왕조의 역사가 과연 금수 같은 무신들의 집정보다 한 치라도 더 나은 것이 있었던가를 곰곰이 생각해보라.

더욱이 고려라는 이 나라를 선진의 강국으로 만들기 위한 웅대지략과 백년대계라곤 한 끝도 없는 문약한 임금이 권신의 휘둘림으로 비애에 젖는다 할지라도 안타까워하는 이는 아무도 없을 것이다. 진정으로 자랑스러운 고려의 대왕이자 청사에 칭송 받는 군주로 거듭나기 위해선 임금 스스로부터 시대를 곧게 바라보는 바른 식견을 지녀야 할 것이다. 더불어 천년의 왕업을 달성하기 위해 때를 기다리며 천제일우의 기회를 노리는 넓은 포부와 깊은 도량을 길러야 할 것이다. 그렇지 않고서 권력의 향배에만 혈안이 된 채 잔머리를 굴려 오늘과 같이 어설픈 왕정복고와 권신 축출을 도모했다간 다음의 권신에게 휘둘리든지 아니면 또 다른 난신적자에게 멱살을 잡혀 용상에서 물러날지도 모를 일이다. 그러할진대 아직도 주상은 그릇된 판단 아래 무신의 집정 독재를 푸념하며 하릴없이 유약한 자리보전만 하고 있을 것인가……"

입에 여의주를 한껏 문 황룡의 입상(立床)을 사이에 둔 채 왕과 대신의 대치는 밤이 깊어갈수록 길어졌다. 마치 선 채로 불바다의 열반이라도 하듯 대신의 노염(怒炎)은 수창궁 전체를 집어 삼킬 듯 도저한 맹위를 떨쳤고 왕도 결코 그에 지지 않으려는 듯 지옥의 나찰처럼 쉴 새 없는 논전에 맞섰다. 어느덧 칼자루를 쥔 내관과 자객 그리고 무관들이 대전 안으로 들어와 왕에게 전승(戰勝)의 보고를 올리기까지 하였지만 논쟁은 끝이 없었다. 왕의 일파들은 용상 근처에 시립하여 대신의 공박을 가소로이 쳐다보고 있었다. 왕은 그때부터 대신을 내리쳐 단숨에 죽이기보다는 눈앞의 철혈 독재자를 설복시켜야겠다고 결심한 것이었다. 심지어는 참다못한 늙은 내시가 단칼에 죽여야 한다고 성질 급하게 덤벼들었지만 왕은 그가 절대로 나서지 말 것을 종용했다.

그러나 그것이 왕의 결정적인 패착이었다. 그들은 대신의 가솔 모두가 대궐 안에서 죽은 줄 알고 있었지만 정작 간신히 목숨을 건진 노영의를 까맣게 모르고 있었던 것이다. 처음에 노영의는 대궐 뒤편에서 내관의 설익은 칼부림을 맞고선 연상 아래 가솔들의 시체 틈에 들어가 죽은 척하여 자객들의 눈을 피했다. 그리고 서서히 경계가 뜸해지자 난장(亂場) 속에서 사생결단으로 줄행랑을 쳤다. 그러나 수문장(守門將)들이 지키고 있어 궁을 나서지 못하고 할 수 없이 대전 지붕으로 올라가 용마루에 피신했던 것이다. 이윽고 노영의는 대신 역시도 위급에 처한 것이 분명하리라 생각하며 이곳의 상황을 궁밖에 알리기 위하여 품속에 숨겨둔 철편(鐵鞭)을 꺼냈고 기와를 연신 힘껏 내리치기 시작했다. 그는 신속하게 깨진 기와를 던지고 개경 왕궁이 떠나가도록 크게 소리쳤다. 노영의는 어떻게 해서든 간에 시급한 이곳의 사세를 밖에 알리기 위해 있는 힘을 다해 소리쳤다. 고함과 기와 깨지는 소리는 침잠하는 어둠과 고요한 적막을 찢고 별안간 요란한 소리를 내며 인근에 퍼지고 있었다.

"왕궁에 변란이 일어났다! 왕실의 음모다! 문하시중(門下侍中)께서 살수들에게 포위당하셨다!"

대전별감들이 느닷없는 요란한 소리에 대전 위를 쳐다보니 누군가 목이 터져라 소리치고 있는 것이 아닌가. 뒤늦게 소식을 접한 내관과 자객들은 허겁지겁 용마루 위를 기어 올라가기 위해 애를 썼다.

"합하께서 살수들에게 둘러싸이시다니! 큰일이다. 어서 군사를 궁으로 이끌어라!"

그 외침이 퍼진 결과 왕궁 인근에 거처하며 이전부터 오늘의 연회에 의구를 품고 있던 대신의 측근인 상장군(上將軍) 김약진이 쏜살같이 마군(馬軍) 일대를 이끌고 왕궁을 향해 쳐들어가기 시작했다. 사태가 심상치 않게 돌아가는 낌새를 챈 김약진은 장검을 휘둘러 궁문의 병사들을 무찌르고 무력으로 궁에 들어서 왕의 일파를 진압하기 시작했다. 내관과 별감, 자객들이 예도의 날을 세워 한 덩어리로 뭉쳐 맹렬하게 저항했지만 소용이 없었다. 갈수록 어육이 되는 것은 왕의 무리요 김약진의 군대는 기세 좋게 전선을 대전 뒤쪽으로 밀어붙인 것이었다. 김약진의 군대는 병부의 사졸들 중에서도 일당백의 정예 군관들이었기에 그들이 아무리 발악을 해도 애초에 상대가 될 수 없었다. 대신의 최측근이었던 김약진은 왕의 수창궁을 단번에 쑥밭으로 만들어버린 뒤에 보졸을 이끌어 황급히 대전 안으로 쳐들어가 가차 없이 도륙을 내기 시작했다.

"폐하, 김약진이 군사를 일으켰습니다! 대전 안으로 들이치는 적들의 수가 셀 수 없을 정도이옵니다. 어서 문하시중의 목을 거두십시오!"

그제야 상황이 파악된 왕은 급히 일어나 용상 뒤편에 걸린 보검을 빼들어 대신의 목을 겨누기 시작했다. 늙은 내시와 남은 무리도 덩달아 창검을 들어 대신의 육신을 향해 휘둘렀다. 그러나 당황한 이들의 앞뒤 없는 칼부림이었다. 대신은 난리 중에도 날쌔게 피해 달아나며 궁중의 출납 창고인 지주방(知奏房) 장지문 문틈 사이로 몸을 숨겼다. 등잔 밑이 어둡다 했던가. 대신이 대전의 안쪽으로 도망칠 줄로만 알았던 그들은 지주방을 놔두고 깊숙한 대전과 내실을 뒤질 뿐이었다. 대신은 문틈 사이에서 다락으로 올라가 숨을 죽였다.

"모조리 죽여라. 한 놈도 살려 두어선 안 될 것이야. 어서 합하를 찾아 뫼셔라!"

그사이 김약진은 대전 한복판까지 들어와 버렸고 갑주와 창칼로 무장한 김약진의 보졸들은 피 묻은 병장기의 날을 왕의 면전에까지 들이댔다. 왕을 보호하려는 내관들과 김약진 군대 사이의 참극은 대전 용상에까지 피를 튀겼다.

"폐하, 합하께선 어디 계시옵니까? 어서 바른대로 고하십시오!"

망극한 일이었다. 김약진의 칼날은 어느새 왕의 목에 닿아 있었다. 왕은 치욕스러운 듯 아랫입술을 깨물었다. 왕의 가슴 속에선 주체할 수 없는 분노와 자신의 미련함에 대한 후회가 어지럽게 타오르고 있었다. 그때였다. 거의 상황이 정리된 것을 간파한 대신이

다락에서 나와 군졸들의 부축을 받으며 대전으로 걸어오고 있는 것이었다. 김약진은 왕의 목에 겨눴던 칼을 급히 거두어 대신에게 군례를 올렸다. 그런데 대신은 오히려 난국에 처한 자신을 구하러 온 김약진을 타박했다. 연유인 즉 김약진이 무도하게도 병장기를 드리워 왕을 협박했기 때문이라는 것이었다. 김약진은 묵묵히 대신의 꾸지람을 듣고 나서는 문득 분한 마음에 대신을 향하여 말했다.

"정황상 오늘밤 왕이 궁궐로 합하를 부른 것은 궁정에서 합하를 처단하려는 술책이 아니옵니까? 정당한 명분도 없이 음지에서 합하를 모해하려 한 것은 왕실의 체통과 조정의 권위가 실추되는 추악한 짓입니다. 합하, 이번 모살 계획의 주동자들과 뒷배 노릇을 한 왕을 단호히 천참만륙(千斬萬戮)하시어 일벌백계로 삼으시옵소서."

이때가 고려 희종(熙宗) 7년(1211) 12월 경자일, 최충헌(崔忠獻) 축출모의가 무위로 돌아간 날이었다. 최충헌은 주동자를 색출해 엄벌했고, 측근들의 연이은 주살(誅殺) 요청에도 끝내 희종을 죽이지 않고 폐위시켜 강화도로 유배를 보냈다.

〈끝〉

제7편

반 정 과

야 심

반정(反正)과 야심(野心)

"누이가 더 중하오, 아님 딸이 더 중하오? 양당 간에 결판을 내시오!"

아닌 밤중에 홍두깨라, 별안간에 좌의정 신수근 집 안채는 쑥밭이 됐다. 방바닥에 어지럽게 흩어진 바둑알갱이와 문갑 위로 곤두박질쳐진 바둑판. 요란한 소리를 내며 엎어진 주안상 사이로 등촉의 불꽃은 쉽게 꺼지지 않으려는 듯 작은 몸을 뒤틀며 애쓰고 있었다. 상좌에 좌정한 노신 신수근은 준절히 수염을 쓰다듬으며 이 모든 상황을 똑똑히 지켜보고 있었다. 그의 앞에는 황소 같은 풍채를 자랑하듯 위풍당당한 지중추부사(知中樞府事) 박원종의 그림자가 드리워져 있었다.

박원종은 준엄하게 다시 입을 열었다.

"누이를 택해 폭군의 처남이 되시려오, 아님 딸을 택해 반정공신 부원군(府院君)의 작호를 얻으시려오? 선택은 대감 몫이오."

신수근은 단호히 고개를 가로 저었다.

"호역(護逆)은 불가하다. 반역을 두호할 순 없다."

"옳거니, 반역이라! 지금 대감께선 이번 거사가 반역이라 말하셨소이까? 폭군을 몰아내는 것이 반역이라 이 말이지요?"

반역이란 말에 박원종의 숨소리는 흥분으로 점차 거칠어지고 있었다.

"금상의 왕조에서 국록을 먹는 신하된 자로서 어찌 대역을 도모한단 말인가! 신하가 창검으로 자기 임금을 축출하는 순간 그것은 난신적자(亂臣賊子)의 역적질이 될 뿐이네. 거기에 어떠한 대의명분(大義名分)을 주워 담는다 할지라도 본질을 변하지 않네."

"금상은 무지막지한 폭군이외다. 좌상(左相)께선 여태껏 금상의 그 수많은 패역무도를 곁에서 지켜봤으면서도 진정 모르고 계셨단 말이오?"

"결코 틀린 말이 아닐세, 맞아. 금상은 혼군(昏君)일세. 허나……"

"허나 무엇이!… 좌상, 동서고금을 막론하고 폭군을 징치하는 것은 혁명이오. 성인의 도를 따르는 맹자(孟子)도 왕도정치의 실현을 위해 폭군을 내쫓은 역성혁명을 주장했소이다. 대감의 말대로라면 그 옛날 걸주(桀紂)의 주지육림(酒池肉林)을 탕무(湯武)의 방벌(放伐)로써 엄단한 것도 반역에 불과한 것이 될 뿐이오!"

이번에는 신수근의 준엄한 음성이 노기등등해졌다.

"허나 신하가 임금의 난정(亂政)을 바로잡는 데는 방벌 말고도 여럿의 도리가 있네! 목숨을 다해 충심으로 간언(諫言)을 드리고, 주상의 정치가 정도로 갈 수 있도록 분골쇄신(粉骨碎身) 보좌해야 하는 것이 신하의 도리일세. 진심을 다해 견마지로(犬馬之勞)를 애쓰지 않고 함부로 검을 휘둘러 날뛰는 것은 간신이나 하는 놀음일세. 방벌은 최후의 수단일세. 진정으로 자신이 임금의 바른 정치를 위하여 신하된 본분을 다했는지 깊게 자성해보게. 그렇지 않고서 함부로 입에 대의를 물고 혁명을 운운하지 마시게!"

그제야 박원종은 단념한 듯 혀를 차며 탄식하고선 소매 속에서 미리 준비해 둔 묵직한 철퇴를 꺼내 들었다. 박원종은 능란하게 철퇴를 꼬나 잡고는 고개를 저었다.

"아쉽게 됐소이다. 좌상께서는 이 나라의 주석지신(柱石之臣)이시거늘 스스로 금상과 더불어 만고의 간적(奸賊)을 자처하시다니…"

이윽고 철퇴는 허공에서 원을 그렸다. 금세 노신의 두루마기 백의는 붉게 물들었고 늙은 충신은 외마디 비명도 없이 힘없이 앞으로 고꾸라졌다. 노신은 황천이 눈앞에 보이는 순간에도 한줄기 피를 토하면서까지 짐짓 큰 소리를 냈다.

"박원종이, 고얀 노옴. 왕은(王恩)을 입은 측신(側臣)이 되어 반역하다니! 네놈의 야욕을 대의로 치장하지 마라. 기치창검(旗幟槍劍)으로 충신을 가장한다고 네놈의 야심이 다 가려지겠느냐. 폭군을 몰아낸 공신(功臣)도 왕실과 조정을 틀어쥐어 전횡을 일삼으면 난

정대부(亂政大夫)가 되기는 마찬가지니라……"

점차 밤낮으로 서늘한 바람이 구중궁궐을 소리 없이 에워싸고 있었다. 아직 한낮은 찜통 같은 더위였지만, 소슬한 기운이 느껴지는 것은 초가을이 시작된다는 짐작과도 같았다.

"대비전(大妃殿)엔 기별을 넣었느냐."

"오후 늦게 들어오시라는 말씀이 있었사옵니다."

"사졸(士卒)은 어찌 되었느냐."

"이미 준비를 끝마쳤사옵니다. 비호 같은 자들로만 순수 삼사백이옵니다. 훈련원에서 길들인 정예들이오니 심려를 거두십시오. 대감의 명 한마디에 죽고 사는, 그야말로 이번 거사에 사생을 혈맹한 자들이옵니다."

"바야흐로 오늘이다. 오늘이 지나면 새 하늘이 열릴 것이다. 이나라 조선의 종묘사직을 더럽히는 황음무도(荒淫無道)의 폭군과 교언영색(巧言令色)의 간신이 쫓겨나고, 왕실의 위엄과 조정의 권위가 바로 서는 정치가 시작될 것이다."

결의에 찬 그 와중에도 심복들은 짐짓 야릇한 미소를 지으며 끈적거리는 어조로 말했다.

"그 중심에 주군이 계실 것이옵니다. 이 나라 왕실과 조정을 태산반석 위에 올리신 명신(名臣). 만백성이 우러러보는 정충대절(貞忠大節)의 공경대부(公卿大夫)이신 대감께서 바른 정치를 일괄하시게 될 것이옵니다."

"허어, 어찌 대의의 실현을 목전에 둔 이 중대한 날에 함부로 경망을 떠는 것인가. 말조심 하라! 그 입들을 분방하게 놀려대면 다 될 일도 아니 되는 법이야."

그러나 박원종은 노기 띤 호령과 달리 결코 심복들의 아첨을 듣기 싫은 눈치가 아니었다. 다만 거사를 도모하기 직전에 불순한 말들로써 혹여 일을 다 망쳐버리지나 않을지 걱정이 되어 입단속을 주의시킨 것이었다. 말 한마디가 잘못 새어나가는 순간 당장 의금부 형틀에서 자신들의 몸뚱이가 지져지고 목이 달아날 것은 자명한 일이었다. 박원종은 연신 마른침을 삼키며 때를 기다렸다.

대궐에서 정현왕후(貞顯王后) 윤씨에게 금상(今上) 축출의 승낙을 받고 돌아온 박원종은 반정(反正)의 수뇌들이 모여 있는 훈련원으로 급히 발걸음을 했다. 예기치 않은 일의 급변이 일어난 것이었다. 지중추부사 박원종이 위풍 있게 대청(大廳)에 들자 초조히 그를 기다리던 이조참판(吏曹參判) 성희안과 이조판서(吏曹判書) 유순정이 일어나 맞이했다. 박원종은 상석에 좌정하며 잔뜩 긴장한 기색으로 일의 형세를 물었다.

"도대체 어찌된 것이오?"

성희안이 낙심하듯 말했다.

"다 틀렸소. 내일 금상이 장단(長湍) 석벽(石壁)에 유람하는 날을 기하여 거사를 준비했건만. 아, 글쎄 유람이 전격 취소가 되었다하외다."

유순정이 거들었다.

"대신 내일 경복궁 대궐 안에서 잔치를 벌인답니다. 허어, 하늘도 무심하시지."

이어 전 수원부사(水原府使) 장정, 군기시첨정(軍器寺僉正) 박영문, 사복시첨정(司僕寺僉正) 홍경주의 말을 계속 듣던 박원종은 고심참담(故心慘憺)한 낯빛으로 한참을 숙고한 끝에 결단을 내렸다.

"굳이 여기서 이럴 것이 아니라 오늘 밤 안으로 끝을 내십시다."

좌중은 일제히 놀라는 눈치였다. 오늘 밤 안이라면 노을빛이 지는 지금부터 준비한 후 야음을 틈타 군마(軍馬) 보기(步騎)를 동원하여 궁궐로 쳐들어가서 주상을 끌어내자는 말이었다. 홍경주가 고개를 가로 저으며 설핏 떠는 목소리로 입을 열었다.

"아니 됩니다. 너무나 급작스러운 일입니다. 차후에 기일을 택하

124

시지요."

그러나 박원종은 단호했다.

"여기서 물러난다면 분명 우리 모두 지난날 사육신(死六臣)의 전철을 밟을 것이오. 사육신의 단종복위(端宗復位)를 고변한 배신자 김질 같은 작자가 오늘 여기서도 또 나타나서 반정모의를 금상에게 몰래 고변할지 어찌 알겠소? 만사불여튼튼이라, 준비가 다 된 지금 몰아붙이는 것이 상책이오. 우유부단한 노심초사로 자중지란을 야기하지 말 것이고, 탁상물림의 공리공론으로 허송세월해서도 안 될 것이오. 우리에겐 폭군을 징치하고 방벌한다는 대의명분이 있소. 폭군의 학정으로 도탄에 빠진 백성들을 구제하고 이 나라 왕실과 조정을 제자리에 올려놓는다는 국태민안(國泰民安)의 목적이 있소. 더불어 조정의 만조백관과 여염의 만백성들도 다 우리의 혁명을 지지해 줄 것이오. 두려워 할 것이 없소. 이제야말로 끝낼 때가 된 것이오."

박원종의 청산유수와 같은 거사 명분 천명에 좌중은 조금 안정이 되는 눈치였다. 그러나 계획된 일이 수틀린 마당에 당장 군사를 이끌어 궁궐 대전으로 쳐들어간다는 것이 여러 대신들과 장수들 생각으론 아직도 무리가 있는 일 같았다. 곧 있으면 어둠이 깔리는 밤중이라지만 아직 저녁놀이 꽤 남아 있는 지금. 청계천 인근 저잣거리와 광화문(光化門) 대로(大路)에 즐비한 백성들이 보는 앞에서 창검을 세운 장정 군사들이 왕궁으로 진격한다는 게 다들 마음에 걸리는 것이었다.

그러나 박원종의 결심은 변함이 없었고 오히려 차돌처럼 단단했으며 석벽처럼 굳건했다. 그에겐 반근착절(盤根錯節)의 심지(心志)가 있었기에 동요란 찾아볼 수 없었다. 한번 결사를 다짐한 대의의 거사. 죽음을 무릅쓰고 반정혁명(反正革命)을 일으키겠다는 장부의 큰 뜻이었으니 형국이 조금 달라졌다 해서 머뭇거릴 필요가 없었다. 속전속결, 당장에라도 까부수는 것이 승패를 가르는 해답이었다.

그래도 박영문은 염려가 되는 듯 슬쩍 반색(反色)을 내비치었다.

"대로에 백성들이 아직 많은데, 괜찮을는지…"

그런데 오히려 박원종은 코웃음을 치며 호쾌하게 답했다.

"잘된 일이오. 이참에 반정의 대의명분을 온 백성들에게 천명할 기회외다."

붉은 갑주를 차려 입은 무사 박원종이 비장한 얼굴로 훈련원 인근 목조망루에 올라가고 근처에 시립한 병마(兵馬)들이 도창검극을 세워 위용을 드러냈다. 도성 복판에 난데없이 등장한 무장 군사들이 하나의 진(陣)을 이루자 여기저기서 구경꾼들이 모여들었다. 말총갓과 백의 도포를 단정히 한 유자(儒者)들은 물론 젖먹이를 등에 업은 아낙들도 웬 소동인가 하여 고개를 갸웃거렸다. 그렇게 사방으로 모여들기 시작한 군중은 이내 하나의 큰 운집을 이루었다.

백성들이 적당한 수로 모여들자 박원종은 준비한 격문을 위엄 있게 펼쳐들고는 장중한 목소리로 군중에게 반정대의(反正大義)의 정의로움을 고했다.

"당금 조선의 상감 연산(燕山)은 혹세무민(惑世誣民)하는 폭정과 가렴주구(苛斂誅求)의 학정으로 왕실의 위엄을 실추시키고 조정의 파국을 야기했다. 특히 무오, 갑자년의 혹화(酷禍)로 유림(儒林) 선비들과 조정의 충신들은 천참만륙(千斬萬戮)을 당했고 궁중 친족 간에는 잔인무도한 피바람이 불었다. 더욱이 임금이라는 자가 백성의 고혈을 짜서 사치와 향락을 일삼아 황음무도(荒淫無道)의 끝을 보이니 결국 민심은 도탄에 빠졌고 나라 정치는 흙탕물에 곤두박질쳤다. 이는 그 옛날 하나라 걸왕과 은나라 주왕의 주지육림(酒池肉林)을 능가하는 미증유의 패역무도한 악정(惡政)이다.

이리하여 본장(本將) 박원종을 비롯한 우리 반정군(反正軍)은 폭군이자 혼군인 연산을 용상에서 끌어내고 새로이 하늘을 열 결행을 시작하게 되었도다. 우리의 예리하게 벼린 도창과 검극은 비록

126

피 묻힘을 면치는 못할 것이다. 그러나 폭정에 신음하고 학정에 눈물짓는 가련한 백성들을 구제하려는 대의로 말미암아 청사에 길이 빛나게 될 것이다. 우리 반정군의 승기(勝旗)가 왕궁에 높게 올라가는 그날. 이 나라 왕실과 조정은 본연의 권위를 되찾고 본분을 다하게 될 것이며 조선 하늘 아래 광명정대한 바른 정치가 시작될 것이다. 이 땅의 보국안민과 태평건곤을 위하여 백성들이여, 우리 반정군의 대의명분을 따라 혁명을 시작하자. 망유기극(罔有紀極)한 폭군 연산을 몰아내고 이 조선 반도에 새 아침을 열자! 자, 모두 들고 일어나 광화문으로 진격하자! 민심의 창검으로 심판하자!"

흔천동지(焮天動地)하는 함성소리와 함께 들뜬 군중의 열기는 점차 개개의 백성들과 군사들을 에워쌌다. 목이 터져라 외치는 고성고함(高聲高喊)의 중심에는 조정의 이권다툼에서 왕실의 비호를 받지 못한 낙오세력들이 미리 박원종의 지시를 받고 임무를 충실히 수행하고 있었다. 기실 백성들이 생각하기로 본래부터 고관대작들의 수작 놀음인줄만 알았던 나랏일에 민심 운운하며 자신들을 끼워 넣어 치켜세워주니 결코 기분이 나쁘지 않았다. 더욱이 산골짜기 잔반(殘班)들과 소위 시정의 식자라 불리는 유자(儒者)들은 감격해마지 않았다. 농공상(農工商)에 종사하던 자들도 마찬가지였다. 나랏일은 그야말로 '먼 나라'이야기인줄로만 알았던 그들이 민심과 대의 운운하며 자신들을 치켜세워주는 반정군의 선동에 넘어가지 않을 리 만무했다.

"대성공이옵니다."

전 수원부사 장정의 말이었다. 박원종은 흐뭇한 기색을 만면에 드러내 보였다. 자신의 격문성토(檄文聲討)가 가져온 결과가 눈앞에서 과열의 봉기로 점차 실현되고 있었으니 어찌 아니 좋을 수 있었겠는가. 과연 시기적절하고도 백성들의 심중을 꿰뚫은 성공적인 선동이었다. 박원종은 뜨거운 대중의 호응과 찬탄을 받으며 기세등등하게 망루를 내려와 백관(百官)들에게 자랑하듯 말했다.

127

"천시지리인화(天時地利人和)라 하였소. 자고로 인간의 조화가 하늘의 때와 땅의 이득을 능가하는 법이외다. 거보시구려. 철저히 계획된 선동으로 말미암아 이만큼 민중의 열기를 얻었으니 천군만마가 따로 없는 것이외다. 모두들 용기백배하여 대담무쌍하게 장졸들을 이끌고 진격하십시다! 백성들로 하여금 우리 반정군을 따라 왕궁을 치는 데 앞장서라고 권장하십시다! 하하하!"

박원종의 호탕한 웃음소리는 군집한 백성들의 함성소리와 함께 드높아져만 갔고 과열된 봉기의 기운은 어둠이 내리자 점차 부화뇌동하는 광기로 진화하고 있었다.

경복궁의 광화문을 비롯하여 여러 겹의 중문(中門)들은 의외로 쉽게 열렸다. 왕궁 근처의 훈련원 인근에서 벌인 반정군의 대형 선동에 다들 낌새를 챘는지는 몰라도 궁녀 내시들은 물론 왕실의 비복들도 일찌감치 보따리를 싸서 도피할 준비를 하고 있었다. 다만 야밤인데도 궁궐을 호위하며 수장(首將) 곁에 시립해 선 별감들만은 경계를 늦추지 않고 있었다. 그러나 이미 반정군의 위세로 말미암아 금부(禁府)의 금군 나졸들이 무력해진 상황에서 일개 별감들이 거침없이 들어오는 박원종 일파의 무리를 당해낼 재간이 있을 리 만무했다.

"상감마마, 큰일 났사옵니다! 큰일 났사옵니다!"

한밤중에 미희(美姬)를 품에 안고 술에 취해 잠든 연산은 깜짝 놀라 소스라쳐 일어났다. 궁인(宮人)들이 합문(閤門)을 열고 감히 왕의 침궁(寢宮)에 들이닥친 것만 보더라도 긴급한 사태가 벌어진 것이 틀림없었다. 연산은 놀란 가슴에 연신 벌렁거리는 심장을 주체하지 못하고 말을 더듬었다.

"무, 무슨 일이냐! 왜, 왜 이리 소란인 것이냐!"

"정변이옵니다! 지중추부사(知中樞府事) 박원종과 이조판서(吏曹判書) 유순정을 비롯한 일대의 무사 무리들이 칼과 갑주로 무장한 채 이곳으로… 허어, 억!"

그때였다. 침전(寢殿)의 문을 박살내고 들어온 박원종이 비호같이 검을 휘둘러 궁중 나인의 목을 가차 없이 베어버린 것이었다. 연산의 품안에서 놀던 미희는 비명을 지르며 왕의 등 뒤로 숨어 몸을 떨었고 연산은 순간 나인의 목에서 뿜어져 나온 선혈로 얼굴을 피칠갑하고 말았다. 연산의 등에선 한줄기 식은땀이 흘렀다.

"대역무도한 노옴! 감히 여, 여기가 어디라고!"

연산의 음성은 튕긴 가야금 줄처럼 파르르 떨렸다. 박원종은 범같이 이글거리는 안광(眼光)으로 좀체 일어서질 못하고 주저앉은 연산의 얼굴을 노려봤다.

"전하, 옥새(玉璽)를 내놓아주시옵소서."

말은 공손히 해도 강권하는 협박이나 다름이 없었다. 그러자 연산은 아직 박원종이 자신에게 전하라는 말을 쓰는 것을 보아 지금도 자신을 임금으로 여기는 듯 착각하여 안심하고는 이내 결기에 찬 일갈로 준엄하게 소리쳤다.

"이런 고얀 놈을 보았나, 옥새라니. 네놈이 정녕 역모를 자행했다 이것이냐! 당장 승지(承旨)와 금부당상(禁府堂上)을 들라 하라! 내 직접 네놈의 사지를 찢어 죽일 것이다. 바깥의 입직승지(入直承旨)와 도총관(都摠管)은 무얼 하고 있느냐! 당장 이 역도(逆徒)들을 끌어내지 못할까!"

여태껏 사태파악을 하지 못한 연산이 안쓰러워 박원종의 뒤를 이어 들어온 유자광과 홍경주는 대놓고 혀를 찼다. 박원종은 말없이 연산을 밀쳐내고 뒤에 숨었던 미희를 앞으로 끌고 나와 연산이 보는 앞에서 가차 없이 어육(魚肉)을 냈다.

"주상, 더 피를 보셔야 하겠소이까. 얼마나 더 피를 보셔야 끝을 내시렵니까. 자고로 민심은 천명! 우린 천명을 받든 혁명군이오. 우리의 뒤에는 그대를 징치하기 위해 모여든 성난 민심이 있소. 당장 옥새를 내놓으시오!"

"이, 이, 이…"

"뭣들 하느냐, 당장 폐주(廢主) 연산을 침전에서 끌어내라!"

어느덧 날은 새벽을 넘어 환한 아침을 향했고 때는 연산 12년
(1506年) 9월 2일을 고했다. 피범벅이 된 갑주를 그대로 입은 채
박원종 일파는 보무도 당당히 옥새를 받들었다. 이어 성종(成宗)의
계비인 정현왕후 윤씨의 적자(嫡子) 진성대군(晉城大君)이 면류관(冕
旒冠)과 대례복(大禮服)을 급히 입고 대전(大殿)에 나타났다. 이가
바로 조선의 제 11대 왕(王) 중종(中宗)이다. 이리하여 박원종을 위
시한 무장무사(武裝武士) 일파들이 연산군(燕山君)을 축출하여 강화
도로 쫓아내고, 그의 이복동생인 진성대군을 조선의 새 임금으로
옹립한 이 사건을 중종반정(中宗反正)이라 한다.

"대감, 경하 드리옵니다. 곧 좌상의 자리에 오르신다고요? 빈부
귀천을 막론하고 이 땅의 모든 사람들은 대감 같은 현인이 고관에
오르시기만을 기원하고 있었습니다. 이것이야말로 바른 정치의 시
작이지요! 하하하!"

"유 대감께선 청천부원군(菁川府院君)에 봉해지시고 숭정대부(崇
政大夫)에 오르셨다지요? 이거 참으로 감축드릴만한 일이옵니다!
자리가 임자를 찾아간 것이에요!"

"나라가 반석 위에 올랐지요. 암요, 반석이에요! 태산반석과도
같은 튼튼한 기반에 왕실의 위엄과 조정의 권위가 바로 서는 새
세상이 열린 것이에요. 반정으로 나라의 기틀이 바로 잡혔고 백성
들은 연신 환호를 보내고 있어요. 이것은 일대의 혁명이에요, 혁
명! 은의 탕왕과 주의 무왕이 걸주를 내쳤던 것처럼 새로운 나라가
열리고 새로운 역사가 다시 써지고 있는 것이란 말이에요! 하하
하!"

"성 대감께선 형조판서(刑曹判書)시라! 이거야말로 참으로 옳은

관직의 제수입니다. 마땅히 나라를 바로 세우신 공신들께서 대관(大官)에 오르시는 것이 정정당당한 일이지요. 그 위대한 실현을 지금 목도하고 있으니 소신은 당장 죽어도 여한이 없을 듯합니다!"

"곧 있으면 공식적인 논공행상(論功行賞)과 작록제수의 날이 올 것입니다. 이번 논공행상의 공식적인 확정에 이어 공표가 될 것이지요. 또 1등부터 4등공신에 이르기까지 충의지사들이 성상(聖上)의 치하를 받는 것이지요. 바야흐로 멸사봉공을 목숨처럼 여기시는 충신대부들이 밝은 빛을 보시는 순간이 아니겠습니까! 그때를 우리 모두 염원해 마지않습니다!"

아직 입조(入朝)할 적의 반정공신들의 갑주는 그대로였지만 저녁 늦게 마다 박원종의 사가(私家)에 모인 이들의 복식은 아관박대(峨冠博帶)와 금관조복(金冠朝服)이었다. 특별히 관심 깊게 보는 이들이 있어서 번쩍거리게 치장을 한 것이 아니었다. 남몰래 행하는 금의야행(錦衣夜行)으로라도 고관대작의 위세를 누려보고 싶어 공신들이 얕은 허욕(虛慾)을 부린 것이었다.

"고맙소이다, 고맙소이다. 하아… 다들 참으로 고생이 많았소이다. 나라를 바로 세우는 데 기여한 그대들의 충정은 청사에 길이 빛날 것이오!"

"자, 한잔씩들 드십시다. 새로운 임금을 옹립하고 바른 정치를 펴나가는데 있어서 광대무변한 정충대절(貞忠大節)로 애쓰신 공신 여러분들의 노고를 위하여. 그리고 새 조정의 무궁한 광영을 위하여 드십시다!"

공신들의 서로를 향한 축원과 이어지는 건배는 좀체 끊이질 않았다. 다들 거나하게 취하여 분간이 안 가는 통에 흥취와 풍류는 먹칠한 듯 어두운 밤과 같이 날로 깊어져 갔다. 고래 등 같은 기와집이 떠나갈듯 왁자한 웃음소리와 빈 잔마다 쉴 새 없이 기울어지는 술병들. 수파련(水波蓮)이 꽂힌 산해진미의 진수성찬과 고혹적인 무희(舞姬)들의 춤사위는 궁중예악(宮中禮樂)을 즐기는 왕가(王

家)의 그것이나 다름이 없었다. 그렇게 박원종의 사가에서 흐드러지게 펼쳐지는 술판은 거의 매일이었다. 복잡다단한 반정의 뒷수습 와중에 어떻게 이러한 연회를 미리 준비하였는지 또 어디서 인력과 물자를 구했는지 도통 모를 일이었다.

취해 곯아떨어지는 사내들의 품속에는 기녀들이 몸을 기대고 있었다. 악사들의 아악(雅樂)소리는 달을 품은 밤구름 밖으로 슬하게 자지러졌다. 무기(舞妓)들의 울긋불긋한 나삼(羅衫) 자락은 가을날임에도 마치 봄바람을 불러일으키는 듯 했다. 얼근히 취기가 오른 박원종은 무희를 주무르며 입을 열었다.

"머지않아 위로는 주상부터 아래로는 노비까지, 모두가 하나 된 목소리로 고복격양의 태평성대(太平聖代)와 강구연월의 국리민복(國利民福)을 구가할 것이오! 하하하! 하하하!"

어느덧 때는 공신들의 작록 제수가 있는 날이 되었다. 중종의 조서를 받든 좌의정(左議政) 박원종을 비롯하여 형조판서 성희안, 청천부원군 유순정, 무령부원군(武靈府院君) 유자광 등은 1등 정국공신(靖國功臣)에 봉해졌다. 그들의 일파에 가담한 자들은 하나같이 2, 3등공신은 따 놓은 당상이었다. 특히 4등공신에 이르기까지 공신들 일파의 친족이나 자제들도 여지없이 공훈(功勳)에 이름을 올렸다. 그렇게 모두들 서슬이 퍼렇고 위세 등등한 '공신 나리' 소리를 듣게 되었다. 문제는 그들 중 중종반정에 있어서 제대로 공적을 세우지 않은 이들도 있다는 사실이었다. 즉 공신의 혈족이라는 이유만으로 한자리씩을 차지한 '가짜 공신'들도 있었다는 뜻이었다. 향후 이 일을 두고 조광조(趙光祖)를 위시한 사림 세력은 공신들에게 부정한 공훈이나 부당한 작록을 깎아야 한다는 '공훈 삭탈(削奪) 논쟁'을 일으켰다. 결국 그것으로 말미암아 그들은 남곤과 심정 같은 훈구파의 표적이 되어 선비 유림이 탄압당하는 '기묘사화(己卯士禍)'의 피폭풍을 맞게 되었다.

"좌상 대감, 잠시 빈청(賓廳)으로 드시지요."

"아, 무슨 일로?"

1등공신의 공훈과 작록을 부여받은 박원종이 성희안과 유순정 등 일파를 이끌고 기분 좋게 대전을 내려와 전각을 휘돌며 궐내를 거닐다가 문득 박영문을 마주치게 되었던 것이다. 박영문도 정국공신의 반열에 올라 밝은 얼굴이어야 했지만 어찌된 것인지 그의 낯빛은 예사롭지 않았다. 무엇인가 조급한 기색이 역력했다. 박원종은 박영문의 말에 따라 빈청으로 들어서며 궁금한 듯 물었다.

"도대체 무슨 일이오?"

박영문은 아무도 없어 텅 빈 빈청 내부를 마치 누군가가 숨어 있는 듯 경계하며 연신 긴장된 눈초리로 주위를 살폈다. 평소 호탕하고 대범했던 자였기에 참으로 눈에 띄는 행동이 아닐 수 없었다. 박원종은 상석에 좌정하며 연유를 물었다.

"왜 그런지 말씀을 좀 해보시구려."

빈청 안에 박원종과 자신을 제외한 일체의 조신(朝臣)을 들지 못하게 한 박영문은 장중한 얼굴로 무겁게 입을 열었다.

"반정은 아직 끝나지 않았지요?"

"허어, 참으로 당연한 소리를 하시는구려. 아직 할 일이 태산 같소이다."

"제일 큰일부터 처리하셔야겠습니다."

"아, 큰일이 도대체 무엇이길래."

"아직 역적(逆賊)의 딸이 궁중에 남아있지 않습니까? 시급한 일이 아니오니까?"

"역적의 딸?"

"그렇습니다, 역적 신수근의 딸 말이옵니다."

그제야 박원종은 자리를 박차고 일어났다. 억하는 신음소리와 함께 박원종의 낯빛은 금세 사색이 되었다. 어느새 이마에는 송글송글 땀이 맺혔고 벌어진 입은 좀체 다물어지지 못했다. 등줄기가 오

133

싹해지며 모골이 송연해졌다.

'아뿔싸, 신수근의 딸이 왕비(王妃)로 있었구나! 이 일을 어찌한다!'

박원종의 아연실색을 눈치 챈 박영문은 누가 들을까 계속 두리번거리며 작은 음성으로 그의 귓가에 초조하게 속삭였다.

"역적의 자손은 그 자체로 죄당만사(罪當萬死)이옵니다. 이대로 두셨다간 장차 양호유환(養虎遺患)이 될 것이 자명합니다. 자신의 아비인 신수근의 집안을 멸문시키고 그 일파를 도륙한 대감과 저희들을 국모(國母)가 된 신비가 정녕 살려두겠습니까? 아마 주상께 읍소하여 천참만륙(千斬萬戮)을 하려고 들 것입니다. 이러다가 우리가 주상의 칼 아래 능지처참(陵遲處斬)을 당할 수도 있사옵니다."

"말조심하게! 능지처참이라니. 우리가 역적이라도 된단 말인가. 주상께서 자신을 용상에 올린 공신들을 죽이신다는 말인가. 정녕 주상께선 누구 덕분에 왕작(王爵)을 유지하시는지 모르신단 말인가. 허어! 이런 일이 있을 수 있는가, 이런 일이 말이야! 은혜를 원수로 갚아도 유분수지. 누가 누구를 죽인단 말이야 도대체! 있을 수 없는 일이지, 암 있을 수 없는 일이고말고. 내일 중으로 주상을 뵈어야겠네."

위급이 목전에 닥치기 시작하자 노기충천한 박원종은 자연스레 본색을 드러내기 시작했다. 당금의 주상이 누구 손으로 용상에 올랐는데 감히 배은망덕하게도 자기를 향해 칼끝을 겨눌 수 있느냐 이 말이었다. 다시 말해 '왕의 자리는 자신을 위시한 공신들이 만들어 준 것이나 다름없으니 결단코 배신해서는 안 된다는 뜻'이었다. 물론 말 자체야 결코 틀린 것이 아니었다. 일개 대군의 자리에서 공신들의 목숨을 건 반정을 통해 오른 중종(中宗)이니 임금 된 도리로써 공신들에게 고관을 제수하고 진심으로 치하해야 하는 것이 옳았다.

그러나 '우리 공신들이 피칠갑을 하고 용상에 올렸으니 임금은 결코 우릴 죽이거나 벌할 수 없다'는 논리는 분명 신하 된 도리가 아니었다. 그토록 진충보국(盡忠保國)을 중시하던 무신(武臣)이자 대의명분과 바른 정치를 목 놓아 부르던 정국공신의 본분으로도 맞지 않는 것이었다. 나라와 왕실, 조정과 백성을 위해 목숨을 걸고 반정을 일으킨 것은 일으킨 것 그 자체로 인정을 받는 것이었다. 그러나 그와 달리 엄연히 임금과 신하 관계 사이에는 군위신강(君爲臣綱)과 군신유의(君臣有義)를 비롯한 이치와 도리가 있었다. 공신도 그것을 준수해야만 마땅한 일이었다. 반정의 공로를 두고 군신의 도리를 흥정해서는 아니 될 것이었다.

더욱이 공신이라는 이름 아래 임금의 권한이나 왕실의 권위를 쥐고 흔든다면, 그것은 반정공신들의 '민심을 받든 태평성대의 정치'라고 보긴 힘들 것이었다. 오히려 임금을 허수아비로 만드는 난신적자의 전횡 또는 왕실을 꼭두각시로 내세우는 권신의 무소불위(無所不爲)에 가까울 것이었다.

그러나 오로지 박원종은 신수근의 딸인 신비가 당금 주상의 왕비로 있다는 사실에 뒤늦게 혈안이 되어 화근의 싹을 발본색원(拔本塞源)할 궁리만 하고 있었던 것이다.

"삼가 성상께 거듭 아뢰오. 현 왕비 신씨(愼氏)는 역적 신수근의 딸로서 당장 폐출(廢黜)하는 것이 옳은 줄 아뢰오."

"주상 전하, 폐주 연산을 두호한 역적의 후손인 신비를 폐(廢)하시옵소서."

"역적 신수근의 누이는 폐주 연산의 왕비였사옵니다. 폐주의 처남 노릇을 한 역적의 딸이 다시금 국모에 임한다는 것은 결단코 불가한 일이옵니다."

중종은 비록 임금이었으나 연이어 올라오는 공신들의 상소와 간청을 물리쳐 온전히 왕비를 지킬 수 없었다. 유난히 드세게 구는 박원종은 물론 성희안과 유순정, 홍경주 등 아직 공신 일파가 좌지우지하는 조정이었다. 그 속의 중종은 그저 대신들의 주청을 받아 왕명을 내리는 줄 달린 인형 임금이나 다름없었다. 그도 그럴것이 공신들의 위엄이란 가면 갈수록 서슬이 퍼래서 그들의 강권(强勸)에 가까운 위압은 왕기(王氣)를 누를만한 충천하는 권세를 지니고 있었던 것이다.

"하아‥ 신비(愼妃)를 여염의 집으로 내쫓아 폐서인(廢庶人)으로 강등하라……"

중종의 교서가 내리자 공신 일파는 기세등등하게 궁중 지밀의 나인과 내시들을 부려 일사불란하게 신비를 궁궐 밖으로 내쳤다. 박원종은 내심 쾌재를 불렀다.

"전하, 억울하옵니다! 전하! 신첩이 무슨 죄를 지었사옵니까. 아비가 도대체 무슨 죄를 지었사옵니까. 정녕 신첩이 무슨 대죄를 지었나이까! 어흐흑……"

신비가 폐출된 그날 밤엔 추적추적 가을비가 처연하게 내리고 있었다. 신비의 고독한 피울음은 구중궁궐에 퍼졌고 중종은 구곡간장이 끊어지는 듯 속으로 울었다.

그렇게 박원종을 비롯한 반정공신들은 한동안 왕실에 버금가는 절대 권력을 지니며 국정의 농단과 전횡을 일삼아 방약무인했다. 이어 경빈 박씨, 희빈 홍씨 등 자신들의 핏줄을 중종의 후궁으로 넣어 외척으로서 왕실과 조정을 뒤흔들었다. 이후 중종 대(代)에는 후궁들의 막후정치는 물론 공신들의 후예가 권세를 꿰찬 훈구(勳舊)와 조광조를 위시한 사림(士林)의 기묘사화로 대표되는 정쟁이 지속됐다. 이는 인종과 명종 때까지 윤임, 김안로 일파 그리고 문정왕후, 윤원형 일파 사이의 외척 세력 간 권력 다툼으로 지리멸렬하게 이어졌다.

〈끝〉

제8편

지 상 의

왕 도

지상의 왕도(王道)

"대왕 폐하, 수군(水軍) 파병은 불가하옵니다! 부디 재삼 통촉하여 주시옵소서!"

"이미 작년에 당적(唐賊)이 매소성에서 궤멸하였나이다. 이젠 내치에 집중하소서!"

"성상(聖上)이시여, 삼한천하가 일통된 지 오래이옵니다. 성려(聖慮)를 거두소서!"

이토록 서라벌 조정의 중신들이 금상(今上)의 수군 파병을 만류했으나 신라의 군주는 굳은 심지(心志)를 결행하기에 이르렀으니 이때가 바야흐로 서기 676년 11월. 문무대왕(文武大王) 김법민(金法敏)이 만인지상 용상에 오른 지 16년이 되는 해였다. 법민은 삼한일통(三韓一統)의 초석을 세운 태종(太宗) 무열왕(武烈王) 김춘추(金春秋)의 적장자로 선군의 뒤를 이어 조국 신라가 삼국반도를 하나로 합치는 데 대공대훈(大功大勳)을 세운 임금이다. 『삼국사기』에 의하면 그는 영용한 외모에 걸출한 재략을 지녔으며 용력이 뛰어난 왕이었다고 한다. 실제로 법민은 전조(前朝)의 부흥을 꾀하려는 백제의 잔적(殘敵)을 소탕하고, 나당연합으로 고구려를 멸망시켜 통일의 대업을 완수한 신라 사직 상 유일무이(唯一無二)의 명군(明君)이었다.

"강토의 수로(水路)를 방비하지 않으면 당나라의 재침(再侵)을 막을 수 없고, 연안 하구(河口)의 경계를 소홀히 하게 되면 장차 적에게 해양(海洋)을 빼앗기게 된다. 고금을 통틀어 적국에 제해권(制海權)을 넘겨준 어느 나라가 사직을 오래토록 보전하였는가? 허니, 기벌포(伎伐浦)의 파병은 시급히 시행하여야만 하는 막중대사다."

"하오나 아직 쳐들어오지도, 눈에 보이지도 않는 적들을 막기 위해 그토록 많은 물자와 인력을 소진하시나이까? 더구나 당군의 침공지역이 기벌포라고 어찌 단정하시나이까? 폐하, 부디 파병의 어명을 거두어 주시옵소서! 모두가 고된 일이옵니다!"

"허어, 아둔의 극이로다. 명색이 재상(宰相)이라는 대등(大等)과 각간(角干)들마저도 이리 눈이 어둡단 말인가! 서해를 뺏기고 금강을 내주면 다음은 서라벌이다!"

과연 법민이 이리도 조정 신료들과 설전을 하면서까지 결행하고자 하는 '기벌포 파병'이란 무엇인가? 이를 알기 위해서는 당시로부터 1년 전인 서기 675년 9월을 떠올려봐야 한다. 이른바 〈매소성(買肖城) 전투〉라 잘 알려져 있는 그 사건이 바로 법민이 주장하는 기벌포 파병의 진의를 알기 위한 열쇠인 셈이다. 고구려가 멸망한 지 2년이 지난 해, 즉 서기 670년부터 당나라는 신라와의 연합동맹을 깨고 삼한을 통째로 삼키려하는 야욕을 보인다. 신라 역시 그들의 본색을 간파하고 외세를 몰아내기 위한 준비를 하는데, 이것이 바로 삼한통일 직후에 일어난 나당전쟁이다.

서기 675년 가을, 설인귀를 비롯한 이근행, 유인궤 등 당의 명장들은 20만 대군을 이끌고 한강의 천성(泉城)을 통해 한반도에 침입, 이후 신라군과 일진일퇴를 벌이다 매소성으로 들어간다. 그들은 거기서 신라군의 공격으로 모조리 궤멸당하고, 바야흐로 신라는 당과의 첫 대전(大戰)에서 승리를 거두어 영광을 맛보게 된 것이다.

그러나 그로부터 1년이 지난 지금, 법민이 걱정하는 문제는 따로 있었다. 그것은 바로 당의 재침이었다. 수십 번의 침공 실패에도 끈덕지게 다시 쳐들어와 마침내 고구려를 멸망시킨 당나라였다. 법민은 그들의 야심과 설욕 의지를 알고 있었다.

"인정하긴 싫지만 당나라는 분명 현존하는 어느 나라보다도 대국이다. 그런 그들이 우리와 힘을 합해 삼한 반도를 굴복시키고도 그냥 물러날 듯싶은가? 소국(小國)의 방해로 공들여 발라 놓은 반도 땅을 못 먹었다고 비분강개할 그들이다. 더욱이 작년에는 매소성에서 아군에게 대패를 당하였으니, 그들이 느낀 나름의 수모와 치욕은 상상 이상일 것이다. 분명 당군은 야심 실현을 위해서라도, 설욕 달성을 위해서라도 우리 신라를 재침할 것이다. 허니, 미리 방어태세를 갖추지 않고 나약하게 안심한다면 이번엔 우리 조국이 대패를 당할 것이다. 그대들은 어찌 하려는가!"

법민의 대갈일성은 서라벌 조당(朝堂)의 편전(便殿)을 울릴 지경이었다. 시립한 만조백관들은 완고한 임금의 의지에 조금씩 말을 줄여갔다. 파병 찬반에 관한 논쟁과 설전으로 시끄러웠던 조정이 법민의 설득과 엄명으로 점차 갈무리된 것이었다.

그때였다. 아까부터 법민과 맞서고 있던 서해도독(西海都督) 역진(逆進)이 어도(御道) 앞으로 와 정중히 숙배(肅拜)하며 다시 본격적으로 입을 열기 시작한 것이었다. 간신히 조정의 중론이 모아지고 있는 때에 또 간언을 올리려는 그의 불손한 태도에 법민은 미간이 찌푸려졌다. 법민의 말에 사사건건 반대만 하던 자였기 때문이었다.

"신 서해도독 역진, 기벌포 파병의 불가함을 거듭 아뢰나이다. 기벌포는 백강(白江-현재의 금강)의 하류로 옛 백제의 땅이옵니다. 지난번 백제 부흥군이 일으켰던 모반이 진압되었다고는 하나 그곳의 민심이 아직 안정되어 있지 않으므로 다시 군사를 파견한다면 돌발사태가 일어날 수도 있사옵니다. 또한 앞서 말씀드린 바와 같이 이제는 군신이 힘을 합해 국가내치(國家內治)에 집중해야 할 시기이옵니다. 통일이 완수된 지 몇 해가 지났으나 아직도 전쟁방비가 화두가 되어 국론이 분열되고 무가치한 언사들만 조정에 횡행하니 이 어찌 국력의 소모가 아닐 수 있겠나이까? 폐하, 이제 전쟁은 끝이 났사옵니다. 당나라도 지금쯤이면 지쳐있을 것이옵니다."

말이 끝나자 역진은 마치 자신의 진언이 사리(事理)와 논리(論理)에 맞는다는 듯 법민에게 희미한 미소와 형형한 안광을 내비쳤다. 법민은 내심 속이 뒤틀렸으나 다시 마음을 가다듬고 논조를 더 날카롭게 하여 역진의 말에 응대할 준비를 하였다.

"도독의 말이 전연 틀리진 않았으나 우리 신라는 아직도 외적에 대한 경계를 늦춰서는 안 되오. 불과 몇 년 전만 하더라도 나당동맹을 대의(大義)라 치켜세웠던 당나라였으나 그들은 순식간에 손바닥을 뒤집듯 우리에게 창끝을 돌렸소이다. 5년 동안 칼부림이 오갔고 그렇게 아군의 수많은 희생이 있었소이다. 더 이상의 전쟁과 피해를 막기 위해서라도, 완전한 삼한일통을 매듭짓기 위해서라도 우리는 창검을 버리고 갑주를 고쳐 입어야 할 것이오. 아직 전쟁은 끝나지 않았고, 그래서 끝을 내기 위해 파병이 필요한 것이오. 백제 지역의 민심안정도 적들을 모두 몰아내고서야 가능한 일이오. 더구나 당나라는 이전의 내륙침공에서 쓴맛을 여러 번 보았으니 이번엔 가까운 서해의 물길로 침략할 것이오. 하여 기벌포에 파병을 하려는 것이오."

이로정연(理路整然)한 법민의 반론과 결정으로 그렇게 신라의 서해 기벌포 파병은 시작되었다. 서기 676년, 해양방위와 국토보전을 위한다는 명분으로 군왕 법민이 직접 친정(親征)하였으며 역진 또한 서해도독의 신분으로 임금의 뒤를 따랐다.

과연 법민의 예상은 적중했다. 법민이 왕위에 오른 지 16년인 그해 11월, 늦가을과 초겨울의 서늘함을 몰고 오는 북풍처럼 당나라는 대양함대(大洋艦隊)를 이끌고 신라를 재침했다. 지난날 매소성의 참패를 곱씹으며 이를 갈았던 당나라 고종의 엄명으로 당의 명장 설인귀가 계림정벌군총사(鷄林征伐軍總司)에 재임명되어 서해를 넘은 것이었다. 당시 나이가 이미 진갑(進甲)을 넘겨 백발이 성성했던 설인귀는 금강의 하구인 기벌포 연안으로 군선(軍船)을 진두지휘하며 한반도에 진입했다.

"춘추시대 인륜예학(人倫禮學)의 개조(開祖) 중니(仲尼)의 말씀으론 사람나이 육십갑자를 넘으면 이순(耳順)이라 하건만. 허어, 내 이 늙은 귀로 다시 아귀지옥 비명을 듣고, 시산혈해의 피를 보게 생겼구나. 대당의 노장 팔자가 이리도 요란했던가."

141

"총사, 이제 거의 다 왔습니다. 저기 둔덕 인근의 수로가 바로 기벌포이옵니다."

선상(船上)에서 하릴없이 팔자를 한탄하던 설인귀도 부관의 말에 짐짓 근엄한 목소리로 다듬어 답했다. 금세 입가와 눈동자에는 살기(殺氣)의 빛이 어리고 있었다.

"그래, 내 이제껏 수많은 적국을 정벌하였지만 저리도 지독한 놈들은 진정 처음이다. 세치 혓바닥으로 선주(先主, 즉 이세민(李世民): 당의 태종)를 꾀어 삼한을 거저 삼키려 했고, 몇 안 되는 잔병들로 우리 대당제국의 용맹무쌍한 정예군을 박살내기도 하였으니 말이다. 허니 어찌 계림이 보통내기이겠느냐?

허나, 내 지난 1년간 매소성에서의 석패(惜敗)를 와신상담(臥薪嘗膽)하며 동이의 피 맛을 기다렸으니 더는 저들의 저항이 먹히지 못할 것이다. 자, 모두들 돛폭을 정리하고 전열을 정비하여 전투태세를 갖추어라! 이날만을 손꼽아 기다린 대당의 정병들이여, 즉시 진격하여 모조리 살육하라! 돌 위에 돌 하나 없게 쳐부수어라!"

신라의 군주 법민이 휘하의 대당항쟁군(對唐抗爭軍)을 몸소 이끌고 진군한 지 10여일이 지난 어느 날. 신라군은 과거 백제와의 결전에서 승리를 이룩했던 황산(黃山) 일대에 중간거점을 세우고 왕의 주재 하에 군략회의를 집행하기에 이르렀다. 회의가 막 시작하려는 찰나, 사찬(沙湌) 시득(施得)이 화급한 소식을 가지고 들어왔다.

"폐하의 선견지명이 들어맞았사옵니다. 첨병의 보고에 의하면 그젯밤부터 기벌포 연안에 당나라의 수군들이 주둔하기 시작했고 지난날 매소성 부근에서 퇴각했던 잔적들도 남하하여 합류했다 하옵니다. 시급히 격전을 준비해야 할 것 같사옵니다."

시득의 보고에 법민은 예상했던 터여서 그런지 동요 없이 침중한 얼굴이었으나 좌정한 장수들은 일순 사색이 되었다. 실제로 당군이 1년 만에 다시 쳐들어 온 마당이니, 현 상태를 단순 파병으로만 여기던 신하들은 내심 아연할 수밖에 없었다.

"허면, 한 발 늦은 것이 아니옵니까? 합류까지 했으면 적의 군세가 많을 터인데!"

한 장수가 불쑥 소리치자 삽시간에 회의가 술렁이기 시작했다. 보다 못한 법민이 소동을 꾸짖기 시작하자 소식을 들고 온 시득까지 한심하다는 얼굴로 말을 보탰다.

"어찌 이리도 소란인가, 내 그리도 적들의 재침을 강조하였거늘 그동안 그대들은 귓등으로 들었는가! 그리고 이제부터가 전투의 시작인데 벌써 겁을 먹었단 말인가!"

"폐하의 말씀이 백번 지당하시옵니다. 명색 장군들께서 이 무슨 소동이십니까."

신료들만 예기치 못했던, 당의 재침 소식에 군략회의가 별 소득 없이 끝나자 미리 공포를 집어 먹은 몇몇의 미관말직 문신(文臣)들은 그길로 역진의 군막을 찾아갔다. 그나마 그들이 믿을만한 조정의 기둥이라고는 청탁뇌물에 인심이 후하고, 나름 수전에 일가견이 있다고 하는 서해도독 뿐이기 때문이었다. 또다시 벌어질 전쟁의 두려움에 문신들은 사시나무 떨 듯이 떨며 역진의 비답과 혜안을 목 놓아 기다렸다.

"본래 삼한의 태생이 그렇듯 우리가 수전에 능하면 얼마나 능하겠소이까? 더구나 우리 신라는 지난날의 고구려와 비슷하게 말채찍을 휘갈기고 도창검극(刀槍劍戟)을 휘두르는 데 익숙한 나라외다. 그러나 당은 비교적 신생국가라고는 하지만 과거 중원을 쥐락펴락했던 해적(海賊)으로도 유명했을 만큼 수전에 도가 튼 자들이오이다. 작년에 우리가 승리를 거둔 매소성 전투와는 전황이 달라졌다 이 말씀이외다. 허니, 지금이라도 화친을 논하는 것이 좋지 않겠소? 벌써 그들이 기벌포에 진을 쳤다면 우리가 가봤자 범 아가리에 머리를 들이미는 꼴밖에 더되겠소? 아니 그렇소 도독?"

어느 달변가 문신의 말에 역진도 잠시 귀가 솔깃한 듯 했으나, 그래도 서해도독으로서 체통이 있는지 화친 주장은 물리면서도 짐짓 거드름을 피우며 호언장담했다.

"그대들의 말에 일리가 없는 것은 아니나, 이미 금상폐하(今上陛下)의 전의(戰意)가 확고하시고 친위장졸들까지 전투태세를 갖춘 마당에 화친을 논한다는 것은 다소 시기상조가 아니겠소이까? 허니 다들 마음을 굳게 다잡으시고 전투에 임하시구려. 내 비록 노구의 육신이기는 하나 해전에 숙련된 지가 벌써 수십 년이외다. 선봉에 직접 나서서 서토 오랑캐들의 코를 납작하게 할 것이니 걱정들을 붙들어 매시구려.

내 일찍이 서라벌 조당에서 말하지 않았소이까? 당나라도 지금쯤 지쳤을 것이라고. 저들이 상대해야 할 적국이 어디 한 둘이겠소이까? 무릇 삼라만상이 그렇듯, 몸집이 큰 만큼 이래저래 피곤한 법이고 싸움을 거는 자들도 많은 법이오. 분명 나 역진의 칼에 예봉이 꺾이면 제풀에 지쳐 모조리 물고기 밥이 될 것이외다! 하하하!"

한편 신라군이 황산을 거쳐 신성리(新城里-현 충남 서천군 한산면) 인근에 다다랐을 무렵, 설인귀의 함대는 장항(長項-현 충남 서천군 장항읍)에 포진하고 있었다. 사실상 지금도 이 지역들이 그렇듯, 당시 장항과 신성리 사이에는 꽤 거리가 있었다. 따라서 군사적 우세인 당군은 신속히 상류로 거슬러 가 신라군과 결판을 내야 했다. 육지에서 거리를 두고 신라군과 지구전을 벌이면 손해를 보는 쪽은 당연히 당군이기 때문이었다. 여러 문제가 있겠지만 물자의 보급과 사기측면에서 타격이 컸다. 그래서 침공군은 무릇 시간을 끌지 말고 파죽지세로 밀고 들어가야 했었다.

그러나 당나라 수군제독이자 계림정벌군총사 설인귀는 나름대로 짜놓은 작전이 있다는 듯 장항에서 요지부동이었다. 마치 신성리에 신라군이 깊숙이 진입하기를 기다리는 듯이. 그러자 부관들의 질문과 항의가 쏟아졌고 그는 마지못해 답했다.

"중원 본토에서 군용선단(軍用船團)으로 온 수군이나, 한강 이남에서 합류한 육군이나, 모두 마찬가지로 먼 길을 왔다. 따라서 휴식을 보충하는 일이 우선인 것이다."

이렇듯 핑계를 대었으나 설인귀의 눈에서는 이미 승전을 예감하는 기색이 있었다.

"아니 도대체 뭐가 문제란 말이옵니까? 이미 당나라 군사들이 먼 길을 오느라 풀이 죽어 물가에 둥둥 배만 띄우고 있는 판에 어떻게 더 기다리라는 것이옵니까? 폐하, 그리고 여러 제장들! 지금이 습격을 할 기회이옵니다. 물길을 열어 하류로 내려가 적의 군선을 박살내고 모조리 침몰시키겠사옵니다. 더구나 당금의 풍향도 아군에게 유리하옵니다. 폐하! 신을 믿어주시옵소서. 신은 서해도독으로서 맡은 바 소임을 다하고 오만무도한 서토 오랑캐들을 평정해보이겠나이다. 출전시켜 주시옵소서!"

"과인이 염려하는 것은 그대의 용맹이 아니라 신성리 일대에 퍼져있는 갈대밭일세. 이는 적의 매복이 용이한 곳이네. 성정이 급한 그대가 섣불리 적들을 쳤다가 잘못 퇴각하여 갈대밭으로 든다면 적의 내습(來襲)에 몰살을 면치 못할 것이야."

속으로 분기를 누른 법민의 온건한 만류에도 역진은 막무가내였다. 나름 자신의 자존심이 걸려 있는 문제라 그런지, 자신이 출진해 적의 예봉을 꺾겠다고 난리였던 것이었다. 새벽부터 창검을 쥐고 갑주를 입는 등 성급한 기질이 다분했다. 그러니 임금인 법민은 물론 시득을 비롯한 장수들도 그의 선봉요구에 갸웃거린 것이었다.

"퇴각은 없을 것이옵니다! 그리고 만일 수전에서 퇴각을 한다 해도 어찌 육지인 갈대밭으로 피하겠사옵니까? 현실과 동떨어진 가정(假定)은 아니함만 못하옵니다. 정 그러시다면 결심하지요. 만일 백강의 물속을 해달처럼 노닌 이 역진이 패전한다면 목을 내놓겠사옵니다! 아니, 선상에서 몸을 던져 그 벌을 받을 것이옵니다!"

한동안 역진의 생떼와 억지에 못 이겨 결국 법민은 군사를 내주었다. 서라벌의 친위부대를 비롯한 소수정예의 수군이라 많이 분군(分軍)할 수는 없었으나 그래도 서해도독의 지위에 맞게 내준 군사였다. 역진은 임금의 내락을 받아내자마자 그길로 의기양양한 태세가 되었다. 군선 20여척을 이끌고 신속히 물살을 헤쳐 나가기를 이틀이 지나고, 그는 장항 포구의 인근으로 진입하기에 이르렀다. 그러나 때는 안개가 자욱이 끼고도 남는 11월 말. 새벽 강기슭에 피어오르는 물안개가 수군들의 시야를 가리기 일쑤였다. 해달인지 수달인지 자부하는 도독 역진도 방향 잃기는 예사였다.

"어찌된 일이냐, 서해의 입술이라 하는 기벌포도 채 못가 장항 부근에서 이리도 길을 잃었단 말이냐! 어서, 어서 횃불을 켜고 노를 저어라! 바람의 방향을 살펴라!"

그러나 물길을 읽고 시야를 확보하기 위해 수시로 켜대는 수많은 횃불들이 신라군의 선단을 적에게 대놓고 보여주는 꼴이 되었다. 이렇게 허둥지둥하는 꼴을 선상 먼발치에서 유유자적 바라보던 설인귀는 한편으론 쾌재를 부르며 때론 씁쓸해했다.

"가엾구나. 비록 적이라 하지만 저토록 많은 군사와 선박들이 장수를 잘못 만나 애꿎은 생목숨을 버리게 생겼다니. 허허……. 불과 몇 년 전까지만 해도 김유신과 김춘추가 대륙의 맹장들과 자웅을 겨루며 계림의 기치를 드높였건만. 이제 신라의 사직도 가문 땅에 핀 꽃이요, 바람 앞에 촛불이로다……. 자, 궁수 위치로! 당겨라!"

빗발친다는 말이 과연 이 전투를 두고 한 말인 것처럼, 오종종 횃불을 켜고 모여든 신라의 군선 위로 기름 먹인 불화살들이 내리꽂혔다. 그 수는 일일이 헤아리기가 힘들 정도로 많았고, 역진의 군대가 횃불을 많이 밝혀준 만큼 적중확률도 높아 삽시간에 신라의 선상은 불바다가 되었다. 난데없는 화공에 맞닥뜨린 역진은 쏟아지는 화살더미에 혼비백산하며 날아간 투구도 챙기지 못한 채 선실 안으로 뛰어 들어갔다. 수장(首長)이 그 모양이었으니 휘하의 장졸들은 오죽 했을까. 우왕좌왕하다가 화마에 휩싸여 불귀의 객이 되거나, 물속으로 뛰어들어 간신히 헤엄치다가 연안에 주둔한 당군의 포로가 되기 일쑤였다. 선실에 숨은 역진 또한 달리 수가 없었다. 퇴각만이 살길이었다. 그는 길어 올린 물을 뿌리고 모래로 불을 끈 다음 소리쳤다.

"이런, 이런! 배가 불타고 있다! 모두 퇴각하라! 선단을 물리고 상류로 진입하라! 물길을 헤쳐라! 병사들은 진화를 서두르고 격군들은 다시 노를 저어, 어서! 동요하지 마라! 동요하지 마라! 백강은 우리의 강, 삼한의 바다다! 저들이 용케 요행을 얻었다만, 어디까지나 간교한 술책에 지나지 않는다! 우린 다시 승리할 수 있다!"

여기저기 큰 목소리로 아군의 사기를 높이는 건 좋았으나 그의 생각만큼 퇴로는 마땅치 않았다. 적의 공격을 받아 당황한 여러 척의 군선들이 일제히 뱃머리를 돌려 상류로 다시 거슬러 올라간다는 것이 말처럼 쉬운 일이 아니었던 것이었다. 또 급하게 선박을 물리려다보니 유속이 빨라져 돌아가는 길이 말 그대로 거북이 걸음이었다. 해안에 풀어 놓은 설인귀의 기마군이 속력을 다해 쫓아가 다시 공격할 정도였으니, 그 속도가 얼마나 느렸는지는 새삼 말을 할 필요가 없을 지경이었다.

"안 되겠다! 북쪽으로 배를 대라! 속히 하선(下船)하여 무장태세를 갖추고 육로로 퇴각한다! 해양의 강자인 이 천하의 역진이 이렇게 느려 터진 게걸음을 칠 줄이야! 선박을 버려라, 어서! 시간이 없다. 적들이 추격해오고 있다. 타버린 배를 버려라!"

법민의 암담한 예상이 들어맞는 순간이었다. 역진의 명령에 신라 수군은 이미 불길에 잡아먹혀 타들어간 선박들을 초전박살이 난 채로 해안에 버렸다. 게다가 사전에 실은 군마(軍馬)를 빼 올 시간도 없어 보병대들은 사력을 다해 맨다리로 도망쳤다. 그런데 뒤를

147

추격해오는 육지의 철기군은 당나라 소속이었으니, 바야흐로 인명을 요행에 맡기는 순간이었다. 한편 어떻게 빼내왔는지 말을 타고 있던 역진과 몇몇의 장수들은 자기 살길만 찾아 멀리로 박차를 가해 빠져나가고 있었다.

"도독, 다 왔습니다! 여기서 조금만 더 가면 아군의 본진이 있는 부근입니다!"

한참이나 생각 없이 동북쪽으로 도망을 치던 역진의 안색이 굳어진 건 그때였다.

"아니, 여기는 성상께서 염려하시던 신성리의 갈대밭이 아니냐! 도망쳐라, 어서!"

그가 뒤늦게 부관들과 함께 말머리를 돌리려 했으나 이미 때는 늦은 뒤였다. 갈대밭에서 몸을 사린 당나라의 복병들은 그야말로 신출귀몰했다. 사방에서 고함소리가 일어나더니만 몰아치는 화살과 투창으로 한바탕 소란이 일고, 그 다음부터는 필설로 형언하기 힘든 천참만륙의 시간이었다. 물에서 지고, 뭍에서 죽은 신라군의 참패였다. 그렇게 당과 신라가 부딪힌 기벌포의 첫 접전은 당군의 승리로 저물어갔다.

역진이 이끌고 갔던 수군 선봉이 패전했다는 파발을 받은 뒤, 군략회의에서 법민은 짐짓 눈을 감았다. 떨려오는 분노와 임금으로서의 자책감 등이 묘하게 얽힌 감정을 다스리는 것이었다. 그리고 그는 이윽고 눈을 번뜩이며 사자후를 토해냈다.

"우리 신라의 혈맥인 백강 기벌포, 어렵게 통일한 조국의 강토에서, 물길에 능하다는 서해의 도독이 외세에 참패했소이다. 물론 그가 잘못 짚은 패착이기도 하겠으나, 근본적 패인은 무엇보다 과인이 부덕한 소치일 것이오. 사려 깊지 못하고 명민하지 못한 이 나약한 임금을 모쪼록 고국장병들과 만조백관들이 맵게 꾸짖어 주길 바라오. 과인의 그릇된 승낙으로 수많은 인명과 물자가 희생되었으니 이에 진심으로 고개 숙여 반성하고 사죄하오. 꼭 이 전투가 끝난 뒤에 위령제를 지낼 것이오.

무릇, 한 나라를 다스리고 억조창생(億兆蒼生)을 평안케 할 의무를 진 제왕(帝王)이 지상(地上)의 왕도(王道)를 펼치기 위해서는 먼저 해양을 보전해야 하는 법이오. 아무리 육지에서 난신적자(亂臣賊子)와 반역도당(反逆徒黨)이 횡행한들 해양이 평안하다면 언제든지 그 어려움을 극복할 수 있을 것이오. 반대로, 저 드넓고 무궁한 바다를 온전케 하지 못한 채로 내부의 분열과 외적의 침입을 겪는다면 그 난관을 헤쳐 나가기가 실로 어려울 것이오. 혼일사해(混一四海)라는 말이 있소. 천하를 통일하고 민생을 돌보는 것이 모두 바다에서 시작될 만큼 해양의 중요성을 강조한 말이오. 삼면이 바다로 둘러싸인 우리 삼한이 신라의 이름으로 통합된 지금, 우리는 전열을 정비하고 다시 창검과 방패를 바다로 돌려야 할 것이오. 그 중요성은 국방의 문제이기도 하고, 장차 무역과 교류의 문제이기도 하오. 그래서, 바다 역시 육토와 같이 새로운 것들을 개척할 수 있는 개활지(開豁地)이고 경험과 만물의 보고이외다.

우리의 눈앞에 지금 당나라의 군사들이 또다시 침입해 와 있소이다. 그들은 육지 침공이 여의치 않자 우리의 조국, 신라의 서해를 목표로 하였소. 만약 우리가 지금 여기서 꺾여 외세에게 바다가 봉쇄된다면 수족이 묶인 듯 나라가 위태로울 것이오.

여러분! 바다를 버리는 것은 나라를 버리는 것이오. 겨레와 사직을 버리는 것이오. 다시 떨쳐 일어납시다. 한 힘으로, 한 목소리로 바다를 지키고 바다를 부흥케 하여 신라의 새 역사를 다시 세웁시다! 신라의 임금 김법민이 간절히 부탁하외다!"

장려하고도 막중한 법민의 일장연설에 신라의 장졸들은 금세 비장한 눈빛이 되었다. 이전의 오합지졸 같았던 수런댐은 일찌감치 털어버리고, 한 목숨 다 바쳐 나라를 위해 그리고 서해바다를 위해 기벌포로 나아가려는 고귀한 화랑정신(花郞精神)만 보석처럼 빛나고

있는 것이었다. 호소력과 절박함이 묻어나는 그 〈지도자의 단합력〉
이 얼마나 중요한 것인지를 모두가 새삼 깨닫는 순간이었다. 겸손
하면서도 격조 있는 연설, 상하가 임전무퇴(臨戰無退)의 기백으로
일체가 되는 순간이었다.

"군주는 바다가 온전해야 지상에서 왕도정치를 펼칠 수 있는 법.
나 신라대왕(新羅大王) 김법민이 그 지상의 왕도를 구현하기 위해,
해양(海洋)의 평안(平安)을 먼저 구하러 왔노라. 당의 잔적이여! 서
해용왕의 식탁에 오르고 싶지 않거든 물러나라!"

모처럼의 설욕과 승전에 도취한 당나라 군대가 방심한 며칠, 야
음을 틈타 기벌포로 진격한 법민의 신라수군이 기치창검을 내세우
고 해안에 진영을 꾸린 것이었다. 신라의 왕인 법민이 친정하였다
는 소식에 다 늙은 설인귀도 귀가 뜨여 예민해졌다.

"제 놈이 죽을 길을 제 발로 찾아왔구나. 잘 됐다. 여기서 신라
왕의 목을 베자!"

법민의 신라수군이 기세 좋게 기벌포에 진을 친 것까지는 좋았
으나 아무래도 대양 함대를 이끌고 온 설인귀와 정면승부를 해서
는 승산이 희박했다. 하여 법민은 당군이 포진한 장항 등지에 경계
를 세우고, 적들이 감싸 안은 기벌포를 뚫는 방안을 고심하기 시작
했다. 이에 여러 문무백관들이 차례로 나서 나름의 군략과 병책을
진언하였으나 별다른 묘안이 없었던 그때, 제8등 관품인 사찬 시
득이 앞서 말했다.

"폐하, 신 시득 몸은 미관말직에 있사오나 한 말씀 올려도 괜찮
겠사옵니까?"

"품계를 따지지 말고 기탄없이 말하라. 그대에게 좋은 책략이라
도 있는가?"

"예, 폐하. 신의 아둔한 소견으로는 적장 설인귀가 당나라의 맹
장이고, 또 노회한 계략을 지닌 자이오니 섣불리 들이쳐서는 될 일

이 아닌 줄로 아옵니다. 하여 백강 서남쪽 강폭에 연안 함대를 이 끄시어 적의 배후를 치심이 가할 줄로 아옵나이다."

"그렇다면 적의 주력함대가 포진한 장항이 아닌 그들이 세운 육로 본진을 친다?"

시득이 확고한 의지의 눈빛으로 고개를 끄덕이자 법민도 잠시 고민하더니 이내 수긍하는 기색을 보였다. 먼저 하구에서의 접전으로 시선을 끈 다음, 나머지 군사로 적의 기지를 습격한다면 당의 함대가 당황하게 될 것이고 그러면 전열이 무너질 것이었다. 그렇게 설인귀의 함대가 전열이 흐트러질 때 궤멸시킨다면 승산이 있었다.

"작금 형국에 비춰보았을 때 이치에 맞는 병략이로다. 즉시 시행하도록 하지."

그러나 물길에 익숙한 노장들은 적의 수군에 맞서 외려 육전(陸戰)을 주장하는 시득의 꼴이 마뜩찮았다. 지난번 첫 접전 때 서해도독이 패전한 치욕을 씻고 기벌포에서 당군을 완전히 몰아내기 위해서라도 해양에서의 백병전이 필요하다고 여긴 것이었다. 그러나 시득은 목숨 걸고 충언을 올린 것이라며 법민의 가납을 호소했다.

"신이 결사대를 이끌고 직접 적의 본진을 들이쳐 보이겠나이다. 믿어주시옵소서!"

"와아아아! 와아아아!"

"진격하라! 서토의 잔적들을 기벌포에서 몰아내자, 해양을 사수하자! 공격하라!"

당의 계림정벌군총사 설인귀가 번뜩 잠에서 깬 것은 바로 그날 밤이었다. 심상치 않은 함성과 북소리에 급히 갑주를 고쳐 입은 채 군막 밖으로 나가보니, 예상했던 대로 신라의 군선이 밤 물살을 헤치며 돌격해오고 있었다. 설인귀는 자신들이 이미 대비를 갖춘 장항에 신라군이 정면으로 들어오는 것을 보고 내심 쾌재를 불렀다.

"신라의 수군도 이제 운명을 다하였느니. 지난번처럼 형편없이 죽겠구나, 으하하!"

설인귀는 급히 전군에 비상령을 내리고 포구에 정박해 놓은 함대들을 풀어 전투태세를 갖추기 시작했다. 명궁들로 엄선한 사수선단(射手船團)이 제1열에, 이어 2열에는 설인귀를 비롯한 장수들이, 그리고 3열에는 보병과 검투사들이 배치되었다.

"일제히 시위를 당긴 다음 그대로 이물끼리 받아쳐서 신라의 선상으로 건너가라!"

설인귀는 속력을 다해 금강의 중류로 물길을 열었다. 신라 수군 역시 나름대로 화살을 쏘며 접전을 준비하고 있었다. 서로 원거리 공격으로 경계를 가늠하던 그때, 마침내 선두(船頭)인 이물이 부딪히고 기벌포 수위가 한바탕 요동치기 시작했다. 물보라가 일고, 피아의 선상으로 창검을 휘두르는 장졸들의 고함이 해안을 메웠다.

"네놈이 적장 설인귀렷다! 지난날 연합을 파기하고 동맹의 뒤통수를 친 대가로 매소성에서 초죽음이 된 줄 알았건만 용케도 이리 늙은 모가지를 부지하고 있구나!"

핏물이 튀기고 갑판이 뒤집히는 어지러운 선상에서도 법민은 금갑(金甲)을 고쳐 입은 채 전군을 진두지휘하고 있었다. 그러다 문득 설인귀를 본 것이었다. 그러자 당의 함대 저편에서도 법민의 외침을 들은 설인귀가 대노하며 칼을 뽑아들었다.

"뭣이라! 일개 변방의 군장 따위가 감히 대당제국의 나 설인귀를 능멸하다니!"

"하하하! 썩어빠진 네놈 눈에는 나 김법민이 군장 정도로 보였더냐! 한심하구나!"

"뭐라? 김법민! 그렇다면 네놈이 정녕 김춘추의 아들놈인 신라왕이렷다? 호오, 여기 기벌포에 산채로 수장(水葬)을 당하고 싶어 제 발로 찾아왔구나! 크하하하!"

"그래, 네 오늘만을 기다렸노라. 지난번 접전 때의 수모를 씻겠다, 결판을 내자!"

두 사람이 사생결단을 위해 판자로 이어진 양쪽의 갑판 사이로 달려 나가고, 이윽고 서로의 칼질에 번쩍이는 검광이 밤바다의 물결에 일렁이기 시작했다. 사지가 잘려나가고, 화살을 맞아 배에서 떨어지고, 선두와 선미가 서로 밀어내고 당기고 하는 아비규환의 해전 속에서 설인귀와 김법민은 나름의 결전을 벌이고 있는 것이었다.

그렇게 당과 신라가 장항 포구에서 사력을 다한 해전을 벌이고 있을 즈음, 연안 선단을 이끌고 서남쪽 육지에 다다른 시득은 당의 진지에 잠입해 들어가고 있었다. 그가 멀리서 염탐해보니, 앞서 해전에 전 군사력을 쏟아 부었는지 당군의 진지는 예상대로 잠잠하였다. 이젠 시간을 끌 여유가 없었다. 주상폐하(主上陛下)가 참전해 계시는 장항 해전의 완벽한 승전을 위해서라도 속전속결(速戰速決)이 필요하였다.

"불화살을 쏴라! 석포를 날려라! 군사들은 좌우로 돌진하여 모조리 멸살하라!"

사방에서 들불처럼 번져오는 말발굽 소리와 창검이 부딪는 쇳소리는 청천하늘에 내리꽂히는 뇌성벽력이나 다름없었다. 난데없는 기습에 보초를 서고 있던 당나라 군사들은 좌충우돌하며 급히 방비태세를 갖추었으나 이미 사기가 꺾인 뒤였다. 여기저기 군막과 목책에 불길이 치솟고, 돌격해 들어오는 신라군의 칼끝 아래 낭자한 피가 내를 이루었으니 살길은 오로지 퇴각하여 혈로(血路)를 여는 방법뿐이었다. 그러나 막상 본진을 버리고 피신할 생각을 하니 당군은 당장 갈 곳이 막막했다.

"어찌 장항에서 분투하고 있어야 할 신라군이 우리의 본진을 쳤단 말인가! 큰일이다. 이곳의 보급과 군수물자가 파손되면 아군이 기벌포에서 승리를 한다하여도 다 소용이 없게 된다. 장항으로 파발을 띄워라! 총사께 본진의 위급을 알려야 한다!"

뱃머리가 부서지고 돛폭이 찢겨져 그대로 강물에 침잠하는 군선들. 수면에는 가라앉거나 둥둥 떠가는 시신들이 물결을 뒤덮었고, 서로가 쏘아대는 불화살에 집채만 한 화염이 강폭에 긴 똬리를 틀고 있었다. 아비지옥의 비명만 솟구치는 기벌포에선 아직 승부를 내지 못한 법민과 설인귀의 팽팽한 대치가 여전히 이어지고 있었다.

그런데 이윽고 분개하며 이를 갈던 설인귀의 낯빛이 사색이 된 건 바로 그때였다.

"뭐라! 본진이 급습을 당해! 이 일이 어찌 된 일이냐! 모두, 죽었단 말이냐?"

설인귀는 파발의 보고를 도저히 믿을 수 없었다. 본진이 신라군의 내습을 입어 예비군대가 분쇄(粉碎) 당하였고 보급이 파괴돼 돌아갈 곳이 없다는 비보(悲報)였다.

"하하하! 설인귀야, 네 어찌 낯빛이 흐려졌단 말이더냐! 혹시 성동격서(聲東擊西)에 당해 돌아갈 곳이 없어졌으니, 바다 위에서 생선의 밥이 될까 두려운 게냐!"

지금껏 대양의 군용함대로 신라군과 접전을 벌여 일부 소득이 있었다고는 하나 돌아가서 휴식하고 정비할 진채가 없다면 향후 전투의 승패는 명약관화(明若觀火)한 일이었다. 설인귀는 다급한 마음에 법민의 조롱에도 아랑곳없이 뱃머리를 돌렸다. 신라군의 추격에 피해를 입더라도 더 이상 바다 위에서 머무를 수는 없었다. 본진이 한 줌 재로 변한 지금 돌아갈 곳은 하나 뿐, 군사 철수를 통한 본국 귀항이었다. 그러나 당의 퇴군을 보고만 있을 법민이 아니었다. 그는 신라수군에 명령했다.

"적의 예봉이 꺾였다! 모두들 전열을 재정비하고 설욕의 칼을 들어라! 해양을 침범한 외세를 박멸하고 조국강토를 결사보위(決死保

衛)하자! 쫓아라, 화살을 쏴라!"

이후 법민은 22차례의 강습(强襲)을 통해 절반이 넘는 당군을 소탕하며 장항을 수복하고 기벌포에서 대승을 거두었다. 나당의 기벌포전투는 신라의 완승이었다.

예로부터 기벌포는 바다의 만(灣)이라 할 정도로 넓은 지역이었다. 또한 이곳은 서해의 제해권과 관련해서도 요긴한 군사 요충지였다. 그러한 기벌포에서 김법민과 사찬 시득이 당나라를 몰아내고 이렇게 승전을 거머쥐었으니, 이는 향후 해양주도권에 있어서 신라가 우위를 점하는 기회가 되었다. 더하여 설인귀의 해군이 격파당한 뒤부터 당나라는 신라정벌에 실패했음을 자인하며 평양에 있던 안동도호부를 요동으로 옮겨 사실상 한반도 복속의 야심을 후퇴시켰다. 그 결과, 문무대왕 김법민은 대동강에서 원산만에 이르는 거대한 한반도 이남지역을 완전히 통일할 수 있었다.

비록 당의 힘을 빌려 신라가 삼국을 통일한 것은 사실이나, 이는 어디까지나 무열왕 김춘추의 빛나는 〈외교적 실용주의〉였고 난세를 돌파한 나름의 기지(奇智)였다. 더욱이 그의 아들 문무왕 김법민이 아비의 항전대의(抗戰大義)를 받들어 마침내 매소성과 기벌포에서 연승하며 이렇게 한반도에서 당군을 몰아냈다. 이는 완연한 삼한통일을 이루고 자주적인 군사주권(軍事主權)을 확립한 기념비적인 역사라 하겠다. 생전에 그토록 해양과 수로의 중요성을 강조했던 문무대왕 김법민. 그는 임종 직전에도 바다의 안위와 나라의 평안을 염려하며 숨을 거뒀다고 한다. 여조(麗朝)의 학승(學僧) 일연이 저술한 『삼국유사』에는 감명 깊은 그의 유언이 전해지고 있다.

"과인은 죽은 후에도 해룡(海龍)이 되어 불법을 받들어 조국과 백성을 지킬 것이오. 물길로 침략해오는 당적(唐賊)과 왜구(倭寇)를 막아 바다를 평안케 할 것이오. 지상의 왕도(王道)를 펼치기 위해서라도, 우리의 해양을 우선으로 보전할 것이오."

서기 681년 7월 마침내 법민이 붕어(崩御)하였다. 21년의 재위 기간 동안 삼국통일을 완수하고, 국가의 근간인 바다를 호국하였던 신라왕 김법민. 그의 시호는 문무이며, 경북 월성군 앞바다가 그의 장지이다. 그렇다. 문무왕의 무덤은 다름 아닌 바다였다. 우리가 잘 알고 있는 곳이자 현재는 경북 경주시 양북면 동해에 위치한 수중릉. 만파식적 설화로도 유명한 사적 제158호, 경주의 문무대왕릉(文武大王陵)이다.

〈끝〉

제9편

유 혈 의

사 도

유혈(流血)의 사도(使徒)

산 아래 제국의 황실은 살기가 에워싸고 있다. 무너진 궐담과 황궁, 그리고 도주한 황제의 용상이 텅 빈 채로 우두커니 피를 머금고 있다. 대궐의 전각들은 새로운 주인을 맞을 준비를 하고 있다. 궁인들의 움직임이 분주하다. 널브러진 시체들을 바삐 치우고 돌계단과 백관들의 입석(立席)에 물청소를 하는 내시와 궁녀들. 저 잣거리엔 새 임금의 탄생을 기뻐하는 백성들의 함성소리가 우렁차다. 염원과 희망이 솟구치는 길을 따라 기마군이 행진을 한다. 기치창검과 도창검극을 드리운 장수들의 면면이 비장하다. 그리고… 그 속에서 조금씩 모습을 드러내는 영웅. 옥골선풍(玉骨仙風)의 수려한 외모와 우람한 육체, 그리고 타오르는 불처럼 형형히 빛나는 눈빛이 찬란하다 못해 영용(英勇)하다. 영웅의 등장에 군중의 환호소리는 더해가고 입궁의 분위기는 장엄(莊嚴)과 환희(歡喜)로 한껏 뜨거워진다. 영웅이 말에서 내리고, 조정의 만조백관이 부복하며 새 임금의 등극을 축원한다. 편전(便殿)을 지나 대전(大殿)으로 그리고 지밀한 어전(御殿)을 향해 영웅과 장수들이 함께 걷는다. 장수들은 하나 같이 날 선 병장기를 들고 간다. 드디어 용상이다. 어둠 속에서 와룡등촉이 불을 밝히고 있는 단 하나의 피 묻은 옥좌(玉座)가 새로운 주인을 만났다. 장수들이 영웅을 추대해 용상에 앉힌다. 용상에 앉은 영웅의 모습은 비록 무장한 장수이지만 그 위엄만은 만인지상 황제의 것이다. 영웅이 차분히 입을 연다.

"폐주(廢主)의 행방은 어찌 되었는가?"

용상을 옹위하며 시립한 장수 하나가 직접 어도(御道)로 나와 말을 받는다.

"첨병의 보고에 의하면 일목대왕(一目大王)의 어가(御駕)가 황도(皇都—쇠둘레(鐵原))를 빠져나간 지 오래라 하옵니다."

"바짝 추격하도록 하라. 폐주는 반드시 생포하여야 할 것이다."

"분부 받잡겠사옵니다."

둥둥…… 북이 울린다. 밤안개를 헤치며 횃불들이 줄을 잇는다. 창검과 갑주를 치렁거리며 군사들은 사나운 눈빛이 되어 온다. 현등산(縣燈山)이다. 산비탈을 오르는 무부(武夫)들의 몸놀림이 날째다. 산마루 성터(城攄)에는 급조된 요새가 자리했다. 북풍 칼바람을 아랑곳 않고 군사들이 그곳으로 진격한다. 전왕(前王)이자 폐주인 일목대왕을 생포하기 위해서다. 그러나 대왕의 위병(衛兵)들이 군사들을 향해 시위를 당긴다. 쉽지 않은 싸움이다. 기슭 아래 계곡에 나뒹구는 군사들의 수가 셀 수 없을 정도로 많다. 영웅의 군사들은 대왕의 위병들 앞에 속수무책으로 당한다. 푸르고 맑은 산천초목에 사특한 어둠의 요기(妖氣)와 피비린내가 진동한다.

"시중(侍中)의 군사들은 아까운 목숨을 헛되이 버리지 말고 돌아가라. 그리고 살아남은 자는 가서 전하라. 왕시중의 거병 대의(大義)가 떳떳하다면 졸개 군사를 보낼 것이 아니라 직접 와서 이 형님의 목을 거두라고 말이다."

일목대왕의 서슬 퍼런 외눈이 어둠 속에서 번쩍한다. 역성혁명으로 폐위된 임금이지만 그에게는 여전히 근엄한 태봉(泰封)국 황제의 위세가 서려있다. 영웅의 군사들은 대왕을 호위하는 위병들의 매서운 반격에 결국 전선(戰線)을 물리고 퇴각한다. 기병대장(騎兵大將) 복지겸이 영웅의 군사를 거느리는 총사를 맡았다. 그는 과거 일목대왕을 섬기던 충직한 장수였다. 그러나 대왕의 폭정에 의기탱천한 나머지 다른 기장(騎將)들과 같이 거병하여 지난 밤, 영웅을 새 황제로 옹립했다. 복지겸은 패퇴하여 하산하는 중에도 일목대왕의 외눈빛이 자신의 뒤통수에 꽂히는 느낌을 받는다. 복지겸의 가슴 속에는 이제 자신이 신하로서 내성외왕(內聖外王)의 군주를 모셔 이 혼돈의 나라를 태평치세로 이끌려는 열망이 가득하다. 그러나 그는 불과 하루 이틀 전까지도 일목대왕을 모셨었고, 과거 대왕을 모시기 전에는 비적(匪賊) 양길의 수하노릇을 했었다. 그는 그렇게 옛날에는 대왕의 거병에 따라 양길을 저버렸고, 지금에는 영웅의 거병에 따라 대왕을 배신했다. 두 번 주인을 바꿨다.

물론 그런 경우가 복지겸만 해당되는 것은 아니었다. 같은 장수 신분인 환선길도 이흔암도 양길의, 대왕의 신하였지만 이제는 모두가 영웅의 신하로 돌아섰다. 그러나 그들은 권세의 방향에 따라 지조를 굽혔다 폈다 하는 소인배들이었다. 바른 정치의 도래나 민생의 향상을 위해서 임금을 바꿔 모신 자들이 아니었다. 충역(忠逆)의 올바른 구분 없이 그저 거병에 부화뇌동하여 이권과 세도를 차지하려는 속셈으로 주인을 바꾼 자들이었다. 그런 작자들이 역천(逆天)을 도모했다는 것은 지난 주인에 대한 배신이었다. 허나 복지겸 자신이 일으킨 거병은 폭군을 몰아내고 왕재(王才)를 옹립해 도탄에 빠진 백성들을 구제하기 위한 의로운 혁명이었다.

그러나 의거(義擧)를 일으킨 복지겸은 지금 일목대왕의 눈길을 그대로 받을 수 없었다. 정당한 혁명의 선두에 선 장수로서 폭군의 외눈을 그대로 받아야 만이 거병의 명분이 바로 설 것이었다. 또 자신의 마음도 떳떳하다는 것을 밝힐 수 있을 것이었다. 그런데, 그런데 복지겸은 그 눈길을 받을 수 없었다. 폐주의 왕기(王氣)에 혁명군 장수의 대의(大義)로 당당히 응수할 수 없었다. 무엇, 도대체 무엇 때문에 나 복지겸이 폐주의 눈길을 받을 수 없는가? 설마 폭군을 향한 자신의 미련이 한 줌 정도 남았기에 그리하였는가? 그럴 리가 만무하다. 패악무도한 폭군을 몰아내기 위해 영웅을 부추긴 것은 나 자신이었으니…… 그렇다면 당금 혁명의 대의가 떳떳하지 못하다는 것인가? 그것도 앞뒤가 맞지 않는 소리이리라.

혁명의 타도대상은 충신열사, 황후, 태자들을 천참만륙했던 잔인무도한 폭군 궁예와, 권세로 국정을 농단했던 휘하의 난신적자들이 아닌가. 민심과 천명을 받든 거병으로 그들을 축출하는 것은 도탄지경에 놓인 백성들과 위급지경으로 치닫는 조정을 위한 정의로운

160

일이었다. 또 기울어져 가는 사직을 바로잡기 위한 신하된 자들의 당연한 본분이었다. 임금의 폭정과 난신의 발호를 못 본 체 묵인하는 것은 학정에 부화뇌동하는 간신들의 짓거리와 같았다. 그렇다면 도대체 왜 내가 궁예의 외눈을 바로 받을 수 없는가? 복지겸의 마음은 어지럽게 타는 불길처럼 종잡을 수 없었다.

복지겸은 산자락 아래로 군사를 물리고 철원의 왕성으로 전령을 보냈다. 단기필마의 전령은 철원으로 나아가 영웅에게 현등산의 전황과 형세를 소상히 전했다.

복지겸이 보낸 전령의 보고를 받고 나서 영웅은 장수들을 향해 입을 열었다.

"폐주의 저항이 생각보다 꽤 완강하다 하니 이를 어찌해야겠소?"

공신(功臣) 홍유가 무겁게 아뢰었다.

"그래봤자 오합지졸의 패잔병이옵니다. 이미 대세는 기울어졌으니 여룡여호(如龍如虎)한 장수들을 보내 혁명군을 이끌게 하여 모조리 다 주참적도(誅斬賊徒)해야 함이 가할 줄 아뢰옵나이다."

마군(馬軍)의 장군 신숭겸이 입을 열었다.

"홍장군의 의견이 실로 일리가 있사오나 문제는 시간이옵니다. 산의 고지를 점령한 저들의 저항은 아군이 맹렬히 공격하면 할수록 더욱 거세질 것이옵니다. 그렇다면 아군의 피해는 커지게 될 것이고 그들을 일망타진한다 하여도 저항에 부딪혀 시간을 많이 소요할 것이옵니다. 적의 군세가 보잘 것 없다고는 하나 시간을 꽤 소요하여 진압하게 된다면 반발을 산 변방 성주들의 발호를 야기할 수도 있사옵니다. 아직 아군은 폐주의 수족노릇을 하던 변방 성주들을 제압하지 못했나이다. 외곽의 평정은 시간이 걸리는 일이옵니다. 하오니 부디 계책을 사용하시어 속전속결하시옵소서. 그것이 새 주상폐하의 혁명대의를 만방에 빠르게 그리고 당당히 천명하시는데 가장 큰 도움이 될 것이옵니다. 또한 그리하심이 아군의 피해도 가장 적을 것이옵니다. 성급한 무력진압은 일을 그르치게 만들

161

것이옵니다."

찬찬히 듣던 영웅은 신숭겸의 말이 옳다 여기고 그에게 속결의
계책을 물었다.

"그것은 폐하께서 직접 가셔야 하는 일이옵니다."

"과인이 가야 한다?"

"그러하옵니다. 폐주가 폐하의 친정(親征)을 바라고 있는 듯 하오
니 그것을 이용하여 깨끗이 저들을 정벌해야 할 것이옵니다."

"깨끗이? 과인이 직접 정벌한다고 해서 깨끗이 그리고 빠르게
일이 성사될 수 있겠는가? 오히려 분기탱천한 폐주의 군대가 더
맹공을 퍼부을 수도 있지 않은가?"

"폐하, 폐주는 비록 폭군이었으나 신라왕실의 핏줄로 태어난 객
승의 몸으로 한 제국을 일군 장부의 기개를 지닌 작자이옵니다. 평
소 가까우셨던 주상폐하께서 직접 혁명대의를 천명하시어 폐주로
하여금 형세를 명확히 판단케 하신다면 그도 깨끗하게 승복할 것
이옵니다. 그때 생포하심이 가할 것이옵니다."

영웅은 진심으로 고개를 끄덕여 수긍했다. 그리고 빛나는 눈으로
말했다.

"정녕 그리될 수 있겠는가? 그리하면 폐주를 생포할 수 있겠는
가?"

"신, 확신하옵니다. 폐주는 악인이기는 하나 비열한 자는 아니옵
니다. 혁명의 대의명분을 폐하께서 직접 밝히시어 승패를 명확히
한다면 그도 저항을 멈출 것이옵니다. 또한 폐하의 친정이 아군의
사기진작을 촉발할 수 있을 것이옵니다."

"그리만 된다면 참으로 좋겠도다. 폐주가 폭정을 자행한 만고의
난적이기는 하나 그래도 과거 과인을 아우로 삼아 신망해 주었던
임금이었노라. 혁명의 시말(始末)은 정당히 갈무리 하되 그를 유폐
하여 하늘과 사람의 도리에 합당케 할 것이다."

복지겸은 영웅이 직접 현릉산에 친림한다는 황궁 전령의 보고를 받은 후 낮밤을 가리지 않고 조용히 군막에서 일목대왕의 군세와 동향을 적는다. 이곳의 전황이 소상히 담긴 보고문과 혁명 이후의 과업이 적힌 서책들이 지휘관의 탁자 위에 가득히 널려져 있다. 먹내가 진동하는 군막 곁으로 살기 어린 창검들이 진지를 호위하고 있다. 그때, 저 멀리 필마로 달려오는 일목대왕의 전령이 복지겸의 부대 안으로 당도한다. 복지겸은 대왕의 전령이 건네 준 밀서를 보고는 침통한 고민에 빠진다.

'폐왕(廢王)은 무엇 하러 나를 만나자고 하는 것인가. 담판을 짓기 위해 주상폐하께서 이곳으로 친림하실 것이라는 소문쯤은 저들의 귀에도 들어갔을 터인데 굳이 그가 무슨 이유로 혁명군 장수를 만나려 하는가? 뒷길을 노린 계략인가 아니면 나에게 남은 임금으로서의 미련이나 원망 때문인가? 무엇으로 그는 나를 만나려 하는 것인가? 그리고 나는 그의 제안에 따라 비밀리에 그를 만나야 할 것인가? 아니면 그의 제안을 역으로 이용하여 군을 매복시켜 그를 사로잡아야 할 것인가? 어찌 해야 할 것인가? 혁명군의 장수된 본분이라면 그의 제안을 역이용하거나 단호히 거절해야만 하거늘 나 복지겸은 어찌 이리도 갈피를 잡지 못하고 헤매는 것인가?'

이슥한 밤이 내리고 어둠이 깔리는 시간. 달빛은 아련히 흐르고 정체 모를 그림자 하나가 군막을 빠져 나간다. 소리 없이 걷는 그림자는 가파른 산길을 올라 어느 지점에 선다. 저 멀리 보이는 횃불들 그리고 깊은 서슬의 외눈이 그림자를 향해 걷는다. 외눈과 그림자가 만나는 순간, 도열한 횃불들은 사방을 경계하고 둘은 급조된 석탁(石卓)에 앉아 차를 마신다. 모락모락 김이 피어오르는 찻잔. 물을 삼키는 목젖 그리고 밤중에 퍼지는 상 위에 잔 내리는 딸깍 소리. 그림자가 먼저 입을 연다.

"무슨 까닭으로 보자 하셨소이까? 우리는 서로 전투 중이라는 점을 잊지 마시오. 용건만 간단히 말하시오. 흔한 병계(兵計)라면 조치와 방비를 해놓았으니 수작을 부릴 생각은 마시오. 그리고 나와의 정치적 담판은 아무 소용이 없을 것이오."

외눈이 밤하늘을 앙천하며 허허로이 웃는다.

"말에 살이 많도다. 복지겸 그대는 나 궁예를 그리 졸장부로 보았는가? 병계와 수작은 없을 것이다. 그저 마지막으로 옛 신하의 얼굴을 보고 싶어 불렀노라."

그림자의 음성은 토막 치듯 단호하다. 그러나 점차로 그의 말끝이 흔들린다.

"아군의 혁명은 폭군을 몰아내고 이 나라 사직과 백성을 구원하기 위함이었소. 내가 비록 예전 당신의 휘하였다고는 하나 이제 적장이 되었으니 당신이 미련을 가진다 해도 아무것도 달라지지 않을 것이오. 이렇게 만난 것에 주제넘은 말이기는 하나, 이제 포기하시구려. 더 이상의 저항은 무의미하오. 곧 그대는 타도될 것이오. 고집을 부린다면 모조리 도륙이 날 수 있소. 지금이라도 항복한다면 그대 군사들의 희생을 줄일 수 있고 그대 자신의 목숨을 살릴 가능성이 커질 수 있소. 새 주상께서는 도리를 아시는 분이시오. 또한 인명을 아끼는 분이시오. 혁명 이후의 안정과 상하의 단합을 위해서라도 무자비한 살상은 금하실 것이오. 거듭 주청한다면 아마 그대가 속박은 벗어나지 못할 것이나 산목숨으로 여생을 보낼 순 있을 것이오."

외눈은 어이가 없다는 듯이 크게 앙천대소한다. 허나 웃음기가 없는 웃음이다.

"너의 말이 실로 그럴싸하다. 혁명대의가 참으로 그럴싸하도다. 그래, 그대들로서는 폭군을 몰아내야 함이 옳겠지. 허나 나는 내 아우에게 목숨을 구걸하고 싶지는 않구나. 신하들에게 배반을 당하고 장수들에게 역천을 당한 왕이 살아서 무엇을 도모하겠는가. 그저 왕시중의 얼굴을 빨리 보고 싶도다. 이미 내 위병들은 나와 같이 결사(決死)를 혈맹하였다. 구차스런 항복은 없을 것이다. 나는 산성에서 아우 왕시중을 맞을 것이고 그 전까지는 창검으로 왕의 존엄을 지킬 것이다."

왕의 존엄이라는 말에 그림자는 왈칵 성을 낸다. 참지 못한 분기로 찻잔을 내리치는 순간 도열한 횃불들이 일제히 그의 곁으로 다가서며 그림자를 밝힌다. 걷어낸 어둠을 따라 복지겸의 일그러진 얼굴이 비친다. 외눈도 삭발승의 모습으로 서서히 잡혀진다. 금칠 안대와 왕의 장삼이 일목대왕의 형상을 오롯이 보여준다.

"폭군에게도 왕의 존엄이 있는가. 폭정으로 백성을 유린하고 탐학스런 횡포로 조정과 황실의 위급을 초래한 흉악무도한 폐주가 감히 왕의 존엄을 운운할 수 있는가. 부질없는 오기다. 그 오기로 인해 그대는 이제 살아서 산을 나가지 못할 것이다. 후인들이 당신을 어떻게 청사에 기록할 지 실로 명약관화(明若觀火) 하구나."

복지겸은 석탁을 박차고 일어난다. 궁예는 그대로 앉은 채 다시 찻잔을 든다.

"충신 복지겸. 그대가 정녕 나에게 반심(叛心)을 품었단 말인가. 괴적(怪敵) 양길을 도모하고자 나로 하여금 여러 장수들과 합심토록 하게 한 장본인이 그대였다는 사실을 그대 자신은 까맣게 잊었단 말인가? 나를 부추겨 옛 주인인 양길을 치게 만들고 새로운 제국을 건설하는 데 견마지로를 아끼지 않던 복지겸. 그대가 지금 왕시중과 함께 나를 배신하고도 혁명대의로 떳떳하게 행세할 수 있다니. 그렇게 위세 있게 나를 질타할 수 있다니 참으로 두려운 일이로구나. 정변의 성패가 충역을 가른다더니 실로 그 말이 지극히 옳구나. 두렵도다. 두려워. 그대도 시대도 두렵다."

궁예의 말에 복지겸 한동안 부동(不動)하더니 굳은 표정으로 이내 자리를 떠난다. 그의 말은 쉽게 터져 나오질 못한다. 복지겸이 생각하기로, 아까의 강고한 혁명대의가 주인을 두 번 배신했다는 과거의 굴레에 얽혀 뒤엉키고 있는 듯하다. 폭군의 변명과 반론에 혁명군 수뇌의 언로(言路)가 막혔다는 사실이 복지겸은 속이 뒤집힐 듯 역겹다. 나의 혁명대의는 주인을 두 번 배신할 만큼 그리도 강고한가. 그리도 정의롭고 우월한 것인가. 아니 주인을 두 번 배신한 것이 무에 그리 대수란 말인가. 양길과 궁예, 그들은 희대의 괴수와 폭군이다. 평정은 당연한 것이다. 탕무도 걸주를 몰아내어 한스런 백성을 구제하고 건강한 사직을 세울 수 있지 않았는가. 혁명은 도약과 새 아침, 새 세상의 출발이다. 혁명의 와중에는 피와 배신 그리고 정치적 모략과 술수가 피할 수 없는 것들이다. 희생은 초래될 수밖에 없고, 누군가는 끝장이 나야하는 것이다. 근데, 왜 이리 당연한 것에 불안하고 있는가. 마땅하고 오히려 그렇게 하지 않음으로 해서 더 큰 위기가 발생할 수도 있는 일에 왜 불안해 하는가. 그것은 설마 혁명의 대의명분으로 자신의 반심과 변력 그리고 새 권력을 향한 금수의 야심을 치장하고자 해서가 아닌가? 그럴리가......! 초조와 회의, 위험한 두 단어가 복지겸의 뇌수에 조용히 굽이쳐 흐르는 여울처럼 돌아내리고 있다.

날이 밝아오고 영웅이 갑주를 입은 채 산길을 오른다. 명성산이다. 현릉산에서 명성산으로 진지를 옮긴 궁예가 거처하고 있는 산마루를 향해 구불구불한 능선길을 오른다. 매복한 적병이 있는지 영웅의 초병들은 주변을 경계하며 오르고, 장수들은 중대한 혁명의 마무리를 치른다는 마음에 각기 가슴이 무겁다. 수많은 기치창검을 든 좌우 호위들이 영웅의 위세를 증명하듯 같이 오른다. 멀리 궁예의 산성이 보인다. 영웅의 얼굴에 참담한 쓴 빛이 돈다. 호걸 박술희가 철퇴를 꼬나 잡고 아뢴다.

"신이 폐주를 포박하겠나이다. 날쌘 군사 1백만 주시오면 당장 생포하리다."

영웅이 손을 내어 젓는다. 자신이 직접 가겠다는 뜻이다. 혁명의 갈무리와 승패의 담판은 자신의 손으로 거두어 깨끗하게 결말을 지으리라는 뜻이다. 영웅의 의중을 알아챈 박술희가 뒤로 물러서고 마땅한 자리를 찾아 영웅을 모신다. 능선 밑으로 흐르는 계곡에 간

166

이 진지를 마련한 영웅의 군사들이 일사불란하게 도열한다. 대오를 정비하여 전열을 가다듬은 철원의 장병들이 명성산을 에워싸는 순간. 커다란 산성의 문이 열리고 비장한 얼굴의 궁예가 밖으로 나온다. 내군장군(內軍將軍) 은부와 비장(裨將) 금대가 좌우에서 궁예를 호위한다. 뒤를 따르는 위병들은 장부의 기세로 검극을 곧추 세워 전왕의 위엄을 드러낸다. 궁예가 영웅의 앞으로 다가선다.

"왕건 아우, 이게 얼마 만인가. 불과 며칠이 지났는데 지금 마치 천년 세월을 격조한 듯 그대를 대하기 낯설고 또 어렵기만 하네 그려. 차를 들텐가?"

살기가 전혀 배어있지 않은 형의 편한 음성이다. 영웅은 스멀스멀 끓어오르는 감정의 복받침을 간신히 억누르고 애써 담담한 목소리로 받는다.

"차는 됐습니다, 형님. 형님을 모시러 이 불초한 아우가 직접 왔습니다. 이제 편히 쉬시지요, 형님. 모든 것이 다 갈무리 되었습니다. 안락궁(安樂宮)에 거처를 마련해 두었으니 식솔을 불러 여생을 보내시옵소서. 나라의 막중대사는 이제 이 아우가 고쳐 잡아 분열된 이 땅에 승평치세(昇平治世)의 기틀을 마련하겠습니다. 걱정 마시고 부디 편히 쉬시옵소서. 기필코 이 아우가 형님의 여생을 보장할 것이옵니다."

궁예는 허허로이 웃으며 고개를 끄덕인다. 그 어느 때보다 행복한 폭군의 모습이다. 미륵을 자처하여 천지를 혹세무민 하였던 광인 궁예가 바야흐로 옛 호인의 모습으로, 겸손한 선종(善宗)의 모습으로 되돌아오는 듯하다. 두 눈에 고인 진심(眞心)이 지난 세월을 떨쳐 버리려는 듯 떨리더니 이내 줄기를 만들며 흐른다. 지그시 눈을 감은 궁예의 모습이 진정 부처 같다.

"아우, 먼 길 일세. 때론 돌아가는 것도 잊지 말고 차분히 그리고 천천히 끝까지 가시게. 아우라면 이 지난한 세월을 걷고 접어낼 수 있을 것이네. 그리 믿겠네."

"명심하겠습니다."

"길고도 짧은 시간이었도다. 길고도 짧은 시간......."

궁예의 숙연한 달관에 피아(彼我)가 하나 같이 숨을 죽이고 그의 모습을 바라본다. 이내 억하는 토기(吐氣)와 함께 거꾸로 솟구치는 선혈들. 세상에 무수한 남의 피를 뿌리고 이젠 자신의 피조차 뿌려버리는 유혈의 사도가 그렇게 떠나가는 순간이다. 주변은 놀란 듯 괴성과 탄식을 질렀지만 그 속에는 그 어떤 놀라움도 섞여 있지 않은 것이다. 그렇다. 궁예의 사내다운 참변은 놀랍지만 결코 놀랍지 않은 일이다. 영웅이 널브러진 그의 육신을 향해 속울음을 울고 궁예의 위병과 장수들도, 영웅의 군사들도 모두 초췌한 낯빛이 되어 말없이 상황을 주시하고 있다.

다시 황성이다. 침통함에 자진한 장졸들을 제외하고, 항복한 궁예의 위병들은 공신 배현경이 군사를 부려 옥사에 가둔다. 폭군을 도와 악정(惡政)을 펼쳤던 주요 난적들을 심문하기 위해 추국장이 마련되고 불인두 냄새와 신음소리가 낭자하다. 앞서 영웅은 앞으로의 새로운 선정(善政)을 위해 불요불급한 고문과 처형을 자제하려 했다. 허나 폐주의 정사를 망친 간신 적당들은 모조리 색출하고 엄단해야만 나라의 기강이 바로 설 것이니 어쩔 수 없는 일인 것이다.

궁예의 책사 내원 종간도 터덜거리며 군사들에 의해 끌려온다. 형리들은 종간을 형틀에 묶고 다짜고짜 매를 친다. 그는 태봉국의 권신으로 조정을 쥐락펴락하며 왕의 성심(聖心)을 가린 전조(前朝) 최대의 난신적자였다. 쓰라린 표정의 종간은 고통에 몸부림치면서도 어딘가 모를 자조와 실소의 빛이 입가에 드리워져 있다. 그의 실성한 웃음에도 결코 웃음기가 없다. 그 모습이 마치 지옥의 악귀를 보듯 섬뜩하다. 임시 형장(刑長)이 된 홍유가 매를 그치라 명을 내리고 직접 심문한다. 그 옆에 좌정하여 종간을 쳐다보는 복지겸의 눈빛이 천근 바위를 눌러 놓은 듯 무겁다.

"폐주를 부추겨 국정을 농단하고 전횡을 일삼아 사직과 백성을 위급에 빠뜨린 대역죄인 종간. 너의 죄는 실로 크고 깊도다. 이는 마땅히 천참만륙으로 다스려야 할 일이로다. 또한 너의 수족이 되어 농간을 일삼은 잔당 역시 능지처참해야 할 것이다. 네놈 휘하 족속들의 행방은 어찌되었는가. 황성에 들이친 혁명군의 일격에 상하 백관 모두가 어육이 되지는 않았을 것인즉, 나머지 도당은 어디로 도주했는가. 바른대로 실토하지 않는다면 네놈은 물론 너의 혈족도 무사치 못하리라."

종간이 힘겹게 입을 열어 답한다.

"제국의 번영을 위해 한 날 한 시로 사생을 혈맹했던 동지와 관리들은 이곳 황성에 하나도 남아 있지 않소이다. 각기 도주하여 제 살길을 도모하거나 일부는 왕시중 휘하에 항복, 귀부하였소이다. 애초에 내게 굽히고 들어올 때부터 두 길 보기를 했던 작자들이니 당연한 결과이외다. 그리고 왕시중과 당신들 모두가 다 두 길 보기를 하여 오늘의 영화를 즐기고 있는 자들이 아니오이까? 오늘 왕건이라는 새 황제의 등극을 배경삼아 나에게 문초를 가하는 작자 모두가, 과거에는 나 종간의 권세가 두려워 발밑에 기던 자들이었으니 말이오. 허니 여기 계신 그대들 모두가 홍장군 그대가 말하는 종간의 잔당이자 도당일 것이오."

홍유가 벌컥 성을 내며 더욱 매를 치라 명을 내린다. 종간은 억하는 신음소리의 연발을 토해내며 독기에 차오른 조소를 짓는다. 복지겸이 조심스레 입을 연다.

"이만하면 끝냅시다. 이제 내원을 따르는 어리석은 무리들은 없을 것이오. 또 지금까지 잔당이 남아 있다고 해봤자 그들이 대세를 거스를 순 없을 것이오. 세가 없는 오합지졸들은 차차 토멸하면 될 것이니 내원을 처형하여 갈무리를 지읍시다."

갑자기 복지겸을 향해 말하는 종간의 목소리가 독사의 눈빛처럼 날카로워진다.

"유혈의 파도에 어찌 갈무리가 있을쏘냐. 앞으로 네놈이 죽일 자들은 더욱 많아질 것이다. 무릇 혁명이란 그런 법이다. 살육과 희생도 대의라는 미명으로 치장하는 것이 혁명이요 개혁이다. 네놈은 앞으로 혁명 향후의 안정을 위해서라도 지난 폭정에 못지않게 살상을 되풀이해야 할 것이다. 황제는 폭군을 몰아낸 군주로 바깥의 칭송을 받을 것이나, 안에서는 정적을 견제하기 위해 피의 숙청이 요동칠 것이다. 혁명의 새 세상이란 바로 그런 암흑과 시신의 기저 위에 세워지는 것이다.

복지겸아, 사람이란 무릇 은혜를 알아야 하는 법이다. 적도(賊徒) 양길의 휘하에서 노획질이나 일삼던 비적이 미륵 세존의 후광으로 장수에 올라 분에 넘치는 영달을 누렸으면 사람의 도리는 지켜야 했느니라. 네놈이 아무리 혁명대의로 번들거리는 치장을 한다 해도 배신은 배신이다. 충역과 배신은 같지 않다. 당금의 정권에서 네놈은 혁명장수의 충성을 보였지만 그것이 전왕(前王)의 신망을 배반하여 배를 갈아탄 너를 미화시켜 주지는 못하는 법이다. 더럽구나 복지겸이여, 더럽구나 홍유여, 더럽구나 환선길 이흔암 이 족속들아, 더럽구나 왕건아!"

종간은 허허로운 웃음을 보이다 형틀 팔걸이에 풀썩 쓰러져 그렇게 숨을 거둔다. 악귀의 노성(怒聲) 같은 일갈을 하다 죽은 종간은 혀가 길게 빠져 있다. 홍유는 형리들에게 죽은 종간의 목을 베어 저잣거리에 효수하라 명하고 나머지 시신은 다른 중죄인들과 함께 야산의 한 구덩이에 묻으라 명한다.

복지겸은 말없이 돌아서 내전의 조당으로 들어간다. 조당에는 중신(重臣)의 관복을 차려 입은 원로들과 호족들 그리고 한림랑 최응이 시립해 있다. 배현경, 신숭겸, 박술희, 김락 같은 맹장들은 비늘 갑주를 고쳐 입고 낯빛을 장중하게 하여 서있다. 전선에 나가 있는 환선길과 이흔암 역시 며칠 뒤 궁성으로 올 것이라 통보를 하였다.

170

하급 관리들과 궁인(宮人) 환관(宦官)들도 새로운 정권즉위에 관한 이야기들을 나누며 초미의 관심을 집중하고 있다. 복지겸은 신하들 사이로 들어가 품계에 따라 장수들과 같이 시립한다. 의연한 얼굴로 혁명 이후의 계획에 관해 여러 사람들과 이야기를 나눈다. 허나 속은 타들어갈 듯 초조하고 먹은 음식이 소화가 안 되는 듯 가끔 불쾌한 기색이 올라온다.

혁명동지들이 묻는다. 무슨 일이시오 장군, 어디 불편하시오? 아니외다 내 오늘 먹은 것이 체한 듯 싶소이다, 허어 저런 하기야 당금의 시국에 어디 제대로 먹기야 하겠소이까, 맞아요 할 일이 태산이지요, 그나저나 큰일입니다 아직 변방과 외곽의 평정이 여의치가 않으니 말이에요, 명주 김순식이가 제일 문제입니다, 아 그 작자가 바로 반동의 기색을 보이고 있답니다, 내부의 단속을 재빨리 도모하고 외적을 방비하여야 하거늘 허어 참, 걱정들 마시오 성상 폐하께서 순행을 통해 고을마다 친림하신다면 다 평정되어 안정을 찾을 것이외다… 이렇게 서로들의 이야기는 분주하다.

복지겸의 귀로 수많은 이야기가 오고 갔지만 가슴 속 고뇌는 들불처럼 온 몸에 번지고 있다. 말도 안 되는 소리다. 종간은 역적이다. 역적의 말을, 난신적자의 말을. 죽어가는 권신의 그까짓 발호와 악담을 무에 그리 신경을 쓴단 말인가 도대체. 종간을 비롯한 폐주의 역신들은 무소불위의 권세로 민생과 황실을 박살낸 천하의 도적들이다. 그 자들이 요사스런 혓바닥을 놀린다 하더라도 그들의 명백한 잘못이 가려지지는 못한다. 종간은 죽기 전에 당치도 않은 소리로 나 복지겸의 혁명대의를 폄훼한 것이다. 그렇다, 그게 맞다. 바른 정치의 지평을 연 나 복지겸과 우리 혁명동지들 그리고 새 황제 폐하의 구국대의(救國大義)가 역적의 망발로 폄훼될 수 있겠는가? 다 끝났다. 폐주도, 종간도, 다른 태봉의 세도가들과 나라를 망친 난신들도 이제 모두 불귀의 객이 되었다. 앞으로, 앞으로의 일들이 중요하다. 지금은 혁명 이후의 시대 안정과 민생 보전

그리고 종묘사직과 국가근본을 다시 세우는 것에 모두가 전념해야 할 시기다. 역적들의 가소로운 조롱과 더러운 폄하에 일일이 응수할 시간도 열정도 아깝다. 잊고 초지일관하자. 혁명의 결실은 수구반동의 저항을 꿋꿋이 이겨내야 만이 거둘 수 있는 것이다. 앞의 일이 바쁘다. 신경 쓰지 말자······

복지겸은 마음을 다잡는다. 조정의 조회가 시작되고 용상에 영웅이 앉는다.

혼돈은 전혀 예상치 못한 곳에서 온다. 며칠 뒤, 아침 일찍 입조한 복지겸은 전각에 모인 동료 신하들에게서 뜻밖의 소식을 듣는다. 혁명이 끝난 지도 얼마 되지 않은 이 시기에 반란 그리고 역모라는 말을 듣게 된 것이다. 그것은 다름 아닌 마군장군(馬軍將軍) 환선길의 난이다. 상황의 전모(全貌)인 즉 그와 그의 추종 무리들은 비밀리에 영웅을 척살하려던 계획이 수포로 돌아가자 모두 궁궐 밖으로 도주하였다는 것이다. 그 소식을 접한 복지겸은 휘청하는 현기증이 밀려오는 듯하다. 환선길 이흔암 두 작자는 애초에 혁명에 동참할 때부터 권력의 향배에 따라 움직인 자들이다. 그러니 그런 자들이 반란을 일으킨 것쯤은 경천동지할 정도의 일은 아니다.

허나 그들 역시 자신과 같은 과거 양길, 궁예의 수하였다는 사실이 복지겸은 내심 불편하고 꺼림칙하다. 물론 동지애(同志愛)에서 비롯된 연민으로 역모를 옹호하려는 것은 결코 아니다. 하지만 어딘지 모르게 자기 양심이 떳떳하지 않은 기이한 기분에 복지겸은 스스로 빠진 것이다. 더욱이 조정회의에서 영웅은 복지겸에게 내군을 통솔하여 환선길 잔당을 뿌리 뽑으라 황명을 내린다. 이리하여 그의 난감하고 착잡한 마음은 이루 형용할 길이 없는 것이다.

반역죄인들을 처단하는 것은 신하의 도리이거늘 어찌 이리도 심정이 복잡하단 말인가······! 복지겸은 서서히 자신이 무서워진다.

자신의 칼과 자신의 권력과 자신의 양심 그리고 자신의 충성과 자신의 혁명이 무서워진다. 참으로 모를 일이다.

환선길은 죽은 폐주를 따라 복수의 칼날을 간 것인가, 논공행상에 불만을 품고 야심을 일으킨 것인가. 알 수 없는 일이다, 혁명의 끝은 어디인가? 아니다, 회의하지 말자. 나는 새로운 제국의 장수로서 환선길을 엄단해야 하는 것이 마땅하다. 그는 과거 생사고락을 같이 하던 동료였지만 지금 적이 된 이상 어쩔 수 없다. 애초에 그릇이 작은 자였다, 소동이 없게 빨리 토벌해야 한다. 역모를 획책한 반역도당을 발본색원하여 혁명 이후의 앞날에 안정과 평화를 가져와야만 한다. 그것이 나 복지겸이 할 일이고, 혁명대의의 본분이다……

"신 복지겸, 주상 폐하의 황명을 받들어 혁명대의에 반심을 품고 난을 일으킨 역적 환선길과 그 잔당들을 토멸하는 데 분골쇄신 진력하겠나이다."

기병의 말발굽 소리가 도성에 횡행한다. 수백에 달하는 순라군(巡邏軍) 일대가 황도 철원의 시가(市街)를 이 잡듯이 뒤지고 있다. 환선길의 잔당은 쇠둘레를 빠져나가지 못하고 있음이 분명하다. 그들은 거사에 실패한 뒤로 몸을 의탁할 만한 곳이 없었던 것이다. 기반 없이 용력만 믿고 벌인 반란의 최후는 그렇게 처참한 것이다. 그들은 산 밑 빈민가 험지(險地)에서 위장을 하고 있었으나 복지겸이 이끄는 군대에 의해 발각되어 저항하다 모조리 몰살된다. 마지막까지 살아남은 역당의 수괴 환선길은 복지겸의 군사들에게 포위되어 도끼를 들고 산비탈에서 분투하고 있다. 복지겸은 말에서 내려 직접 검을 뽑아 들고 나선다. 환선길은 통렬히 웃는다.

"어서 오너라, 간신 복사귀(卜沙貴)야. 왕건의 발아래 누워 탐락(耽樂)함이 그리도 좋았더냐. 더럽구나. 양길도 전왕도 배신하면서 보기 좋게 가져다 붙이는 혁명의 대의명분이 그리도 떳떳하더냐.

그렇다면 내 지금 역천을 도모한 것도 대단한 혁명으로 볼 수 있지 않느냐. 헌데 어찌 너 같이 혁명대의 나부랭이를 신봉하는 놈이 나의 혁명거사를 저지하는 것이냐. 너의 거사는 혁명이고, 나의 거사는 반란이냐?"

"역적 환선길은 비열한 주둥이를 함부로 놀리지 말라. 과거 폭군의 수족노릇을 하던 난신적자가 오늘 혁명에 항거하고 반역을 저지르니 그 죄당만사(罪當萬死)함을 어찌 다 말할 수 있으리오. 역적은 그저 칼을 받으라."

도끼와 검은 몇 번 허공에 부딪히며 불꽃을 내더니 이내 환선길 푹하는 소리와 함께 쓰러진다. 비열한 놈, 더러운 놈, 전왕께서 너를 돌봐주셨거늘, 내 비록 야심은 있었으되 너처럼 연명하진 않았으니 차라리 깨끗하다, 윽… 하는 소리로 흰자위를 드러내며 환선길, 자지러진다. 복지겸, 묵연히 수급을 거두고 군사를 물려 황궁으로 돌아간다. 혼돈의 강물과 착란의 기류가 복지겸의 마음속에서 요동치고 뇌수에 잔잔히 흐른다. 그러나 시대의 억압을 걷어내기 위해선 무장은 혁명의 가시밭길을 가야만 한다. 복지겸은 그 말을 되새기며 무인의 포부로 길을 간다. 조정 회의가 열리고, 영웅과 만조백관이 역적을 토멸하고 돌아온 그의 공을 연신 칭찬한다.

기장(騎將) 복지겸은 이후 혁명의 공로로 병부령에 오르니 그가 바로 대 고려왕조(高麗王朝)의 무공(武恭) 개국일등공신(開國一等功臣)이시다. 이처럼 공신의 자리는 대단히 어렵고 위태로운 것이다. 목숨을 걸고, 폭군을 몰아내어, 새 세상의 지평을 열어도, 간신이라는 비난을 들어야 하는 것이 혁명공신의 참담한 비애이다. 그렇게 구국의 혁명에 앞장선 전사가 유혈의 사도(使徒)로 지탄을 받아야 하는 어이 없는 현실은 그 자체로 너무나 괴롭다.

그러나 새로운 세상을 이끄는 혁명의 공신은 무인장부(武人丈夫)의 길을 걸어야 한다. 아니 걸을 수밖에 없다. 그래야 폭정에 신음하는 민생을 구제할 수 있고 학정에 흔들리는 사직을 바로 세울

174

수 있다. 역사의 물줄기는 구태를 걷어낸 혁명의 입자로 맑은 빛을
되찾는다. 그 혁명의 입자가 세상의 물결을 바꾸기 때문이다.

〈끝〉

제10편

고 혼 의

염

고혼孤魂의 염념-焰

"퇴각하라, 북부(北部)로 넘어가 후일을 도모토록 한다! 혈로(血路)를 열어라!"

수백 수천의 말발굽들이 일으키는 먼지로 사방천지가 자욱했다. 남문에서 불꽃이 솟자 성루마다 연기가 구름처럼 피어났고 이내 석포(石砲) 소리가 진동했다. 이어 성내(城內)로 보기(步騎)와 충차가 밀려들어왔고 그 뒤로 〈덕업일신(德業日新) 망라사방(網羅四方)〉의 기치들이 숲을 이루며 쏟아졌다. 그러자 위급을 느낀 백제 맹장(猛將) 흑치상지(黑齒常之)와 지수신(遲受信)은 부흥군(復興軍) 잔병(殘兵)을 이끌고 퇴로를 열기 시작했다. 정신없이 창검을 휘두르며 북문으로 나아가는 덴 성공했으나, 그곳엔 이미 신라 각간(角干) 김유신(金庾信)이 이끄는 정예 화랑이 즐비했다.

"백제 잔당(殘黨)들아, 감히 어딜 도주하느냐? 내 일찍 백강(白江)을 쳐부수어 왜병(倭兵) 간적들을 모조리 수장시켰거늘, 너희들이 지금 살기를 바라느냐? 우리 나당(羅唐)의 정병들이 이곳 주류성(周留城)을 반 시진 만에 손에 넣었거늘 어디로 도망가려느냐. 너희가 도망간다고 쫓지 못하고, 뛰어간다고 잡히지 않을 것 같더냐!"

백전노장 김유신의 서슬이 불길 같았다. 신라군은 북문을 에워싸고 쇠뇌를 들어 퇴각하려는 백제부흥군(百濟復興軍)을 조준했다. 그때, 상황이 도리 없이 급박해졌음을 눈치 챈 흑치상지는 사탁상여(沙吒相如)와 더불어 재빨리 길을 돌려 서문 쪽을 향해 말을 몰았다. 그러나 김유신이 그것을 뻔히 보고 놓칠 리 없었다. 신라 사수들은 각간의 엄명에 화살을 빗발처럼 쏘아댔고, 장수를 따라 우수수 퇴각하는 백제군 태반이 고슴도치가 되고 말았다. 그래서 흑치상지, 사탁상여를 비롯한 몇몇 백제의 장수들은 요행히 퇴각하였으나 백제부흥군의 전력은 급감할 수밖에 없었다.

"김유신, 네 삼한 땅을 삼키고자 서토(西土) 오랑캐들에게 빌붙었거늘, 어찌 그리도 당당할 수 있단 말이더냐! 나 지수신이 여기 있으니 창검을 부딪혀보자! 이랏!"

이때, 혼비백산 퇴각하는 백제군 중에서 갑자기 말머리를 돌려오는 자가 있었다. 그는 장창을 꼬나 잡고 다시 신라군 쪽으로 분연히 달려들었는데, 그가 바로 백제부흥군 장수 지수신이었다. 지수신의 맹렬한 돌격을 예상치 못한 신라군은 그 진열이 삽시간에 무너졌다. 몇몇 기병들은 섬광 같은 그의 칼솜씨에 고엽(枯葉)처럼 베여 말안장에서 떨어져나가기 일쑤였다. 김유신은 급히 물러나 수염을 쓸며 말했다.

"네 지수신이라 하였느냐? 백제 잔당 놈치고는 이름 석 자 제대로 알리는구나!"

지수신은 이내 형형한 안광을 뿜어내며 창끝으로 멀리 김유신의 목을 겨누었다.

"내 오늘 중과부적(衆寡不敵)으로 이렇게 후일을 도모하지만, 네 놈들이 다시 우리 백제의 강역(疆域)을 침탈해온다면 이처럼 다진 고기 떡으로 만들어 줄 것이다!"

김유신은 호탕하게 웃어재끼며 검을 들어 흔들리는 신라군의 진용을 다잡았다.

"네 도망칠 곳이 없느니. 네놈을 포함한 모두를 죽여 백제의 씨를 말릴 것이다!"

김유신이 다시금 군을 몰아 지수신을 치려는 찰나, 갑자기 일진 광풍이 몰아치더니 시가에 놓였던 불길에서 연기가 번져 피아의 눈과 앞을 가리는 형세가 벌어졌다. 지수신은 시야가 혼란한 이때를 기회로 하여 동문으로 패잔병을 이끌고 사라졌다.

한편, 서문 밖으로 도주한 흑치상지의 부대는 야산에 은신하여 백제의 거점인 주류성의 최후를 망연히 지켜보고 있었다. 흑치상지는 분기가 솟아 입술을 깨물었다.

178

'백강에선 왜의 원군이 타죽고, 육로에선 주류성이 소실되는구나. 이제 어느 땅으로 가서 어느 군사의 힘으로 백제부흥의 권토중래(捲土重來)를 꾀하랴. 참으로 덧없이 끝났구나. 이렇게 백제 재건과 복벽(復辟)의 꿈은 허망하게 사위어가는구나.......'

주류성 망루에 걸리는 나당연합군의 기치와 떠들썩한 환호성을 보며 흑치상지와 백제 패잔병들은 낙담과 실의를 감추지 못하고 있었다. 그때, 동문으로 피신한 지수신의 부대가 산기슭 아래로 합류해 들어왔다. 지수신은 능선으로 올라와 흑치상지를 위로했다. 혼전 속에서 간신히 목숨만 살아나온 지수신 역시 착잡한 심경이었다.

"여기서 절망해본들 무슨 소용이 있소? 사졸들을 이끌고 임존성(任存城)으로 갑시다. 그곳은 지세가 험하고 축성이 튼튼하여 웅거할 수 있소. 재기를 노리잔 말이오."

그러나 이미 흑치상지의 얼굴에는 패색(敗色)과 포기의 빛이 짙게 깔려 있었다. 이내 흑치상지는 지수신의 제안을 강경히 거절하고는 하산하기 시작했다. 그러나 쉽게 항쟁(抗爭)을 포기할 지수신이 아니었다. 여기서 무너진다면 이제껏 힘겹게 추진해왔던 백제부흥의 대업이 모조리 수포로 돌아가는 것이었다. 지수신은 자신의 누른 뼈를 이 산하에 묻는다 할지라도 마지막까지 고국의 홍기를 내팽개칠 수는 없었다. 지수신은 협로(夾路)로 내려가는 흑치상지의 소매를 간곡히 잡아끌며 말했다.

"자네 지금 어딜 가려는가! 백제 부흥의 기치를 함께 든 그대가 정녕 변했는가!"

흑치상지는 지수신의 손을 뿌리치며 답했다. 그의 표정과 말투엔 거침이 없었다.

"이보시게, 수신. 나라고 해서 이러한 결단을 반기겠는가? 어떻게든 백제 부흥의 불씨를 살리고 싶은 마음은 나도 자네 못지않지만 허나 당금의 상황이 최악인 것을 어찌하겠는가? 지금 우리 백제부흥군에게 놓인 현실을 좀 직시하시게! 천하의 지략가이시자 명장이신 복신 장군도 비명에 가셨고, 풍왕(豊王)께서도 망명길에 오르셨네. 심지어 충승(忠勝), 충지(忠志) 왕자께서도 신라왕 김법민(金法敏)에게 항표(降表)를 보이셨다하네. 이렇게 수뇌부가 송두리째 사분오열하여 부서졌거늘 우리가 어찌 더 싸운단 말인가? 그뿐인가? 나당의 화공에 왜의 사백(四百) 전함은 가뭇없이 사라졌고, 두릉이성(豆陵伊城)과 심지어 여기 주류성(周留城)까지 적에게 죄다 빼앗겼네. 그렇게 해서 도대체 남은 군사는 또 몇 천이던가? 몇 만이던가? 고작해야 이렇게 다치고 병든 몇 백 군사로 무슨 재기와 부흥을 꾀하는가? 더는 우리에게 희망이 없네. 이제 가을이고, 곧 춥고 배고픈 겨울이 오네. 모쪼록 살길을 도모하시게."

흑치상지의 벽력같은 일장연설에 잠시 멍하니 있던 지수신은 이내 전운(戰雲)이 짙게 깔린 하늘을 향하여 앙천대소하였다. 사졸들은 혹 그가 실성이라도 하였나싶어 놀란 눈으로 쳐다봤고, 단 한 번의 뒤돌아봄 없이 떠나가는 흑치상지는 계곡으로 내려와 동행할 군사들을 소집했다. 지수신은 웃음을 그치곤 준열히 입을 열었다.

"도대체, 무엇이 살길이란 말인가? 사세와 형편이 어렵다하여 백제부흥의 꿈을 자포자기(自暴自棄)하는 것이 정녕 살길인가? 고국에 대한 충심을 팽개치고 저버리는 것이 살길인가? 다들 적장에게 무릎을 꿇으며 살길을 논하지만, 나는 모르겠네…"

반면, 백강에서 백제와 왜의 수군 선단을 격파하고 육지에서 주류성을 비롯한 여러 백제성들을 얻은 나당연합군은 승기를 잡아 토벌의 속도를 점점 높여갔다. 하루이틀가량 주류성에서 휴식을 취한 나당연합군은 이참에 여세를 몰아 백제부흥군 전체를 발본색원(拔本塞源)하고자 했다. 물론 작금의 백제부흥군은 복신과 부여풍 같은 명신들과 군주를 잃었고, 몇몇의 근거지마저 빼앗겼으니 나당연합으로선 전에 비해 정벌하기가 손쉬운 것이었다. 그래서 문무왕(文武王) 김법민과 신라 측에선 일시적 휴전도 생각해보았으나, 당군의 수뇌 유인궤(劉仁軌)만은 강경론을 고수했다.

"이제 백제 잔당의 거점으로는 임존성 하나가 전부라고는 하나, 그 수성(守城)이 극렬하고 강고할 것인즉 결코 얕보아서는 아니 될 것이오. 속전속결, 기세를 얻었을 때 들이쳐 파내야 하는 것이 상책이오. 더는 머뭇거릴 시간이 없소. 들이칩시다!"

기실, 당나라로서는 백제부흥군을 되도록 빨리 평정해야만 북변의 고구려를 마음 놓고 쳐부술 수 있었다. 그리고 그렇게 신속하게 백제와 고구려를 멸해야만 신라를 마침내 당나라의 주현으로 귀속시켜 다스릴 수 있었다. 만일 삼한 반도 여기저기서 시간이 끌리고 발목이 잡힌다면, 자칫 신라가 당의 야욕을 알아채거나 딴마음을 먹을 수도 있는 것이었다. 특히 당시의 당나라는 대륙 곳곳에서 온갖 이민족들과 대치하고 있는 형세였기에, 삼한 땅 정복에 그렇게 여유 있는 형편은 아니었다. 그런 복잡다단한 여러 정세를 잘 알고 있는 유인궤였으니, 한시라도 빨리 백제부흥군을 치고자 하는 것이었다. 하여 나당연합에서도 유인궤의 주장에 서서히 중론이 모아지려는 때, 신라 측에서 반대의사를 밝힌 자가 있었으니, 그가 바로 김유신이었다.

"당군 총사(摠使)의 말이 일리가 있소만, 내 이 주류성을 부수었을 때 어느 백제 장수를 대적한 적이 있소. 그의 이름이 아마 지수신이라 하였던가. 결기를 세우고 달려드는 것이 결코 보통내기가 아니었소. 분명 이 일대를 휩쓰는 흑치상지의 명성에 가려 빛을 보지 못하고 있을 뿐, 백제 잔당의 빼어난 명장이라 할 만했소. 듣기로는 그자가 임존성에 석벽처럼 웅거하고 있다하니, 사전에 술계(術計)를 도모하지 않고 쳐들어갔다간 패전하기 십상일 것이오. 허니 조급한 공격은 자중토록 하오."

유인궤는 속으로 김유신의 염려를 비웃었으나 겉으론 진중한 미소를 띠며 말했다.

"태대각간(太大角干), 내 방금 말하지 않았소? 백제 잔당 놈들이

181

살기 위하여 바득바득 강력하게 수성을 할 것인즉, 우리 역시 방심하지 않고 공격하겠다고. 예로부터 적을 얕보지 않고 공격하는 방법은 바로 속전(速戰)이오. 신속한 공격만이 궁지에 몰린 적들의 맹위(猛威) 속에 숨은 허점을 파악하고 집요하게 파고들어가 승리를 거둘 수 있는 상책이오. 그런데도 탁상에 앉아 느긋하게 책략이나 모의한다면 저들에게 재기의 시간을 벌어줄 따름이오. 혹여 삼한 천하에 위명을 떨치던 각간께서 이젠 연로하신나머지 그 지수신인가 뭔가 하는 자가 두려워 그런 건 아니시오?"

김유신이 듣기로, 유인궤의 언변은 그럴 듯 했으나 어딘가 그 주장이 엉성했고 특히 비아냥대는 뒷말이 상당히 거슬렸다. 김유신은 속을 누르며 점잖게 충고했다.

"내가 언제 지수신이라는 자를 두려워했소? 단지 그자가 보기드문 맹장이고 또 우리가 연승에 자만하여 공격해선 안 된다는 뜻이었소. 말을 왜곡하지 마시오."

용맹무쌍한 군웅(群雄)과 호걸(豪傑)이 수만대병(數萬大兵)을 이끌어 삼한 천하에 존성대명(尊姓大名)을 떨치고 있을 때, 산천초목(山川草木)에 깃든 무상(無常)의 세월은 촌음처럼 그저 흘러가고만 있었다. 여러 인물들이 제각기 제왕(帝王)과 패자(覇者)를 자처하며 세상천지를 움킬 듯하였으나, 삼라만상(森羅萬象)에 어리는 시절인연(時節因緣)은 도리 없이 때를 재촉하며 지나가고 있었다. 그렇게 어느덧 한 달여의 시간을 속절없이 보낸 백제 땅에도 낙화(落花)와 홍엽(紅葉)이 난분분한 만추의 무르익음이 당도하기 시작했다. 시월의 끝 무렵, 임존성주(任存城主) 지수신은 장검을 짚고 성루에 선 채 빈 산 너머 타들어가는 낙조를 한참 바라보고 있었다.

'내 이제 홀로 남아 백제 부흥의 마지막 꿈을 짊어지게 되었구나. 조국(祖國)을 지키겠다는 일념으로 결의맹세를 했던 주군과 동지들은 다 떠나가고 나 혼자 남았구나. 그놈의 현실, 그놈의 살길을 핑계 삼아 다 떠나고 나 혼자 여기서 적들을 맞는구나. 허나 우리 사는 세월과 시절이 덧없듯, 바쁘게 맺고 푸는 인간의 마음 역시 때가 되면 들풀처럼 흔들리는 법이니. 내 이제와 누구를 탓하고 어느 쪽을 저주하겠는가. 나 홀로 남았다면, 나 홀로 서서 오직 위국헌신(爲國獻身)의 기치를 버리지만 않으면 되는 것이다. 가슴에 품은 이 의기와 충심만 변치 않으면 되는 것이다.'

그날 밤, 나당연합군의 진영이 임존성 십리 밖에 세워졌고 이어 당나라 장수 한 명과 마군(馬軍) 삼십 기가 나와 성문 밖에서 재차 항복을 권유했다. 지수신은 가당치도 않다는 듯 직접 대궁을 들어 화살로 적들을 쏘아죽이고 장졸들을 독려했다.

"성현이 이르기를, 천하 명기(名器)는 겉모양이나 색에 있는 것이 아니요, 담는 내용에 따라 좌우된다 하였으니. 명신(名臣)은 구구한 말단의 치적(治積)에 얽매이는 것이 아니라, 오로지 마음에 고귀한 일편충정(一片忠情)만을 담고 있을 뿐이라. 내 아무리 적도(敵徒)의 창검이 태산처럼 솟았다한들, 어찌 백제 땅의 마지막 신하된 자로서 절조(節操)를 버리고 보신(保身)을 꾀하겠느냐? 내 오직 불사항전이로다."

성주 지수신의 사생결단에 백제부흥군은 사기충천하여 그대로 남문 밖을 나가 야습을 감행했다. 지수신이 직접 이끄는 별동대(別動隊) 이백 기가 인근의 산을 돌아 나당의 영채를 쏜살처럼 급습한 것이었다. 순식간에 막사 곳곳에서 칼춤과 방화(放火)가 일었고, 예기치 못한 적의 급습에 아연실색한 나당의 장수들은 우왕좌왕했다.

"이 일이 어찌 된 것이냐! 단단히 문을 잠그고 수성을 해도 모자랄 것들이 어떻게 쳐들어 올 생각까지 한단 말이냐! 어서 불을 끄고 적병을 막아라, 목책을 세워라!"

뒤늦게 자다가 뛰쳐나온 유인궤의 엄명과 지휘가 있었지만 이미 진용이 흐트러진 연합군이었다. 게다가 며칠 전에는 통수권(統帥權)을 놓고 당과 신라가 싸운 판이라 지휘계통이 혼란하여 김유신과 유인궤 모두 영이 제대로 서질 않았다. 그리고 사실 대경실색하여 줄행랑을 치기 바쁜 군사들이었으니 어느 영인들 통할 리 만무했다.

"오랑캐를 죽이고, 그에 복종하여 삼한 땅을 삼키려는 역당 신라 놈들도 베어라!"

제일 먼저 단기필마로 적진 속에 짓쳐 들어간 지수신은 창검과 혼연일체가 되어 무아지경에 이르렀고, 그의 백제군도 의기가 솟아 맹렬히 싸울 수 있었다. 결국 나당의 수백 사졸이 횡사했고, 연합군은 진영을 오십 리 밖으로 물릴 수밖에 없었다.

"이보시오, 유 총사. 내가 그때 뭐라고 했소이까. 충분한 계책 없이 무턱대고 권항(勸降)이나 침공만 해서는 될 일이 아니라고 하지 않았소! 그렇게 아둔하고 성급하게 부산만 떨다가 결국 우리 장졸은 덧없이 죽어나가고 저들의 사기만 하늘까지 올려준 꼴이 되었소. 이젠 어쩔 것이오? 유 총사가 어디 병권을 쥐고 공략해보시오!"

"태대각간, 말씀이 지나치시오! 고금에 이르기를, 승패는 병가지상사(兵家之常事)라 하였느니. 한번 패한 것에 어찌 그리 막말을 하시는 게요! 그래서 일찌감치 신라 조정에서 내게 통수권을 온전히 넘겼더라면 방비를 제대로 했을 것인즉, 지난 패전은 쇠고집을 부린 각간의 책임이 크오. 각간의 그 오만한 아집 때문에 진 것이오!"

지수신의 야습에 크게 패퇴한 뒤로 나당연합군 내부에선 서서히 내분 조짐이 일기 시작했다. 가뜩이나 군사지휘권을 놓고 다투던 마당에 패전까지 겹치자 당과 신라는 서로에게 그 책임을 떠넘기며 반목하고 있는 것이었다. 물론 나당연합이 분열한다면 임존성에서 최후의 백제부흥군을 이끌고 있는 지수신이 제일 큰 이득을 거머쥐는 셈이었다. 잘만하면 그들의 수만 군대를 물리치는 활로(活路)가 생길 수도 있기 때문이었다. 또 그렇게만 된다면 왜와 고구려에 재차 지원군을 청하고 한풀 꺾인 백제 부흥의 기치를 다시 굳건히 세워 화려하게 재기를 모색할 수도 있었다.

그러나 세월이 무상하고 시절이 야속하듯, 지수신의 마지막 백제 부흥군에게 존엄하고 고귀한 천명(天命)은 너무나도 멀리 있었다. 당과 신라의 장수들이 서로 핏대를 세워가며 고성을 지르다 못해 붙으려는 찰나, 한 사졸이 군막 안으로 들어왔다.

"저, 군략회의(軍略會議) 중에 송구하옵니다만 시급한 사안이라 잠시 여쭈옵니다."

"시급한 사안이라니 도대체 무슨 일이냐? 또 다시 백제 놈들이 쳐들어왔느냐?"

"그게 아니오라, 흑치상지란 백제 항장(降將)이 있어 처분을 청하고자 하나이다."

"뭐라! 우리 연합에 투항한 백제 장수가 바로 흑치상지(黑齒常之)란 말이더냐?"

백제부흥군의 명장 흑치상지가 당에 귀부한 때는 서기 663년(문무왕 3년) 10월 말경이었다. 그해 8월 28일 백강 전투에서 백제군을 지원하러 온 왜군이 나당연합에 크게 패하고, 9월 7일 거점 주류성이 함락당한 뒤로 부흥 세력의 수뇌부는 궤멸했었다. 이후 흑치상지는 인근 성들을 돌며 백제 땅의 정세(政勢)를 예의주시했고, 결국 대세가 기울었음을 판단하여 사탁상여와 더불어 당나라에 항복한 것이었다.

"참으로 기쁜 일이오. 잘 왔소, 장군. 저 임존성의 군민들도 흑치상지 장군처럼 현명하다면 얼마나 좋겠소? 아직도 저들은 다 죽은 백제를 살린다, 일으킨다하여 괜한 생목숨만 버리고 덧없는 피나 뿌리고 있소. 장군의 용단을 모르고서 말이외다."

"소장은 이제 대당의 정병이 되었으니, 백제 토멸(討滅)을 위해 백의종군을 마다하지 않겠나이다. 맡겨만 주신다면 신이 직접 저 백제 것들을 회유코자 하나이다."

"마땅히 그리해야 할 것이오. 대당 제국과 황제 폐하께 그 정성을 보여주시구려."

이때부터 흑치상지는 불운한 항장 수준을 넘어서 적극적인 친당 부역자로 돌변하기 시작했다. 더욱이 삼한의 동족인 신라가 아닌 이민족이자 강대국인 당나라에 투항한 것만 보더라도, 그의 야욕이 얼마나 음흉한 것이었는지 알 수 있는 일이었다.

한편, 임존성의 지수신은 적장 유인궤의 명을 받아 회유를 하러 온 당의 장수가 다름 아닌 흑치상지라는 걸 알게 되자 피를 토하듯 분개해하고 있었다. 그의 노기(怒氣)는 나당연합의 잔악무도한 살육을 목격했을 때보다 더욱 크고 깊은 것이었다.

"성루로 나가보자. 어디 그 사특한 세 치 혓바닥 놀리는 꼴을 한 번 좀 봐야지!"

지수신이 궁수들을 이끌어 장대(將臺)로 나아가자, 남문 아래 신라의 사졸 서넛이 시립해있고 그 가운데로 당의 갑주를 입은 흑치상지가 말을 몰아 나오고 있었다. 문득 지수신은 분기가 치밀어 올라 그를 화살로 쏘아 한칼에 죽이고 싶었지만, 주변의 만류에 겨우 속을 누르고 상좌(上座)에 앉았다. 흑치상지는 목을 들어 외쳤다.

"지수신(遲受信)아, 서경(書經)에 이르기를 가득차면 손해를 부르고 겸손하면 이익을 얻는다 하였으니. 네 더 이상 그 부질없는 항전의 욕심을 털고 나와 겸허히 항복토록 하라. 네 만약 항쇄(項鎖)를 찬 채 돌바닥에 머리를 찧으며 대죄를 자인한다면 대당 제국의 황제 폐하께서는 전향(轉向)의 공(功)을 여기시어 살려줄 것이다."

지수신은 입술 속을 아랫니로 잘근잘근 씹어대며 간신히 차오르는 증오의 불길을 다스렸다. 어느새 피범벅이 된 입가로 살점을 뱉어내며 지수신은 일어나 소리쳤다.

"고래(古來)로 정치가 진창에 구르고 백성들의 원성이 높으면 반드시 야심가(野心家)와 도적떼가 그 틈을 타서 일어난다더니. 적반하장(賊反荷杖)이라, 참담하고 악독한 변절을 제 스스로 미화하는

186

흑치상지(黑齒常之) 네놈이 바로 그 꼴이로구나!"

지수신의 열화(烈火)와 같은 일갈에도 흑치상지는 낯빛에 아무런 변화가 없었다. 별다른 미동이나 반박 없이 오직 자신의 말만 되풀이 하는 것이었다. 마치 그 정도의 힐책은 이미 다 예상했다는 듯 흑치상지는 득의만만(得意滿滿)한 모습으로 칼을 뽑아 들어 성루에 있는 백제부흥군의 사졸들 하나하나를 가리키며 고함을 질렀다.

"정녕 이 불쌍한 목숨들을 다 죽일 셈이냐? 내 일찍이 지수신 네놈에게 말했지 않더냐? 이미 전세는 기울었다고, 이제 백제는 더는 부흥할 수 없다고 말이다. 그때 왜 내 말을 듣지 않고 이리 전화(戰火)를 자초하느냐. 우리 부흥군 전체의 군사와, 물자와, 거점이, 모조리 발기발기 찢겨버렸거늘 왜 부질없는 항전을 지속하느냐. 지수신아! 육도삼략(六韜三略)에 이르길 수만 창검의 칼끝 앞에서 무턱대고 승리를 다투는 자는 훌륭한 장수가 아니며, 때를 다 놓친 뒤에야 대비하는 자는 뛰어난 성인이 될 수 없다 하였으니. 네놈은 때를 잃고 비루한 신세가 되었으면서도, 과격한 주전론(主戰論)으로 임존성(任存城) 군민의 귀한 목숨을 덧없이 죽이려함이냐!"

그때였다. 지수신이 더는 참을 수 없다는 듯 성루 아래로 내려가 급히 문을 열고 흑치상지에게 필마단기로 달려드는 것이 아닌가. 흑치상지는 뜻밖의 기공(奇攻)에 황황망조(遑遑罔措)하여 칼을 휘둘러 몇 합 대적했으나 이미 지수신의 기세를 넘어서기가 어려웠다. 천하맹장이라 일컬어지던 흑치상지 역시 지수신의 불같은 성미는 꺾을 수 없었던 것이었다. 지수신이 그 곁에 시립해있던 적병(敵兵)들을 차례차례 베어나가자, 회유책이 틀렸음을 직감한 흑치상지는 짐짓 말머리를 돌려 물러갔다.

"관자(管子)께서 이르되, 예의염치가 종묘사직의 네 기둥이라 하였으니. 예의를 버리고 염치를 모르는 너희 변절자들이야말로 나라를 좀먹는 반역도당이었음이라!"

187

그렇게 흑치상지가 지수신에게 쫓겨 물러나오자 당의 총사 유인궤는 대노하며 탁상을 내리쳤다. 태대각간 김유신 역시 더 이상의 회유는 소용이 없을 것이라며 친히 출전(出戰)을 자처했다. 그러자 유인궤는 그의 출전을 짐짓 말리며 영을 내렸다.

"이는 항복하지 않고 괘씸하게 저항하는 자들을 토벌하는 전투이기 때문에, 본보기로 대당의 항장(降將)이 출진하여 궤멸하는 게 옳다. 그래야만이 저들도 항복 여하에 따라 상반된 형세를 직감하고 사기가 꺾일 것이다. 유격장군(遊擊將軍) 흑치상지가 부장(副將) 사탁상여와 더불어 직접 지수신을 격파하라. 이미 쇠락한 망국(亡國) 백제를 고집하는 저들에게 나당연합의 위용과 엄단(嚴斷)을 보여주도록 하라."

흑치상지가 나당의 대군을 몰고 임존성을 공격하기 시작한 때는 그해 10월 21일. 이로부터 무려 11월 4일까지 십 수 일 동안 동서남북을 포위하고 공성하였으나 흑치상지는 지수신의 군대를 궤멸치 못하였다. 비록 사면초가에 놓여 고군분투하는 지수신이었으나 그의 장졸 모두가 하나 같이 옥쇄(玉碎)를 불사하고 성문을 굳게 잠근 채 항전했기 때문이었다. 지수신은 장대에 올라 병사들을 지휘하며 독려했다.

"고금(古今)에 이르길, 부충어치세이(夫忠於治世易)나, 충어탁세난(忠於濁世難)이라 하였으니. 치세엔 간적(奸賊)과 명신(名臣)을 가릴 것 없이 누구나 쉽게 충성하지만, 난세에 충성하는 것은 참으로 어려움이라. 그래서 치세가 아닌, 이러한 난세에 타오르는 충심(忠心)이야말로 진정한 우국충정(憂國衷情)일 것이다. 우리는 아직도 강하다. 손발이 잘리면 몸뚱이를 던지고 부딪쳐 싸워라. 사지가 찢기면 머리를 으깨서라도 막아야 한다. 이 악전고투(惡戰苦鬪) 속을 동귀어진의 각오로 밀고 나간다면 비록 중과부적이라 할지라도 반드시 살아나 백제의 영화를 재건할 수 있을 것이다!"

대병을 이끌고도 고전(苦戰)을 면치 못하던 흑치상지는 독한 마음을 먹은 뒤 11월 4일을 결전의 날로 잡고 임존성 속으로 짓쳐 들어갔다. 그러자 며칠을 거뜬히 버티던 임존성 역시 점점 그 기세가 쇠하기 시작했다. 지수신의 군대는 나당의 주력이 포진되어 있는 동문을 굳게 지켰으나, 오히려 서문이 위태롭게 되고야 만 것이었다. 사실인즉 동문에 배치된 나당의 군대는 허장성세였고, 흑치상지는 서문을 포위한 별군(別軍)의 침공에 주력을 기울이고 있던 것이었다. 소위 흑치상지가 술계한 성동격서의 책략에 당한 지수신은 급히 가병(家兵)을 이끌고 나가 서문으로 쳐들어오는 적군을 막으려 했다. 그러나 그곳에는 이미 진입한 흑치상지의 부장 사탁상여가 이끈 기마군으로 인하여 온 시가(市街) 전체가 유린당하고 있던 중이었다.

"천인공노(天人共怒)할 너희 난신적자(亂臣賊子)들아. 그 옛날 아성(亞聖)께서 이르시길 돌이켜봄에 자신이 옳지 않다면 비천한 사람들에 대해서도 두려움을 느끼게 될 것이고, 돌이켜봄에 나의 길이 옳다면 천군만마가 침공해도 용기를 얻어 대적할 수 있다고 하셨다. 너희는 정녕 너희의 길이 곧고 바른 대의를 가졌다고 보느냐!"

임존성의 군민 모두가 어육(魚肉)이 되어 엉겨 붙은, 목불인견의 참상을 보게 된 지수신은 대궁을 들어 일격필살의 시위를 당겼다. 화살은 바람처럼 날아가 사탁상여의 오른팔에 명중했고, 장수의 부상으로 인해 적병은 차례로 물러나기 시작했다.

고작 수백의 군사로 수만 적병을 막아냈으니, 어떻게 보아도 백제군의 승리요, 지수신의 승리가 틀림없었다. 그러나 가뜩이나 군세가 불리한 상황 속에서 수성의 피해가 막심했기에, 성내에선 조금씩 내홍(內訌)이 일기 시작했다. 일부 젊은 장병들은 불만을 품은 채 크고 작은 봉기를 일으켰고, 백성들 사이에서도 민란의 분위기가 짙게 배어나왔다. 처음 저항할 때 서로 죽음을 각오하며 일치단결했던 충정이나 백제 재건에 대한 열망은 줄어들고, 모든 항전이 그저 소용없다는 절망감만이 돌고 있는 것이었다. 사태가 심상치 않음을 직감한 임존성의 관리들은 함께 대책을 의논해보다가 지수신이 군영 안으로 들어서자마자 크게 엎드리며 한 소리로 읍소했다.

"성주, 이 일을 어찌하면 좋나이까. 민심 이반의 조짐이 서서히 번지고 있나이다."

"군민단합의 투쟁의지가 없고서는 저항은 불가합니다. 대책을 마련해주시옵소서!"

이어 늙은 장수 한 명이 모든 문책을 각오하듯 이를 악물고 투항을 요청하였다.

"총사, 이런 식으로는 불가합니다. 지금이라도 항복하시면 안 되겠습니까? 덧없는 희생입니다. 작금의 형국 속에서 오직 고국인 백제 하나만을 생각하는 사람이 몇이나 되겠습니까? 소장의 목을 치시더라도 부디 제 항복의 견해만은 재고해주소서."

핏빛 갑주의 지수신은 선 채로 지그시 눈을 감았다. 백제부흥을 위해 수년간 몸 바친 세월 동안 그도 많이 늙어가고 있었다. 주름지고 푸석한 얼굴과 파리한 입술, 헝클어진 머리칼과 야윈 볼에다 눈마저 감고 있으니 흡사 산송장을 보는 듯했다.

"이보시오, 부장. 정녕, 정녕코 백제 부흥의 기치를 저버리고 항복하고자 하오?"

평소 적병을 향해 노성을 내지르던 지수신의 성정답지 않게 꽤나 온화한 말투였다. 이에 늙은 장수는 힘을 얻어 그에게 항복을 재삼 권유하였다. 한동안 늙은 장수의 넋두리를 듣던 지수신은 이해하겠다는 듯 이내 고개를 살며시 끄덕이며 말했다.

"좋을 대로 하시오. 내 강요하지 않겠소. 본인은 물론 식솔이나 주변 백성들까지도 얼마든지 같이 데려가서 항복해도 좋소. 내 말리지도 탄하지도 않겠소. 성민(城民)의 목숨을 성민 스스로 아끼고자 함이거늘, 내 성주(城主)가 되어 어찌 막을 수 있겠소? 저 흑치상지도 한때는 누구 못지않게 백제 부흥에 앞장섰던 위인이지만 형세가 어려워지자 하릴없이 항복한 자요. 자기의 형편과 처지가 스스로의 항심(恒心)과 인심(人心)을 만드는 것이니 항복 의사가 있다면 나를 개의치 말고 떠나시구려."

임존성 내 개개인의 항복 의사를 존중하는, 예상 밖으로 너그러운 지수신의 태도였다. 대답에 놀란 관리들과 늙은 장수의 시선이 지수신의 얼굴에 꽂히고 있었다.

"정녕, 항복을 허락하시는 것이나이까? 그러면 성주께서도 항복하실 것이나이까?"

이때, 어느 관리의 물음을 받은 지수신의 낯빛은 단호하게 표변하기 시작했다. 마르고 거칠게 패인 그의 두 눈에선 오로지 분기탱천한 의기와 백제부흥의 일념만이 가득 타오르고 있었다. 무겁게 입을 연 지수신의 음성은 그대로 준엄하고 강직했다.

"모두가 항복한다하여도 나 자신은 단연코 항복할 수 없소. 나는 백제 부흥의 최종 거점을 수비해야 하는 이곳 임존성의 성주요, 이 삼한 땅에 마지막으로 남겨진 고국 백제의 신하외다. 조국이 적당의 말발굽에 쇠멸하고, 재건의 기치마저 꺾여드는 이 최후의 상황 속에서 내 어찌 무인의 도리, 신하의 도리를 저버릴 수 있겠소? 어떻게 인두겁을 쓰고 항장을 자처하며 천연덕스럽게 두 나라, 두 임금을 섬기겠소? 죄 없는 백제의 민초들이 죽어나는 참상을 보다 못해 개인들의 사적인 항복을 허락한 것일 뿐, 나 스스로 투항하여 이 성 전체를 적들에게 바치고자 한 것이 결코 아니외다. 지금껏 백제 땅의 곡식으로 밥을 먹고, 백제의 글을 읽으며, 백제의 창과 칼과 말로 무예를 단련하고, 백제의 녹봉을 받아 살림을 꾸렸거늘 내 어찌 백제 사람으로서 백제를 버릴 수 있단 말이오. 어찌 백제의 슬하에서 자란 백제의 인간이 백제의 사직을 버릴 수 있단 말이오. 서토 오랑캐 당나라에게도 고개를 숙이고, 난신적자 신라 놈들에게도 항복하면서 사는 것이 진정 사는 것이라 보시오? 그들의 발밑에서 복락과 영화를 구가하며 사는 길이 정녕 사람의 길이라고 보시오?

나는 알지 못하오. 나는 일찍이 충의(忠義)에 목숨을 건 둔재라 그렇게 편리하고 유용한 살길을 알지 못하오. 군자가 신념이 없으면 어떻게 확고한 마음을 지닐 수 있겠으며, 신하가 충심이 없다면 어떻게 그 나라의 동량(棟梁)이라고 할 수 있겠소?

내 아무리 심부가 베이고 오장육부가 터진다한들 고국(故國)을 배반한 역도(逆徒)에게 항복할 순 없소. 동가식서가숙(東家食西家宿)하는 노류장화(路柳墻花)처럼 살기도 싫을뿐더러, 그렇게 살고자 하는 방법 자체를 나는 이미 알고 있지 못하오…"

저물녘부터 대로(大路)와 민가는 화염에 휩싸였고, 나당(羅唐)의 군대가 지나가는 곳마다 피비린내와 흙먼지가 한 무더기씩 피어올랐다. 그들의 도창검극(刀槍劍戟)은 성루의 군사들뿐 아니라 밑으로 돌과 화살을 나르던 백성들까지도 가리지 않았다.

"반역수괴(反逆首魁) 지수신을 찾아라! 아직 성내를 빠져나가지 못했을 것이다!"

유인궤의 대갈일성(大喝一聲)에 철기(鐵騎) 수천이 움직였고 그 뒤로 보병대가 기치창검(旗幟槍劍)을 휘두르며 남문을 넘어 성내로 진입했다. 이윽고 흑치상지가 맡은 동문이 열렸다는 소식이 들려오고, 김유신이 서문을 격파하고 성루를 장악했다는 말도 퍼지기 시작했다. 유인궤는 득의만면(得意滿面)한 웃음을 뿌리며 진격했다.

"그렇게도 골머리를 앓았던 백제 잔당을 여기서 뿌리 뽑을 것이다! 모두 베어라!"

한편, 시가를 비롯한 내성(內城) 전체가 불길에 집어삼켜지고 나당의 군사들이 밀물처럼 쏟아져 들어오는 회오리 속에서도 임존성주 지수신은 미동 없이 관부(官府)의 군막을 지키고 있었다. 지수신은 장검을 짚고 서서 심기일전(心機一轉)의 자세로 정신을 가다듬고 있었다. 곁에는 일전의 토로를 듣고 그의 충심과 도의에 감화된 장수들과 관리들이, 녹슬고 동강난 창검으로 무장한 채 그를 호위하고 있었다. 이어 어느 미관말직의 사졸 하나가 무너지기 직전인 관아로 몰래 들어와 사정을 고했다.

"이미 성 전체가 점령당했나이다. 오로지 북문만이 혈전을 거듭하고 있나이다."

"내 그리로 갈 것이다. 여기서 앉은 채로 개죽음을 기다릴 수야 없지 않느냐!"

지수신의 대답에 곁의 관리 하나가 그의 걸음을 재빨리 막아서며 간곡히 청했다.

"성주께선 빠져나가 훗날을 도모하소서. 신들이 적의 준동(蠢動)에 맞서겠나이다."

허나 지수신의 결단은 강고했다. 그는 백제 부흥의 최종 전투를 준비하고 있었다.

"내 끝까지 힘을 다해 투쟁할 뿐이오. 백제를 수호하는 고혼(孤魂)이 될 때까지!"

그러자 또 한 명이 옆으로 나와 지수신의 갈 길을 막아섰다. 그는 다름 아닌 일전에 항복을 권하였던 늙은 장수였다. 늙은 장수는 회한의 눈물을 흘리며 소리쳤다.

"장군! 안 됩니다. 부디 장군께서 이 위급을 뚫고 살아남으셔야 다시 백제의 종묘사직이 부활할 수 있나이다. 소장, 일전엔 아둔하여 개처럼 노예처럼 살고자 항복을 권하였으나, 장군의 통한(痛恨)과 대의를 듣고 난 후부턴 뼛속까지 뉘우쳤나이다. 적들의 철퇴 아래 해골이 바스러지더라도 이 늙은 몸 결코 백제 부흥의 꿈을 잊지 않겠나이다! 소장이 장군 대신 나아가 변절자 흑치상지 놈의 칼밥이 되겠나이다!"

그때였다. 그렇게 지수신과 장졸들이 서로 승강이를 벌이고 있을 때를 틈타 나당연합군이 관부로 쳐들어온 것이었다. 선두의 흑치상지는 비열한 웃음을 내보였다.

"하하하! 여기 있었군, 다 끝났다. 지수신! 네 모가지를 이젠 내놓아라! 차아앗!"

흑치상지는 우악스레 대도를 휘둘러 백제부흥군 사졸들을 하나둘씩 쳐내면서 지수신에게 서서히 다가오기 시작했다. 피할 수 없는 결전을 치르게 된 지수신은 작심한 듯 짐짓 주변을 물리고 칼집에서 장검을 뽑아 치켜들었다. 서로의 칼과 검에서 불꽃이 튀고 그렇게 흑치상지와 합을 겨루던 지수신은 기염을 토하듯 소리쳤다.

"대저, 지사(志士)란 행위를 하였으면 반드시 그에 맞는 명분이 존재해야 하고, 말을 내뱉었으면 실행에 옮겨야 하는 법이다. 그렇기에 지사엔 대의가 중한 것이다. 현실(現實)이니 실리(實利)니 하는 말들은 책임을 전가하고 면피(免避)하기 위한 한때의 눈가림이다. 정충대절(貞忠大節)과 대의명분(大義名分)이 없고는 복벽(復辟)의 구현도, 민심의 안정도 도모할 수 없다. 허니 당(唐)에 귀부한 너희마냥 현실주의를 핑계 삼아 한 목숨 이어간다 할지언정, 세간의 지탄을 받고 청사에 죄인으로 남을 것인즉 그것이 어찌 사는 것이겠느냐? 그것은 죽음보다 못한 연명(延命)일 따름이다. 역도들의 괴수, 흑치상지! 이제 그 사특한 아가리를 다물고 내 검을 받거라…!"

서기 663년 11월 말, 나당연합군(羅唐聯合軍)과 흑치상지(黑齒常之)의 공격에 의해 백제부흥운동(百濟復興運動)의 최후 거점인 임존성(現 충남 예산군 대흥면)이 함락됐다. 이로써 백제부흥운동은 종식됐다. 한편, 백제의 마지막 충신(忠臣) 지수신(遲受信)과 임존성의 장졸들은 결국 패퇴하여 지리멸렬(支離滅裂)하였으나, 조국 백제에 대한 절의를 지켜 끝까지 나당연합에 항복하지 않았다. 이후 지수신은 고구려와 연합하여 한반도에서 외세를 몰아내고자 일생토록 종군(從軍)했다고 전해진다.

일반적으로 백제부흥운동에 관하여 생각한다면 대개 명장 복신이나 군주 부여풍, 변절하기 전의 흑치상지만을 대표적으로 떠올리기 마련이다. 그러나 백제 부흥의 대의를 품고 나당연합군에 끝까지 저항했던 이는 바로 지수신 장군 뿐이었다. 그는 수뇌부의 권력 다툼이나, 동지들의 변절과 굴신(屈身)에도 동요하지 않고 오직 조국 백제의 재건을 위해 헌신했다. 쓰러져가는 임존성의 불길 속에서 최후까지 고독하게 저항하던 지수신 장군이야말로, 백제부흥운동의 의로운 고혼(孤魂)이요 진정한 충장(忠將)이라 할 수 있지 않을까. 그런 그의 구국일념(救國一念)은 치솟는 화염(火焰)처럼 우리 후인들의 가슴을 뜨겁게 사르는 만고충절의 섬광이라 할 것이다.

〈끝〉

제11편

조 국 의

새 벽

조국(祖國)의 새벽

"이번에야말로 동이(東夷)의 사직을 완전히 짓밟아 황상 폐하께 반기를 든 저 오만무도한 역적들을 모조리 멸족할 것이다. 그리고 그 역도(逆徒)의 수괴(首魁)인 고구려 임금은 반드시 대당제국(大唐帝國)의 위엄 아래 머리를 조아리고 무릎을 꿇게 만들 것이다. 한시도 지체할 수 없다, 대당의 용맹한 정병들이여 진격하라!"

서기 660년, 황산벌의 맹장(猛將) 계백의 결사대를 격파하고 사비를 함락, 마침내 백제를 멸망시킨 당군(唐軍)의 수뇌 소정방(蘇定方)은 고구려의 평양을 향해 북상을 준비하고 있었다. 다음해(서기 661년) 봄이 되자 당나라 조정은 황제 고종(高宗)의 칙명에 따라 하남과 하북, 회남 등 67개 주에서 징발한 4만 4천의 병력을 동원하여 고구려 2차 침공에 돌입하기 시작했다. 수륙(水陸) 양쪽으로 공격을 감행한 당군은 그해 8,9월이 될 때까지 고구려 국토를 향해 들이쳤다. 심지어 도읍(都邑) 평양까지 포위당하는 위기를 겪게 된 고구려는 진퇴유곡의 형국에 빠지게 되었다.

한편, 요동도행군총관(遼東道行軍摠管) 계필하력이 이끄는 당의 육군이 압록강까지 밀고 내려왔다는 급보에 국정을 전담하던 대막리지(大莫離支) 연개소문(淵蓋蘇文)은 장남 연남생(淵男生)을 총사로 삼아 적을 방비케 하였다. 이때가 서기 661년 가을, 고구려의 마지막 태왕 보장왕(寶藏王)이 즉위한 지 20년이 되던 해였다.

계절은 겨우 가을의 중턱을 넘어서고 있었으나 북풍(北風)이 몰아치는 압수(鴨水)의 물줄기엔 이미 살얼음이 맺혀 있었다. 밤이면 기온은 더욱 급강하하여 찬 서리가 펄펄 내리고 강둑이 얼어붙을 정도였다. 그런데도 적병은 좀체 물러서는 기색이 없었다. 낮이면 임시 부교(浮橋)를 놓고 말을 몰아 돌격해오는 당군은 그야말로 악귀처럼 끈질긴 전투를 펼치고 있었다. 물론 야습(夜襲)도 종종 있었다. 진눈깨비를 뚫고 잠입해오는 당의 자객들은 고구려 부관들의 목을 노렸고, 상황이 여의치 않으면 장수들의 막사에 기름을 부어 화공(火攻)을 감행하기도 했다.

고구려 군은 적과의 전투 그리고 추위와의 전투를 펼쳐야 했다. 원래 포근한 함박눈이 내리는 한겨울보다 찬 기운이 맹위를 떨치기 시작하는 가을 무렵이 더욱 추운 법이었다. 그런데 북쪽의 압수 근방은 상황이 더더욱 심했으니 군사들의 고통은 말로 표현하기가 어려울 정도였다. 더구나 국도(國都) 평양이 적의 목전에 놓여있는 형국이니 보급이 풍족할 리 만무했다. 그리하여 급박하게 돌아가는 전황의 형세는 장졸 모두를 숨 막히는 긴장 속으로 몰아넣고 있었다. 총사(總師) 연남생이 이끄는 고구려 군은 사생결단의 자세로 압수를 지키고 있었지만 승전은 아득하기만 했다.

그 시각, 평양 외성의 망루에 서서 당군의 동태를 주시하던 연개소문은 긴 수염을 쓸어내리며 다시 압수의 전황을 생각하기 시작했다. 국도의 지경도 위급했지만 더 큰 문제는 바로 압수에 있었다. 고구려의 심장줄기인 압수가 위태롭게 되면 장차 국토 전체가 흔들릴 수 있었다. 연개소문은 탄식하며 말했다.

"아직도 압수의 남생으로부터는 승전의 소식이 오지 아니 하였는가?"

연개소문의 곁에 시립한 부관이 대신 면목 없다는 듯 참담한 낯빛으로 대답했다.

"아직 이옵니다. 당의 군대가 일진일퇴한다는 것으로 보아 아마도 백중세(伯仲勢)의 형국이라 짐작되옵니다. 허나 머지않아 총사께서 적병을 격퇴시킬 것이옵니다."

"곧 이 땅에는 손발이 얼어붙는 혹한의 추위가 거세질 것이다. 아군의 장졸들 역시 추위와 사투를 벌여야 할 것이지만 중원의 기름진 서토에서 자란 적들은 더더욱 고구려의 기후에 익숙지 못할 것이다. 하여 평소에는 군사를 크게 운용하지 말고 적의 허실을 분별하여 마침내 적의 기세가 꺾이는 때를 노려 일격을 가해야 할 것이다. 지금 압수의 총사로 나가있는 남생은 앞일의 판단에는 교활할 정도로 능하나 성정이 급하여 작금의 일을 그르치기 쉬운 놈이다. 허니 파발이 돌아가는 길에 남생에게 이 말을 전달하라 명을 내려라. 공수(攻守)에 있어서 기후의 조건을 활용하여 적의 급소를 치는 병계(兵計)를 쓰라고 말이다. 함부로 경거망동하지 말라는 뜻이다. 하루라도 더 빨리 외적을 물리쳐 기우는 이 나라 700년 종사(宗社)를 바로 세워야 하거늘, 모든 것이 급하고 또 급하다. 평양도 압수도 이 나라의 존망(存亡)도 급하고 그리고 위급하다…"

대담무쌍한 기백을 지녔던 준걸 연개소문도 이제 백발이 성성한 노장(老將)이었다. 그가 몸소 겪었던 지난 고구려의 수십 년 시대는 그대로 핏빛의 세월이었다. 수당(隋唐)의 침공 야욕으로 요동벌판은 시산혈해(屍山血海)로 가득했고, 오랑캐 적당(賊黨)의 말발굽은 이 나라 강토와 백성을 유린하는 데 거침이 없었다. 저 멀리 밤낮을 가리지 않고 침략해 온 적의 수십만 대군은 개미떼처럼 줄을 지어 충차(衝車)와 석거(石距)로 무장한 공성(攻城)을 했다. 이어 도창검극을 휘두르는 보기(步騎)를 동원한 전면전을 펼쳤으며, 독(毒)과 불(火)이 담긴 시위를 세차게 당기어 맹렬히 사격했다. 또 토산고지(土山高地)를 쌓아 고구려의 도성 함락과 사직 멸망을 기대하기도 하였다.

그러나 그러한 적의 맹공에도 연개소문은 이 나라 장졸들과 더불어 말등자(鐙子)에 발을 걸고, 창검의 날을 세워 지금껏 고구려의 사직을 지켜냈다. 연개소문을 비롯한 구국간성(救國干城)의 고구려 용장(龍將)들은 숱한 오랑캐의 물량공세에도 아랑곳없이 나라와 민족을 지켜내겠다는 충의(忠義)의 일념으로 고군분투하였다. 그 끈기 있는 항전 결과 폭군 양제(煬帝)의 수나라는 과도한 전쟁 야욕의 여파로 인한 내분과 반란으로 자멸하게 되었다. 그리고 변방의 통일과 중앙의 안정으로 정관(貞觀)의 치를 이룩했던 당태종(唐太

宗) 이세민은 거듭된 패전의 울화로 세상을 떠나게 되었다.

물론 그토록 분연한 항쟁만큼이나 고구려의 인적인 희생과 물적인 피해는 처참할 정도로 심각했다. 그러나 지난날 대륙을 제패했던 선왕들의 치적과 위업을 본받아 연개소문과 여러 장졸들은 위국헌신의 정신으로 조국 고구려를 끝까지 지켜냈다. 그러한 무인들의 충정 덕분에 저 강성한 중원의 나라들이 흥망성쇠를 거듭할 때도 고구려는 사직을 이어갈 수 있었다.

하지만 그런 고구려 무인들의 항쟁은 한편으론 대당화친파(對唐和親派)가 많았던 고구려 귀족들과 욕살(褥薩)들에겐 눈엣가시와도 같은 것이었다. 화친세력의 눈에는 과격한 토벌론(討伐論)과 피비린내 풍기는 항쟁 주장만 늘어놓고 있는 무부들이 전쟁광들로 비쳐질 뿐이었다. 화친세력들은 전쟁이 아니더라도 타국과 화합하며 살아갈 수 있는 방도가 눈에 보였다. 헌데 무부들이 물자도 인력도 충분하지 않은 지금까지 항전을 끝내 고집하는 것은 아둔하다 못해 참담한 일이었다. 이른바 명분에 휘말려 실리를 잃는 처사였다.

특히 그런 그들에게 있어서 고구려 무장투쟁의 중심에 선 대막리지 연개소문은 선대 태왕인 영류왕(營留王)을 참살하고 정권을 손에 넣은 극악무도한 대역죄인일 따름이었다. 또한 그의 철혈정치와 대당강경론은 광기를 넘어선 패덕한 전쟁 놀음일 뿐이었다. 그런 연개소문의 국정장악이 갈수록 강력해지자 그를 도모하기 위한 정치적 도전과 음험한 암약은 끊이질 않았다. 하여 내분을 일으키려는 난적들의 발호로 인해 고구려 조정과 왕실은 외적을 막기 위한 단합은커녕 내정단속이 더 시급한 형편이었다.

이상적인 화친만을 고집하는 정파의 중심에는 주치(住恥)와 역리(逆理)라는 귀족이 자리하고 있었는데 그들은 화친계의 골수분자로서 연개소문을 철천지원수로 여기고 있었다. 그들이 생각하기로 '전후(戰後)의 참변과 당금(當今)의 위기는 연개소문이 고구려의 정치를 대당강경 쪽으로 몰고 갔기 때문'이라는 것이었다. 이는 다시 말해 고구려에 대당강경파인 연개소문만 없어진다면 당과의 화친에 의한 영구한 평화가 도래할 수 있다는 뜻이었다. 어느 날인가, 화친파의 거두 주치는 은밀히 계파회합을 열어 좌중에 이런 말을 하기도 했다.

"지난날 당태종은 연개소문의 부당한 집권을 주벌(誅伐)하기 위해 군사를 일으켰노라 주장하며 고구려 침공의 명분을 천하에 내세웠다. 즉 당태종이 원한 것은 연개소문의 척결과 대당강경파의 퇴진이었다. 이는 임금을 시해하고 집정한 역적 연개소문을 내치기만 하면 얼마든지 당과의 관계회복이 가능할 수 있다는 뜻이었다. 그것은 곧 잘하면 우리 조국과 백성의 영구한 평화가 보장될 수 있다는 저들의 암시적인 권유와도 같은 것이다.

그리고 또한 곰곰이 생각해본다면 비록 침공의 야욕이 있었다고는 하나 당태종의 말이 전연 틀린 것도 아니다. 고금을 막론하고 어느 나라 집권대신이 자기 임금을 토막 쳐 살해한 뒤 대위(大位)에 오른 적이 있었느냐? 또 그런 역적을 관민(官民)이 수수방관한 적이 있었는가? 고구려에 간적 연개소문이 존재하기에 오늘의 위기가 모조리 시작된 것이다!"

드디어 양군이 진퇴를 거듭하며 대치하던 10월이 지나고 11, 12월의 겨울로 접어들면서부터 평양과 압록강을 압박하는 당군의 기세가 강해지기 시작했다. 이때, 비로소 주치와 역리는 정변의 본색을 과감히 드러내고야 만다. 이것이 바로 이른바 '연개소문 축출(逐出) 작전'의 시초이자 발단인 것이었다.

그들은 조정과 왕궁을 넘나들며 '위험과 난국을 초래한 역신 연개소문의 타도'를 부르짖었으나 당시만 해도 화친세력의 입지는 이미 좁아질 대로 좁아진 형편이었다. 지금껏 연개소문은 대막리지의 자리를 오래 유지하면서 조정에 자신을 따르는 강경 무장세력(武將勢力)을 굳게 심어두고 있었다. 더욱이 주치와 역리 같은 귀족 일파들의 화친론(和親論)은 애초부터 비현실적인 주장으로 여겨져 줄 곧 관민의 의심을 사고 있었다.

결국 주치와 역리는 상황이 여의치 못하자 연개소문 축출타도 계획을 공론화하기 위하여 자신들보다 좀 더 강력하고도 상징적인 인물을 추대하기에 이르렀다. 그들이 선택한 위인이라는 자는 다름 아닌 안시성(安市城) 전투의 주역 양만춘(楊萬春) 장군이었다. 당태종의 침공 당시, 양만춘은 안시성의 성주로서 당의 수십만 대군을 용감하게 물리쳤고 이에 백성들의 지지를 받아 전설적인 위용을 지니게 된 명장이었다. 그런데 지금 화친파인 주치와 역리는 그런 대당항쟁(對唐抗爭)의 중심적인 인물을 포섭하려고 든 것이었다.

며칠 뒤, 주치는 역리와 더불어 양만춘을 만나 연개소문 축출공론을 부추기기 위하여 기화보물(奇貨寶物)을 가득 실은 일대(一隊)를 이끌고 안시성으로 향하고 있었다. 진눈깨비가 쏟아지는 고구려 요동의 밤하늘 아래, 화친파 귀족들은 마차에 몸을 실으며 주육(酒肉)과 잡기(雜技)로 여정의 시간을 소일하고 있었다. 반면, 전쟁의 황폐(荒廢)에 신음하던 백성들과 노복들은 이제 터지고 갈라진 손으로 고관대작의 수레를 끌어야 하는 처지로 전락하고 있었다. 하지만 귀족들은 아랑곳하지 않았다.

주치와 동행한 역리는 덜컹이는 마차 속에서 술잔을 기울이며 입을 열었다.

"진정 양만춘이 우리의 거사를 지지하겠습니까? 그는 대당강경론자가 아닙니까?"

주치는 반쯤 누운 자세로 있다가 이내 거만한 표정이 되어 잔을 털고는 말했다.

"그가 비록 대당강경파라고는 하지만 연개소문과는 뜻을 달리하는 장수로 유명하지 않소이까? 그는 무력을 동원한 연개소문의 집권 당시, 저지를 하고 나섰던 장수로서 무신독재(武臣獨裁)에 극렬한 반감을 지니고 있는 자요. 더구나 그는 천하의 맹장이자 지금은 백성들의 추앙과 존경을 받는 고구려의 전설이 되었소. 그런 명망 높은 자를 우리 쪽으로 포섭하여 추대한다면 강경파의 수장인 연개소문은 물론이거니와 그 일파 모두에게 엄청난 타격이 될 것이오. 양만춘은 누구보다도 우리 고구려에 대한 애국심이 지극한 자요. 그도 이번 위기를 보고 느끼는 바가 많을 것이오. 역적의 생존으로 백성과 나라가 위태로운 것을 두고 보진 않을 것이오."

주치와 역리를 비롯한 화친파 귀족들은 그저 선 채로 몇 마디 꺼냈을 뿐이었다. 다소 분기가 서렸다고는 하나 논조도 강하지 않은 유연한 권유에 지나지 않는 것이었다. 그러나 그들은 하마터면 다짜고짜 날아든 부월(斧鉞)에 목이 날아갈 뻔하였다.

"성 밖으로 당장 나가시오. 내 오늘 방문은 없었던 일로 하겠지만 그대들의 동태를 주시하여 다시 이런 망언이 나올 시엔 직접 군사를 동원하겠소."

침착한 어투였지만 분명 은은한 노기(怒氣)가 퍼지는 음성이었다. 백발을 풀어헤친 장수(將帥)는 타오르는 결기로 인해 금세라도 칼을 뽑아 휘두를 판이었다.

"아니 장군, 도대체 왜 이러십니까. 우리가 뭐 큰 잘못이라도 했습니까?"

역리에 항변에 장수는 안광이 충천한 눈으로 그의 얼굴을 노려봤다.

"지금은 분초를 다투는 화급한 전시(戰時)요. 관민과 상하가 단합하여 외적을 물리치기도 시간과 여력이 모자라는 판에 내변(內變)을 일으키겠다고 말하는 꼴들을 보니 참으로 역겹소. 그것도 국가 기둥이라는 귀족 작자들이 당리당략(黨利黨略)에 눈이 멀어 조정 영수를 음해하겠다는 억설을 내뱉는 것이라니. 군민과 장졸들은 오랑캐 말발굽에 짓밟힌 조국의 영토를 지켜내기 위해 변방에서 목숨을 아끼지 않건만 고관대작이라는 자들은 이 꼴이라니!"

흰서리가 내려앉은 산발한 머리와 핏빛 갑주(甲冑), 허리에 찬 부월과 빛나는 대도(大刀), 그리고 창공(蒼空)도 사를 것 같은 무사의 비장한 위엄. 안시성주(安市城主) 양만춘은 자신을 찾아온 화친 세력들을 향해 마치 적당(賊黨)을 꾸짖는 듯 날카로운 대갈일성(大喝一聲)을 터트린 것이었다.

주치는 거듭된 권유에도 양만춘이 요지부동하자, 직접 나서서 소리치기 시작했다.

"그대는 어느 나라의 장수인가. 조국의 군주를 시역(弑逆)하고 그 시신을 천참만륙(千斬萬戮)한 역신을 조정의 영수로 떠받치고 있는 그대는 정녕 어느 나라의 장수란 말인가. 귀신같은 활솜씨로 당태종의 눈을 도려내고 오랑캐의 토산병책(土山兵冊)을 분쇄한 명장 양만춘은 어디로 가고, 이처럼 노회한 늙은이만 남았단 말인가. 여태껏 역적 연개소문의 집권이 외적의 고구려 침공 빌미가 되었다는 점은 삼척동자도 다 아는 사실이다. 그가 있음으로 하여 수많은 장병과 백성이 신음하고 나라 사직이 도탄에 빠졌다는 것을 그대만은 모른단 말인가? 그대는 언제까지 그토록 한심한 전쟁 놀음을 지속할 것인가. 언제까지 역적을 임금처럼 받들고 살 것인가. 정녕 고구려의 장수된 자로서 부끄럽지도 않은가."

주치의 말도 전연 일리가 없는 것은 아니었다. 연개소문의 집권이 고구려에 상당한 피해를 가져왔다는 점은 고구려사람 누구도 부인할 수 없는 사실이었다. 그가 잔혹한 집권으로 대당강경책을 펼친 것도 사실이고, 그의 국정 전횡이 적국의 침략 구실이 되어 백성들이 고초를 겪게 된 것 역시도 사실이었다.

그러나 양만춘은 오히려 앙천대소하며 허탈한 웃음을 보였다. 그러나 그것은 웃음기가 없는 웃음이었다. 양만춘은 주치의 정면을 똑똑히 응시하며 일갈하였다.

"이 지상의 어느 누가 역신의 발아래 숨통을 트고 살고 싶겠는

가. 이 고구려의 어느 누가 광폭한 전쟁을 달가워하겠는가. 그러나 그대 화친 귀족들은 똑바로 알아야 할 분명한 사실이 하나 있다. 대막리지 연개소문이 죽는다고 해서, 그 하나의 위인과 그 하나의 강경세력을 없앤다하여 영원한 화평이 도래하지는 않는다는 것을 말이다. 저 비루한 서토의 오랑캐들은 침공의 빌미로 줄곧 연개소문을 언급하고 있지만 그것은 어디까지나 허황된 명분일 뿐이다. 연개소문을 내쳐서 오랑캐들의 비위를 맞추는 것은 화평의 기약(期約)이 아니라 복속(服屬)의 맹세에 지나지 않는 것이다. 무장투쟁과 강경정치를 주도하는 연개소문이 사라지면 누가 가장 좋아하겠는가. 그것은 당연히 저 서토 오랑캐들이다. 우리가 조정 영수를 죽여 창검을 거두고 저들에게 화해의 빈 손길을 내미는 순간, 저들은 우리의 빈손을 묶고 가차 없이 도륙 낼 것이다. 화친은 언제나 손바닥 뒤집듯 사세와 형편에 따라 달라질 수 있는 것이다. 우리의 빈손은 저들의 칼을 부른다. 국력이 강성하지 않고 국방이 튼튼하지 않은 나라에 어느 외국이 화평을 보장해줄 수 있겠는가?

더구나 그렇게 오랑캐의 수족노릇을 해서 화평을 얻었다 한들 그것이 얼마나 참된 화평일 수 있겠느냐. 얼마나 참된 자유평화(自由平和)일 수 있겠느냐. 외적의 눈치를 살피고 물자와 인명을 가져다 바쳐야만 지속되는 평화, 등을 굽히고 머리를 조아리는 비열한 굴종과 더러운 추숭(推崇)을 계속해야만 유지되는 평화, 그것이 진정한 평화인가? 그것은 교언영색(巧言令色)의 속국(屬國)이나 하는 짓이다. 주권을 잃은 망국의 고아들이나 하는 짓이다. 그대들은 정녕 연개소문이 없어진 뒤에 그런 짓눌린 평화가 도래하길 바라는가? 그대들은 연개소문이 죽은 뒤에도 강력한 국세(國勢)를 지켜 이 나라 사직의 안위를 지킬 수 있겠는가? 그럴만한 참신한 대안과 묘책이 있는가? 설마 아직도 장병들에게서 창검을 빼앗고 적들에게 성문을 열어주고도 진정한 평화와 안정이 보장된다고 생각하는가? 한심한 일이로다. 외적은 우리의 내분을 갈구하는데 이 나라 종묘사직을 지키는 귀족들이란 그런 그들의 갈구에 깨춤을 추며 동조하고 있는 꼴이라니. 한심하구나……"

안시성을 떠밀려 나온 뒤에도 주치는 분기를 누르지 못하고 있었다. 역리를 비롯한 여러 화친파 귀족들 역시 고심참담(故心慘憺)한 낯빛이 되어 각기 평양으로 돌아갈 채비를 하고 있었다. 한편 재물로 유혹하기 위하여 가져온 기화와 보물은 관아의 계단 아래 모조리 궤짝이 박살나 덩그러니 놓여 있었다. 그러자 우연히 지나가던 백성들이 황급히 자기 수레를 가져와 주섬주섬 줍고 있었다. 역리는 마차에 오르자마자 주치에게 씁쓸한 표정으로 말했다.

"거 보십쇼. 씨도 안 먹힐 작자라 하지 않았습니까. 이번에도 틀린 모양입니다."

주치는 조용히 고개를 가로 저었다. 작심이나 한 듯 그의 눈은 이미 사람의 것으로는 보기 힘들 정도였다. 그의 눈 속엔 광기가 마치 요원의 불길처럼 세차게 타오르고 있었다.

"축출공론이 힘들다면, 우리의 힘으로라도 만고의 역적 수괴를 쳐낼 수밖에."

이슥한 평양의 밤에는 좀체 눈발이 그치질 않았다. 소복하다 못해 묵직하게 쌓이는 눈길마다 정체 모를 발자국들이 찍혀 있었다. 야경꾼(夜警軍)만이 간간이 시가(市街)를 돌아다니고 있는 적막한 밤. 야음을 틈탄 검은 그림자들이 뽀드득 소리도 내지 않고 마치 날아다니듯 눈 위를 잽싸게 달리고 있었다. 그들이 바쁜 걸음을 재촉하여 마침내 도착한 곳은 어느 고래 등 같은 기와 저택(邸宅). 물 찬 제비가 허공을 유영하듯 지붕 위로 잠입한 그들은 횃불로 어둠을 밝힌 몸채와 사랑채 주변을 두리번거리며 무엇인가를 유심히 살피고 있었다. 집안을 경계하는 보초들이 여럿 있었지만 그들의 눈에는 그리 많아 보이는 수가 아니었다. 우두머리로 보이는 자가 이내 회심의 손짓을 하자 명을 기다리던 그림자들이 고개를 끄덕이며 작전을 실행하기 시작했다. 지상의 공기를 가르며 뛰어내려온 그림자들의 칼솜씨는 신출귀몰했다. 달빛을 받아 번뜩이는 칼날은 가금(家禽)을 채가는 맹금(猛禽)의 사냥을 연상케 했고, 또 먹이의 척추를 산산이 으스러뜨리는 비단뱀의 위세를 연상케 했다. 흔한 비명소리도 없이 저택을 평정한 그림자들은 몸채의 방문을 열어젖혔다.

'침상에 이불이 덮인 것을 보아 침중(寢中)임이 틀림없다. 비록 그가 지난날 이 나라 제일의 맹장이었다고는 하나 이젠 다 늙어빠진 노인일 뿐이다. 해치워라.'

몸채를 수색하던 우두머리가 나머지 그림자들에게 몸짓으로 신호를 전했다. 그림자들은 발끝을 세워 종종걸음으로 칼날을 겨누며 침상을 향해 돌진했다. 이어 푹 하는 소리가 한동안 연발하더니 이내 난자(亂刺)된 금침(衾枕)이 스르륵 바닥으로 떨어지기 시작했다. 침상 위엔 이불을 덮어 사람을 흉내 낸 인형이 있었다. 인형의 몸에는 4귀의 글자가 적혀있었는데, 그것은 다름 아닌 '자승자박(自繩自縛)'이었다.

'아뿔싸, 함정이다. 어서 이곳을 빠져나가야 한다. 시간이 없다. 도망쳐라.'

우두머리는 기겁을 하며 그림자들과 같이 쏜살처럼 몸채를 빠져나갔다. 그들이 벌컥 문을 열자마자 마당에 도열한 횃불들이 화룡의 꼬리처럼 줄지어 있었다. 기치창검(旗幟槍劍)을 드리운 사졸들이 병기의 날을 세워 들어왔다.

"퇴로는 없다. 참살을 당하기 전에 어서 병장기를 버리고 항복해 무릎을 꿇어라."

고구려 장군 뇌음신(惱音信)의 말이었다. 우두머리는 침중한 음성으로 말했다.

"끝났다. 모두 칼을 내려놓아라."

우두머리의 명에 그림자들은 칼을 바닥에 던지고 답답했던 복면을 신경질적으로 벗어 정체를 드러냈다. 볼과 이마에 칼자국과 낙인 흉터가 심한 것으로 보아 흉포한 비적(匪賊)이거나 무예가 고강한 죄인들임에 분명했다. 뇌음신의 명에 따라 호위들이 그들을 몸채에서 마당으로 끌어내 강제로 무릎을 꿇렸다.

"누가 시킨 것이냐. 누가 조정 영수의 자택에 침입하여 암살하라 명한 것이냐."

우두머리가 패색이 짙은 얼굴로 절치(切齒)하며 뇌음신의 추궁에 답했다.

"우리 스스로 한 짓이요. 사주의 배후는 없소이다."

"너희 스스로가 했다? 가당치도 않다. 네놈들이 무슨 억하심정으로 대막리지의 수급을 노렸단 말이냐. 이것들을 당장 형장으로 압송하라! 토설을 받아낼 것이다."

형장에는 달궈진 불인두의 살 태우는 냄새가 진동했고 가차 없이 주리를 틀린 죄인들의 비명소리가 낭자했다. 문초를 가하는 형리(刑吏)들의 기세가 강해지면 강해질수록 토설의 결과는 쉽게 흘러나왔다. 과연 매질 앞에선 장사가 없었다.

"이제 그만두어라. 외적이 국도를 포위한 지경이거늘 어찌 무의미한 참변을 초래한단 말이냐. 배후를 밝혀냈으면 형옥에 가두고 국법에 따라 차분히 갈무리하라."

자신의 목숨을 노린 자객들이건만 의외로 연개소문은 이 모든 상황에 지극히 초연했다. 그는 하루라도 빨리 마무리하여 이번 일을 매듭짓고 다시 전장에 나서야만 했기 때문이었다. 물론 조정에선 정치적 대결에 따라서 연개소문에 대한 일부의 중상모략이 가해질 때도 있었지만 이처럼 대놓고 암수(暗數)를 쓴 적은 전무한 일이었다. 그러나 그가 연신 내뱉는 말처럼 시국은 '급했다'. 압수에 포진한 계필하력은 금세라도 남생의 군대를 밀쳐내고 고구려

208

영토 한복판에 들이칠 기세였다. 그리고 불사의 항전으로 간신히 지켜내곤 있지만 평양을 에워싼 소정방의 병세(兵勢) 역시 의연히 자리를 고수하고 있었다. 이 같은 전후호랑(前後虎狼)의 형국에 연개소문 역시 종심(從心)의 가닥에 걸친 고령에도 불구하고, 장졸들과 함께 적들을 경계해야 했다. 휘날리는 백발의 노구(老軀)를 이끌어 적들의 몸뚱이를 베어내야 했고, 기우는 이 나라 사직을 구제하기 위해 동분서주해야 했다. 그런 그에겐 시간이 부족했다.

"하루가 급한 와중에 무엇 때문에 또다시 내분을 일으켰단 말인가. 참담하도다."

암살을 사주한 배후가 북부욕살(北部褥薩)의 화친세력 주치와 역리였다는 사실이 드러나자 연개소문은 깊은 한탄을 내뱉었다. 이들은 비현실적인 화친의 정당성을 강변하는 데 그치지 않고 파벌정치를 자행하여 전횡을 일삼은 난신(亂臣)에 가까웠다. 그들은 연개소문 암살 작전이 무위로 돌아가자 평양 내성(內城) 왕궁으로 피신하여 보장왕의 발아래 목숨을 구걸하기에 이르렀다.

"태왕 폐하, 신들이 만고역적 연개소문을 도모하는 데 실패하였으니 소인들의 죄가 참으로 크옵니다. 허나 지금이라도 늦지 않으셨사옵니다. 당장에 친위군을 동원하시어 역신을 토벌하시고 소인들의 목숨을 구명하여 주시옵소서. 폐하, 역신을 조정 영수로 받들 수는 없사옵니다. 그가 살아있음으로 인하여 무자비한 전쟁과 민생의 파탄이 야기되었사옵니다. 폐하, 부디 소인들과 같은 충신들을 구제하여 주시고 저 광포한 역적의 목을 참하시어 일벌백계로 삼아주시옵소서."

주치를 따르는 욕살들은 편전바닥을 주먹으로 내리치고 이마로 연신 찧으며 대성통곡하였다. 그들은 양만춘을 옹립하여 연개소문을 찍어내지도 못했고, 암살기도로 멸절시키지도 못하자 최후의 방법으로 왕의 성심에 의탁하게 된 것이었다. 지금 그들은 왕을 부추겨 연개소문을 주벌해야 한다고 반강제적인 시위 농성을 벌이고 있었다. 그러나 아무리 허수아비 임금이라고는 하나 보장왕의 생각 역시 연개소문과 다르지 않았다. 나라가 도탄지경에 놓인 형국에 정변을 조장하여 국정을 혼란케 한 난신적자들을 어찌 고구려의 임금이 옹호하겠는가.

"700년 사직의 우리 고구려는 동명성왕(東明聖王)께서 빛나는 영광으로 개창하셨고, 대무신왕(大武神王)과 고국원왕(故國原王)께서 찬란한 선정(善政)으로 국력의 기틀을 세우셨다. 이어 소수림왕(小獸林王)께서 도저한 문화적 위용을 달성하셨고, 광개토대제(廣開土大帝)와 장수대왕(長壽大王)께서 영토확장(領土擴張)의 위업으로 종사를 일구셨다. 그 사이사이마다 국세의 성쇠가 있었다고는 하나 우리가 이토록 종사를 보전할 수 있었던 것은 장병과 백성 모두가 합심하여 협력했기 때문이다. 관민이 한 힘으로 뭉쳐 위아래로 진격해오는 적병을 쳐내고 국가 방위에 힘썼기 때문이다. 그 유구한 세월 동안 이 강산의 화평과 국격(國格)의 전통을 보위하기 위하여 흘린 군병과 평민들의 피땀은 값을 매길 수 없을 정도로 고귀하다. 헌데 어찌하여 그대들은 충심 어린 단합이 아닌 파국의 정치 분열을 조장하여 이 나라 사직을 적에게 바치려 하는 것인가? 정녕 당나라에게 도움을 주고자 하는 것인가? 비록 연개소문이 지난날 전왕을 시해한 역신이라고는 하나 오늘날 대당항쟁으로 사직을 지킨 주석지신(柱石之臣)이기도 하다. 만일 과인이 그대들의 주청을 들어 대막리지를 내친다면 이는 당 황제에게 호기만 될 뿐이다."

태왕도 완강히 연개소문의 강경책에 동조하는 판국에 주치와 역리는 달리 어떻게 손 쓸 방도가 없었다. 이미 그들을 추포하기 위하여 연개소문이 보낸 군사들이 내성 안으로 진입하고 있었다. 나머지 욕살들은 임금의 용포자락을 붙잡고 울며불며 거의 애원을 할 정도였다. 그러나 태왕은 다가오는 욕살들을 단호하게 뿌리쳤다.

"과인이 비록 유약한 군주라 해도 최소한 난적과 충신을 구분할 줄은 안다. 조정에 개혁정치의 바람을 불어 넣고 민생에 항구평화를 보장하는 것은 국가를 지키겠다는 의분으로 실천하는 것이지, 내란으로 수작할 것이 아니다."

봉두난발로 옥사에 갇힌 주치는 말없이 창살 안으로 들어오는 바깥 새벽의 달빛만 응시하고 있었다. 밤구름이 걷히고 서서히 보름달이 뜨기 시작할 때는 어찌된 일인지 눈발도 그치고 한기도 덜했다. 분명 근자엔 설풍이 몰아치는 나날의 연속이었는데 오늘의 새벽만은 포근한 청색 금침처럼 한없이 부드러웠다. 주치는 회한 서린 눈빛으로 마른입술을 깨물며 분기를 삭이고 있었다.

'결국 이 나라의 사직은 역신의 전쟁 놀음에 헤집어지고 말 것인가?…'

그때, 풍채 좋은 그림자 하나가 조용히 옥사의 바닥을 걷고 있었다. 주치가 갇힌 뇌옥 창틀에 가까이 선 그림자의 얼굴이 달빛을 받아 환히 드러났다. 대막리지 연개소문의 씁쓸하기 그지없는 면목이었다. 홀로 온 연개소문은 나지막이 말했다.

"대인, 새벽의 달빛이 참으로 포근하오. 아마 내일의 아침은 안락할 것이오."

주치는 마치 그가 올 줄 알았다는 듯이 감정을 비치지 않고 의연히 말을 받았다.

"역적이 국정을 독판치는 마당에 어찌 포근한 새벽이 있고 안락한 아침이 있을 수 있단 말이오? 지속되는 전쟁으로 백성의 신음과 고통만 한껏 과중해질 뿐이오."

노장(老將) 연개소문은 참담한 눈빛으로 주치를 응시하다 한탄조가 되어 말했다.

"어쩌자고 그런 짓을 하셨소. 이 나라 종사가 오랑캐의 창검에 위협을 받는 지금이오. 화친세력의 나를 향한 원망과 살기(殺氣)는 내 지난날의 허물이 있기에 십분 이해할 수 있소이다. 허나 이번처럼 때와 장소를 가리지 않는 그 무모한 내분 야기와 참혹한 정변 모색은 도저히 묵과할 수 없는 일이오. 이는 비극이외다."

주치는 연개소문의 말에 참을 수 없다는 듯 분연히 떨쳐 일어나 크게 소리쳤다.

"닥치시오. 무모하고 참혹한 것은 당신 그 자체요. 역신이 되어 국정을 농단하고 과격한 무장투쟁을 밀어붙이는 당신이야말로 나라를 좀먹는 인간 말종(末種)이자 살육에 미친 인간 백정이오."

시간이 지날수록 새벽은 점차 푸른색을 더해가고 있었다. 어둠은 걷히고 있었다.

"그대와 같은 화친파에겐 궤변처럼 들릴 수 있겠으나, 나로서는 고구려의 종묘사직을 지키기 위해 어쩔 수 없이 선택한 방법들이 었소. 선대 태왕(營留王)과 그를 따르는 무리들은 나라의 안위와 국세를 보전하기는커녕 당나라의 수족을 자처하며 가당치도 않은 화친을 주도했소. 말이 좋아 화친이지 오랑캐의 말발굽과 검극 아래 무릎을 꿇고 배창자를 다 드러내놓는 것과 다르지 않았소. 그에 맞춰 휘돌아 춤을 추는 귀족 욕살들은 저자세의 외교를 자행했으며 심지어 국가 차원의 조공을 가져다 바치기도 하였소. 당 황제의 심기를 거스르지 않기 위해 태자를 보내 달래었고, 굴욕적인 당의 책봉(冊封)을 받았으며, 수나라의 포로들을 원하는 대로 송환하였소.

더욱 역겨운 것은 그저 놓인 사정에만 급급하여 수모를 겪으면서도 그것을 마치 민생과 평화를 위한 희생인 것처럼 미화하는 화친세력의 억설(臆說)들이었소. 도대체 무엇이 민생을 지키고 무엇이 평화를 염원할 수 있단 말이오. 복종하는 것이 당장의 피 흘림이 없다고 해서, 정녕 사직과 백성을 온전히 지켜낸 것이라 말할 수 있겠소이까? 어찌 옹졸함이 자랑일 수 있겠소?

지금껏 고구려의 평민장병(平民將兵), 개마기병(介馬騎兵), 철혈무사(鐵血武士), 조의선인(皁衣仙人)들은 불굴(不屈)의 기백으로 저토록 푸른 조국의 새벽을 지켜냈소. 국력이 쇠해지고, 굴종의 화친만 거듭하고, 마침내 맨 몸과 민둥한 손발이 남을 때, 고구려는 멸망할 것이고 백성들은 적국의 노예가 될 것이오. 그리고 저 새벽… 이 나라 사직의 새벽은 잠들 것이오. 찬란한 태양의 아침은, 아랫마을 의 밥 짓는 연기와 화목한 웃음소리는, 오지 않을 것이오…"

며칠 뒤, 북변으로 귀양을 간 주치와 달리, 재물을 다 풀어 비밀 리에 도망친 역리는 압록강으로 걸음을 향했다. 남생의 군대를 격 퇴하고 승전한 계필하력의 위세를 빌어 당에 귀부하려 했지만 총 사 계필하력은 역리를 처형하며 엄숙하게 말했다.

"자기 조국을 배신한 간적은 적국에게도 필요가 없고, 살아남을 가치도 없다."

〈끝〉

제12편

객 승

객승(客僧)

어느덧 계절은 무더운 칠월의 초입이었다. 산문의 입새에는 한동안 상쾌한 바람이 불다 그치기를 반복했다. 그때마다 산그늘은 청량한 계곡의 기암까지 내려와 있었다. 사이사이 길목에 늘어선 노송들은 가지를 흔들며 다가오는 여름을 맞이하는 중이었다. 사람도 마찬가지였다. 물가에는 햇볕을 피해 피서를 온 행락객들이 종종 보였다. 불공을 위해 법당에 오르던 이들도 그곳에서 잠시 길을 쉬어갔다.

"전조(前朝)의 산천은 이토록 의구하건만 옛 왕성은 사나운 풍진에 쓸렸구나."

아까부터 돌 틈의 이끼를 표표히 쓸어내리던 어느 늙은 산객의 무심한 말이었다. 실로 그 말은 틀림이 없었다. 불과 십리 밖의 명산대찰은 예전과 다름이 없었지만 이미 왕실의 도읍은 폐허의 수순을 밟고 있었다. 천도(遷都)는 새 왕조가 들어서는 건국사업의 일환이기 때문이었다. 무부 이성계가 고려의 마지막 군주를 끌어내리고 용상에 오른 뒤로 천도를 비롯한 여러 개국의 작업들은 본격적으로 진행되기 시작했다. 그 중심에 재상 삼봉 정도전(鄭道傳)이 있었는데, 그는 임금에게 창업의 전권을 일임 받아 모든 일들을 직접 진두지휘하고 있었다. 그가 착수한 새 나라의 일들은 수도 없이 많았다. 그러나 무엇보다도 천도의 일과 반동(反動)의 멸족, 그리고 이학(理學)의 정립에 걸림돌이 되는 불교를 폐하는 일 등이 급선무였다. 그리하여 삼봉은 이와 같은 건국 제반의 일들을 신속히 진행시키기에 이르렀는데, 이때가 바로 고려가 망국(亡國)한 그 해였다.

시간은 화살처럼 흘러가 산에는 황혼이 가고 서서히 어둠이 내리기 시작했다. 아직 밤기운은 다소 서늘했는데, 작은 풀벌레 울음만 가득하고 사람의 소리라고는 일주문 너머 경문을 외는 메아리

215

가 전부였다. 그대로 풍치 있는 여름 산사의 정경이었다. 그러나 승당(僧堂) 뒤편의 암자에선 마치 세찬 통음(痛飮)에 젖은 듯 무거운 설전이 벌어지고 있었다. 평온한 사찰에선 좀체 드문 일이라 아니할 수 없었다.

"승도(僧道)를 넘어 불법(佛法)에 어긋난 짓이다. 아니, 인정(人情)에도 반한다."

이제 찻잔이 놓아지는 소리는 땡그랑 정도가 아니었다. 속 긁히는, 그것이었다.

"큰스님께서 염려하시는 것이 무언지 저도 잘 압니다. 위험과 고통이 따르는 형극의 길이겠지요. 하지만 초탈한 승려라 하여 어찌 세속의 일을 오로지 방관하고 무조건 외면할 수 있겠습니까. 전조는 민초의 고혈로 간신히 지탱하던 귀족만의 나라, 썩은 나라였습니다. 지금 그 구태를 꺾은 새 바람이 불고 있습니다. 이때에 우리 불도(佛徒)가 일어서 새 나라에 참된 쇄신과 적극적인 의지를 보여줄 때입니다."

젊은 불제자의 거침없는 언변에 노승의 미간이 파르르 떨리고, 이내 탄식이었다.

"아둔한 것. 절밥 먹는 중놈이 나랏일에 끼어들겠다고? 지난날 본분 잃은 땡중들이 정사를 농단하여 지금까지도 세상의 이목은 모두 우리 불도에게 적의를 품고 있다. 더욱이 오래된 내부의 적폐로 인해 또다시 지탄을 받고 있는 상황이거늘 이젠 네놈 같은 미꾸라지들까지 망령되이 설쳐들면 그대로 우리 불도의 미래는 끝이다."

"고려 왕실의 가정(苛政)이 얼마나 수탈에 가까운 폭압이었는지는 큰스님께서도 잘 아시지 않습니까. 속류의 파탄 난 민생을 우리 불자들까지 알 정도였으면 그 수많은 창생들이 겪었던 수난은 실로 엄청났을 것입니다. 바로 그런 비정한 나라의 청산에 우리 불도들도 참여하자는 것입니다. 이제 그 모든 부패와 비참을 일소하는

데 동참하여 당당히 세상에 인정받고 광명한 불법의 실천을 보여주자는 것입니다."

그러자 노승은 잠깐 침묵하며 어두운 먼 산의 첩첩능선을 바라보다 겨우 말했다.

"이놈아, 너는 네가 무엇이라고 생각하느냐? 너는 저 자연의 산줄기를 집으로 삼고 석가의 말씀을 몸으로 삼아 사는 중이 아니더냐? 그런 놈이 속류 세인의 희비에 간여하여 양명을 구한단 말이냐? 아무리 불가의 이름난 고승이라도 결국에는 마지막까지 한 줌의 미혹을 털어내고자 정진하고 또 정진하는 하나의 중일 따름이다. 그런데 네놈은 아직도 미명(未明)을 등에 진 채 무얼 어쩌겠다는 것이냐? 승려에겐 승려의 길이 있다. 대의가 좋다 해도 본분을 벗어난 망동은 화를 불러올 것이거늘."

"양명을 구하는 사사로운 길이 아니라 백성을 구하는 공의의 길입니다, 큰스님!"

거기까지 이르자 노승의 얼굴에는 앞서의 노기가 사라지고 있었다. 대신 쓸쓸한 눈가에 사람을 잘못 봤다는 식의 냉기와 더불어 한 줄기 체념의 빛이 어렸다.

"그래, 어찌 쇠귀에 경을 읽으랴. 정 그렇다면 가거라. 가서 무엇을 구할 수 있을 것인지 어디 해 보거라. 옛정에 얽혀 간신히 파계는 면했다만 그래, 잘해야 객승(客僧)이요 못하면 제물이라. 제가 찾을 자리는 고사하고 쓰다버린 필묵(筆墨) 노릇을 면치 못할진대. 네놈의 앞길에 미혹의 안개가 가득하구나. 자성(自省) 이놈아, 어쩌자고 너란 중생이 불도에 올랐을꼬. 산문의 빗질이나 하면 되었거늘, 아미타불......."

그러나 그 길로 결연한 의지를 품고 하산한 자성의 전도(前途)는 제법 밝았다. 출신 자체가 개경 인근의 대찰에서 촉망 받던 젊은 선승(禪僧)이라 그의 결단에 따르는 이들도 어지간했다. 그 밑으로 빠르게 조직된 승도들만 해도 백여 명에 달했다. 아무래도 결성 시기로 보나 세부적인 구성으로 보나 새 왕조의 건국사업에 헌신하고자 각오를 다지고 나온 이들이라기 보단 자성이 지닌 승려로서의 전망과 패기를 믿고 따라온 자들로 보였다. 달변과 명분으로 어느 정도 기반이 잡힌 자성은 여러 승도를 이끌고 곧장 왕성의 조정을 찾아갔다. 자신을 비롯한 승도들이 개국창업에 동참하고자 하는 뜻을 밝히고 주어진 공무를 받아 본격 착수하기 위함이었다.

물론 그 과정이 결코 만만한 것은 아니었다. 고관 말직 할 것 없이 관리들은 느닷없는 승려들의 참여에 꽨한 의심과 은근한 멸시를 보였다. 또 그들의 신청에 따른 공적 절차를 밟기 보다는 괴이쩍게 여기기가 태반이었으며 때론 면전에서 심하게 모욕을 주기도 했다. 그럼에도 타오르는 의지와 명의(明意)를 품은 자성과 승도들은 끝내 그 같은 멸시를 참아내고 마침내 각각 걸맞은 임무를 부여받게 되었다. 그 중 나름 수장(首長) 격인 자성은 승도 참여의 여러 일들이 대강 진행되어 가자 따로이 당상(堂上)으로 불려갔다. 그곳에는 다름 아닌 새 나라의 재상이자 조정 중신(重臣)인 삼봉이 흐뭇한 얼굴로 앉아 있었다. 그 모습을 본 자성이 영문을 몰라 일단 공손히 길게 읍하였다. 노신 삼봉은 과장된 몸짓과 함께 일어나 황급히 합장하며 환대의 예의로 답하였다.

"참으로 어려운 걸음을 하셨소이다. 불자의 몸으로 건국의 위업에 참여하시기가 결코 쉽지 않았을 텐데, 실로 용단이 가상하시오. 그래, 법명이 자성이시라고요?"

"대신께서 이름 없는 빈승(貧僧)의 법명을 이리 알아주시니 참으로 영광이옵니다. 아무쪼록 개국의 중임을 맡은 바 우리 불제자들은 불가의 진정(眞情)을 세상에 알리어 백성의 구제에 한 몸을 다 바칠 것이옵니다. 부디 조정에서 저희의 진심을 알아주시어 앞으로의 건국사업들을 많이 지도해주시길 바라옵니다."

예를 표하면서도 비굴하지 않은 자성의 태도에 삼봉은 넉넉한

218

웃음으로 답했다.

"당연하지요. 우리 조정은 물론 상감께서도 불도의 참된 뜻을 존중하시어 이번 스님들의 창업 동참에 큰 기대를 걸고 계시외다. 이왕 말이 나와 하는 것이지만, 지난날 전조에서 이어졌던 불가의 폐습과 악행은 소위 속리를 탐한 일부의 짓이었소이다. 헌데 할 일 없는 저자의 필부들은 청렴하고 법력 높은 고승들과 불도 본연의 밝은 교리까지 싸잡아 비난하는 망극을 꾀하였소. 이렇게 스스로 잘못과 죄업을 개혁하고 그릇된 질서를 털어내고자 진실 되게 노력하는 스님들이 계신 줄도 모르고 말이외다. 하물며 개국을 도운 무학대사께선 엄연히 상감의 왕사(王師)이실진대, 것 참 부끄러운 짓들이 아니겠소. 아무튼 모쪼록 스님네들이 바른 가르침으로 풍속 교화와 민심 안정에 온 힘을 다해주시오. 본관을 비롯한 여러 대소 신료들도 적극 호응해드리겠소."

그들의 만남이 그럴듯하게 일단락되자 그 일을 들은 신료들은 의아해했다. 임금과 백관이 모이는 편전 회의에 있어서도 삼봉과 자성의 협력은 단연 화젯거리였다. 허나 대놓고 물을 수도 없어 공신들은 그와 가까운 남은 대감에게 부탁하였다. 그러자 남은은 마침 자신도 궁금하던 터에 잘 됐다 싶어 즉시 삼봉을 찾아 물었다.

"숭유억불(崇儒抑佛)을 주창하신 대감께서 어인 일로 불자들을 개국사업에 참여시키신 것인지요? 아무리 미관말직의 소임이라 하나 곧 그 뿌리까지 폐해야 할 종교의 무리에게 그 같은 일들을 맡기신 것은 다소 오판이 아닐는지요?"

남은의 물음이 거기까지 이르자 삼봉은 놀랄 것도 없다는 듯 태연스럽게 말했다.

"건국의 초석은 바로 이번 천도일세. 천도는 물자와 인력이 헤아릴 수 없이 많이 소모되는 대업이라, 중앙정치의 대의명분만으로 백성들을 설득하기엔 한계가 있네. 민간의 감정적 동조를 불러일으키지 못한다면 극단적으론 집단적 반발이나 민심의 이반이 일어날 수도 있지 않겠는가. 그렇다고 이와 같은 난맥마다 일방적으로 추진한다면 전조의 복벽(復辟)이나 음험한 반역을 꾀하려는 무리가 암중비약(暗中飛躍)할 수도 있네. 목표의 달성이 곧 위기의 순간이라, 우리는 새 나라의 문은 열었으나 기초를 다지는 데는 아직 완벽하지 못하네. 여러모로 위태한 지금, 제 발로 굴러들어온 넝쿨을 어찌 내버릴 수 있겠나? 스님 불자들의 새 왕조 건국사업 참여, 비록 규모는 작다지만 과연 그 상징성이 내포한 의미까지 작겠는가? 좋은 모양새일세. 지탄 받던 불도가 스스로 반성하여 개국에 봉사하겠다는 모습. 종교의 사제들까지 새 왕조의 개국에 순응하고 건국의 이치를 인정하겠다는 자세야말로 더할 나위 없이 훌륭한 정통성 기여이자 선전 효과이지 않은가? 본관도 이리 쓸모가 있으니 주운 것이지 어찌 그치들 말로 부질없는 공염불을 들이겠나?

그렇다고 사해(四海)를 혹세무민(惑世誣民)하던 불학을 방관하자는 뜻은 아닐세. 구악(舊惡)의 근원이자 전조의 부패를 부추긴 불학이야말로 온갖 병폐의 바탕이지. 그런 종교를 척결하지 않고선 결코 경건한 이학(理學)을 숭상하는 우리 선비의 나라는 바로 설 수 없을 것이야. 그들만 적당히 쓰고 나면 모조리 발본색원할 것이네. 마땅히 명리를 좇아 활개 치던 미련한 승도들은 잡아들이고 왕가의 재물을 축내던 사찰들은 대소를 막론하고 철폐하여 일벌백계의 본보기로 삼을 것일세. 허니 남 대감은 괜한 걱정 말고 시급한 천도 진행에나 만전을 기해주시게."

삼봉의 예견은 옳았다. 한동안 자성이 이끄는 승도들은 새 왕조 건국사업의 주춧돌을 놓으면서 대내적으로는 여러 소속집단 간의 신정권(新政權) 결속을 촉진했다. 또 대외적으로는 개국창업의 명분에 적절한 윤색을 더해주었다. 더불어 백성들에게는 불교가 스스로 나서 쇄신한다는 모습으로 비치게 되니 승도의 창업 동참은 새 왕조의 권위와 능력을 간접적으로 증명해주는 셈이 되었다.

물론 자성과 승도들에게도 건국사업 참여의 결과는 꽤 좋았다. 비록 참여란 것이 새 도읍인 한양의 도성을 건설하는 데 미력하나마 돌 하나 더 얹어 보태는 것. 또한 개경의 잡무들에 노동력을 제공하는 따위 등에 불과했지만 그 결실은 굵었다. 일단 고고한 승려들이 새 나라의 창업을 위해 관과 협동한다는 점에서 인상 좋은 모습을 바깥에 보여줄 수 있었다. 또한 범부들과 같이 땀 흘려 일함으로써 타락한 불교에 대한 세간의 편견을 조금 씻어낼 수 있었다. 나아가 고통 받는 민초를 구한다는 대의와 불학의 고귀한 교리를 실천한다는 목표를 일거양득하기도 했다. 허니 후일 심산(深山)의 불자로 돌아가는 데 뜻 깊은 개선(凱旋)을 할 수도 있었다.

'승도들은 새 나라의 밝은 아침을 위해 오늘도 열심히 피땀으로 노동하고 있다. 이 모든 수확은 장차 세상에 찬란한 빛을 틔워오는 기름진 토양이다. 그곳에서 백성들은 도탄의 번뇌를 잊고 건강한 민생을 영위함으로써 고복격양(鼓腹擊壤)의 태평치세(太平治世)를 구가(謳歌)할 것이다. 그래, 불도의 입선(入禪)과 극락(極樂)이 어찌 경전에만 있으랴. 이 모든 조화를 석가여래께서도 굽어 살피시리라.'

자성은 그리 굳게 믿은 후, 하산을 만류하시던 큰스님께서도 결국엔 자신의 결정을 칭찬하시리라 생각했다. 이 모두가 창생을 평안케 하는 불법의 실천이었기에.

어느덧 시간은 팔월의 초순으로 흘러 폭염도 어지간했지만 무더위는 좀체 수그러들 기미를 보이지 않고 있었다. 그 사이 세도를 오로지한 삼봉의 계획대로 새 조정의 한양 천도는 칠월 한 달 가량 순풍에 돛단 듯 빠르게 진행되어 갔다. 완전한 국도(國都) 축성에는 대략 3년 정도가 소요되겠지만 이듬해 즈음이면 대강의 기틀은 잡힐 것이었다. 그렇게 모든 사업이 수순에 맞춰 가던 그때, 바야흐로 일이 터졌다.

"죄 많은 망국의 유신(遺臣)이 어찌 전실(前室)의 조복(朝服)을 입으리오. 남루한 넝마로 대신하여 나라 잃은 비통을 감당하리라. 더하여 풍요한 곡기를 경계하고 안락한 침와(寢臥)를 근절하여 결코 주욕신사(主辱臣死)의 지조를 굽히지 않으리라."

"비웃는 동정과 염려는 필요 없다. 오직 우리의 힘으로 자족하여 이 염천을 이겨내고 저 간흉계독(姦兇計毒)한 역당(逆黨)들에게 고려 열사의 기백을 보여주리라."

그것은 다름 아닌 고려의 조신(朝臣)과 유림(儒林) 72명이 새 조정에 반기를 들고 개경 서남의 광덕산으로 모여가 집촌(集村)을 이룬 일이었다. 역대 왕조의 교체와 흥망의 역사로 보자면 그리 기이한 일도 아니었으나 새 정권에 있어서 이 사안의 중대성은 꽤나 심각했다. 고작해야 72인이라 그들의 단합이 당장 무에 큰 위협이 되겠냐마는 문제는 전조에 대한 충의와 향후의 시간이라는 요원의 들불이었다. 유신들의 충성은 민초들에게 고려의 향수를 불러일으킬 것이고, 시간이 지나면 복벽이나 반정을 위한 실질적인 궐기는 세를 타고 퍼져나갈 것이었다. 더욱이 관리나 선비 중심의 명망 높은 위인들의 결집이라면 그 휘하들은 수효를 쉽게 짐작키 어려울 것이었다. 이처럼 유신들의 집단적 반발은 그 세력의 작음과 상관없이 새 정권이 수습한 민심을 요동치게 만드는 현실적 위험인 것이었다.

그래도 성급하게 다루어서는 될 일이 아니었다. 자칫 잘못 건드려 화근을 키울 수도 있음이라. 사안을 처리하기에 앞서 재상 삼봉은 상감의 조칙을 받들어 심사숙고에 들어갔다. 그리고는 승도의 우두머리 자성을 불러 그 일의 임무를 부여했다.

"빈승이 어찌 가을 억새불 같은 저들의 마음을 돌릴 수 있겠습니까? 재고하소서."

자성이 아무리 생각해봐도 무리한 일 같아 점잖게 거절했지만 삼봉은 완강했다.

"물리적 제압은 최후의 수단이외다. 부디 스님께서 불심으로 감화시켜 주시오."

한 달간 승도들을 통한 선전 효과의 맛을 봐서 그런지 삼봉은 인화(人和)가 필요한 난관마다 자성을 곧잘 부르곤 했다. 이번 일도 가당찮았지만 새 왕조의 실권을 쥔 세도가 재상이 하도 그렇게 몰아대니 자성도 별 수 없었다. 몇 차례 의례적인 실랑이 끝에 둘러댈 핑계가 궁색해지자 하는 수 없이 광덕산으로 길을 잡은 것이었다. 다행히도 그는 승도 몇 명과 간단한 준비만 한 채 출발, 행려(行旅)를 빙자하여 어렵지 않게 두문동(杜門洞)에 들어설 수 있었다. 하지만 그 다음이 문제였다. 옥쇄불사(玉碎不死)의 결의를 다진 그들의 면전에 명색 승려로서 난데없이 권항(勸降)과 설득의 말을 내놓기가 막막하고 민망했다. 더구나 두문동의 유신들이 치를 떠는 새 왕조의 비공식 사자(使者)로서 온 것도 마음에 걸렸다. 그러나 하는 수 없었다. 어차피 이 모든 과정이 새 나라 건국사업의 일환이라는 생각으로 자성은 어렵사리 그들에게 받들고 온 조정의 뜻을 밝혔다. 자성은 되도록 그들의 심기를 건드리지 않으려고 간명하게 말했다.

"지금이라도 선생들께서 결집을 풀고 새 조정에 출사한다면 그 어떤 차별과 박해도 없을 것이라 삼봉 대감께서 굳게 약조하셨소. 오히려 선생들의 절조와 기상을 높게 여기어 현충의 사표로 삼을 것이라 하셨으니 지금이라도 나오시길 바라외다."

그러나 구차스런 설명 없이 간결하게 말하였음에도 유신들은 격분을 자아냈다.

"무부의 피비린내 나는 칼끝에 세워진 사직을 고려의 신하가 어찌 섬기겠는가. 두문동 72현 모두는 험산 불출하여 백이숙제(伯夷叔齊)의 뒤를 따를 것이다. 정도전, 그 변절의 개에게 가서 전하시오. 우리의 뜻은 오로지 불사이군(不事二君)이라고."

애당초 말로써 될 일이 아니었으니 자성도 예상했던 바이지만 그래도 아쉬운 마음에 몇 마디 더 거든 것이 화를 불렀다. 어느

223

선비가 대노하여 일어난 것이었다.

"스님, 방금 뭐라 하셨소. 스님들이 신정(新政)에 참여한 것도 백성을 위함이라?"

"그렇소. 우리 몇몇 불자들도 새 왕조의 창건에 조금이나마 힘을 보탬으로써 전조의 탐학에 시달렸던 백성을 구제하는 데 피땀을 흘리고 있소. 헌데, 아무리 고려의 유림이자 신하였기로서니 고명하신 선생들께서 어찌 이리도 미련이 남아 헛되이 죽음을 재촉한단 말이오? 지난 포악한 정권에 집착하는 것은 다 부질없는 짓이오."

새 왕조 건국 참여의 진정성과 의미, 그 부분에서만큼은 누구보다도 떳떳했던 자성은 그렇게 당당히 자신의 주장을 펼쳤다. 사실 신정권의 노선과 지향을 떠나 승려인 그가 보기에도 두문동 현자들의 불출은 다소 어리석은 데가 있었다. 자성은 그들의 고려에 대한 맹목적인 충성이 싫었다. 자성은 그들이 전조의 수많은 모순과 불합리를 위대한 조국이라는 미명하에 덮어둔 채 무조건 광신하는 것처럼 보였다. 그래서 그들의 신조는 기득권 지성들의 무모한 고집이나 다름이 없어 보였다.

백번 양보하여 이번 두문동 결집이 충신의 결기라 쳐도 그랬다. 그나마 거국적인 저항이 아닐진대 자성은 이들이 무턱대고 과열하는 게 과연 옳은 것인가 싶었다.

"불가의 승도들이 자력 쇄신을 구하였다더니 모조리 다 헛소문이었구만 그래!"

일종의 모멸과 배신감에서 비롯된 또 다른 유신의 말이 멀리서 튀어나왔다. 그 정도라면 자성도 한 발짝 물러설 법했지만 이미 내친김이었다. 그는 마치 혼몽을 깨우쳐주듯 불가의 교리와 학설까지 내세우며 두문동 유신들과 대립각을 세웠다.

"멸도(滅度)에 이르는 길은 아집(我執)을 끊는 것이고, 열반(涅槃)을 이루는 법은 무상(無想)에 드는 것이오. 선생들이여, 부디 고려

224

에 대한 고착을 버리시오. 전조에 대한 그리움과 애정은 모두가 다 찰나의 환상이오. 미망(迷妄)의 잔향이란 말이오."

그러나 자성의 충고는 그들의 들끓는 노기에 기름을 부은 셈일 뿐이었다. 두문동 결집의 좌장 격인 선비 신규(申珪)가 이내 준열한 낯빛이 되어 꾸짖기 시작했다.

"스님들도 석가의 제자이기 전에 한 나라의 백성일 것이오. 고려 군왕의 통치 아래 살던 사람 말이오. 그 사람이라는 존재에겐 무릇 의분(義憤)과 도리라는 것이 있소. 만약 사람에게 의분과 도리가 없으면 이 땅의 윤리와 당위는 바로 설 수 없을 것이오. 그래서 불의에도 분을 못 느끼고 인간의 본분인 이치를 모른다면 사람이라 할 수 없소. 여느 저치들처럼 어제 고국이 망하였다고 해서 오늘 신복(臣服)을 갈아입고, 입성군(入城軍)의 말발굽에 엎드린 항장(降將) 노릇이나 한다면 바로 그 의분과 도리를 저버린 금수가 되는 것이오. 역성(易姓)의 기치가 산천을 뒤덮는다 한들 하늘과 땅이 바뀌진 않소. 혁세(革世)의 바람이 몰아쳐도 조국의 강역(疆域)은 태연하오. 스님, 그게 바로 순리(順理)라는 것이오. 저 황음무도(荒淫無道)한 훼절과 역천의 사도들이 권좌를 뿌리 채 흔들어도 고려의 조종(祖宗)과 사직(社稷)은 여태 이 땅에 살아 있소. 우리는 사람의 의분과 신하의 도리를 지켜 웅혼하게 살아계신 조종과 사직 앞에 부끄럽지 않게 행동할 것이오.

옛말에 이르기를, 요순(堯舜) 같은 성군이 백성을 하늘처럼 두려워하듯이 백성도 임금의 어진 정치와 현총(賢聰)을 믿고 따라야 한다고 했소. 그런데 스님을 비롯한 여러 사람들은 지난 고려의 왕실과 조정을 그저 포악과 미망의 해근(害根)으로 치부하고 지탄했소. 물론 당시의 정사(政事)가 형편없고 혹심했던 것은 사실이오. 무능한 군주가 난정(亂政)을 일삼거나 권신이 국정을 독판치는 경우가 있었던 것도 맞소. 그러나 그렇다고 해서 고려의 오백년 사직이 오로지 난신적자(亂臣賊子)들의 전횡에만 휘둘리지는 않았소. 고려는 지금껏 헤아릴 수 없이 많은 오랑캐의 외침을 충장(忠將)과 강병(强兵)들의 위국헌신(爲國獻身)으로 극복했소. 중원의 대국들까지 염원해 마지않던 고아한 문화의 창달은 명군(明君)과 현신(賢臣), 선민(善民)들의 합심으로 이루어낸 찬란한 결실이었소. 넘치진 않았으나 인정(仁政)도, 치세도 분명히 있었소. 그래서 고려는 결코 지금의 신조(新朝)가 악의 찬 부정(否定)과 사특한 의심(疑心)으로 뭉갤 수 있는 역사가 아니란 말이오.

더욱이 적도(賊徒)의 창검에 전조가 멸한 지 불과 몇 달이오. 아직 용상에는 폐왕(廢王)의 어혈(御血)이 채 마르지도 않았소. 스님, 참으로 실망이오. 스님께서 하시는 불도의 실천과 쇄신이라는 것이 고작 위선을 간신히 면한 아첨이었소이까……"

서로 한동안 몇 차례의 예리한 설전이 오가다 두문동에서 자성이 쫓기듯 나온 것은 그로부터 두 시진 뒤였다. 심상치 않은 주변의 분위기와 점차 그들에게서 뿜어져 나오는 알 수 없는 기운에 의해 자성이 못 이기듯 산을 내려온 것이었다. 그들이 지닌 까닭 모를 기운, 그것을 흡사 고혼(孤魂)의 정기(精氣)라 이름 할 수 있을까. 길을 나서는 도중 그렇게 생각하자 자성은 팬스레 몸서리쳐지는 듯 몸을 떨며 뒤에 있을 먹먹한 소름을 느끼고 있었다. 사단이 나리라. 그는 예감하고 있었다.

"제깟 놈들이 불을 놓으면 어찌 산마을에 그대로 있으랴. 모조리 잡아들여주지."

이미 상감의 밀명을 받은 터였다. 사태의 엄중함을 직시한 삼봉이 비로소 칼을 뽑아드니 휘하의 만조백관이 신속하게 일을 시행했다. 자성의 실패에서 보듯 그들에게 더 이상 설득과 애원, 협박과 강압이 모두 소용없다는 것을 삼봉은 드디어 안 것이었다. 개국 초기라 무력진압은 피하고 싶었지만 후환을 남길 수야 없었다. 포박을 위한 군마가 광덕산 두문동으로 출진하고 이윽고 산기슭에선 불길이 치솟았다.

"파사현정(破邪顯正). 후일 너희의 사악함이 만천하에 드러나 잔잔히 부서지고 마침내 마땅한 정의가 천지에 바로서리라. 천형을 받으리, 대역(大逆)의 사도들이여!"

화염의 혀가 휩쓸고 지나가는 자리마다 살 태우는 지독한 냄새가 진동했다. 두문동이 깡그리 잿더미가 되는 순간에도 두문동 72현 선비들은 청죽처럼 곧았다. 불꽃 속에서 결가부좌를 튼 채 그대로 제자리를 지키고 절대 뛰쳐나오지 않은 것이었다.

믿을 수 없는 소식을 접한 삼봉은 빗나간 예상에 아연했고 자성도 실색하며 원인 모를 섬뜩함을 느꼈다. 뭔가 자신이 그릇된 것이 아닌가 하는 송연한 기분과 함께.

'그들은 도대체 무얼 위하여, 무얼 바라고 그리도 초개(草芥)처럼 기꺼이 목숨을 던졌단 말인가. 도대체 왜....... 진창 같은 전조의 사직을 왜 그렇게 지켰던가! 설마, 그들이 한 말처럼 사람의 충절이란, 의분과 도의란 정녕 저런 것이었단 말인가…?'

새 조정의 요화(妖火)로 인해 두문동의 현사(賢士)들이 모조리 불귀의 객이 된지 며칠 후. 왕사(王師) 무학(無學)이 자성을 자신의 고택 승방으로 은밀히 부른 것은 팔월하고도 그 달의 중순일 때였다. 부름을 받은 자성은 일전에 무학과 면식이 없던 터라 불도의 예로 인사를 올리기로 했다. 무학은 그런 그를 흔연히 맞아주었다.

"자성, 자네가 이번 건국사업에 여러모로 노고가 지극하다 들었네. 장하구만."

무학은 차를 따르며 건네듯 말했다. 그러자 자성은 뜻밖의 칭찬에 겸손해했다.

"말직(末職)의 몸으로 나서 위대한 개국창건에 미력하나마 조금 기웃거려봤을 뿐입니다. 피땀의 노력은 모두 소승을 믿고 따라와 준 여러 승도들이 다 하였나이다."

"허허, 이 사람이 겸손도 하군 그래. 지난날부터 불가에 쓸 만한 자들이 없었는데 그대는 그래도 사람 됨됨이가 된 참중이야, 참중! 하하! 어서 차 들게나, 식겠네."

그러나 자성도 절밥 먹은 눈치라면 넉넉잡아 삼십 년이었다. 그런 소담이나 하자고 무학 같은 고승대덕(高僧大德)이 자신을 부를 리 없다는 것을 그는 알고 있었다. 그의 예감대로 공무(公務) 같은 의례적인 말들이 얼마 오간 뒤 무학은 무겁게 입을 열기 시작했다. 자신의 본심이 담긴 말이었는데 그 내용의 심각성이 깊었다.

"자성, 부디 조정을 떠나시게. 지금이 자네가 떠날 적기일세. 공도 그만하면 다 세웠으니 이젠 곧 불어 닥칠 화를 피해야 할 시기일세. 신상의 문제가 아니더라도 그대는 머지않아 험한 배신감에 휩싸여 못 볼꼴을 보게 되는 중심에 서있게 되네. 그때 그대가 겪게 될 혼란과 치욕은 실로 죽음보다 더할 것일세. 부탁이네. 떠나게."

느닷없는 무학의 종용에 잠시 충격을 받은 듯 자성의 얼굴은 삽시간에 굳어졌다. 배신감은 무엇이며 도대체 못 볼꼴은 또 뭐란 말인가. 자성은 급하게 입을 열었다.

"대사께서 말씀하시는 그 배신감과 못 볼꼴, 혼란과 치욕은 도대체 무엇입니까?"

무학 역시 엄중한 얼굴이 되어 마치 불 보듯 뻔할 것이라는 식으로 예견했다.

"삼봉은 교활하고 무서운 사람일세. 불도라면 눈에 불을 켜는 사람이 무엇 하러 그대와 승도들의 창업 참여를 승낙했겠는가? 그저 적당히 써먹을 요량으로 그대들을 추켜 세워주고 잠시 손발을 맞게 해준 것뿐일세. 그러나 머지않아 삼봉은 유교이학(儒教理學)을 강력히 신봉하는 선비로서 전국의 사찰과 승려들에게 칼끝을 돌릴 것일세. 그때 그대들이 여기 남아있는다면 그 잔혹한 처리의 우선순위가 될 것이야. 요행히 칼질이야 면할지 모르나 무참히 버려지는 신세로 남을 테니 승려로서의 품위와 인간으로서의 존엄은 갈 기갈기 찢겨진 채겠지. 허니 공을 적당히 세운 지금이 바로 원래의 법당으로 돌아가 그곳의 보존을 꾀할 수 있는 호기일세. 그렇게 일이 잘만 돌아간다면 그대를 비롯한 건국에 공을 세운 승도들의 본사(本寺)는 칼날을 피할 수 있을 것일세. 그러나 조정에 집착과 미련을 갖는다면 위험하네."

그런데 이치에 맞는 말이라 생각되어 수긍의 의미로 천천히 고개를 끄덕이던 것도 잠시. 자성의 마음속에선 이상한 기분이 솟기 시작했다. 애초부터 말이 안 되는 공상(空想)에 지나지 않을 것이었지만, 지금 무학의 말이 자성에게는 마치 위로 치고 오는 정적을 황급히 쫓는 노회한 권신의 으름장처럼 들리는 것이었다. 신예를 견제하기 위한 늙은이의 수작이다. 만약 이대로 물러난다면 지금껏 나와 승도들의 불도 실천 대의는 가을바람에 흩어지는 낙엽처럼 허무해질 터. 그렇게 자성의 되먹지 못한 상상은 날개를 펴고, 마치 추방을 강요하는 노승에게 반격을 하듯 날카로이 말을 건넸다. 그것은 대역무도하게도 감히 임금의 승려를 모독하는 수준이었다.

"그렇다면 같은 불제자이시자 같이 건업(建業)의 공을 세우신 대사께서는 어찌 떠나지 않고 계십니까? 아, 소승은 미관(微官)이고 대사께선 왕사시라 다르겠지요?"

"그런 뜻이 아니니 오해 말게나. 나 같이 늙은 땡중이야 오래된 상감의 신임 덕분에 간신히 남아있는 처지지만 역시 또 언제 유학자들의 성화(成火)에 잘려나갈지 모를 일이네. 그리고 다 늙은 나야 그렇게 끝나도 이미 역성의 거름으로 가는 것이라 미련 없이 마칠 수 있겠지만 자네는 젊고 아직 할 일이 많은 선승일세. 그래서 삼봉의 칼끝이 먼저, 더 강하게, 올 수 있음이야. 싹을 자르고 뒤탈을 막으려 함이지. 곧 위협이 닥칠 자네의 가련한 처지와 아득한 앞길이 걱정돼서 하는 소릴세."

"호, 믿는 구석이 있었습니다그려. 아무렴 하늘같으신 왕사의 공로에 어찌 미천한 소승과 승도들의 피땀이 미치겠습니까? 대사의 고명하신 뜻은 잘 알겠습니다만 소승은 아직 떠날 생각이 없사옵니다. 불도와 백성을 위해 할 일이 더 남았습니다!"

그렇게 조롱에 가까운 소리를 뱉어놓은 채 자성은 자리를 박차고 밖을 나섰다. 차갑게 뒤돌던 자성의 장삼 자락에 치인 찻잔은 요란한 소리와 함께 엎어지고 찻물이 승방 바닥을 흥건히 적셨다. 그러나 그러한 무례와 모멸에도 아무 언짢은 기색도 없이 무학은 그저 조용히 눈을 감을 뿐이었다. 그리고는 이내 입을 열어 무언가를 되뇌기 시작했다. 간신히 분을 삭이며 발길을 재촉하는 자성의 뒷모습이 멀리 사라질 때까지 무학은 불경을 외듯 쓸쓸한 입술로 이렇게 말하고 있던 것이었다.

"떠돌이 객승의 만행(萬行)은 이제 마칠 시간일세. 비록 고까이 들리더라도 모두가 이 노납(老衲)의 진심 어린 고언(苦言)이라 생각하고 부디, 부디 떠나시게나…"

한편, 새 조정은 신도(新都) 축성과 민심 수습 등으로 서서히 왕조의 기틀이 잡히자 국호의 변경 논의까지 서슴없이 거론하기 시작하였다. 올해 여름 역성혁명 직후 국왕으로 등극한 금상(今上)은 국호와 의장, 법제 등을 고려의 것으로 이어받겠다고 하였으나 사실상 정국의 안정을 위한 요식행위에 지나지 않은 것이었다. 그런데 이때 국호 변경과 같이 조정에서 거론된 문제가 바로 화급한 불교의 억제였다. 그에 사대부 관리들은 상소를 올려 이학의 국교화와 유학 중심의 이상국가 건설을 위해 불교를 빨리 철폐하기를 촉구하였다. 더구나 불학의 생사여탈권은 숭유의 재상 삼봉이 쥐고 있었다. 조회에선 관련 논의가 거듭되고 때론 열기까지 내며 신료들 간에 공박과 설전이 오가자 비로소 조정 중신인 삼봉이 직접 중재에 나섰다.

"올 들어 불교의 일부 승도들이 지난날의 잘못을 씻고자 자력쇄신의 노력을 하였지만 그 실천이 미약하고 이전의 적폐가 극심해 불가불 일정 정도의 제약과 엄단을 내리지 않을 수 없다. 이에 제실(帝室)의 조명(朝命)을 받들어 시행토록 한다."

이와 같은 결단은 '일정 정도'라는 교묘한 한계를 설정함으로써 불교 존속론(存續論)과 철폐론(撤廢論)의 양자합의(兩者合意)를 이끌어낸 것처럼 보이지만 기실 뒷날을 위한 삼봉의 정치적 포석이나 다름이 없었다. 말인 즉, 건국 초기인 지금부터 불교의 숨통을 조이면 역효과가 날 수도 있음이니 일단은 본보기로 한 중심 지역의 사찰들을 과녁으로 삼아 제약을 걸고 철회를 종용하는 식으로 그치겠다는 심산이었다. 그러나 향후 새 정권에서 완전한 권력수립이 이루어졌을 때 마침내 그 구태의 근원을 뿌리 뽑겠다는 삼봉의 은밀한 의지는 마음속에서 불타오르고 있었다.

그렇게 삼봉의 대대적인 선포가 있자 조정은 조치를 위해 일사불란하게 움직였다. 금상의 승낙과 조정의 명령으로 권위를 더한 억불령(抑佛令)의 칼날이 향한 곳은 전조의 왕도인 개경이었다. 그리하여 개경 인근의 사찰은 모두 물고가 나기 시작했는데 그쪽 출신인 자성이 이에 격분해하지 않을 리 없었다. 자성은 무학의 예견이 불과 몇 달 사이에 들어맞았다는 것이 새삼 놀라우면서도 급격하게 돌아가는 정국의 소용돌이에 자신도 희생양이 된 것이나 아닌지 문득 복받치는 감정이 솟았다. 자성은 어렵사리 삼봉을 만나 울화 섞인 토로와 함께 자신의 뜻을 크게 밝혔다.

"소승과 불자들은 새 왕조의 건국과 지난 전조의 폐단, 그리고 우리 불도 스스로의 자정(自淨)을 위해 여러 달 동안 신도 건설과 민심 교화에 온힘을 다 쏟았나이다. 헌데, 어찌 이리 박정하고 패은(悖恩)하게도 철폐의 창끝을 우리 개경 가람(伽藍) 성토(聖土)에 돌리시나이까? 정녕 대감께서 이리 돌변하실 수 있나이까!"

그러나 삼봉은 자성의 책망에도 미동 없이 오히려 냉정한 얼굴

231

이 되어 소리쳤다.

"그나마 스님네들께서 건국 참여의 공이 있기에 이 정도로 그친 것이오. 유림들의 성화에 따른다면 개경이 아니라 전국 사찰과 승려들이 으스러졌을 것이외다. 겨우 그들의 노기를 가라앉히고 적당한 선상에서 끝맺은 것이거늘 감사를 표하지는 못할망정 어디 감히 조정 대신에게 극언을 일삼는 것이오! 지금 그대가 정신이 있소!"

기가 막힌 삼봉의 대노에 자성은 잠시 어안이 벙벙했다. 그러다 이윽고 머릿속을 메우고 눈앞을 가리는 후회막급(後悔莫及)의 억울함에 비통 어린 절규를 토해냈다.

"대감을 비롯한 유학자들이 불도를 적시(敵視)한다는 것은 익히 알고 있었으나 진리를 실천하고 개혁에 노력한 공까지 무시할 줄은 진정 몰랐소. 이리 실컷 쓰임만 당하고 말 것이었으면 애초부터 본래의 산승으로 남아 망집(妄執)의 달도(達道)에 전념하였을 것을. 어찌 가난한 중들의 목숨까지 거두는 비열한 토사구팽이 아니랴! 비록 짧은 시간이었지만 우린 퇴락(頹落)한 전조의 폐습을 정화하고 실천으로 백성을 살피어 지혜를 구했거늘. 그토록 선전하던 그대 새 조정의 수립이 폐허의 권화(權化)가 아닌 극악한 한 줌의 미혹이었다니 아, 헛되고 헛된 믿음이었도다!"

분기 어린 자성의 규탄에 뒤가 구린 삼봉으로서는 세찬 노성을 터트릴 뿐이었다.

"이놈, 닥쳐라! 미혹이라니. 네놈들이야말로 요설을 떨어 전조의 왕기를 삼키던 미혹이 아니더냐. 내 너의 건국에 참여한 본심을 이제야 알겠느니, 세간의 지탄을 회피하고 새 왕조에서도 한몫을 누리려던 치밀한 획책이었도다. 날 속이려 들다니!"

원래 궁하면 나오는 것이 매도(罵倒)와 오도(誤導)라, 드디어 삼봉은 잘라낼 준비를 한 것이었다. 그러자 완연히 노기충천한 자성의 눈가에선 불꽃이 튀듯 했다.

"마군(魔軍)이 따로 없구나. 눈먼 모독의 씨앗으로 자라는 나무에 빛나는 치장과 덧칠로 천하를 속여본들 곁가지에 무성해지는 흉적의 잎새들은 어찌 감당하려느냐! 신성(新城)의 품석과 계하를 닦아도 번연히 쌓여있는 고려의 홍진(紅塵)과 악운(惡運)을 내려 받을진대 도대체 새로 태어난 왕실과 조정이 전조와 무엇이 다르랴!"

그렇게 맹렬히 삼봉을 질타하던 자성은 이내 장탄식과 함께 쓰린 울분을 삼켰다. 그러자 삼봉은 더 들을 것도 없다는 표정으로 밖의 군사를 불러 신경질을 냈다.

"전조에 빌붙던 개경 승려다. 어찌 더러운 자를 들이느냐! 속히 절단을 내라!"

그 말에 곧이어 창검을 든 군사 몇 명이 쏜살같이 들이치고 자성은 몇 번의 저항 끝에 속절없이 결박으로 끌려 나갔다. 텅 빈 조당엔 삼봉의 냉소만 흐르고 있었다.

자성이 형리들의 모진 매질과 함께 버려지듯 풀려난 건 그로부터 며칠 뒤였다. 똑같이 반발한 다른 승도들도 멍들긴 매한가지였으나 괘씸죄가 붙은 자성의 몸에선 한눈에 봐도 가혹한 고초의 잔흔이 내려 있었다. 그렇게 한 순간에 서글픈 처지가 된 자성이 탈난 몸을 간신히 이끌고 향한 곳은 바로 일전에 자신이 몸을 담고 있던 절이었다. 자성은 찢긴 육신과 마찬가지로 남루에 가깝게 된 법의(法衣) 하나를 걸치고 멀리 기슭을 타고 계곡을 지나는 동안 죽어가는 낙엽의 숨소리에 쓸쓸히 귀 기울였다. 그것들은 마치 자신의 허망한 심사와 조락한 형편을 말해주는 듯 했다.

그 요란한 시간이 잘도 흘러가는 사이 어느새 가을도 반나마 끝나고 겨울의 시작에 들은 이파리에는 촘촘히 잔서리가 맺혀 있었다. 자성은 잠시 너른 바위에 걸터앉아 착잡한 회한을 되씹었다. 아, 실로 엄혹한 시대라. 크건 작건 정권수립에 공이 있어도 승려 따위의 눈엣가시 같은 외인을 권신이 애초에 용납할 리가 없다는

233

것은 자명한 일이었다. 더구나 오로지 역성의 윤색과 미화에만 혈안이 된 자들이었거늘…

그런데 휘적휘적 다시 비탈을 오르던 자성의 눈에 들어온 것은 다름 아닌 봉쇄된 산문이었다. 예상은 했으나 실제로 보니 자성은 형언 할 수 없이 참담한 기분이 들었다. 그러다 문득 자신의 정치 참여를 극구 만류하시던 큰스님과 그분께서 해주신 말씀이 떠올랐다. 잘 해야 객승이라. 근데, 자성은 지금 진짜로 갈 곳 없는 객승 신세가 되어 있었다. 그렇게 그는 한참이나 큰스님 생각을 하며 사원의 주변을 배회하다 갑자기 마음이 동해 몰래 들어가 보기로 결심했다. 이왕 다시는 오지 못할 것이라면 한 번 보고나 가자하며 남의 담장 넘듯 조심히 뛰어들었다. 따로 지키는 사람이 없어 무사히 들어설 순 있었으나 법당과 승방에는 먼지만 좌선할 뿐이었다.

자성이 텅 빈 큰스님 방에 들어가 돌연 넘어진 것은 그때였다. 그가 발밑을 보자 그곳엔 끊어진 큰스님의 염주 알이 나뒹굴고 있었다. 자성은 큰 산처럼 오열했다.

"큰스님! 불초 소승 이제 어찌 하오리까! 이 미욱한 객승 어찌 하오리까……"

〈끝〉

제13편

십일홍의

발톱

십일홍(十日紅)의 발톱

"더는 부여(夫餘) 땅에 산목숨의 동이(東夷) 족속이 없어야 할 것이다. 죽여라!"

선비 수장(首將)의 벽력같은 한 마디에 기치창검(旗幟槍劍)은 벌떼처럼 솟아 산을 이루었고, 단궁 든 기병들이 납빛으로 저무는 부여의 궁성을 에워싸기 시작했다.

"어허, 어찌 너희가 이리도 굼벵이 짓을 하는 것이냐! 지금 당장 진공(進攻)하여 부여왕 의려(依慮)의 멱살을 틀어오너라! 또한 그놈의 일가는 모두 회를 떠오너라!"

참으로 살벌하기 짝이 없는 선비 맹장(猛將)의 엄명이었다. 허나그 휘하의 군사들은 대궐의 외각을 철통처럼 포위할 뿐 궁내로 진입하는 것을 머뭇댔다. 그도 그럴 것이 그들이 사로잡아야 할 적장은 다름 아닌 부여의 국왕이자 칼솜씨로 이름난 의려였기 때문이다. 물론 수많은 부여의 성이 함락당하며 당금의 전세가 이미 선비족에게로 기울었고, 저들에게 남은 것이라곤 기껏해야 작은 궁성하나와 힘없는 노병(老兵) 몇이었으나 상대는 적국의 임금이었다. 하여 왕과 신하들 모두 최후의 죽음을 각오하고 피비린내 나는 악전고투(惡戰苦鬪)를 마다하지 않을 것인 즉, 여기까지 오느라 오랜 전투에 지친 선비족 군사들이 궁성 진입을 꺼려하는 건 당연했다.

"이놈들이 그래도 말을 아니 듣는단 말이냐! 좋다, 내 먼저 진격할 것이다! 이럇!"

한껏 턱을 벌려 여의주를 아가리에 문 용상(龍床) 위로 피가 번졌다. 이내 창칼 부딪히는 소리가 대전(大殿)을 울렸고, 적기(敵騎)가 휘두른 검극에 베이고 찔려 쓰러지는 사졸(士卒)들의 수가 늘어났다. 너른 평원(平原)과 벌밭에서 치러졌던 일전의 접전들과는 비교할 수도 없이 그 병세(兵勢)가 보잘 것 없었으나, 부여국의 입장으로선 당장의 사직(社稷)의 존망(存亡)이 걸린 결사항전(決死抗戰)이었으니 그 치열함은 백만대전(百萬大戰)에 버금가기 마련이었다. 하여 금군나졸(禁軍羅卒)은 물론이거니와 내시부(內侍府) 환관과 궁녀들까지도 창검을 쥐고 이를 악문 채 그토록 어림없는 칼질을 힘겹게 해나가고 있는 것이었다. 허나 적들은 중원의 떠오르는 강국(强國)이요, 이미 도읍(都邑)과 국성(國城)을 짓밟고 기세등등한 선비의 족속들이었다. 그 중과부적(衆寡不敵)인 전투의 시말(始末)이 어떻게 종식될지는 그야말로 명약관화(明若觀火)한 일이었다. 하여 검술의 대가였던 부여왕 의려마저도 이리 치이고 저리 치이며 피에 젖은 백발을 처량하게 휘날리게 되었고, 적들의 맹공(猛攻)에 한 합 두 합 겨우겨우 버텨내고 있는 실정이었다. 그러다가 이대로는 더 이상 아니 되겠는지 그는 일순 몸을 틀어 막무가내로 침궁 쪽을 향해 달리기 시작했다.

"의라야, 가야만 한다. 네 가련한 사지육신에 이 나라 종사의 존립이 달려있나니."

"허나, 허나 어찌! 어찌 소자(小子)가 일신의 안위를 도모코자 아바마마를 버리고, 조국을 버리고, 백성을 버리고, 옥저(沃沮)로 피신을 할 수 있단 말입니까! 어찌요!"

"이 가여운 것아… 의라야, 네 잠시 치욕을 삼키어라! 이것이 다 국가(國家)를 위한 길이다. 옥저로 가서 힘을 길러 나라를 재건하고 애비의 복수를 갚아다오……!"

이때가 바야흐로 서기 285년, 선비족 모용외(慕容廆)의 기습을 받아 부여국이 쇠멸한 시기였다. 당대 최고의 유목 부족으로 급부상하고 있던 선비족들은 주인 약한 중원에 칼을 들이밀었고, 파죽지세로 동쪽의 국경을 뚫으며 세력을 확장해나가고 있었다. 하여 그와 같은 선비족의 맹위에 국도(國都)가 점령당하고 마침내 패퇴한 부여국은 기어이 망국의 절벽으로 밀려나게 된 것이었다. 당시

양국의 전투가 얼마나 맹렬했던 지, 그때 부여 땅에서 공수(攻守) 전쟁으로 죽은 이가 무려 시산혈해(屍山血海)를 이루었다고 전해진다. 한편 부여왕 의려는 아들 의라를 옥저로 피신시켜 뒷날을 당부한 뒤, 선비족의 거듭된 권항(勸降)에도 절개를 지켜 자진하였다고 한다. 그리하여 부여재건의 대업은 결국 옥저의 의라에게 달려있게 되었던 것이다.

그로부터 1년이 지난 서기 286년, 의라가 옥저에서 군세(軍勢)를 이루며 흥기(興起)하니 비로소 선비족과 부여 유민들 간의 처절한 복수의 서막이 열리는 것이었다.

"내 오늘 다시 여러분께 왕업(王業)을 천명한 것은, 작년 피의 접전 끝에 붕어(崩御)하신 부왕(父王)의 당부와 가르침 때문이오. 부왕께선 이 미욱한 자식을 이곳 옥저로 보내 살리시면서, 조국 부여의 재건과 구세제민(救世濟民)을 부탁하셨소. 그리고는 적당패들의 갖은 농간에도 끝내 자진하시어 부여의 대왕으로서 위엄과 절조를 지켜내셨소이다. 이처럼 막중대임을 맡은 내가, 어찌 외지에서 부왕의 유훈(遺訓)을 저버린 채 술을 벗하며 궁상맞은 망국의 회한을 읊을 수 있겠소이까? 내 어찌 국가사직을 지키고자 비명에 떠나간 모든 이들을 잊고서 편하게 눕고 잠잘 수 있겠소?

그대들은 정녕 기억하시오? 저 서쪽 벌판 끝 찬연한 낙조(落照)가 이르는 번영과 풍요의 땅, 우리 부여국을 지키고자 뿌리고 흘린 수많은 피와 넋을 기억하시오? 야심과 탐욕으로 가득 찬 저 서토 오랑캐들의 창끝에 산화한 혼백들을 정녕 기억하시오? 내 오늘까지 절치부심(切齒腐心)하며 치욕과 더불어 숨 쉬었던 까닭은 바로 그때의 처절한 핏빛의 기억을 가슴 깊이 새기기 위함이었소이다! 하여 내 오늘 와신상담(臥薪嘗膽)의 기치를 높게 들고, 저 불구대천(不俱戴天)의 원수 모용외의 선비족 놈들을 모조리 토벌(討伐)하여 박멸(撲滅)하고자 하니, 우리 사기충천한 만민(萬民)들이여! 모두 함께 일어나 부여 재건(再建)의 영광된 대업에 동참하길 바라오!"

이리하여 1년 간 옥저에서 망명하였던 의라가 선비 토벌을 기치에 내걸고 부여의 고토(故土)로 출진(出陣)하니, 그 뒤로 도창검극(刀槍劍戟)을 높이 든 수천 대군이 줄을 이었다. 한편 부여를 멸하고 한동안 그 땅에 주둔하였던 선비족 모용외는 당시 중원 공략에 힘을 쏟고 있는 처지였다. 하여 부여 땅에 대한 선비족의 방비와 경계가 상대적으로 허술했으니, 의라는 원수를 갚는다는 결연한 의지로써 각 지경(地境)의 관문들을 너끈히 돌파할 수 있었다. 그렇게 부여의 옛 땅으로 귀환한 의라는 곧바로 국왕으로 즉위한 뒤, 국가 재건과 고토 수복에 박차를 가하기 시작했다.

"우리가 욱일승천(旭日昇天)의 기세로 도읍은 쉽게 수복하였으나 이미 옛 강역을 많이 빼앗긴 터이니, 그 땅을 되찾고 저들을 몰아내려면 장차 어찌해야 하겠소?"

새롭게 즉위한 부여 국왕 의라가 용상에 앉아 고뇌에 찬 음성으로 입을 연 것이었다. 허나 편전회의(便殿會議)에 참석한 문무백관(文武百官)들은 이에 별다른 대꾸가 없었다. 그도 그럴 것이, 직접 나서서 후일을 도모해야 할 왕재(王才)인 의라는 부여 재건 문제에 노심초사였으나, 신하들은 그 처지가 미묘하게 달랐기 때문이었다. 부여가 망한 뒤 1년 간 옥저에서 망명 생활을 하였던 대개의 신하들은 만사태평(萬事太平)한 안일(安逸)에 젖어 정세를 직시할 줄 아는 감각이나 충직한 소신이 서서히 녹슬게 되어버렸다. 그러던 차에 마침 의라가 부여 재건을 기치에 걸고 성과를 올리기 시작하니 그들도 한때의 들뜬 흥분과 객기로 앞뒤 없이 나서서 조력한 것일 뿐, 차후의 중요 문제까지는 크게 생각지 않은 것이었다. 그들은 어디까지나 국가의 저력과 영토의 넓이에 골몰하기보다는, 자리보전과 현실욕망에 급급한 군계(群鷄)의 무리임에 틀림없었다. 그런 그들에게 왕이 된 의라는 옛 영토까지 수복해야 된다고 설교를 늘어놓으니, 이른바 '지금 이대로도 충분히 좋다' 또는 '좋은 게 좋은 것'이라는 사고방식을 가진 그들로서는 골치가 이만저만이 아닌 것이었다.

"신 시랑(侍郞) 영극겸(穎克兼) 아뢰나이다. 고토 수복에는 필시 많은 물자와 인력이 동원되기 마련이옵나이다. 하여 1, 2년 간 군사징발과 물산축적에 몰두하시어 대병(大兵)의 힘을 키운 뒤에 차차 정벌(征伐)에 나서심이 가할 줄로 아옵니다. 폐하."

여러 동료 신하들의 등쌀에 떠밀려 내놓은 지극히 평범한 안이었다. 이 말을 듣던 국왕 의라는 그 뜻을 곰곰이 생각해보더니 고개를 내저으며 단호하게 대답하였다.

"경(卿)의 말이 틀린 것은 아니나, 작금의 형세에 적합지 못한 계획이오. 이제 얼마 지나지 않으면 분명 저 선비의 족속들이 우리 부여가 도읍을 수복했음을 알고 군사를 일으켜 달려들 것이오. 형편이 그러하니 한 쪽의 수비도 수비이거니와, 장차 저들이 삼킨 고토를 되찾기 위해서는 즉각적인 공세(攻勢)로 전쟁 기조를 잡아야 할 필요가 있소. 침공에 맞대응을 하면서 동시에 반격을 취하여 실지(失地)를 회복해야 하는 것이오. 아마도 경의 대안은 태평시대의 장기 대책으로 합당할 것이오."

사세(事勢)에 맞는 안을 내놓으라는 임금 의라의 따끔한 충고였다. 그러자 더 위축된 신료들은 대개 무슨 묘안을 떠올리기라도 하듯 고민하는 척만 할 뿐 좀체 입을 열지 않았다. 주상(主上)이 제 풀에 지쳐 포기하도록 시간만 흘러가다오, 즉 그들에겐 마치 추궁 같은 이 당장의 순간만을 오직 모면하고자 하는 심리가 강했다.

"하오시면 신 파일연(芭日硏)이 되묻겠나이다. 아까의 옥음(玉音)을 삼가 받잡아 들어보면, 장기 대책이 불가하다고 하셨는데 그러면 금상폐하께옵선 어떤 단기 대책을 염두에 두고 계시는지요? 신들의 아둔한 머리로는 폐하의 준론(峻論)을 따라갈 길이 없사오니, 부디 명론탁설의 가르침을 내려주심이 가할 줄로 아옵나이다."

240

이번엔 내친 김에 역공을 한답시고 내뱉은 어느 신하의 말이었다. 달리 말해, '이만하면 되었으니 다음에 다시 논의하자'는 투의 반격인 셈이었다. 즉 '왕께서도 답을 내놓지 못하시는 중대 사안이니 다음에 이야기를 나누고 오늘은 그만 이 지리멸렬(支離滅裂)한 회의를 타파하자'는 것이었다. 그러나 의라왕의 대답은 뜻밖이었다.

"사실, 내 생각해 본 바가 있소. 헌데 경들의 반발이 극심할까 저어되어 쉽게 말을 꺼내기 어려웠던 것이오. 과인이 생각한 계책은 다름 아닌 협공(挾攻)이외다."

"어느 협공을 말씀하시는지요? 설마 다른 나라, 즉 타국의 개입이나 원군을 통해 협공하자는 말씀이시나이까? 정녕 고구려(高句麗) 왕 약로(藥盧)에게 군사를 빌리거나 백제(百濟) 왕 고이(古尒)에게 조력을 청하시어 선비를 궤멸코자 하시나이까?"

한참 고개를 들지 못하며 쩔쩔매던 신하들은 의라의 입에서 예상치 못한 소리가 나오자 이내 놀란 기색이 되어 왕의 용안을 멀뚱히 쳐다봤다. 그들 모두 설마 하는 생각과 함께 조금씩 심장 박동이 두근거리기 시작했다. 협공이라니, 원군이라니. 지금 겨우 도읍을 회복한 소국에게 어느 나라가 선뜻 군사를 빌려줄 것이며, 어느 나라가 저 강대한 선비족의 칼끝을 대신 받고자 하겠는가. 의라왕의 제안은 신하들이 생각하기로 현실성이 다분히 없어 보이는 허황된 공론(空論)이 틀림없는 것이었다.

"맞소. 원군이요. 허나, 고구려도, 백제도, 신라도 아니오. 그들도 각기 자국의 형편이 어렵소. 또한 저 범강장달이 같은 선비족의 창검에 하나같이 겁을 먹고 있으니 쉽게 군사를 빌려줄 리 없소. 군사를 빌린다면 마땅히 선비족 놈들을 두려워하지 않고 되레 압도할만한 위력을 가진 강성대국(強性大國)에게 청해야 할 것이오."

"그, 그, 그 선비족 놈들을 파멸할 만큼의 강성대국이 도대체 어디에 있나이까?"

신하들의 커진 동공 속 시선은 모두 의라왕의 입술에 한 곳으로 모여들고 있었다.

"바로 진(晉)나라요. 삼분된 대륙천하(大陸天下)를 통일한 저 강고(强固)하고도 위압적(威壓的)인 사마씨(司馬氏)의 나라에 가서 선비 토벌의 원군을 청할 것이오."

"말이 되는 소리를 해야 할 것 아닌가 도대체! 고구려도, 백제도, 신라도, 하다못해 옥저 나부랭이도 아니고 서토(西土)라니, 진(晉)이라니! 예맥한(濊脈韓), 삼한의 같은 뿌리에서 나온 나라들을 다 제쳐놓고 저 얼굴조차 익숙지 않은 이민족들에게 가서 납작 엎드리고는 구걸을 하자 이 말인가! 허어, 이런 괴변이 있나 글쎄! 허어!"

"저 불구대천의 원수인 선비족 놈들과 진나라가 다른 게 도대체 무엇인가? 아무리 그 사정과 처지가 답답하셨기로, 어떻게 일국의 지존이신 폐하께서 이민족에게 가서 군사들을 청하겠다는 말씀을 하실 수 있단 말인가! 정말 실망, 실망이외다!"

"작금의 상황으로 봐서는 자력으로 난국을 돌파하기에는 무리가 있는 것은 사실이오. 우리 부여가 사직을 재건하고 복벽(復辟)을 일으킨 지 얼마 되지 않았으니, 군사를 바로 내어 고토를 수복하고 선비족을 방비할 순 없는 형국이외다. 허나 이건 아니지요. 어찌 우리 예맥한 일족들을 동이라 부르며 업신여기는 저 서토(西土)의 나라에게 가서 군사를 청한단 말이오니까? 이는 대의명분을 잃는 일이외다."

죽 솥 끓듯 하던 조당(朝堂) 내의 치열한 의논(議論)은 물론이거니와, 기루와 객잔에서까지 자리를 옮기며 신하들은 각기 열변을 토해냈다. 영극겸과 파일연 등 대다수의 신료들은 현실적인 불가피함을 고려하여 의라왕의 '원군 요청' 사안만은 인정하는 눈치였다. 그러나 문제는 방향이었다. 어느 쪽에게 가서 군사를 빌릴 것인가.

의라왕은 강성대국 진나라에게 군사를 빌려야만 확실히 선비족을 제압하고 고토를 수복할 수 있다 주장하였으나, 신료들은 이를 결코 수용할 수 없는 것이었다.

"다른 건 다 그렇다 쳐도, 어떻게 사특한 이민족에게 가서 굽실거린단 말이오?"

이름 높은 거문대족(巨門大族)의 조정 대신에서부터 한미한 미관말직(微官末職)에 이르기까지, 서로 다른 술상 앞에서도 그들 모두는 한 가지로 주상의 견해를 통탄해하는 것이었다. 기실 부여의 신하들이 아무리 형편없고 그 총기(聰氣)와 지모(智謀)가 임금에게 미치지 못한다고는 하나, 지금의 격론만큼은 일리가 없는 것도 아니었다. 일단 원군을 청하자면 가까운 고구려도 있고, 아래로는 백제와 신라, 그 밑의 마한 소국들까지 있으나, 문제는 의라왕이 오로지 중국 대륙의 진나라만을 고집한다는 것이었다. 이는 민족정신(民族精神)을 숭고하게 여기는 예맥한 일족들의 기질과 특성으로 미루어볼 때, 민심의 이반이나 군신 간의 불화(不和)를 야기하는 일이었다. '선택의 폭이 넓음에도 불구하고 왜 하필이면 선비족과 피장파장인 진나라를 고르는 것이냐'며, 백성들이 지탄이라도 하는 날에는 그야말로 조정과 왕실이 곤란에 처할 수도 있었다. 또한 진나라가 강대국이긴 하지만 그 역시 개국의 역사가 짧고 내분도 상존하는 터라 정치적 불안정성이 높으니 원군을 내어줄지도 오리무중(五里霧中)인 것이었다. 물론, 이 같은 고심참담한 번민은 의라 역시 마찬가지였다.

며칠 후, 편전회의가 다시 열리기가 무섭게 대신들은 연판장(連判狀)을 들고서 허연 수염을 날린 채 들어와 시립했다. 지각이 잦았던 일부 신료들 역시 오늘만큼은 시간을 엄수하여 입궁한 뒤, 꼿꼿한 자세로 서서 임금의 거동을 살폈다. 의라왕은 살며시 용상에 앉아 꼼꼼히 신하들 면면을 돌아보며 예의주시했다. 분위기가 심상치 않음은 의라 역시 잘 알고 있었다. 각자의 눈빛엔 서늘한 냉기가 흐르고 있었다.

"신 고명진(顧命進), 아뢰나이다. 진국(晉國)에 대한 원군 요청은 불가하옵니다. 이 나라 종묘사직과 열성조께 불충하는 일이옵나이다. 삼가 왕명을 거두어주시옵소서."

"신 마문위(痲雯緯), 아뢰나이다. 진나라는 사마씨의 국가이옵니다. 일찍이 사마씨들은 조조 맹덕이 창업한 위나라의 그늘 아래에 자라났으나 과거 황권을 약탈하고 국호를 개명하여 반역을 저질렀나이다. 그들이 신하된 본분을 저버린 채, 임금을 치고 찬위(簒位)했으니 이 어찌 난신적자(亂臣賊子)의 나라라 아니할 수 있겠나이까?"

"신 황보위굴(皇甫委屈), 거듭 아뢰나이다. 예맥한, 겨레의 핏줄을 가진 나라들과는 통교(通交)하지 않은 채 어찌 저 서토의 근본 없는 나라에 가서 군사를 청하신단 말씀이시옵니까? 이는 국가외교의 본질을 어긴 폐풍(弊風)이라 할 수 있나이다."

신료들의 계속된 상소는 말 그대로 청산유수(靑山流水)였다. 물 흐르듯 자연스러우면서도 그 명분과 논맥이 비장하였으니 가히 달변의 신하들다웠다. 며칠 전 고토 수복에 대한 방안을 내놓으라고 하였을 때는 한 모습으로 꿀 먹은 벙어리 신세였던 그들이, 어쩌면 이렇게도 표변할 수 있는지 의라왕은 참으로 기가 찰 노릇이었다.

"하하하, 하하하, 참으로, 참으로 명론탁설이요, 고담준론(高談峻論)이외다! 하하하, 경들 같은 뛰어나고 박식한 신하들이 이 나라에 이리도 많은 것을 보니, 하늘께서 이 나를 귀히 살펴주시는 듯하외다! 하하하, 내 그대들의 말을 잘 들었소…… 참으로 잘 들었소. 그대들의 그 무디고 썩어빠진 궤변들 정말 잘 들었다 이 말이외다!"

뜻밖의 대노(大怒)였다. 몇 번 거듭 밀어붙이면 왕기(王氣)가 꺾일 줄만 알았던 신하들은 예상 못한 사태에 당황하기 시작했다. 왕위에 오른 지 얼마 되지 않아 그 경륜이 부족하여 예전부터 신하들의 뜻을 잘 경청해왔던 의라였기에, 신하들로서는 그가 이렇게까지 강하게 반발하고 나설 줄은 꿈에도 몰랐던 것이었다. 그때, 갑자기 의라왕은 단숨에 용상을 박차고 일어나 스스로 용포를 벗어던지며 속을 풀어헤쳤다. 난감한 상황에 신하들은 대경실색(大驚失色)하여 겨울날 쇠붙이처럼 얼어붙는 중이었다. 의라왕의 용포 속에는 다름 아닌 낭자한 선혈 자국이 덕지덕지 말라붙은 보랏빛 찰갑(札甲)이 자리하고 있었다. 의라왕은 용상 뒤편에 걸린 칼을 빼들었다.

"귀 모아 들으라, 내 아끼는 신하들이여. 내 귀한 부여재건의 동지(同志)들이여."

젊은 임금의 음성답지 않게 다소 침잠해 있으면서도 숙연한 품위를 자아내는 굵은 목소리였다. 형형하게 타오르는 안광에다 비장하게 압도하는 목소리까지, 신하들은 아까의 공세와는 판연히 다르게 숨죽인 채 의라왕의 말끝 하나하나를 경청했다.

"내 일찍이 부왕의 유지를 받들어 이 부여를 다시 일으키고 국리민복(國利民福)을 달성하고자 불철주야 노력했노라. 이때껏 소태를 삼키고 송절(松節)을 씹으며 내 오직 자나 깨나 우리 조국 부여의 고토 수복과 사직 번영에 고심했노라. 어떻게 하면 확실하게 실지를 회복하고, 선비족들을 이 조국의 땅에서 몰아낼 수 있을지 여러 방면으로 생각하고 또 생각했노라. 하여 이리저리 궁리 끝에 짜낸 답은 바로 하나, 그것은 원군이었다. 우리가 천재일우(千載一遇)의 기회를 만나 저들의 허실을 파악하여 이곳의 도읍은 간신히 수복하였으나, 문제는 바로 고토다. 저 잃어버린 우리의 옛 땅, 영글고 비옥한 고토다. 수천 리 고토가 없이 어떻게 옛 부여의 광영을 되찾을 수 있겠는가? 그런데 당금의 미진한 국세(國勢)로는 당장 쳐들어오는 저 선비족들을 막기에도 충분치 않으니, 어쩔 수 없이 혀를 깨무는 심정으로 타국에 원군을 요청할 수밖에 없는 것이다.

우리의 힘이 아직 미약하니, 당장의 방편으로 군사를 빌려 잃어버린 옛 국토를 수복하고 그것을 기반으로 하여 서서히 국력을 키울 수밖에 없는 것이다. 인정하기 싫고, 자존심 상하지만, 어쩔 수 없다. 그게 현실이니까.

그렇다면 이왕 원군을 요청하게 된 거라면, 어찌 선비족과 관련 없는 국가나 또는 약소국들에게 가서 군사들을 빌릴 수 있겠는가? 어찌 저 선비족들과는 아무런 상관도 없는 국가에게 가서 원군을 청하겠는가? 일전에도 고구려나 백제 같은 예맥한 일족과 힘을 모아 협공하라는 상소가 있었으나, 그것은 현실정치를 직시하지 못한 채로 민족의식에 성급하게 휘둘린 말이다. 우리와 경쟁관계에 놓인 고구려가 과연 우리가 고토 수복을 하는 데 도움을 주겠는가? 선비족들과 마찰이 거의 없는 남쪽의 국가들이 도대체 무엇 하러 우리에게 도움을 주겠는가? 그들은 본래 우리와 한 핏줄로 타고난 겨레붙이들이지만 오늘의 형편과 같은 국제정치의 맥락상으로는 서로 이해관계가 맞지 않는 것이다. 그러나 진나라는 다르다. 진나라는 중원의 강국으로서 북쪽에서 점점 발흥하는 선비족들을 마땅히 쳐내야만 한다. 국경을 어지럽히고 심지어는 중원 대륙까지 넘보는 선비족들이야말로 진나라에겐 눈엣가시일 터, 우리 부여와 진나라는 공적(公敵)을 두고 있으니 서로 이해관계가 맞는 것이다!

더욱이 그들은 눈엣가시인 선비족을 토벌한다는 실리도 있거니와, 중원의 큰 나라로서 여러 다른 나라들과도 상호협력하며 평화롭게 지낸다는 명분도 갖게 된다. 우리의 원군 요청을 거부할 이유가 없는 것이다. 그렇게 우리는 이 나라의 힘을 빌려 저 나라를 치고, 이민족의 원군을 빌려 이민족을 견제하는 이이제이(以夷制夷)에 성공할 수 있는 것이다. 우리의 귀한 백성들을 전쟁터로 내몰지 않고, 같은 겨레붙이의 피를 상하게 하지도 않으면서 저들에게도 좋은 명분과 실리를 주어 서로서로 상생(相生)할 수 있는 것이다. 묘책이 부재한 상황 속에서 선비족을 제압하고, 마침내 고토를 회복할 수 있는 것이다. 헌데도 이렇게 복잡하고 미묘한 정치현실을 모른 채 아직까지 허황된 민족정서(民族情緒)에만 갇힌 경들의 모습을 보니 참으로 안타깝소이다. 실리가 없이 어찌 명분이 있겠으며, 알맹이 없이 어찌 껍질이 있겠소? 낡은 습관에 젖어 고집을 부리기보다는, 형편과 현실에 맞추어 변화하는 것이 정치의 기본 도리요. 진정, 나라와 백성을 먼저 생각한다면 이 실리를 마다할 까닭이 없소.

다시 말하거니와, 우리의 빼앗긴 강역, 저 너른 고토 없이는 모든 정치가 다 화무십일홍(花無十日紅)이오. 부여 재건도 실지회복(失地回復) 없이는 모두 열흘 붉음에 지나지 않는 것이란 말이오. 백성들이 농사짓고 터전을 잡을 수 있는 민생 기반의 땅, 물산을 일으키고 국력을 증대시킬 나라 발전의 땅, 그 땅을 되찾고 옛 부여의 영광스런 기치를 꽂아야만 비로소 국가재건(國家再建)의 위용이 바로 설 것이오. 고금에 이르기를, 발톱이 강하지 않은 호랑이는 그 이빨마저 빼앗기고 처지를 모르고 붉음에만 피를 쏟는 꽃은 그 숨이 오래가지 못한다 하였소. 발톱을 벼리는 십일홍의 기세만이 조국을 다시 일으켜 세우고, 백성들을 평안케 할 수 있소. 날카로운 십일홍의 발톱으로 저 강성한 외적을 쳐내야만 사직은 안정될 것이오. 고작 도읍 하나 건졌다고 해서 안락한 평화와 완전한 나라 복건(復建)이 다 되었다고 착각하는 그대들이여 부디, 부디 모두들 정신 차리시길 진심으로 바라고 또 바라오이다……"

이와 같은 의라왕의 피를 토하는 구국간성(救國干城)의 일장연설(一場演說)에 여러 신하들도 못내 감복하여 그 귀한 뜻을 따르게 되니, 그리하여 부여국은 진나라에게 군사를 청원하게 되었다. 원군요청에 있어선 면밀하고 세심한 외교관례가 중요한 것인 만큼, 의라는 직접 부여국왕(夫餘國王)의 신분으로 사신(使臣)을 보내 선비족을 치기 위한 군사징발을 진의 황제에게 청원하게 된다. 이는

『진서(晉書)』 97권 열전(列傳) 제(第) 67 사이(四夷) 부여국(夫餘国) 편에 자세하게 기록되어 있다.

至太康六年, 爲慕容廆所襲破, 其王依慮自殺, 子弟走保沃沮。帝爲下詔曰:「夫余王世守忠孝, 爲惡虜所滅, 其湣念之。若其遺類足以復國者, 當爲之方計, 使得存立。」有司奏護東夷校尉鮮于嬰不救夫余, 失於機略。詔免嬰, 以何龕代之。明年, 夫余後王依羅遣詣龕, 求率見人還復舊國。仍請援。龕上列, 遣督郵賈沈以兵送之。*

이와 같은 원문(原文)을 여러 문헌정보의 도움으로 해석하면 대강 아래와 같다.

태강 6년, 모용외(慕容廆)의 습파(襲破)로 인해, 그 왕인 의려(依慮)가 자살하고 자제(子弟)들은 옥저로 가게 된다. 진나라 황제가 조칙(詔勅)을 내리길 "부여왕(夫餘王)은 대를 이어 충효(忠孝)를 지켰건만 어찌 악로(惡虜)들에게 멸망하게 되었는가? 참으로 가엽게 되었다. 만일 남은 군사로 나라를 다시 세우려 하면 당연히 이를 위해 방계(方計)를 세울 것이다."라 하고 존립(存立)하게 하였다. 또한 사(司)를 두어 호동이교위(護東夷校尉) 선우영(鮮于嬰)을 상주케 하였으나 부여를 구하지 못해 기략을 잃게 되고야 말았다. 이에 진나라 황제는 다시 조명을 내려 선우영을 면직하고 하감(何龕)으로 하여금 대신하게 하였다. 그 다음해, 의라(依羅)의 사신이 하감에게 이르러 다시 옛 사직을 되찾음을 보이며 이내 군사를 요청하니 하감이 상열하여 독우(督郵) 고침(賈沉)을 보내어 군사들로 하여금 그를 전송케 했다.

* 위키백과, 『진서(晉書)』 97권 열전(列傳) 제(第) 67 사이(四夷) 부여국(夫餘国) 편 원문(原文)
(https://zh.wikisource.org/wiki/%E6%99%89%E6%9B%B8/%E5%8D%B7097)

이리하여 의라왕은 진나라에게 고토 회복을 위한 군사를 빌릴 수 있었고, 마침내 부왕 의려의 원수이자 국적인 모용외와의 한판 대결을 위해 전쟁터에 나서게 된다.

"뭐라, 의려의 아들놈이 감히 군사를 일으켜 내 숨통을 조여 오고 있단 말이냐!"

"대선우(大單于), 그 뿐만이 아니옵니다! 저희와 원래 적대하고 있던 진나라의 황제가 의라에게 원군을 보내 부여의 고토 회복을 돕는다 하옵니다! 아무래도 대선우께서 직접 대군을 이끌고 나가시어 적들을 궤멸(潰滅)하심이 옳은 줄로 아옵니다!"

선비족의 대선우 모용외는 첨병의 급보를 받자 얼굴이 서서히 잿빛으로 변해가기 시작했다. '작년에 처참히 짓밟아 놓은 부여였기에 결코 부흥할 수 없으리라 생각했거늘, 어찌 이리도 빨리 군사를 대동할 수 있단 말인가? 그리고 또 진나라의 협공까지?' 모용외는 낭패를 당한 듯 부리부리한 장도(長刀)를 차분히 닦아내면서도 긴장으로 떨리는 호흡을 좀처럼 주체하질 못했다. 그의 머릿속은 온통 진흙 밭 같은 고심(苦心) 그 자체였다. 분명한 건 작금 전황이 선비족에게 불리하다는 것이었다.

"아니 되겠다. 내 직접 나설 것이야. 이번에는 기필코 비렁뱅이 같은 저 부여 놈들의 씨를 말릴 것이다. 이보라, 손정(孫丁). 네 직접 선봉으로 나아가 내 칼이 되어라! 네 이번에는 꼭 잔잔히 부서진 의라 놈의 해골바가지를 가져와야 할 것이다!"

"이 손정, 반드시 의라의 목을 가져와 대선우께 낭보(朗報)를 전해드리겠나이다!"

"오냐, 내 너의 승전보를 기다리면서 전열을 정비하고 진격태세를 갖출 것이다!"

계절은 고작 가을의 중턱으로 접어드는 무렵이었으나, 만주(滿

洲) 북쪽의 벌판에는 새벽이면 운무(雲霧)가 자욱해지고 물길에는 서서히 살얼음이 끼고 있었다. 쌀쌀하다 못해 살결이 오들오들 떨리는 추위는 병사들의 입술을 갈라지게 할 만큼 상당히 건조했고, 서리 맺어 도는 칼바람은 마치 이른 겨울이 찾아온 것처럼 매서웠다.

"모두 힘을 내라! 조금만 더 가면 막사를 세울 영지가 마련되어 있다. 이랴앗!"

모용외가 파견한 선비족의 선봉장(先鋒將) 손정이 군사들을 독려하며 풀숲 우거진 길을 재촉하고 있었다. 당대를 주름잡는 유목민으로서 북변의 추위와 바람에 어지간히 단련된 선비족들이었으나, 급변하는 날씨를 예상치 못하고 그에 따른 준비를 철저히 하지 못해 고생이 이만저만이 아닌 것이었다. 특히 빠르고 민첩한 기병들의 공세를 위해 단단한 찰갑이 아니라, 얇은 나무를 겹쳐 만든 목재 갑옷을 그들에게 입힌 탓이 컸다. 목갑으로 인해 기병들의 몸놀림은 예사롭지 않았으나 뜻밖의 추위에 민감했고 그만큼 방어의 내구력(耐久力) 같은 부분도 취약하기 마련이었다.

"이놈의 추위는 어찌된 것인지 부여 놈들의 땅이 더욱 독하게 시려오는군……!"

그때였다. 손정이 말을 몰아 힘겹게 협로(狹路)를 뚫으려는 찰나, 위편 양쪽 언덕에서 갑자기 소낙비가 쏟아지는 것이 아닌가. 웬 뒤숭숭한 가을비인가 하며 선비족 사졸(士卒)들이 위를 쳐다보는데, 장대처럼 내리는 것은 안타깝게도 빗물이 아닌 화살이었다. 한바탕 진천동지(振天動地)하는 굉음이 귓전을 때리더니, 이내 화전(火箭)과 독전(毒箭) 가릴 것 없이 퍼부어대는 통에 선비족 군사들은 혼비백산(魂飛魄散)하여 사분오열(四分五裂)되기 일쑤였다. 그러나 길은 오갈 데 막막한 협곡, 메마른 수풀 길이었다. 그러니 아무리 걸음이 빠른 자들이라 할지라도 수천 병력이 좌충우돌(左衝右突)하며 창검을 버리고 도망치는 중에, 서로 밟고 밟히고 부딪히는 우왕좌왕의 연속이었으니 살아남은 자가 드문 것이었다. 그때서야 형세를 파악한 손정은 급히 곁의 바위굴로 제 몸뚱이를 굴리며 목숨 부지에 급급했다. 그러자 그를 따라 몇 백의 군사가 굴속으로 숨어들었다. 손정은 분기(憤氣) 어린 음성으로 소리쳤다.

"이, 일이 어찌된 것이야! 어찌 이곳에 복병이 있어 이리도 화살비가 쏟아지는가! 이러다가 모두 고슴도치가 되어 죽겠구나! 아, 동요해선 안 된다. 동요해선 안 돼!"

하지만 수천 군사가 매복에 걸려 화살 박히고 타죽는 바람에, 전황은 선비족에게 급격히 불리한 형국으로 돌아가고 있었다. 그때, 마침 화살이 그치고 의문의 목소리가 손정과 선비족의 귓전을 울렸다. 그것은 다름 아닌 부여왕의 옥음이었다.

"불구대천의 원수 모용외의 졸개 따위가 감히 이 나를 죽이려 군을 끌고 왔느냐!"

그토록 노렸던 부여왕의 음성이 굴속에 은은하게 퍼지면서 들리자, 손정은 눈에 불을 켜며 창을 빼어들고 굴 밖으로 호기롭게 나섰다. 그러자 협곡 위에 기다리고 있던 의라왕은 직접 말을 몰아 대적하러 나섰다. 뛰어드는 손정 역시 필마단기였다.

"네 우리 강역(疆域)을 짓밟고 백성을 도륙한 죄, 죽음으로 갚아야 할 것이다!"

노기등등한 의라의 칼끝이 손정의 창날에 몇 번 부딪히기 무섭게 불꽃이 일었고, 양쪽의 군사들이 숨죽이며 경계를 한 채 긴장이 팽팽한 수장대결을 지켜봤다. 그러나 부여 재건과 고토 수복의 여망(餘望)으로 가득 찬 그 의라왕의 맹위(猛威)를 어찌 이름 없는 유목민의 장수 따위가 이길 수 있으랴. 이미 손정은 죽은 목숨이었다.

"한심한 놈....... 그토록 부여를 삼키고자 한 네놈들이 정작 부여 땅의 지리와 기후조차 모르면서 어찌 그 못된 야욕을 부렸단 말이더냐! 모두 들어라! 내 이 자의 목을 거두어 일찍이 산화(散花)한 부여 유민(遺民)들의 위령탑(慰靈塔)에 진혼의 제물로 바칠 것이다. 그리고 패잔한 적병(敵兵)은 추격하여 죄다 토멸해야 할 것이다!"

의라왕의 용맹과 엄명에 더욱 사기충천한 진여연합군(晉餘聯合軍)은 그길로 나아가 수장(首將)이 죽은 선비족 적병들을 소탕하여 대부분을 포로(捕虜)로 삼았고 패잔병들을 격퇴시켰다. 한편, 진나라에서 원군을 이끌고 온 진의 독우 고침(賈沈)은 의라왕을 도와 부여 땅에서 선비족의 군세를 몰아내면서 모용외를 압박했다. 이후 모용외는 손정이 죽고 자신의 군대가 진나라와 부여의 연합군에 의해 요격 당했음을 알고는 급히 출전하였으나, 이미 진격의 기세가 꺾여 연일 격파당하고야 말았다.

"전멸(全滅)이라니....... 내 동이라 하여 저 부여국을 너무나도 얕보았구나! 하아, 부여의 전왕(前王) 의려가 그 아들놈은 참으로 잘 두었구나! 의라....... 의라왕이라!"

의라왕에게 다시 만주의 패권을 뺏긴 모용외는 결국 부여의 국경에서 물러나게 되고, 3년 후 마침내 세력이 한미하게 쇠락해 진나라의 발밑 아래 복속되고야 말았다. 사서(史書)에 따르면, 한때 선비족의 패왕(覇王) 대선우를 자처하던 모용외가 진나라의 조정에서 얻은 벼슬이라고는 고작 선비도독(鮮卑都督)에 불과하였다고 한다.

그리하여 부여의 의라왕은 마침내 진나라의 군사를 빌려 동북(東北) 지역에서 모용외의 선비족을 몰아냈고, 고토를 회복하여 완연한 부여 재건의 대망(大望)을 이루게 되었다. 의라왕은 국경 벌판에 부여국의 기치를 꽂으며 눈물을 뿌리고는 외쳤다.

"우리가 천신만고(千辛萬苦) 끝에 비로소 완연한 부여의 재건을 이룩했소이다. 가까이로는 도읍(都邑)을, 멀리로는 지경(地境)을 수복하여 드디어 지난날 부왕폐하(父王陛下)께옵서 다스리시었던 부여의 고토(故土) 대부분을 회복한 것이오! 오늘의 광영은 누구 한 명의 훈공(勳功)이 아니라, '실리외교(實利外交)'에 심혈을 기울이고 또 사직과 백성을 위해 분전(奮戰)하였던 우리 모두의 지극한 공로(功勞)이외다. 더 이상 우리 모두는 허황된 공리공론(空理空論)에 휘말리지 말고, 오직 국익(國益)과 실용(實用)만을 좇아 군민단합(君民-軍民團合), 관민단합(官民團合)의 일치단결(一致團結)로써 나라발전과 국리민복을 흥기시켜야 할 것이외다. 하늘이 무너지는 위난(危難) 속에서도 한 줄기 빛을 보는 희망적인 사고의 전환(轉換), 독창적인 발상의 창의(創意)를 길러나가며 모쪼록 국가와 민생의 평안을 도모해야 할 것이외다!"

물론 부여 의라왕의 옛 땅 회복은 당시의 굵직굵직하고 파란만장했던 국제정치사(國際政治史) 속에서는 그리 큰 변혁(變革)이 아닐지도 모른다. 중국에선 천하일통의 회오리가, 한반도에선 삼국의 결전이 몰아치는 격동의 시대 속에서 '부여의 망국과 재건의 일대기'는 상대적으로 작은 일에 불과할지도 모른다. 그러나 임금이 죽고 나라가 없어진 그야말로 칠흑처럼 막막하고 답답한 상황 속에서도, 의라왕은 쉽게 낙담하거나 포기하지 않고 옥저라는 타향(他鄕)에서 피눈물을 쏟으며 훗날을 대비했다. 오직 부왕의 유지 하나만을 등불로 여기며 국가를 복건했던 부여 의라왕의 업적은 '비교적 소국의 일이었기에', '또 그런 간난신고가 있었기에', 더욱 눈물겹고 위대하다고 할 수 있다. 작은 나라였으니 더 행하기 어려운 일이었고, 도처에 난관이 수많았으니 더 난망한 일이었기 때문이다. 그래서 그 대업을 달성한 의라왕의 노력과 통찰은 더욱 감명 깊은 〈십일홍의 발톱〉이다. 십일홍으로 끝나버릴 수도 있었던 부여의 사직을 다시 세운 의라왕의 냉철한 실리외교는 '빛나는 발톱'이었다.

〈끝〉

제14편

창 의

창의(倡義)

'반청복명(反淸復明)'

일단의 병세(兵勢)가 수많은 홍기(紅旗)를 펄럭거리며 토성(土城)을 향해 진공(進攻) 중이었다. 깃발의 붉은 바탕에 흰 글씨로 적혀 있는 것은 반청복명의 대의(大義)요, 군대가 신봉하는 격침(擊沈)의 명분(名分)이었다. 진두에서 대군(大軍)을 이끌던 선봉장은 성채 외각에 당도하자 강단 있게 검을 뽑아들고 소리쳤다.

"사정을 봐줄 것이 없다, 옛 여진(女眞)의 잔당을 모조리 도륙하라!"

뒤이어 함성소리와 함께 보기(步騎)가 일사불란하게 흩어지며 성채로 달려들었다. 토성으로 밀물처럼 쏟아지는 사기충천(士氣衝天)한 반군(叛軍) 무리와 달리 성채 안 청나라 수비군의 낯빛은 아연 그 자체였다. 초장부터 저들의 살기에 질려서 그런지 수성(守城)할 생각은 아예 없어보였다. 공세에 맞서 수비를 지휘해야 하는 청군 장수들 역시 승부를 내기 보다는 퇴로를 확보해 도망치기에 바빴다. 성이 함락되는 것은 시간문제였다.

"아군이 장강(長江) 이북으로 진출한 뒤부터 사천과 호남은 물론 완주, 상덕 그리고 악주와 형양 등 수많은 요충지와 거점을 확보했사옵니다. 바야흐로 북경(北京)이 목전에 있사옵니다. 주군, 경하 드리옵니다."

"그런 말 마시게나. 매사 경거망동은 금물일세. 모사재인(謀事在人) 성사재천(成事在天)이라 하지 않던가? 비록 지금은 저돌맹진(猪突猛進)하는 아군의 기세를 못 이긴 여진의 족속들이 조롱 속의 새 신세, 그물에 걸린 물고기 신세를 면치 못하고 있지만 강희(康熙)의 친위대를 비롯한 저들의 정예(精銳)가 북변(北邊)에 집결하여 그 세(勢)가 반근착절(盤根錯節)하니 최후의 승패는 쉽게 장담할 수 없는 법일세."

전도(戰圖)를 놓고 승전 보고를 올린 지휘관의 말에 오삼계(吳三桂)는 나름 신중한 기색을 보였다. 그의 생각으론 지금 약간의 승리에 도취하여 청의 멸망을 예견하는 것은 오만에 지나지 않을 것 같았다. 그래서 북받쳐 오르는 승전의 기쁨에도 속으로만 만족할 뿐 겉으로는 장수들의 군기(軍氣)를 다잡는 엄숙한 기색을 보인 것이었다. 그러나 좌중은 이미 떠들썩한 잔치 분위기였다.

"주군, 드디어 대명복원(大明復原)의 날이 머지않았사옵니다. 이제 패역무도한 오랑캐 잔적들을 이 중원에서 몰아내고 한족의 사직을 다시 세우는 광영의 날이 오는 것이옵니다!"

"복건의 경정충과 광동의 상지신도 반청복명의 대의에 따라 아군의 일대 혁명에 동참하기로 하였사옵니다. 우리 삼번(三藩)의 연합 전선이 드디어 강희의 목을 조르는 올가미가 되는 게 아니겠사옵니까? 경하 드리옵니다, 주군!"

장수들의 낙관에 오삼계는 고리눈을 해서 좌정(坐定)한 그들의 면목을 쏘아봤다. 뜨끔한 장수들이 점차 입을 다물자 오삼계는 무거운 음성으로 주변의 들뜬 열기에 일침을 놓았다.

"자고로 대업이 다 성사되지도 않은 마당에 자만하는 것은 천박한 짓거리로다. 입을 함부로 나불거리면 될 일도 안 되는 법이라 이 말이다. 영광된 승리에 잠시 도취될 수는 있겠으나 단연코 긴장을 늦춰서는 안 될 것이야. 저들이 비록 과거엔 천한 오랑캐 잔적에 불과했지만 작금(昨今)엔 수십 년 동안 중원을 침략하고 병탄하여 문무(文武) 제반의 기틀이 단단한 세력으로 거듭난 지 오래로다. 하여 항상 방심하지 말고 이도(夷徒)를 이 땅 이 대륙에서 발본색원할 수 있는 전략과 방법을 강구해야 할 것이야. 한시라도 경계와 긴장을 늦추지 말 것이다!"

과연 오삼계는 혜안(慧眼)을 지닌 명장이었다. 잠깐의 승리가 최

256

후의 쾌거를 불러오지 않을 것이라는 그의 예상은 맞아 들어갔다. 오삼계 군대의 연전연승 기록이 이후 서서히 깨어지기 시작한 것이었다. 한동안 오삼계의 반군은 반청복명의 기치를 내걸고 남변에서 북진하여 승승장구하였지만 중원과 북경이 가까워질수록 승전의 소식이 뜸해지기 시작했다. 그렇게 몇 달이 지나자 점차 들려오는 급보 중 패전의 소식이 7,8할에 달할 정도였다. 오삼계를 비롯한 휘하 장수들은 본군의 진영이 위치해 있는 장사(長沙)에서 긴급한 전략회의를 소집하기에 이르렀다.

"이 일이 어찌된 것인가, 또 패전이라니!"

"여진 잔적들의 군대가 그토록 고강했단 말인가?"

"진격하라. 아직도 우린 물자와 병력이 충분하다. 보급을 철저히 하여 철기(鐵騎)를 조련하고 화포(火砲)를 선두에 배치하도록 하라!"

오삼계와 같이 계책을 논의하며 군대를 진두지휘하는 그들, 오삼계의 부하들은 그 옛날 명말(明末)의 맹장들이었다. 그들은 지난날 밖으로는 청나라의 침공과 안으로는 농민 반란군 이자성의 발호로 인해 명나라의 멸망이 목전에 있을 때 불세출의 명장 오삼계를 따라 항전한 자들이었다. 그러한 장수들 대부분이 오삼계의 수족이나 다름없는 충장(忠將)들이었고, 만리장성의 난공불락(難攻不落) 관문인 산해관을 거점 삼아 오삼계와 더불어 앞뒤로 난국이 펼쳐지는 악전고투 속에서도 목숨을 바쳐 생사를 넘나들던 강골의 사내들이었다.

그러나 그렇게 오삼계를 믿고 따랐던 그들의 마음속에도 한 가지 못마땅한 점이 있었으니 그것은 바로 오삼계가 한족의 왕조인 명나라를 뿌리 뽑은 불구대천의 원수인 청나라에 투항했다는 사실이었다. 몽고의 패망 이후 밑동만 남은 원나라를 몰아내고 이 중원 땅에 다시없을 한족의 왕조를 건국한 태조 주원장의 개벽(開闢) 아래 대명제국(大明帝國)은 비록 환관과 관료들의 정쟁(政爭)으로 인해 내정의 혼란이라는 오욕은 거쳤으나 그래도 나름 무궁한 영광과 화려 찬란한 문물의 발전을 이룩하며 약 200년간 존속해왔다. 한족(漢族)의 사직 속에서 오삼계를 비롯한 휘하 장수들은 나라를 지키는 간성지재(干城之材)로 성장해왔다. 그러나 대명(大明)이라는 찬란한 제국도 굽이치는 역사의 물줄기를 피하지 못하여 성쇠를 거듭하다가 결국 패망에 이르게 되었고, 그러한 명의 패망에 중심에는 청나라라는 후금(後金)의 옛 여진족 무리들이 있었다. 후금은 자칭 청이라는 만주족의 왕조를 세우며 끊임없이 중원의 강토를 유린했고, 명나라는 서서히 지쳐 쓰러져갔다. 그런 패역의 나라에 명의 충신 오삼계가 항복한 것이었다.

물론 명의 최후 멸망에는 내부의 반란인 이자성이 이끄는 농민군의 침공이 결정적으로 작용한 것이 사실이라 오삼계의 청나라 투항을 무조건 이적행위라고만 볼 수는 없을 것이었다. 고립무원인 산해관에서 오삼계가 쓸쓸히 고뇌하며 청나라 투항을 저울질 할 때쯤엔 이미 명말의 황제 숭정(崇禎)은 자살한 뒤였고 북경 황궁은 불타고 있었다. 농민군의 침공으로 명의 전 국토는 유린된 지 오래였으며 수도 북경에 난입한 반란군은 대순(大順)이라는 왕조까지 창건했고 수괴(首魁)인 이자성은 황제를 참칭하고 있었다. 오삼계는 숙고 끝에 만리장성 밖 청나라의 편에 서기로 했고 그들과 손잡고 이자성과 추종 무리들을 참살하기에 이르렀다. 그리하여 그는 조국을 멸망시키는데 결정적인 원인을 제공한 원수인 농민 반군을 척결하기 위해 혀를 깨무는 심정으로 청과 협력한 것이었다.

그러나 문제는 따로 있었다. 청에 귀순한 오삼계는 단순히 이자성의 세력을 궤멸시키는데 그치지 않고 더 나아가 복벽(復辟)을 기도한 명나라 부흥 세력까지 토벌에 나섰고 그 공로를 인정받아 그는 청나라 황제에게 운남, 귀주 지역의 왕작(王爵)을 하사받은 것이었다. 이는 조국을 멸망시킨 원수를 처단하기 위해 어쩔 수 없이 외적을 끌어들인 장수의 결기로 이해받는 수준을 넘어서 청의 중원 침공에 적극 조력한 졸장(拙將)의 비열한 야심으로 해석될 수 있는 수준까지 진전한 것이었다. 결국 이런 오삼계의 행태를 본 휘하 장수들은 드디어 분기가 치밀어 오르게 되었다. 자신들이 평생 믿고 따른 비운의 용장(龍將)인 오삼계가 어느덧 명나라 부흥 세력인 남명(南明) 정권의 영력제를 곤명에서 참혹하게 죽여 버리기까지 하는 청의 앞잡이 노릇을 하고 있다는 사실에 역겨워 죽을 지경인 것이었다.

그러나 이제 수많은 정권과 왕조가 중원을 놓고 건곤일척 대결을 펼치던 시대는 지나갔다. 숱한 정략과 배신, 모략과 술수가 판을 치던 모멸의 세월은 끝났고 오삼계도 평서왕이라는 치욕스러운 작위에 더 이상 안주하지 않았다. 그는 수십 년간 세력을 키웠고 드디어 말년에 비슷한 부류의 번왕(藩王)들과 연합하여 반청복명(反靑復明)의 봉기를 일으키기에 이른 것이었다. 그러자 오래전 마음이 돌아섰던 오삼계의 휘하 장수들은 그의 복명(復明) 대의(大義)를 뒤늦게 알고 감동했고 적극 찬동하여 군마와 병력을 징집하였다.

청조(靑朝) 강희 15년, 지난날의 잘못을 참회한 오삼계의 '삼번의 난'이었다.

지난날 청에 귀순하여 명나라 부흥 세력을 타도했던, 오랑캐 외적을 비호하며 한민족을 살육했던 자신의 대죄(大罪)를 씻겠다는 각오 아래 오삼계 반군의 북진(北進)은 기세 좋게 출발했지만 가면 갈수록 이전의 숱한 승전과는 달리 진전되는 형세가 썩 신통치 않았다. 패전과 피탈은 예사요, 풍요롭던 남방에서의 군수물자 보급에도 서서히 차질이 생기기 시작했다. 심지어는 삼번의 반란군이 강희제의 친위군 앞에서 수세(守勢)에 몰리는 사태까지 빈발하고 있었다. 그에 따라 오삼계의 우군(友軍)인 경정충과 상지신도 점차 동요하는 기색이 역력해져갔고 청나라 조정은 이러한 삼번 내부 분열의 조짐을 놓치지 않으며 세작들을 보내 충역(忠逆)의 기로에 놓인 화남의 토호(土豪)들과 세가(世家)들에게 비밀리에 회유 작전을 펼치기에 이르렀다. 승전을 거듭하던 오삼계에겐 뜻하지 않은 난국이었다.

그러나 오삼계는 반군의 수장으로서 두 손 놓고 낙담만 할 순 없었다. 군사들의 사기진작을 위해서라도 재기의 의지를 보여야 했다. 그는 절치부심(切齒腐心)하여 이번 간두(竿頭)의 환란을 극복하자는 뜻으로 다부지게 외쳤다.

"그 옛날 오왕 부차는 구천에게 패한 뒤로 와신(臥薪)하여 끝내 승리를 이룩했고 이후 부차에게 예속된 월왕 구천은 상담(嘗膽)하여 수년 동안 기회를 엿보다 마침내 오나라를 평정하였도다. 촉한의 유현덕 역시 한때 강대한 군웅들에게 중원을 잃고 패퇴하여 험한 형주 땅에서 목숨만 겨우 부지하는 형국에 놓이기도 했으나 마침내 서촉을 얻어 한황실(漢皇室)을 계승했도다. 우리 대명(大明)의 태조이시자 개국대제(開國大帝)이신 홍무제(주원장:朱元璋)께선 당대의 군벌 진우량과 장사성의 협공으로 인하여 위기에 놓이실 때도 그 어려운 형세를 한족 왕조를 세우시겠다는 거룩한 의지로써 의연하게 극복하시고 새 하늘을 여셨도다. 그렇다. 아군도 이제 다시 일어날 준비를 하라. 모두가 반청복명의 대의를 품고 강인한 투지와 끈질긴 의지로써 대명복건(大明復建)의 기치 아래 한 뜻으로 뭉쳐 자기 한 몸 역사를 다시 쓰는 데 바치겠노라는 다짐을 하라!"

이와 같은 오삼계의 칠전팔기(七顚八起) 의지가 하늘을 감동시켜 복운(福運)을 불러들였는지는 몰라도 며칠 뒤 삼번의 반란군이 결집한 장사의 본진으로 홀연히 한 도인(道人)이 찾아와 반란의 수장(首將)인 오삼계에게 비기를 건네주는 신묘한 일이 일어나기에 이르렀다. 오삼계는 즉시 그 자리에서 도인의 비기(祕技)가 적힌 두루마리를 풀어 읽으니 거기엔 과연 백전노장(百戰老將) 오삼계가 수긍할만한 묘책이 담겨 있었다.

"노인장, 참으로 좋은 계책이요. 물론 내 이 방도를 전혀 염두하지 않은 것은 아니었지만 그래도 막상 추진하자니 자신이 없었소이다. 오늘 그대가 내 심중의 막힌 곳을 대신 힘 있게 뚫어준 것이오. 참으로 고맙소이다!"

마치 선인(仙人)이 하산한 듯 고아(古雅)한 복식으로 단장한 도인은 오삼계의 흥분한 외침에도 말없이 지그시 웃기만 하였다.

"이보시오 노인장, 오늘 그대는 대명의 복건을 위해 참으로 큰 공을 세우신 것이오. 이는 이 땅에서 오랑캐를 몰아내는 의군(義軍)을 도운 공으로 청사에 길이길이 빛날 업적이 되는 것이오. 내 그대의 성명이 궁금하오. 부디 말해주시오. 훗날 대명이 다시 세워진 후 그대에게 관작(官爵)을 하사하거나 그대의 집안을 평생 충신의 가문으로 정하여 만대에 이어지는 복록을 누리게 해주겠소이다."

간곡한 오삼계의 청에 도인은 어렵사리 입을 열었다.

"소인은 그저 옛날 명말 시기에 복을 입었던 이름 없는 미천한 평민이옵니다. 그리하여 반청복명의 대의를 앞세우시고 충의의 전쟁을 펼치시는 대왕을 존경하여 한낱 평민의 조언을 감히 드린 것뿐이옵니다. 결코 관작이나 부귀공명을 탐하여 한 일이 아니옵니다. 소인의 단견을 받아주시는 것만으로도 영광이옵니다. 그것으로 족하옵니다.

명조(明朝) 때만 해도 한족의 왕조에서 살아간다는 자부심이 온 백성들에게 충천해있었사옵니다. 허나 오랑캐 왕조가 들어선 지금 한족 백성들은 말로는 다 표현할 수 없는 차별과 박대를 받고 있는 실정이옵니다. 저들의 횡포가 날로 심해지니 소인을 비롯한 한족 평민들은 그저 대왕의 복명(復明) 대의가 실현되기를 간곡히 바랄 뿐이옵니다…"

오삼계는 도인의 진심어린 충심을 알고 감명 받아 고개를 끄덕이며 그의 손을 힘 있게 붙잡았다.

"좋소. 좋소이다! 내 그대와 같은 우리 한족 민중의 여망을 실현하기 위해서라도 반청복명의 대의를 결코 포기하지 않을 것이오. 악업을 지은 청을 몰아낼 것이오!"

그리하여 오삼계는 도인의 비기를 계책 삼아 전장을 누비게 되었고 덕분에 꽤나 많은 승전을 거두게 되었다. 오삼계는 비기가 즉각 효과를 보이자 이후에도 무모할 정도로 그 비기의 위력을 더욱 맹신하게 되었다.

"한족의 불구대천 원수 강희는 들을지어다. 네놈의 청나라는 원래 변방을 떠돌던 오랑캐 잔적에 불과했거늘 감히 오만무도하게도 그 옛날 대명(大明) 왕조의 은혜를 저버리고 분수도 모른 채 오늘날 중원을 강침(强侵)하여 선량한 백성들과 가련한 양민들을 도살(屠殺)했다. 한족 왕조였던 대명(大明)의 종묘사직을 불태우고 관리와 장졸들을 너희의 비루한 발아래 예속시켜 노예로 삼았다. 아녀자와 노인을 가차 없이 유린했고 전 대륙을 짓밟으며 황폐화시켰다. 시산혈해(屍山血海)를 이룬 땅을 강점한 뒤에는 백성의 고혈을 짜서 주지육림(酒池肉林)의 향락을 즐겼고 혹세무민(惑世誣民)하는 가렴주구(苛斂誅求)의 학정을 지속했다.

이리하여 나 오삼계는 어지러운 세상과 핍박받는 백성들을 구제하고 천하의 도적인 너희 청을 타도하고자 반청복명의 대의 아래 비장한 결의로 출전하게 되었도다. 나 오삼계는 이제 너희 청나라 여진의 족속들을 모조리 참륙하고 대역무도한 조정과 탐욕스러운 청 황실의 수괴 강희를 참수하여 혼탁한 시대와 고통 받는 민중을 구원할 것이다!"

초병(哨兵)이 오삼계의 격문을 대신하여 읽고 난 뒤 옛날 명의 복식을 한 장수들이 말안장 위에서 창검을 곧추세웠다. 반청복명의 대의가 적힌 홍기들을 든 보기(步騎) 역시 세찬 맞바람에도 굴하지 않고 전열을 정비하고 있었다. 그 사이 진중에서 말을 몰아 앞으로 나오는 오삼계 역시 명의 장군(將軍) 복식이었다. 출병의 대의가

262

명나라 부흥에 있다는 것을 적들에게 천명하기 위해 선보인 것이었다. 오삼계는 늠름하게 대궁(大弓)을 들어 시위를 청의 진지를 향해 겨누었다. 그의 허연 수염이 세찬 바람에 어지럽게 나풀거리고 있었다.

"반청복명의 대의를 위해 싸워라. 분군(分軍)하여 양쪽으로 협공하라!"

"죽여라!"

오삼계는 휘하의 군대를 두 갈래로 나눠서 노구를 이끌고 직접 진격을 시도했다. 뒤이어 대포가 불을 뿜었고 철갑과 언월도로 무장한 기병들이 오삼계를 좌우로 호위하며 돌격했다. 창검을 꼬나든 보병들이 어금니를 악무는 기백으로 잇따라 청나라 군영을 향해 비룡(飛龍)처럼 달려들었다.

"반도들을 토벌하라!"

"반역도당(反逆徒黨)을 참살하라!"

청나라 진영에선 팔기군(八旗軍)이 맹렬한 기세로 대도를 휘두르며 달려 나갔고 수비 노수(弩手)들은 쳐들어오는 오삼계의 군대를 향해 쇠뇌를 발사했다. 한동안 청의 진영에선 서로가 복잡하게 뒤엉켜 싸우는 난전(亂戰)이 계속됐다.

"퇴각하라!"

중과부적(衆寡不敵)으로 수세에 몰린 청군이 퇴군을 알리는 호각을 불고, 장졸들이 뒤이어 퇴로를 열고 자기 진영을 버린 채 줄행랑을 치기 시작했다. 그러나 이미 군을 두 갈래로 나눠 공격한 오삼계 군에겐 먹히지 않는 후퇴였다. 오삼계는 쾌재를 부르며 일로군(一路軍)인 발 빠른 마군(馬軍)을 동원해 퇴각하는 청나라 잔당들을 뒤쫓기 시작했다. 기마군을 대동한 채 말을 몰아 청군을 뒤쫓는 오삼계에겐 이참에 아예 적의 정예까지 토멸하여 북경 진입을 하루라도 빨리 앞당기겠다는 의욕이 넘치고 있었다. 그때였다.

"쏴라!"

공기를 가르는 화살소리가 인근 산야에서 들려오기 시작했다. 이어서 적의 쇠뇌가 빗발쳤고 기습을 당한 오삼계는 허둥지둥 어찌할 바를 몰라 했다. 동서(東西)로 이어지는 수풀 사이로 셀 수 없이 많은 화살들이 날아와 오삼계 군사들을 관통했고 병졸들은 짚단처럼 힘없이 하나 둘 쓰러지기 시작했다. 평야를 지나 산기슭 아래 계곡으로까지 도망치는 청군을 너무 깊숙이 뒤쫓은 것이 화근이었다.

"이 일이 어찌된 것이야!"

오삼계가 당황한 나머지 장수들에게 소리친 것이었다.

"아무래도 적이 매복을 한 것 같사옵니다. 어서 이 매복지를 빠져나가셔야 하옵니다. 이러다간 우리 군대가 몰살을 면치 못하옵니다!"

오삼계는 장수들과 뒤늦게 말머리를 돌려 간신히 빠져나왔지만 이미 부대병력의 7할이 넘는 군사를 잃은 뒤였다. 오삼계는 피를 토하는 심정으로 연거푸 탄식했다. 그러나 그것이 끝이 아니었다. 진영으로 돌아오는 길에 이로군(二路軍)과 합세하기로 하였는데 오삼계가 일로군을 이끌고 적의 매복지로 들어서는 순간, 따로 떨어진 이로군이 근방에서 기습을 노리고 있던 청나라 잔당들에게 몰살당한 것이었다.

애초부터 오삼계의 분군(分軍) 작전을 이용해 각개격파로 하나씩 처치하고자 한 청군의 계략에 오삼계가 당한 것이었다. 오삼계가 군을 두 갈래로 나눈 것이 근본적인 패착이었다. 수적 우세만 믿고 전력을 한 군데로 집중시키지 않은 것이 간뇌도지(肝腦塗地)하는 대패로 이어진 것이었다. 그렇게 오삼계의 양로군(兩路軍) 전략이 패퇴한 이후 삼번의 반란군은 점차로 그 세를 잃어갔고 쇠락하게 되었다.

"이 모든 것이 다 그 괘씸한 늙은이 때문이옵니다. 그 늙은이가 아무래도 청나라의 세작이었던 듯싶사옵니다. 그렇지 않고서야 주군께서 이렇게 대패를 하실 리가 있사옵니까? 어떻게 해서든 잘못된 계책을 가져다 준 그 늙은이를 잡아다가 도륙을 내야 할 것이옵니다!"

양로군(兩路軍) 전법은 오삼계가 도인에게서 받은 두루마리에 적힌 비기 내용 중 하나였다. 그러나 그 전법으로 인해 오삼계는 일패도지하는 대패를 경험하게 되었다. 숱한 전쟁을 치른 백전노장인 오삼계로서도 일찍이 겪지 못했던 참사였다. 그리하여 수많은 장졸들은 분명 그 도인이 청나라의 첩자라 믿고 그를 잡아들이는데 혈안이 되어 있었지만 어찌된 일인지 오삼계는 침묵을 지킨 채 별다른 말이 없었다. 그는 현실적으로 어디로 갔을지도 모를 도인을 잡는 것도 불가능한 일이겠지만 잡아봤자 창검으로 어육(魚肉)을 만들어 분풀이나 할 것인즉 남는 건 아무것도 없다는 사실 때문에, 또 출신도 모르고 저의도 알 수 없는 외인(外人)의 말을 곧이곧대로 들었다는 자괴(自愧) 때문에 휘하 장졸들에게 면목이 없어 아무 말 하지 않고 있는 것이었다. 누가 주었든 간에 결국 비기를 덥석 받아 계책을 실행한 것은 백전불패의 명장이라 일컬어졌던 오삼계 자신이었고 그 결과 패퇴한 것이니 원초적으론 모두 자기 자신에게 패전의 원인이 있는 것이었다.

설상가상으로 오삼계의 군대가 패퇴하여 세력이 쇠락하게 되자 위기감을 느낀 경정충과 상지신 두 번왕(藩王)은 기회를 엿보다 슬쩍 반청복명의 연대에서 발을 빼서 도망쳤고 살아남기 위해 청나라 강희제의 비위를 맞추기 시작했다. 경제 문화적으로 발전한 화남(華南)의 두 번왕이 숱한 부호들과 유지들을 비호하며 얻은 재물과 군세는 중요 기반이었기에 아무리 백전노장 오삼계라 할지라도 그들이 없어진 상황에서 반청복명의 대의명분만으로는 전과 같이 청나라에 대해 대대적인 공세를 펼치기가 어려웠다. 수세에 몰리는 것은 기본이요, 중앙 조정에 항복하는 군벌들이 많아짐에 따라 역으로 타도 대상이 되어 궁색한 지경에 이르게 된 것이었다.

강희 15년 2월에 삼번 반군에 가담했던 광동의 상지신이 그 해 12월 청나라에 항복했고 그 전에 복건의 경정충은 이미 청나라의 왕작(王爵)을 유지한 채 아무 일도 없었다는 듯 자신의 직책에 유임하고 있었다. 이리하여 오삼계가 어렵게 가담시킨 두 번왕의 이탈로 인하여 삼번 반군은 고립무원의 처지가 되었고 오삼계는 막다른 길에 몰린 형국에서 역전의 발판을 마련하기 위하여 최후의 방도를 쓰기로 하였다. 오삼계는 자신의 진지가 있는 장사에서 형주(衡州)로 거점을 옮기고 휘하 사졸들에게 외각 성채와 본성을 증축하는 동시에 웅장한 대궐을 짓도록 명하였다. 이때가 강희 17년 3월의 일이었다.

"더 이상 경정충과 상지신에게 기댈 필요가 없을 것이다. 어차피 이번 일만 잘 성사된다면 결국에는 모두 내 발아래 무릎을 꿇으며 머리를 조아리게 될 것이다!"

그것은 다름 아닌 대관식(戴冠式)이었다. 오삼계가 평서왕으로서 그동안 대륙의 남방 지역을 다스리며 얻은 재물을 모두 투입하여 엄숙하고도 장대한 황제 즉위식(卽位式)을 여는 것이었다. 물론 나라의 군주이자 만인지상의 지존인 주상(主上)의 자리에 직접 오르는 인물은 오삼계 자신이었다.

"황제 폐하 납시오."

면류관(冕旒冠)과 용포(龍袍)를 근엄하게 차려 입은 오삼계가 황궁 대전(大殿)에서부터 보무(步武)도 당당하게 걸어 나와 고을 광장의 중앙 단상에 서고 화려한 복식과 도창검극(刀槍劍戟)으로 무장한 친위군 수백이 그를 좌우로 호위하며 차례로 열병했다. 그를 따르는 만조백관은 모두 어느새 신복(臣服)으로 고쳐 입고 밖으로 나와 황제의 거동에 감탄하며 부복했다. 그러나 등극(登極)의 영화(榮

266

華)에 찬사를 보내는 것은 모두가 오삼계의 휘하 문무백관들이었고 일대 소란에 하나 둘 모여들기 시작한 백성들은 처음부터 무심한 눈길과 하나같이 시큰둥한 표정들로 일관하기 일쑤였다. 그다지 큰 관심거리가 아니라는 낯빛들이었다.

"오늘부터 이 형주 땅을 정천부(定天府)라 이름 지어 제국의 도읍으로 삼을 것이오. 그리하여 나 오삼계는 대명과 청을 압도하는 대제국을 건설할 것이오! 명말(明末) 이래로 지금껏 혼탁한 세상을 바로잡고 빈민을 구제하기 위해 충의(忠義)의 검을 벼린 나 오삼계는 패망한 명의 장수이자 청의 평서왕 작위라는 껍데기를 버리고 오늘 용상에 올라 고복격양(鼓腹擊壤)의 태평치세를 이룩하도록 하겠소이다!"

단상에 오른 오삼계의 개국(開國) 선언에 목청 높여 환호하는 것은 측근 신료들과 휘하 장수, 그리고 근방을 수호하고 있는 사졸(士卒)들 뿐이었다. 곳곳마다 구름처럼 모인 백성들은 희한한 광경을 쳐다보기라도 하는 듯 고개를 갸웃거리며 서로가 수군거리고 있을 뿐이었다. 오삼계는 예상외로 민중들의 호응이 적자 더욱 크게 소리치며 장엄한 즉위식의 대의명분과 새 나라의 지평을 천명했다.

"짐은 여태껏 반청복명의 대의로써 저 비루한 오랑캐 족속들과 맞서 결사항전 하였으며 목숨을 걸고 한족 왕조의 부흥이라는 대업을 성취하고자 숱한 위기와 역경을 극복했소이다. 허나 대명의 부흥이 이루어진다 할지라도 황통의 계승이 막연한 가운데 적들의 계략에 빠져 의심과 흉심(凶心)으로 사분오열되는 민심과 사기를 다잡지 않을 수 없었소이다. 그리하여 분열된 국론을 일통하고 화합과 단합을 이루고자 대명(大明)의 정신적 적자(嫡子)라 할 수 있는 나 오삼계가 황통을 이어 즉위하고 오늘 새 나라의 건국을 선포하기에 이른 것이외다. 국호는 주(周), 연호는 소무(昭武)라 하겠소이다. 하여 우리 주나라는 옛 명나라의 뿌리를 이어가되 구태고

267

루(舊態古壘)한 문물 제반의 답습은 철폐하며, 한족의 원수인 청나라 오랑캐 잔적들을 배격하되 그들이 지닌 실용의 기술과 합리의 신학문(新學問)은 쾌히 받아들여 국익에 보탬이 되도록 하겠소이다. 이리하여 짐은 열화와 같은 민중의 여망을 높이 받들어 황제에 오르고 나라를 세워 새 시대의 찬란한 내일을 열도록 하겠소이다!"

일대의 벽력같은 함성소리와 고을 전체가 떠내려갈 것만 같은 환호소리가 단상 주변으로 군집한 백성들의 귓전을 메우기 시작했다. 모두가 병사들과 신료들의 고래고래 악쓰는 소리였다. 물론 몇몇 백성들은 계속 입을 다물고 있자니 눈치가 보이기도 하여 찢어질 듯 과장된 저들의 찬탄에 엉겁결로 동조하기도 하였다. 그러나 대부분 각자가 상대방의 얼굴을 쳐다보며 수군거리는 통에 어수선한 군중의 분위기는 지속됐고 오삼계의 말처럼 민중(民衆)의 열화와 같은 응원이나 환희가 이글거리기는커녕 애초에 불씨부터 살아나지 못하고 있었다. 그때였다.

"역신(逆臣) 오삼계는 그 더러운 주둥이를 닥쳐라. 어디서 감히 모두를 파멸로 몰아넣을 사욕(私慾)의 선동(煽動)을 하는 것이냐! 모두들 배신을 밥 먹듯이 하는 저 난신적자(亂臣賊子) 오삼계를 처단하십시다!"

군중 속에서 누군가 단상에 오른 오삼계를 지탄하며 백성들을 향해 소리치기 시작했다. 오삼계는 흠칫 놀라며 지탄의 근원지를 향해 고개를 돌렸다. 그 자리에는 분명 평복(平服)을 했지만 익숙한 얼굴이 있었다. 그는 다름 아닌 지난날 오삼계에게 분군(分軍) 비기를 건네준 도인(道人)이었다. 도인은 독 오른 뱀눈을 해가지고는 분기탱천해 있었다. 살기등등한 그의 안광(眼光)에 '황제' 오삼계가 입술을 바르르 떨고 있었다. 그것은 혹시라도 살상을 당할지도 모른다는 육신(肉身)의 위기의식이 아니라 만천하에 오삼계 자신의 실체를 고발하겠다는 백발이 성성한 노인의 대담한 기백과 결기 때문이었다.

"오삼계. 간에 붙었다 쓸개에 붙었다 아주 잘도 살아남는구나. 대명의 국록을 먹는 장수된 자가 관문의 문을 열어 오랑캐의 수족 노릇을 한 주제에 다시금 반란을 일으켜 스스로 천자(天子)를 참칭 하다니. 대명 부흥군의 황제를 네 손으로 처참하게 도륙내고선 명 나라를 계승하겠다니. 숭정의 위패 앞에 부끄럽지도 않느냐!"

오삼계도 가만히 있지는 않았다. 도인의 성토(聲討)에 떨리는 목소리로 응수했다.

"네놈이 무엇이기에 감히 제세구원(濟世救援)의 큰 뜻으로 거병 한 짐의 반청복명 대의를 폄훼하는 것이냐! 비록 짐이 과거 무리한 결단을 내린 적은 있으나 그 모두가 후일을 기약하기 위한 고육책 (苦肉策)이자 비운의 용단이었다. 짐은 오늘의 위대한 거병과 장려 (壯麗)한 개국을 위해 울분의 시대를 참고 또 참은 것이다! 내 오 늘 거룩한 등극으로 단합된 민중의 열기를 간악하게 분쇄시키려는 네놈을 결코 살려두지 않을 것이다. 더하여 지난날 네놈의 흉계에 빠져 우리 창의군(倡義軍)이 패퇴했으니 오늘 너의 목이 남아있지 않으리라. 뭣들 하느냐, 당장 저 세 치 혓바닥으로 요설을 늘어놓 는 망령된 늙은이를 끌어다 참수하라!"

오삼계의 추상같은 호령에 친위군 일단의 병력이 비호(飛虎) 같 이 군중 속으로 난입했다. 그들은 창검을 휘둘러 길을 냈고 군집한 백성들 사이로 몸을 사리지도 도망치지도 않고 꼿꼿이 서서 굳게 자리를 지키는 도인을 향해 이리저리 군중을 밀치며 철퇴를 꼬나 잡고 짓쳐 들어갔다. 그러나 자세를 부동(不動)한 도인은 애초부터 죽음을 기다린 듯 거침이 없었다.

"시류에 편승하여 조국을 배신한 것이 후일을 기약하기 위한 고 육책이냐? 명의 부흥 세력을 토멸하여 얻은 왕작(王爵)으로 영화부 귀를 누린 것이 울분의 시대를 참고 견딘 것이냐? 이젠 자신을 받 아준 청을 쳐서 황제의 자리까지 노린 네놈의 변덕스러운 야심이 창의(倡義)이더냐! 오랑캐를 불러들여 자국의 백성을 도륙한 죄악을

269

비운의 용단이라 미화하다니 정녕 네놈은 수치(羞恥)를 모르는 금수로구나…

훗날을 도모한다는 미명 아래 네놈은 살아남기 위해 간신 짓거리를 하며 수많은 패역을 저질렀다. 조국 대명을 수호하기 위해 초개처럼 목숨을 바친 선조들의 호국영령 앞에서 네놈은 농민 반란군의 수괴 이자성보다도, 청나라 잔적들보다도 더한 불구대천의 역적이다. 더 이상 네놈의 노회한 야심을 의로운 거병이라 치장하지 마라. 스스로 명의 부흥을 저지했으면서 지금 와서 반청복명(反淸復明)을 부르짖는 비열한 모순을 자행하지마라. 이제는 아예 대역무도하게 황제를 참칭하며 공공연히 반란의 명분을 복명(復明)의 대의로 뒤덮는구나! 허나 자기 임금을 몰아낸 난신(亂臣)이 종묘의 위패 앞에서 참회해본들, 자기 부모를 참살한 적자(賊子)가 선산의 묘지 앞에서 흐느껴본들 무슨 소용이 있으리. 더구나 자신의 야심을 미명으로 장식하여 광장에서 민중을 선동하는 지금이야 무슨 말을 더 할 수 있으랴. 오삼계, 민중의 열기를 조장하지마라. 그들의 불꽃같은 여망과 숙원은 너의 야심으로 감염시켜서, 억지로 부추겨서 될 것이 아니다. 주변을 보거라. 어느 누가 너의 사심에 적극 동조하고 있느냐? 어느 누가 반역자의 화살받이 노릇을 하고 싶겠느냐?"

도인의 말이 끝나기가 무섭게 운집한 군중 속으로 들어온 수장(首將)으로 보이는 자가 이를 악물고는 그를 지목하며 소리쳤다.

"죽여라. 입을 아예 으깨버려라!"

"어디서 감히 폐하의 거룩한 창의(倡義)와 백성들의 여망을 욕보이는 것이냐!"

사졸들은 일사불란하게 흩어지며 도인을 포위했다. 이어 겨누어진 창검의 날은 일제히 도인의 몸을 관통했고 불과 일각 만에 도인은 피범벅의 어육(魚肉)이 되어버렸다. 피를 보자 일부 백성들은 혼비백산하여 즉위식에서 빠져나와 발걸음을 돌렸고, 또 다른 일부

270

는 선동의 광란적인 열기에 빠져 오삼계의 대의(大義) 천명에 순응하며 맹종하기에 이르렀다. 이후 오삼계는 황제의 권한으로 백관을 설치, 제장에게 봉작을 하사했고 운남과 귀주 지방에 과거제를 실시하여 인재를 모으는 등 정변(政變)의 민심을 얻기 위한 대대적인 대중 영합 정책을 펼쳤다. 또한 군마와 병력을 징집, 진격 준비도 철저히 하였다.

한편 항간에선 지난날 오삼계를 파멸시키기 위해 거짓 계책을 내주고 등극식이 열리는 광장에서 거침없이 그를 성토한 도인(道人)의 신원(身元)을 두고 아마 명말청초 때 산해관의 장병(將兵) 중 한 사람이었을 것이라고 추측하기 시작했다. 도인은 사실 오삼계의 지휘 통솔 아래 그를 충성으로 보필하며 따르던 장졸이었으나 점차로 그의 배신과 몰락이 진행되는 것을 곁에서 지켜보게 되자 환멸을 느끼고 끝내 그를 배격하기에 이른 것이라는 말이었다.

어찌되었건 도인이 처참하게 죽은 뒤 오삼계의 곁엔 그의 정책에 반대하거나 집권에 불만을 품은 자들이 말끔하게 없어져버렸고 그로 인해 오삼계의 친정(親政)은 측근의 문무신료(文武臣僚)들과 골수 지지자들의 광기(狂氣) 어린 성원을 받으며 급물살을 타서 일사천리로 진행되기에 이르렀다.

그러나 그해 8월, 황제 등극과 개국 선포라는 위대한 치적의 연속이었던 주(周)의 시대도 항년 67세의 나이로 오삼계가 타계한 후 쇠락의 길로 접어들기 시작했다. 오삼계가 야심과 욕망의 점철로써 누린 만인지상의 천자 생활은 불과 5개월에 지나지 않았고, 백절불굴(百折不屈)의 명장 오삼계가 없는 주나라는 바람 한 번 불면 삽시간에 내려앉는 수수깡 움막이나 다름이 없었다.

오삼계가 죽자 휘하 장수들은 운남에서 오삼계의 손자 오세번을 황제로 옹립하여 황통을 계승했지만 청군(靑軍)은 승기(勝氣)를 놓치지 않기 위해 밀물처럼 남하했다. 심지어 오삼계 반란군의 지리멸렬을 예감한 광동의 상지신은 청군과 연합했고 청군은 오삼계가 죽은 다음해 정월 악주와 상덕, 장사를 점령하여 2월에는 도읍 형주를 탈환하였다. 2대 황제 오세번은 귀주를 거쳐 운남으로 다시 도망쳤지만 그해 10월에 청나라 대군에 포위당해 자결로 비운의 생을 끝마쳤다. 그렇게 오삼계의 반군이 모조리 궤멸하자 강희제는 다시 칼끝을 간신(奸臣) 경정충과 상지신에게로 돌렸고 결국 그 둘 역시 처형을 면치 못했다.

이리하여 강희 12년에 발발했던 삼번(三藩)의 난, 오삼계의 난은 장장 9년에 걸쳐 진천동지(振天動地)의 위세를 떨쳤지만 이후 강희 20년에 종식됨으로써 마침표를 찍게 되었다. 명나라와 청나라. 종신토록 영화(榮華)를 누리고자 시류(時流)에 편승하여 충역(忠逆)의 외줄타기를 했던 명나라 장수들의 말년(末年) 거병은 어떤 미명(美名)과 대의(大義)로 꾸며져도 민심의 눈에는 탐욕의 끝장으로밖에 보이질 않았다.

배신자들은 그렇게 하나같이 다 말로(末路)가 좋지 못했다.

〈끝〉

제15편

절 신 지 도

절신지도(絶臣之道)

"탐학무도(貪虐無道)한 무부(武夫)들의 전횡이 궁사극치(窮奢極侈)하여 기어이 하늘을 노하게 하고 마침내 땅을 진동시켰으니, 이 어찌 나라가 위태로운 대환란(大患亂)이 아니겠소이까? 도대체 언제까지 대 고려 사직의 왕실과 조정이 난신적자(亂臣賊子)들의 독단과 포악에 신음해야 한단 말이오! 나 간의대부(諫議大夫) 김보당은 단연코 말하거니와, 저 불학무식(不學無識)한 무부들이 막중대임(莫重大任)의 국사(國事)를 독판치는 것을 절대 수수방관할 수 없소이다. 저들은 정적으로 여겨지는 충신들은 표적 삼아 백마벌기(百馬伐驥)하고 권상요목(勸上搖木)하여 축출하고, 아첨과 비위에 능한 간적(奸賊)들은 중용하여 나랏일을 모조리 제 뜻대로만 휘젓고 있소이다. 이렇게 썩어 문드러지는 권부(權府)에 기대어 일신의 안위만 도모한다면 그 어찌 참된 신하라 할 수 있겠소! 비록 우리 중신(重臣)들이 백면서생의 가녀린 손발을 지녔다할지언정, 지금이라도 환도(還刀)와 검극(劍戟)을 들어 대역부도(大逆不道)한 무부들을 처단해야만 종묘사직이 바로 설 수 있을 것이오!"

조정 대신들과 만조백관이 자리한 중서문하성(中書門下省)의 공식 석상에서 김보당은 대뜸 일장연설을 토해냈다. 태산북두(泰山北斗) 같은 서슬 퍼런 그의 음성에 조정 신료들은 대경실색(大驚失色)하여 그의 발언을 긴급히 저지시키려 하였지만 김보당의 격노(激怒)한 대갈(大喝)은 좀체 그칠 줄을 몰랐다. 그 기세가 마치 들불이나 노도(怒濤)와 같아 문하시중(門下侍中)이나 평장사(平章事)처럼 고관대작이 만류하여도 소용이 없는 것이었다. 사실 이는 어찌 보면 당시의 혼란했던 정세를 생각한다면 당연한 일이기도 하였다. 무신정변(武臣政變)이 일어난 직후 전왕(前王) 의종은 무참히 폐위되어 원악도로 유배를 떠났고, 조정 문신들은 천참만륙(千斬萬戮)되어 모조리 어육(魚肉)으로 으깨져버렸다. 잔인한 무신들의 집권으로

274

국정은 숱한 축록(逐鹿)으로 오염되었고 힘 있는 간신들의 농단은 하늘 무서운 줄 모르고 지속되었다. 이러한 와중에 새로 옹립된 임금 명종은 말 그대로 허수아비 국왕이라 중앙 정치의 통제권을 하나도 갖지 못하고 있었다. 오히려 무부들이 몰아쳐대는 칼끝의 회오리에 휩쓸려 실권을 잃고 명색과 목숨만 겨우 부지하고 있는 실정이었다. 심지어 무신정변의 주동자 몇은 시위소찬(尸位素餐)하는 권문세가(權門勢家)에 오른 것도 모자라 왕권을 넘봤고 용상을 탐하기까지 했다. 이처럼 고려 명종기는 무신들이 조정과 왕실 모두를 창칼로 전횡했던 암흑의 무인시대(武人時代)였던 것이었다. 그리하여 이런 현실을 개탄해하는 김보당의 분노는 당연했던 것이었다.

"이보시게, 간의대부. 그대가 무엇을 염려하고 무엇을 개탄해하는 지는 우리 모두가 다 잘 알고 있는 것일세. 무부들의 전횡과 패악이 하늘에까지 치솟고 있다는 걸 모르는 조정 신료가 고려 천지에 어디 있단 말인가? 하다못해 천학비재한 무지렁이나 농투성이들도 무신독재의 폐단을 잘 알고 있는 게 지금 세상일세. 허나 어찌 하겠는가? 우리에겐 이렇다 할 힘이 없네. 군권과 인사권을 모두 무신들이 쥐고 있는 판에 섣불리 맨손으로 덤볐다가는 간신히 유지하고 있는 이 중서문하성만 도륙이 나게 될 것일세. 허니 그대가 좀 더 참으시게. 우리 모두 침착한 자세로 해결방안과 중지(衆智)를 모아 이 난국을 타개해 나가야 하질 않겠는가?"

"시중의 말씀이 옳네. 물론 간의대부의 비분강개(悲憤慷慨)가 정대고명(正大高明)한 대현(大賢)의 의기(義氣)임은 틀림없으나 근본적인 해결을 위해선 눈앞에 놓인 당금의 현실을 직시해야 하네. 실질적인 힘을 기르지 않고선 무부들의 창검을 꺾을 수 없네. 허니 조정국사(朝廷國事)를 현명한 의논으로 처리하고, 일단은 몸을 굽혀 후일을 도모해야만 권토중래(捲土重來)의 기회가 올 것이야. 그때를 노려 지금은 참아야 하네. 자네의 뜻은 가상하지만 고작 입을 잘못 놀려 우리 조정에 참화(慘禍)를 가져오게 된다면 그러한 거병과 궐기는 아니함 만 못할 것이야. 알겠는가?"

"과연 평장사의 첨언(添言)이 고견이실세. 혈기방장(血氣方壯)한 절치부심(切齒腐心)은 당장 행동하여 분연히 할거(割據)하기엔 좋지만, 먼 훗날을 내다보는 안목이 부족하니 결과적으론 필패의 패착(敗着)이 되고 말 것이야. 내 말 뜻 아시겠는가?"

조정 원로들의 조언과 만류가 진화(鎭火)를 목적한 강물처럼 김보당의 면전에 쏟아졌으나 김보당의 낯빛은 하나도 변치 않았고 오히려 초월에 이른 무사처럼 분기탱천(奮起撑天)할 뿐이었다. 김보당은 간신히 화를 억누르고 소맷자락에서 문건을 꺼내 탁상 위로 격하게 흔들어 보이며 이내 바닥에 곤두박질로 강하게 내리쳤다.

"대신들의 청산유수와 같은 명론탁설(名論卓說)은 잘 들었소이다. 이렇게 입 바른 소리는 잘도 하시는 분들께서 어찌 조정 내에 횡행하는 난신적자들과 반역도당(反逆徒黨)에게는 이렇다 할 항변과 충고 한마디는 못하시는 것이오! 여기 적힌 이름들을 잘 보시구려. 전왕을 폐위하고 조정 문신들을 도륙 낸 역적들의 명단이 여기에 적혀 있소이다! 이의방, 정중부를 비롯한 이 잔악무도한 무반 것들! 이 궤격한 간적들이 전대미문(前代未聞)의 경인년 혹화를 일으킨 것이오! 이들이 도창검극과 기치창검을 휘두르며 도성을 헤집고 황궁을 격침할 때 대신들께선 도대체 어디에 계셨소이까! 조당(朝堂) 탁자 밑에 숨어 계셨소이까, 아니면 비빈과 후궁들 치마폭을 빌려 면상을 가리고 계셨소이까! 무부들의 철퇴와 대도(大刀) 앞에 선 사시나무 벌벌 떨 듯 장승과 송장이 되시는 분들께서 무슨 낯짝으로 내게 이렇다 저렇다 훈수를 두시는 것이오이까! 나 역시 어쩌다 이런 지경까지 와서 조정 관료 노릇을 하고 있는 마당이지만, 더 이상은 이 조정과 왕실이 저들의 창황망조한 독천장(獨擅場)이 되는 꼴은 차마 두고 볼 수 없소이다. 비록 필부지용(匹夫之勇)일지언정 혼자서라도 창검을 들어 저들의 목을 썰고 사지를 잘라 사직단 위에 바칠 것이오!"

중서문하성의 조당을 박차고 나가는 김보당을 더 이상 만류할 수 있는 조정 중신들은 없었다. 그의 격한 말 하나하나가 그냥 흘려듣기에는 너무 사실적이라 대부분의 신료들은 양심에 찔려 다른 말을 할 수가 없었던 것이었다. 대신들은 착잡한 마음을 다스리며 하는 수 없이 김보당을 빼놓고 조회를 시작할 수밖에 없었다.

  이후 김보당은 그렇게 조당을 나온 뒤로 몇 주간 조정에 등청치 아니하고 두문불출하며 은밀한 칩거를 계속했다. 그러던 어느 날, 1173년(명종 3년)이 되는 해에 김보당은 명종에 의하여 외직인 동북면병마사로 임명 받아 도성을 떠나게 되었다.

  한편, 당시 정권을 쥐락펴락하던 무신정변 주동자 이의방과 정중부는 중방과 조정을 틀어쥐며 무소불위의 권세를 누리고 있었다. 그들은 평소 눈엣가시 같았던 김보당이 외직인 병마사로 임명되어 도성인 개경을 떠나 멀리 사라졌다는 것에 쾌재를 부르고 있었다. 무신란의 동지지만 정치권력에 있어서는 숙적(宿敵)인 이의방과 정중부는 김보당 문제를 해결하는 데는 합심하였기에 서로 기쁜 마음인 것이었다.

  "이보게 이 위위경(衛尉卿). 참으로 잘 된 일이 아니던가. 그 김보당이란 자 말일세. 그동안 조정 안팎을 휘돌며 안하무인으로 우리 중방을 모욕하고 무신들을 업신여기던 그자가 외직으로 쫓겨나듯 물러났다니. 허허, 이 늙은이는 마치 몸속에서 십년 묵었던 체증이 그냥 훨훨 몽땅 다 내려가는 것 같구먼. 아니 그런가, 위위경."

  "왜 아니겠사옵니까? 신도 그 김보당이라는 자가 사라지니 조정을 통솔하는 데 만사가 태평하여 아주 기쁜 마음이옵니다. 허나 정 참지정사(參知政事)께서 간과하시는 게 있으신 듯하옵니다. 그자가 간 곳은 그냥 외직이라고 보기엔 무리가 많은 곳이옵니다. 동북면병마사인 김보당이 관할하는 곳이 바로 동계(東界)가 아니옵니까. 그곳에는 우리 중앙 정계의 무인들에게 반감을 품은 사졸과 군병들이 많사옵니다. 더구나 우리들에게 치를 떨고 있는 김보당이 상급자로 가서 군무를 총괄한다면 이는 큰 문제로 번질 수도 있지 않겠사옵니까? 굳이 예를 들자면 역적들의 단합으로 인한 거병 말이옵니다. 김보당이 그들의 불만을 부추기기라도 한다면 큰일이 일어날 수도 있사옵니다. 모쪼록 화근의 싹을 잘라버리려면 그 뿌리부터 쳐내야 하는 것이옵니다. 허니 참지정사께서 대왕 폐하께 진언을 올리시어 김보당의 병권을 빼앗아버리시옵소서. 그렇게 해야만 뒤탈이 없을 것이라 신은 사료되옵나이다."

노신 정중부는 흔쾌히 웃으며 이의방의 말을 곱게 들었다. 그러나 그도 내심 내키는 일은 아니었다. 명종에게 진언을 올려 김보당의 병권을 빼앗는다는 것이 말처럼 쉬운 일은 아니기 때문이었다. 일단 왕명을 거슬러 결정을 번복시켜야 하는 것이기 때문에 자칫 권신의 발호로 곡해되어 민심과 조정의 역풍을 맞을 수도 있었다. 또한 이의방은 정중부의 그늘에 숨어 이익을 보고 정중부만 '감히 임금의 결정을 뒤집으려 한다'는 오명을 뒤집어쓰게 될 것인 즉, 위험부담이 큰 사안이었다. 그러나 서열로 상급자인 정중부가 임금에게 아뢰는 것이 정도이고 수순이었기 때문에, 하릴없이 정중부는 이의방의 말을 따라 대전(大殿)으로 향할 수밖에 없었다.

"뭐라, 지금 참지정사 무어라 하였는가. 동북면병마사 김보당의 병권을 거두라 이 말인가? 그 일은 과인이 이미 정한 일이거늘 참지정사는 어찌 왈가왈부하는가?"

명종은 놀란 눈치였다. 아무리 천하권세를 쥔 무신들이라고는 하지만 임금의 결단마저 이렇게 묵사발을 만들 줄 명종은 꿈에도 모르고 있었던 것이었다. 그러나 포악한 이의방을 대동한 정중부는 짐짓 어조를 강하게 하여 명종의 말에 반박했다.

"신 참지정사 정중부 거듭 아뢰옵니다. 신과 위위경 이의방은 중방의 결의를 모아 위험분자(危險分子) 김보당(金甫當)의 병권을 저

278

지하여 국태민안(國泰民安)을 이루려 하오니 부디 대왕 폐하께서 넓은 아량과 성총으로 양해하여 주시길 바라나이다."

"어허, 내 이미 아니 된다 하였거늘. 그대들은 어찌 이리도 생떼를 쓰는가!"

명종이 의외로 강고하게 반대하며 호락호락하지 않자 보다 못한 이의방이 직접 나서서 아뢰었다. 그의 말은 꽤나 논리가 정연하였으나 임금에게는 상당히 무엄한 충고나 겁박과도 같은 것이었다. 이의방은 준엄한 음성으로 입을 열어 말하였다.

"폐하, 동북면병마사 김보당은 조정 내직에 있을 때부터 무신들을 억압하고 조정의 단합을 방해한 반신(叛臣)이옵니다. 그는 군부의 중신들을 음해하고 보현원의 의로운 거병을 폄훼하였으며 불만과 무례로 조정대사를 일관하였사옵니다. 허니 분명 그의 심중에는 작금의 왕실과 조정에 반역하고자 하는 마음이 있을 것이옵니다. 그런 자가 동계의 군권을 손에 쥐고 북방을 전횡한다면 그의 밑에 있는 선량한 군사들은 혹세무민(惑世誣民)되어 창끝을 개경으로 돌릴 지도 모를 일이옵니다!"

"김보당은 충신이었느니, 어찌 위위경은 그리도 험악한 말을 하는......."

"폐하! 신들은 오로지 이 나라 사직과 왕실을 위하여 충심으로 드린 간언이건만 어찌 폐하께서는 신들의 뜻을 물리치시는 것이옵니까! 혹여 있을지도 모를 불상사를 방비하고자 김보당을 내치시라는 말이거늘, 정녕 이 나라 종사가 역신의 칼끝에 뿌리 뽑히고서야 폐하께서는 뒤늦은 대오각성(大悟覺醒)을 하시렵니까! 폐하!"

패악무도한 혼엄에 가까운 이의방의 으름장에 명종은 결국 뜻을 돌리고야 말았다. 김보당의 병권을 거두고 직급을 낮춰 동계보다도 멀리 떨어진 변방으로 내쳐버리려 한 것이었다. 그러나 이러한 왕의 칙령이 공식적으로 선포되기도 전에 무신들이 염려하던 일은 터지고야 말았다. 그것은 바로 명종 3년의 대표적인 반무신독재(反

武臣獨裁) 거병할거(擧兵割據) 〈김보당의 난〉이었던 것이었다. 중앙 정치를 좌지우지하는 무신정변 주동자 이의방과 정중부를 격살하고, 전왕(前王) 의종을 복위하겠다는 복벽대의명분(復辟大義名分)으로 군사를 일으킨 김보당은 동계의 군사들을 부추기며 반란의 세를 키웠다. 그는 개경을 떠나기 전부터 녹사(錄事) 이경직(李敬直)·장순석(張純錫) 등과 거병하기로 모의하였다. 이어 동계의 군사를 진격시킨 다음 장순석·유인준(柳寅俊)을 남로병마사(南路兵馬使)로, 배윤재(裵允材)를 서해도병마사로 삼아 구체적인 전략전술을 세우기 시작했다. 이때 동북면지병마사 한언국(韓彦國)도 가담했으며 장순석 등은 거제도로 유배된 의종을 받들기까지 했다.

"뭐라, 그대가 바로 간의대부 동북면병마사 김보당의 부관 장순석이란 말인가!"

"그러하옵니다. 폐하! 신 남로병마사 장순석, 폐하를 모시고자 이리 급히 거제로 왔나이다. 이제 폐하께서 이 용포를 입으시고 난 뒤 저희 군사를 통솔하시어 마침내 개경 조정과 용상에 앉은 반역의 무리들을 섬멸하시면 비로소 복벽(復辟)은 성사되는 것이옵니다! 폐하, 얼마나 이 날을 고대하고 계셨사옵니까! 부디 간흉계독(奸凶計毒)한 무부들을 몰아내시고 다시 왕실과 사직을 수복하시옵소서, 폐하!"

처음 김보당의 군사들이 거제로 밀고 내려와 자신을 옹립할 때만 해도 포의(布衣)와 초근(草根)으로 연명하던 의종은 매우 두려워했다. 폐위도 모자라 자신을 죽이고자 친동생 명종이 군사를 내려보낸 건 아닌지 의심하면서 말이다. 그러나 이렇게 재기의 기회가 돌아오니 의종은 천하를 다 가진 듯 기뻐하며 용포를 받아들고는 짐짓 거룩한 음성으로 말하기 시작했다. 마지막 기회인만큼 실수없이 복벽을 성공하고자 의관을 정제하고 심혈을 기울이는 것이었다. 그의 선언과 연설에 장순석을 비롯한 김보당의 군사들은 감격을 이기지 못하고 뜨거운 눈물을 흘렸다고 한다.

"아아, 이 고려 땅의 천지신명(天地神明)과 황천후토(皇天后土)시여! 이 왕현(王晛)이 다시 보위를 되찾고자 이리도 거병하였나이다. 이렇게 곧고 바른 충신열사(忠臣烈士)들과 천재일우(千載一遇)의 기회를 내려주신 것 참으로 감읍하나이다. 이 몸 왕현은 분골쇄신(粉骨碎身)하여 무반역적(武班逆賊)들을 몰아내고 억눌린 사직과 피폐한 조정을 구제할 것이옵니다! 역도들의 폭거와 학정에 무너진 조정의 기율과 종사의 안정을 도모하고 신음하는 억조창생(億兆蒼生)을 돌볼 것이옵니다! 아아, 하늘이시여, 땅이시여! 다시 한 번 이 왕현은 돈수백배(頓首百拜)하나이다!"

거제에서 의종과 합류한 김보당의 남로군은 그길로 경주로 들어가 웅거(雄據)하였고, 김보당의 주력인 북로군과 동계군은 각지의 여러 성들을 격파해나가며 서서히 개경정부의 숨통을 조이고 있었다. 한편, 북쪽과 남쪽의 반란으로 기세가 커진 김보당의 난 소식을 시시각각으로 듣고 있던 개경의 조정과 왕실은 위태로운 처지에 놓이게 되었다. 김보당의 대군을 막기도 힘든 마당에 폐주인 의종까지 복벽의 명분을 들고 일어났으니, 개경정부는 이 땅의 민심마저 동요될까 심히 염려스러웠던 것이다. 말하자면, 김보당의 난이 무신들의 독재와 찬역(簒逆)에 반감을 품고 있던 몇몇의 민심에 불을 놓은 것이었다면, 의종의 합류는 거기에 기름을 부은 격이었다. 그리하여 자신의 친형인 의종이 반란에 가담했다는 사실에 충격을 받은 명종은 조정 중신들을 대전에 불러들이며 반란을 진압할 해결책을 강구했다. 그러나 불길처럼 번지는 김보당의 난을 막을만한 지혜 있는 문신들은 드물었고, 포악한 무신들은 과격한 정면승부만 거론하였으니 이는 명종의 심기를 어지럽히는 꼴이었다.

한편, 무신정변의 주동자인 이의방과 정중부는 김보당의 난이 심상치 않게 돌아감을 파악하고 모든 신료들을 물린 다음 명종에게

281

독대알현(獨對謁見)을 청하였다.

"반역수괴(反逆首魁) 김보당이 일지군마(一枝軍馬)를 이끌고 서기지망(庶幾之望)의 폐왕복벽(廢王復辟)을 꾀하고자 하였고 이에 거제의 폐주(廢主)가 호응하였으니, 이는 장차 고려의 조정과 사직을 위협하는 대란(大亂)으로 커질 것이 자명하옵니다. 허니 성상(聖上)이시여. 부디 절륜한 혜안으로 사태의 심각함과 막중함을 파악하시어, 반역의 무리를 조속히 진압할 특명(特命)을 저희 신들에게 내려주소서."

특명이라는 말에 불길한 낌새를 눈치 챈 명종은 고개를 강하게 저으며 소리쳤다.

"말도 안 되느니. 어찌, 어찌 이 아우 된 몸으로! 그런 일을 한단 말이더냐!"

"폐하, 방법이 없사옵니다! 김보당의 주력이 자리한 북계와 동계의 역도들을 무사히 처리하고 남변의 민심을 수습하기 위해선 불가피한 고육책이옵니다. 부디 깊이 헤아리시어 선견지명(先見之明)의 선례를 남기시고 후환의 싹을 잘라버리시옵소서."

"안 된다. 있을 수 없는 일이야! 하, 어쩌자고 형님은 반역에 가담하셨단 말이냐!"

말은 그렇게 했으나 사실 명종이라고 딱히 묘안의 해법이 있는 것도 아니었다. 참담하고 비극적인 일이었으나, 반역으로 정권을 잡은 군부의 수뇌들과 그들에게 옹립된 명종으로 보자면 집권의 정통성과 명분을 세우기 위해 어쩔 수 없는 것이었다. 그것은 바로 폐주 척결(剔抉), 의종을 죽여 없애 김보당이 일으킨 남방의 반란을 와해시키려는 계책이었다. 비록 이의방과 정중부가 반강제로 결정한 일이긴 하였으나, 명종 역시 장차 후일의 집권을 생각한다면 피할 수 없는 결단인 것이었다.

"저 오만불손(傲慢不遜)하고 대역무도(大逆無道)한 무신정권의 주구(走狗)들은 들을지어다. 나 동북면병마사 간의대부 김보당은 말하노니 너희 개경 왕궁에 앉아있는 임금이야말로 형제의 우의를 모르고 역당과 결탁하여 용상을 찬위(簒位)한 반역수괴이니라. 그런 썩어빠진 군주도 모자라 주상의 머리 꼭대기에서 무소불위의 전횡을 일삼는 국정농락(國政籠絡)의 원흉 이의방과 정중부는 더욱 능지처참해야 할 난신적자들이니라. 그런 역도에게 충성을 바치며 나라를 좀먹느니, 차라리 우리 복벽대의로 일어난 정예의 의병들에게 투항하는 것이 낫지 않겠느냐! 우리와 같이 창끝을 돌려 진격해 종묘사직을 구제해야 하지 않겠느냐! 이 어리석은 작자들아!"

추상열일(秋霜烈日) 같은 김보당의 일갈에 개경정부의 토벌군은 짐짓 움츠러든 기색이었다. 맹렬히 성을 타고 공격을 퍼부을 것 같았던 선봉대 역시 갈팡질팡하며 좀체 앞으로 출진하지 못하고 있었다. 안북도호부(岸北都護府)에 진을 친 김보당의 명쾌한 일장연설에 개경 군사들 역시 동요하고 있는 것이었다. 보다 못한 진압군 사령(司令) 조원정이 칼을 들고 직접 말머리를 앞으로 하여 성 밑에 이르렀다.

"어디 조정에 반역한 역신이 함부로 입을 놀리느냐. 네놈의 복벽대의가 그리도 중하였다면 진작 보현원의 거병이 있을 적에 칼을 들고 나섰을 것이지, 지금 와서 웬 호들갑이냐! 그러한 너의 간사하고 이중적인 태도가 바로 한 줌도 안 되는 네 거병대의의 진면목이니라. 조정에 항거하고 왕실을 전복하고자 칼을 빼들었으면서도 그것이 어떻게 의로운 거병으로 치장될 수 있겠느냐! 아니 그러하냐! 역적 김보당아!"

조원정이 나름대로 머리를 짜내 반박을 하였으나 김보당은 허탈한 미소를 보이며 가당치도 않다는 듯 앙천대소(仰天大笑)하였다. 그것은 마치 어린아이의 철없는 언행을 보고 어이가 없어 웃는 듯한, 그야말로 웃음기가 없는 서늘한 웃음이었다.

"잘 들어라 조원정이, 이 탐화호색한 무부놈아! 내 지난날 보현원에서 너희 무신들이 일으킨 반란에 몸소 항거하지 못한 것은 조정 중신들의 조언대로 기회를 보고자 함이었다. 당장 칼 하나 들 힘이 없었기에 어쩔 수 없이 실력을 쌓고 반격의 준비를 하려 했던 것이다. 그렇게 나는 1, 2년 동안 내실을 기르고 너희 역적들을 토벌하여 억울하게 폐위되신 전왕을 복위하고자 노력하였다. 그러나 언제부턴가 뜻을 함께 했던 조정 중신들은 몸을 사렸고 복지부동(伏地不動)하는 간신배들이 되어갔다. 그들은 군부의 수뇌가 장악한 조정 속에서 꼭두각시 노릇을 하면서도 국가안위나 사직 걱정은 하지 않으며 태평한 웃음을 지어보였고, 폐위된 전왕 폐하를 마치 폭군 보듯 하며 변절해갔다. 세월이 지났으니 모든 게 다 어쩔 수 없는 일이라며 차츰 체념하듯 돌아섰고 작금 새로이 옹립된 임금에게 아양을 떠는 것이 충신의 길이라며 말도 안 되는 논리로 떠들어댔다. 그런 교언영색(巧言令色)하는 자들이 독판치는 조정과, 무신들이 창칼로 휘저어대는 중방의 권력 앞에서 나는 점차 무력함을 느꼈다. 이 간신배들만 창궐하는 개경 조정 판에서는 복벽대의를 꿈꿀 수 없음을 깨달은 나는 변방과 외각에서 재기의 기회를 모색했다. 그리하여 오늘! 남쪽의 폐하께서도 다시 육지로 나와 복벽의 뜻을 보이셨고, 나 역시 그분의 충직(忠直)한 신하로서 썩어진 개경정부에 대항해 수절사의(守節死義)하고자 한 것이다!

네놈은 작금의 임금이 고려의 진짜 국왕이라 말하며 나 김보당에게 반역죄를 뒤집어씌우려 하지만, 불사이군(不事二君)을 믿는 내게 고려의 진정한 임금은 오직 폐위되신 전왕 폐하 한 분 뿐이니라. 그분만이 나에겐 왕이시고 주인이시니라."

유자(儒者)의 몸으로 거병하기까지 한 김보당은, 이미 말주변에 밑천이 드러나기 시작한 무부 조원정 따위의 상대가 아니었다. 조원정은 하는 수 없이 말하기를 그치고 칼을 휘둘러 공성(攻城)을 진행하기 시작했다. 딸려 나온 군사들이 조원정의 겁박에 겨우 공격을 취하였지만 일치단결한 안북도호부를 무너뜨리기에는 역부족이었다. 김보당은 비록 무인은 아니었으나 직접 동북면병마사로 재직하기 전부터 군사조련과 전술전략을 따로 공부할 만큼 병책에 일가견이 있었으므로 조원정의 군대는 쉽게 성을 넘기 어려워했다. 더구나 개경 중심의 정치가 돌아가는 작금의 정세 속에서 동계나 북계의 소외되고 밀려난 군사들에게는 이번 전투가 보복과 재기의 기회였으므로 그들은 더욱 이를 악물고 저항하였다. 더욱이 김보당의 수성군(守城軍) 숫자가 만만치 않았고, 평소 적을 가볍게 여기던 조원정의 패착이 겹쳐 첫 번째 전투는 그렇게 개경 진압군의 패배로 귀결되고야 말았다. 그리하여 죽어나는 것은 개경군이요, 승기를 잡은 것은 김보당의 군대라 반란진압은 요원해져만 갔다.

"속히 들이쳐라! 폐주를 잡는 자에게는 큰 상이 있으리라, 서라벌을 다 뒤져라!"

"폐주를 찾아라! 항거하는 자는 즉시 처형해도 좋다! 개경정부의 위엄을 보여라!"

무신들의 권력기구인 중방의 명을 받고 경주로 내려온 장군 이의민과 산원 박존위는 야음을 틈타 서라벌로 진격했다. 비로소 참혹한 의종 척살이 시작된 것이었다.

힘깨나 쓴다는 무부들이 군사들을 이끌고 서라벌 외각을 들이치자 의종의 남로군은 모래성처럼 허물어지기 시작했다. 장순석이 이끄는 결사대 역시 오래 버티지 못했다. 왜냐하면 변방의 방위 같은 것들을 위해 전문적으로 군사들을 조련시켜 놓은 동계나 북계와 달리, 남쪽에서 일어난 발호는 김보당의 측근 또는 민병이 합류한 부대였기 때문이었다. 즉, 의종을 옹위한 남로군은 김보당의 주력이 있는 안북도호부에 비해 노련한 개경정부의 중앙군을 당해낼 기량이 많이 부족했던 것이었다.

더불어 의종이 방심했던 탓도 있었다. 자신이 비록 폐위된 임금이지만 그래도 오랫동안 고려를 통치해온 전왕이기에, 개경정부에

285

서 함부로 군사를 보내지는 못할 것이라는 착각이 곧 패착이었다. 또 개경정부가 반군의 주력이 있는 안북도호부에 전력을 집중시킬 것이라는 예단 역시 무부들의 기습을 용이토록 만든 패인이었다.

"이 장군, 폐주가 곤원사(坤元寺)에서 술상을 차려놓고 장군을 기다린답니다."

야습이 대승을 거두게 되어 서라벌 수복이 거의 수습될 즈음, 산원 박존위가 전해온 황당한 말에 이의민은 군사들을 점고하다 말고 대뜸 반문하며 소리쳤다.

"이 궁성에서 아무리 찾아 봐도 없었던 폐주가 곤원사에서 술상을 차렸다? 그것이 정녕 사실인가? 혹 저들의 잔당(殘黨)이 파놓은 계략 또는 함정이 아닐까?"

"첨병의 보고에 의하면 폐주를 지키는 건 고작 몇 십의 결사군뿐이랍니다. 소장이 서라벌 적병의 수효를 셈해보아도 폐주가 이끄는 남로군은 모두 격퇴당한 것이 분명하니 장군은 마음을 놓으시고 폐주를 만나 이제 일을 다 끝내시지요."

이의민은 결국 착잡한 심경으로 곤원사에 걸음을 하게 되었다. 박존위의 말처럼 곤원사 어느 외딴 암자에서 의종은 술상을 차려놓고 이의민을 기다리고 있었다. 복벽의 꿈이 순식간에 수포로 돌아가자 의종의 몰골은 말이 아니게 추레해져 있었다.

"이의민, 내가 천출이었던 너를 거두고 총애하였거늘 어찌 나를 죽이려 왔느냐."

의종도 사태가 이쯤 되자 자신의 처지를 짐작한 모양이었다. 속전속결로 남로군을 격파하려 했던 개경정부의 뜻은 곧 폐위된 자신의 존재를 절멸시키려는 의도와 같았기 때문이었다. 의종의 간곡한 말에 잠시 마음이 흔들렸던 이의민은 이내 결연한 마음이 되어 술상을 엎었다. 그가 의리를 아주 모르는 인간은 아니었으나 또 상명하복에 능한 장수로서 맡은 바 소임이 막중하였으므로 시간을 끌 여유가 없었다.

286

"나 이의민은 김보당과 내통한 반역의 괴수 현(晛)을 척결하고 반란을 종식시키러 왔다. 폐주, 그대가 거제에서 잠자코 있었다면 화는 없었을 것을. 아쉽소이다."

"허허....... 과거 무신들이 철퇴와 검극으로 나를 끌어내리고 왕실을 짓밟았거늘, 어찌 복벽의 기회가 왔는데 가만히 있을 수 있었겠느냐! 이의민, 너는 나 현을 그렇게 일신의 안위만 중히 여기는 필부로 보았더냐. 안타깝구나....... 이의민, 잘 듣거라. 네가 아무리 이의방, 정중부에 이어서 천하를 쥔다한들, 임금을 시해한 패역의 전력이 두고두고 발목을 잡을 것이다....... 너는 청사에 반역자로 기록될 것이다!"

"부디 저승에 가시거든 극락왕생 하시구려....... 오늘부로 폐주는 죽은 것이다!"

당대의 보기 드문 거한이었던 이의민이 의종을 들쳐 업은 건 말 그대로 순식간이었다. 그리고는 이내 우두둑 하는 소리가 나더니 의종은 외마디 비명도 없이 허리 접힌 새우 신세가 되었다. 이의민의 완력에 의종은 허리가 꺾여 횡사한 것이었다.

"너희는 못가에 가서 시신을 수장시켜라. 이제 북변의 반란도 곧 종식될 것이다."

참담한 일이었다. 아무리 폐위된 임금이라고는 하나 말직의 신하가 맨손으로 왕의 허리를 분질러 죽이고 연못에 수장시킨 일은 고금을 통틀어 봐도 전무후무한 일이었다. 이러한 참극은 결국 무신정권기의 최대 악재가 되었고 무신들의 거병과 집권의 정통성에 큰 손상이 가해지는 치명타로 이어졌다. 무인시대가 고려 중세의 암흑기였다는 걸 가장 잘 증명한, 잔혹하고 패역한 사건이 바로 이같은 명종 때의 〈의종 시역(弑逆) 사태〉였다. 이때가 김보당의 난이 일어났던 명종 3년(1173년)이었으며, 의종의 나이로는 47세가 되는 해였다. 그의 시체는 그대로 경주의 한 연못에 수장당하니 고려를 통치한 임금으로서는 참으로 처참한 최후라 할 수 있었다.

이의민의 말처럼 의종이 시해된 이후로 남변의 거병이 힘을 잃게 되자 김보당의 주력이 있는 안북도호부 역시 전열이 흐트러지고 패전이 잦게 되었다. 아무래도 폐주가 죽었다는 충격이 김보당 군대의 사기를 떨어뜨렸기 때문이었을 것이다. 그래서 김보당의 반군은 개경으로의 진격은커녕 안북도호부의 수성도 쉽지 않은 것이었다. 방어를 위한 군사들을 점고하다보면 곧잘 전열이 와해되기 십상이었고 밤이면 탈영까지 줄을 이었다. 이런 암담한 역경 속에서 김보당은 다소 과욕을 부렸고 결국 조원정의 반격에 성을 내주고야 말았다. 비록 살신입절(殺身立節)의 기백과 송백지조(松柏之操)의 정신을 바탕으로 하여 옥쇄(玉碎)를 불사한 김보당 반군의 결사항전(決死抗戰)이었으나, 군세가 역전된 형국마저 되돌리기에는 역부족이었다.

"바른 말을 토설할 때까지 온몸을 지져라! 불인두를 놓고 사지를 찢어버려라!"

귀기 어린 신음과 참담한 비명소리가 국청(國廳)에 울려 퍼지고 있었다. 의종 복위를 모의한 주동자인 김보당과 반란의 주역들이 일망타진되어 국문을 받고 있는 것이었다. 국문을 총괄하는 자는 역시 무신정권의 집권층인 위위경 이의방과 참지정사 정중부였다. 그들은 김보당과 내통한 또 다른 문신들이 있는 지 그것을 염두에 두고 국문을 시작했다. 그러나 그것은 요식행위였다. 무신들은 평소 성에 차지 않던 문신들과 까다롭게 구는 몇몇 중신들을 내치기 위하여 김보당 일당에게 거짓 토설을 받아내려 한 것이었다. 말하자면, 김보당의 난은 마무리가 되었지만 아예 반대세력의 뿌리를 뽑아내고자 무신들은 국문을 통해 척결의 명분을 조작하려는 것이었다. 그걸 모를 리 없었던 문신들은 한걸음에 중서문하성 밖으로 뛰쳐나와 무신들과 같이 국문에 참관했다. 그것은 문관인 자신들이 김보당의 난과 무방하다는 것을 가시적으로 보여주기 위한 술수였다. 특히 이의방과 정중부 곁에 시립해 있던 고관 문신들은 김보당의 마지막 가는 길을 쳐다보며 무신들이 어찌 나올 지를 염려했다.

어느 정도 고신(拷身)이 끝까지 다다르자 정중부는 짐짓 손을 들어 멈추게 했다.

"반역수괴 김보당은 들을지어다. 폐주를 복위시키려는 대역부도한 너의 죄상이 천하에 낱낱이 밝혀졌으니 네 극형을 면치는 못할 것이다. 허나 조정에 너와 결의한 자들이 있다는 걸 자백한다면 주인을 잘못 만난 병사들의 목숨만은 살려줄 것이다."

이미 형언하기 힘든 고문으로 노기탱천해진 김보당의 눈에는 몸을 사리는 조정 문신들이나 잔악무도한 무부들이나 다 똑같은 난신적자(亂臣賊子)들로 보였다.

"지금 여기 금관조복(金冠朝服)을 입고 아관박대(峨冠博帶)를 두르신 중서문하성 고관대작들 치고 나와 궐기를 모의하지 않은 자는 하나도 없소이다! 크하하하하!"

그러자 신료들은 난데없는 봉변에 아연실색한 표정으로 무부들에게 호소했다.

"저, 저런! 간의대부, 어찌 아무 죄도 없는 우리를 끌고 들어가시려는 게요!"

"위위경, 저 작자가 미친 소리를 하는 겁니다. 우리는 결코 역적과 내통한 적이 없습니다! 오히려 우리는 저자가 과격한 말을 내뱉을 때 만류한 사람이었다고요!"

사실, 김보당이 정권을 탈취한 무부들 못지않게 증오한 것은 간사한 문신들이었다. 이후 그는 죽어가면서까지 분노의 일갈로써 무부들과 문신들을 함께 비판했다.

"비록 전왕이 폐위되었다고는 하나 엄연한 임금을 무참히 시해하였으니 너희 무신들이 내세운 거병의 명분과 대의가 어찌 올바를 수 있겠느냐. 무부놈들아, 너희가 아무리 백성을 억압하고 사직을 전횡하여도 다 소용없는 일일 것이다. 한때의 뜬구름 같은 부귀

공명일 것이니라. 왜냐하면 너희의 만행은 길이길이 청사에 전해져 후인들의 손가락질을 받을 것이 자명하기 때문이다! 역사와 후세가 너희를 반드시 심판할 것이다. 또 무부들의 국정농단에 깨춤을 추며 동조하는 간신들 역시 곱게 묻히지는 못할 것이다. 부관참시(剖棺斬屍)에 가까운 단죄가 분명히 있을 것이다.

또한 저 불학무식한 무부들 옆에 서서 온갖 미사여구를 들먹이며 간교히 잇속만 챙기는 조정 문신들 역시 들을지어다. 물러난 임금이 힘이 없다 하여 신정권(新正權)에 빌붙어 살길을 도모하는 것이 고고한 선비의 운심월성(雲心月性)이더냐? 삼촌지설(三寸之舌)을 놀려가며 두 길 보기를 하는 작태가 충신의 길이더냐? 자신의 변절을 미화하고 과거를 변명하는 것이 정녕 관료의 경세도량(經世度量)이더냐?

국가사직(國家社稷)의 미래와 왕실조정(王室朝廷)의 앞날은 강 건너 불구경하면서도 무신들의 철혈독재에서 떨어지는 단물은 받아먹는 이 문관이라는 작자들아. 막후에선 결탁하면서 밖으로는 결백을 부르짖고, 뒤에선 청탁뇌물로 사욕을 채우면서 앞에선 청렴을 외치는 소인배들아. 표리부동(表裏不同)한 태도로 조정을 어지럽히고 민심을 선동하는 것이 너희가 내뱉는 충신의 길이라면, 나 김보당은 그따위 충신의 길, 걷지 않겠다. 면종복배하면서 치세에도 누리고 난세에도 살아남는 것이 충신의 길이라면 그따위 길, 나 김보당은 단호히 뿌리치리라. 너희의 요설과 수사로 얼룩진 충신의 길이 아닌, 비록 실패로 귀결됐으나 대의만은 분명한 절신의 길을 걸으리라. 나는 이제 황천으로 가 무주고혼이 되신 전왕 폐하를 호종할 것이다.

알량한 말재주와 구차한 명분으로 권세에 야합하는 너희 조정 문관들. 고관 중신들 역시 잔혹한 무부들 못지않게 비열한 자들이로다. 오늘 나의 최후를 감상하며 눈알 굴리는 너희를 나 김보당이 쳐다보자니, 앞에서 철퇴를 휘두르며 패악을 일삼는 무부들이 차라

290

리 정직한 것 같구나. 가련한 자들이여....... 임금을 죽이는 데 눈 감고 호화롭게 변절한 그 찬역의 대가를 치루는 날이 분명히 오게 될 것이다......."

겉만 화려한 충신(忠臣)의 길이 아닌, 지조를 지킨 절신(絶臣)의 길을 걸었던 김보당. 죽을 걸 알면서도 소신을 버리지 않았던 절신 김보당. 그는 말직의 몸으로 당시의 조정 문신들이 무부들의 철퇴가 두려워 쉬쉬하였던 복벽의 공론을 일으켰고, 뒤늦게라도 군사를 동원해 조정 개혁을 위하여 현실투쟁을 감행하였다. 그의 거병에서 우리가 배울 점은 바로 그렇게 〈온몸으로 떨쳐 일어나는〉 궐기의 정신, 봉기의 기백일 것이다. 충신을 운운하며 입을 앞세우는 자가 아니라, 자신이 직접 참가하여 선봉의 대열에 서는 실천적인 행동력(行動力). 몸으로 〈실천〉하는 김보당의 치열한 투쟁정신은 〈말들〉로 어지러운 우리 시대에 하나의 귀감으로 다가온다. '온몸의 투쟁과 타오르는 절조(節操)' 매번 〈귀족정치의 복귀시도〉라고만 절하되었던 〈김보당의 난〉은 바로 이러한 측면에서 다시 해석되어야 할 것이다.

〈끝〉